반대라서 더 끌리는,
아르헨티나

반대라서 더 끌리는,
아르헨티나

지구 반대편 하늘 아래 머무른 3년의 기록

초 판 1쇄 2025년 05월 16일

지은이 백상아
펴낸이 류종렬

펴낸곳 미다스북스
본부장 임종익
편집장 이다경, 김가영
디자인 윤가희, 임인영
책임진행 이예나, 김요섭, 안채원, 김은진, 장민주

등록 2001년 3월 21일 제2001-000040호
주소 서울시 마포구 양화로 133 서교타워 711호
전화 02) 322-7802~3
팩스 02) 6007-1845
블로그 http://blog.naver.com/midasbooks
전자주소 midasbooks@hanmail.net
페이스북 https://www.facebook.com/midasbooks425
인스타그램 https://www.instagram.com/midasbooks

ⓒ 백상아, 미다스북스 2025, *Printed in Korea*.

ISBN 979-11-7355-231-1   03810

값 22,000원

미다스북스는 다음세대에게 필요한 지혜와 교양을 생각합니다.

지구 반대편 하늘 아래 머무른 3년의 기록

반대라서 더 끌리는,
아르헨티나

Argentina

백상아 지음

미다스북스

지구 반대편 낯선 땅에서 새로운 시작을 두려워하지 않고
씩씩하게 발걸음을 옮겼던 지난날의 나 자신과,
멀리서 또는 가까이서 그 여정을 지켜보며 응원해 준 나의 사람들,
이 모두에게 깊은 사랑과 감사를 보내며

여는 글

이 책은 어느 한국의 30대 여성이 지구 반대편에 자리한 아르헨티나 부에노스아이레스 파견 교사로서 허락된 3년의 삶 동안 겪은 이야기를 담았다. 그 시간 동안의 일상과 경험, 관찰과 정보, 그리고 아르헨티나 곳곳을 여행한 기억과 이 모든 단면에서 파생된 생각을 한데 모아 만든 한 개인의 정제되면서도 내밀한 성장의 기록이다.

단순히 '재외한국학교 국외 파견 교사'라는 직함에 매몰되지 않고, 이 직함이 지닌 역할의 한계를 넘어 아르헨티나라는 나라의 전체 맥락과 사람들, 이야기들에 초점을 맞추었다. 그 안에서 나만의 시선을 담아 좀 더 유연하게 서술하고자 노력했으며, 이를 책으로 엮어 내가 이 나라에서 만들어 낸 3년의 삶을 증명하는 글로 남기고자 했다.

내가 쓴 한 권의 책으로는 감히, 세계에서 여덟 번째로 큰, 남아메리카 대륙에 있는 거대하고 아름다운 나라인 아르헨티나 전체를 대표하거나 정의할 수는 없다. 하지만 내가 써 내려간 글을 통해 여러분 스스로가 한국과 정반대에 있는 이 낯선 나라에 대해 알게 되었고, 조금씩 흥미를 느끼며, 더 나아가 한 번쯤 가보고 싶은 마음마저 슬며시 들었다면 나로서는 그것만으로도 더할 나위가 없는 기쁨이 될 것이다.

여는 글

목차

Parte 1 **부에노스아이레스 다이어리**   Mi diario en Buenos Aires

Parte 2 **한 걸음 더 가까이, 아르헨티나**   Un paso más hacia Argentina

출발. 내 운명의 닻이 닿은 나라, 아르헨티나
Partida. Argentina, el país donde echó el ancla mi destino

지구 반대편에 위치한 '아르헨티나'라는 나라와, 그 대척점에 있는 한국 출신인 나의 만남은 생각해 보면 처음이 아니다. 예를 들어 대학 시절 우연히 도서관에서 발견한 아르헨티나의 유명 문인 호르헤 루이스 보르헤스 단편집 중 「바벨의 도서관」을 읽고, 그만의 독특하고 창의적인 상상력에 충격을 받은 일. 혹은 거리의 편의점에서 우연히 '마테차'라는 이름을 보고 인터넷으로 마테에 대해 검색해 보았다가 아르헨티나의 문화를 알게 된 일처럼, 내 일상에서의 사소한 접점들이 존재해 왔다. 물론 그때는 전혀 몰랐지만, 시간이 점점 흐르면서 내 삶 속에서 아르헨티나와의 만남은 더욱더 직

반대라서 더 끌리는, 아르헨티나

접적이고 또렷한 형태로 하나둘 불쑥 나타나게 되었다.

　지금으로부터 약 9년 전, 한 살이라도 어릴 때 인생에서 좀 더 풍부한 경험을 해보고 싶다는 생각으로 '교원해외파견사업' 프로그램에 지원했고, 2년간 페루 남부 모케구아 Moquegua 현지 학교의 교사로 일하게 되었다. 그 시절 방학을 이용해 아르헨티나를 두 차례 여행했는데, 한 번은 여름 동안 길게 방문한 파타고니아 지역, 그리고 또 한 번은 겨울방학을 틈타 짧게 다녀온 수도 부에노스아이레스였다. 이미 한국과는 가장 먼 대륙인 남미에서 머물고 있었지만, 이 두 여행은 나에게도 매우 인상 깊었다. 사람을 압도하는

파타고니아의 웅장한 자연을 마주했을 땐 '세상에 이런 별세계의 풍경이 존재하는구나.'하는 겸손한 마음에 저절로 고개를 숙이게 되었다. 그리고 남미의 문화 수도로 불리는 부에노스아이레스에서는 과연 그 명성만큼이나 다채로운 즐길 거리가 끊이지 않았다.

　그때 막연히 '이런 곳에는 얼마간 살러 와도 좋겠다.'라고 생각하며 행복한 기억을 안고 페루로 돌아간 덕이었을까. 아니면 파견 근무를 무사히 끝마치고 남미 대륙을 떠나는 비행기 안에서 '나의 일부가 녹아 있는 이곳에 언제 다시 돌아올 수 있을까?'라는 커다란 아쉬움에 눈물을 흘린 덕분일까. 이때 흘린 뒤섞인 감정의 눈물은 정말 뜻밖에도, 고스란히 새로운 씨앗으로 재탄생하여 약 4년 뒤 아르헨티나 땅에서 예상치 못한 방식으로 홀연히 싹을 틔우게 되었다.

페루에서의 경험을 바탕으로 오랜 시절의 꿈이었던 석사 유학을 이루며 영국 런던의 교육대학원에서 유학생이라는 이름으로 새출발하게 된 나는, 우연히 한 연구학회 모임에서 아르헨티나 부에노스아이레스 출신 친구를 만나게 되었다. 서로 극과 극인 나라에서 왔으나 왜인지 만나면 늘 대화가 끊이지 않고 즐거웠던 사람. 티격태격하다가도 시간이 지나면 누가 먼저랄 것 없이 서로 손 내밀며 화해하기를 반복하던 우리의 만남. 이제는 내 유학 시절 속 추억으로 남긴 했지만, 그럼에도 불구하고 만약 아르헨티나에 다시 가게 된다면 그와의 연결고리를 찾을 수 있을 거라 믿었다.

유학 생활을 즐기던 중 또 다른 우연한 기회를 통해 한 아르헨티나 출신 한인 교포를 만난 일도 있었다. 능력 있는 재원인 그의 다양한 경험에 매료된 나는 그가 일했다는 '아르헨티나한국학교'에 관심이 생겼다. 그는 내가 근래에 쌓아온 생생한 경험을 들더니 "네가 아르헨티나에 와서 할 일이 있을 거다."라고 격려하며, 좋은 기회가 있으면 파견을 지원해 볼 것을 권했다. 짧지만 강한 울림을 준 그의 말은 내게 깊이 박혀 쉽게 떠나지 않았다.

이렇게나 갖가지 이유가 모여서 2021년 말, 교육부 아르헨티나한국학교 파견 교사 공고를 본 뒤 기회를 놓치지 않고 지원했다. 최종 결과는 합격이었고 진심으로 기뻤지만, 어쩌면 이는 계획된 우연일지도 모르겠다는 생각이 강하게 들었다. 그동안 내 인생에서 착실히 쌓아왔던, 보이지 않는 무수한 닻들이 만들어 낸 지구 반대편 남미 아르헨티나를 향한 자석 같은 이끌림. 나는 그 끌림을 외면하지 않고, 두려움보다는 조금 더 용기를 내어 앞으로 손을 뻗으며 한 발짝 발걸음을 옮겼다. 이 작은 행동이 내 삶에서 긴 시간 첩첩이 쌓여왔던 우연과 함께 만나, 다시 '운명'이라는 이름의 커다란 닻으로 바뀌며 더욱더 나를 저 먼 바다의 끝 너머로 끌어당겼을 뿐.

짧은 시간 동안 개인적인 일을 마무리하고, 부랴부랴 짐을 싸며 집에서 인천공항과 미국을 거쳐 아르헨티나 부에노스아이레스까지 이어지는 기나긴 여정에 올랐다. 이렇게 도합 40시간이 넘는 출발을 통해 2022년 2월부터 2025년 2월까지 꼬박 3년간, 내 인생의 책 속에 '아르헨티나'라는 이름의 또 다른 장을 쓰게 되었다. 마치 불처럼 뜨거웠던 남반구의 2월 한여름날, 계절에 맞지 않는 옷차림과 함께 3년 치의 짐을 무겁게 들고 도착한 아르헨티나 부에노스아이레스 주 에세이사Ezeiza 국제공항. 지구 반대편 하늘 아래 가슴 뛰는 일상 속 모험이 하나둘 시작되는 순간이었다.

일러두기

참고 자료 안내

1. 기본적으로 내가 아르헨티나와 남아메리카에 대해 가지고 있는 상식과 지식을 바탕으로, 3년간 아르헨티나에서 지내며 새로 알게 된 정보를 더해 정리하였다.
2. 현지 관광 가이드, 아르헨티나 현지 주민, 아르헨티나 한인 교포 등으로부터 직접 들은 구술 설명도 함께 곁들여 집필하였다.
3. 아르헨티나의 전반적인 역사와 인문 · 지리 정보 관련 설명 일부는 책 『Breve historia de la Argentina』(José Luis Romero 저), 『Hola Argentina』(Octavio Pintos 저)를 참고하였다.
4. 아르헨티나의 경제사와 관련된 설명 중 일부는 책 『국가는 왜 실패하는가』(대런 애쓰모글루, 제임스 A. 로빈슨 공저)를 참고하였다.
5. 그 외의 정보는 아르헨티나 정부 및 주아르헨티나 한국대사관, 부에노스아이레스 및 각 도시 · 지역 관광청 홈페이지, 그리고 여행지에서 무료로 배포된 브로슈어, 책자 등을 참고하여 서술하였다.

본문 속 스페인어 표기 안내

1. 인명이나 지명, 일반 단어의 스페인어 발음과 표시는 기본적으로 대한민국 국립국어원이 정한 「외래어 표기법」을 지켜 표기했다.(다만, 스페인어 자음 C/Q, P, T 등은 실제로는 '까, 뻬, 떼'와 같이 우리말의 된소리처럼 발음하는 경향이 있다.)
2. 아르헨티나 및 우루과이 지역에서 사용하는 스페인어 방언의 한 종류인 리오플라텐세 스페인어^{Castellano Rioplatense}에서는 [LL] 및 [Y]의 경우 영어의 [Sh]처럼 'ㅅ' 또는 '쉬' 소리로 발음하는 셰이스모^{Yeísmo 혹은 Sheísmo라고 표시함} 현상이 발생한다. 이 책에서는 실제 아르헨티나 현지에서 사용되는 스페인어 특유의 발음 감각과 분위기를 살리고자 셰이스모 발음을 적용하였다.

Parte 1

부에노스아이레스 다이어리

Mi diario en Buenos Aires

Argentina

부에노스아이레스의 시작과 발전

    대한민국과는 대척점에 있는 남미 대륙 동쪽의 나라 아르헨티나와 수도 부에노스아이레스. 정확히 말하자면 부에노스아이레스 주 안에 부에노스 아이레스 자치시Ciudad autónoma de Buenos Aires, CABA라는 독립된 행정구역이 따로 존재한다. 1492년 콜럼버스가 소위 신대륙을 '발견'(이 표현이 식민주의적 시각을 반영한다는 비판하에 바꾸려는 시도가 계속되고 있으나, 현재까지는 일반적으로 통용되는 단어라 본문에서는 그대로 사용한다)한 뒤, 16세기 이후부터 본격적으로 스페인 지배층과 정복자들이 중남미 대륙으로 건너오던 시절. 그들과 동행한 스페인의 대주교 마르틴 델 바르코 센테네라Martín del Barco Centenera는 새로 개척하는 정복지를 묘사하는 긴 서사시를 지었는데 이 책의 제목이 『La Argentina』이며, 이

문학작품의 제목이 역사적 문헌 기록으로 남은 '아르헨티나'라는 국명의 유래라고 한다. '아르헨티나'라는 이름은 라틴어로 '은'이라는 뜻의 아르젠툼 Argentum에서 왔으며, 그래서인지 부에노스아이레스와 우루과이 사이에 흐르는 강 이름도 스페인어로 '은의 강'이란 뜻의 라플라타강Río de la Plata이다.

도시의 설립과 발전의 역사는 초기 식민지 시절로 거슬러 간다. 처음 시작은 1536년 스페인의 정복자이자 군인인 페드로 데 멘도사Pedro de Mendoza가 세운 '푸에르토 데 산타 마리아 델 부엔 아이레Puerto de Nuestra Señora Santa María del Buen Ayre(고어 표현)'로, 즉 '좋은 바람을 보내주는 우리의 성모 마리아 항구'에서 비롯되었다. 스페인어로 '좋은 공기', '좋은 바람', '순풍' 등의 뜻인 '부엔 아이레Buen Aire'라는 이름은 이탈리아 사르데냐섬에 있는 동명의 성모 마리아 성당에서 유래한 것으로 알려져 있다. 그러나 당시 이 지역에 살고 있던 케란디스Querandíes 선주민들의 저항과 어려운 생활 조건 등으로 인해 식민도시로 개척하는 데 많은 어려움을 겪었다고 전해진다. 이후 1580년, 스페인 왕실을 대신하여 이 지역을 다스리러 온 후안 데 가라이Juan de Garay는 도시명을 '시우다드 데 라 산티시마 트리니다드 이 푸에르토 데 산타 마리아 델 부엔 아이레Ciudad de la Santísima Trinidad y Puerto de Santa María del Buen Ayre', 즉 '가장 성스러운 삼위일체 도시와 성모 마리아의 부에노스아이레스 항구'로 변경하였다. 그리고 이때부터 사람들이 모여들며 본격적인 도시 형성 및 정치 · 사회적 발전이 이루어지기 시작했다. 1776년 트리니다드 시는 스페인 부왕령Virreinato(스페인이 중남미 식민지를 효과적으로 경영하기 위해 만든 제도로, 권역별로 국왕을 대리한 부왕이 통치하게 하였다) 중 리오 데 라 플라타 부왕령Virreinato del Río de la Plata

반대라서 더 끌리는, 아르헨티나

의 수도로 지정되며 내륙과 도시, 바다를 연결하는 중요 요새이자 상업의 중심 역할을 하게 되었다. 그 과정에서 원래 이름인 '트리니다드'보다 '부엔 아이레'라고 줄여 부르던 항구의 이름이 더 널리 쓰이게 되었고, 결국 도시 명까지 대체하게 되며 현재의 부에노스아이레스^{Buenos Aires}라는 이름을 얻게 되었다. 이런 연유로 부에노스아이레스 시민들은 도시명에서 따온 별칭이 아닌, '항구 사람'이라는 뜻의 포르테뇨^{Porteño}로 불리게 되었다고 한다.

중남미 식민지 도시는 스페인 출신 정복자나 스페인 왕실에 의한 계획형 도시가 많아, 보통 옛 도심지역에 도시 설립의 기원과 근대 국가로의 발전 상을 함께하는 유서 깊은 역사 지구^{Casco Histórico}가 존재한다. 이런 역사 지구 는 식민지 시절, 그리고 이후 나라와 도시의 역사에 대해 좀 더 자세히 알 고 싶은 여행자들에게 필수 관광 포인트가 된다. 부에노스아이레스 역사 지구 중심부에는 5월 광장^{Plaza de Mayo}, 그 옆에 스페인 식민 시절 총독부 건물 인 카빌도^{Cabildo}, 대통령궁인 카사 로사다^{Casa Rosada}, 부에노스아이레스 대성 당^{Catedral Metropolitana de Buenos Aires} 등이 있다. 이는 스페인과 포르투갈의 식민 지 배를 받았던 대부분의 중남미 국가에서 전형적으로 볼 수 있는 도시 구조 로, 중심부가 될 광장을 먼저 세우고 그 옆에 총독부와 대성당을 지어 구역 을 점차 확장하는 방식이다.

역사 지구 옆에는 일요일 벼룩시장으로 유명한 동네인 산텔모^{San Telmo}가 있는데, 이곳은 부에노스아이레스에서 가장 오래된 거주지역으로서 최초 로 사람들이 모여 살기 시작한 곳이라 한다. 다양한 이야기를 품고 있는 옛 저택들은 고스란히 박물관으로 재개장되어 이 도시의 역사를 알고 싶은 사 람에게 볼거리를 제공한다. 또한 역사 지구와 산텔모 지역으로 가는 데펜 사^{Defensa} 거리 초입부에는 부에노스아이레스 역사 박물관^{Buenos Aires Museo}이 자리하고 있다. 이 도시가 어떻게 설립되었고 발전해 왔는지를 역사적인 배경을 바탕으로 풀어내며, 특히 초기 이민자들의 삶, 그리고 시대별로 이 도시에 살았던 사람들의 물건과 그에 얽힌 사연을 곁들여 설명하는 전시가 매우 흥미로웠다. 개인적으로 가장 기억에 남았던 건 오래된 사진들을 주제별로 한데 모아 손으로 넘겨볼 수 있는 스크린이었는데, 19세기 말부터 20세기 초, 부에노스아이레스라는 도시가 각 나라에서 온 이민자들로 인해 생기를 더하고 점차 확장되어 가던 황금기에 찍힌 사진 기록들이 담겨 있었다. 새로운 곳에 도착해 희망에 부풀어 매일의 삶을 착실히 꾸려나가는 이들, 시장 정육점에서 고기를 팔고 생선을 거래하는 상인들, 거리에서 공사하는 인부, 우체국에서 전보를 주고받는 사람들, 공원에서 시간을 보내는 가족들, 현장학습을 나온 교사와 학생들. 현재 아르헨티나 사람들의 선조 격인 이들의 다양한 삶을 단편적으로나마 엿보며, 사진 속에 담긴 시간의 결을 따라 존재하는 그들의 삶을 상상해 보았다.

역사를 사랑하는 소위 '역사 덕후'로서, 과거의 역사가 잘 보존된 채 현재의 시간이 차곡차곡 쌓여 있는 도시에 사는 기회를 얻게 된 건 내게 크나큰 행운이자 확실한 즐거움이 보장된 모험이었다. 허락된 3년 동안 이 도시 속에서 펼
쳐질 삶에서 그 속에서 마주칠 사람들, 그리고 내가 발붙이고 살아갈 이 나라를 깊이 이해하기 위해 역사와 언어에 관심을 가지고 열심히 배워나가겠다고 다짐했다.

한 외국인의 집 구하기 수난사

　외국살이를 시작하는 초기 정착 단계에서 가장 힘든 게 무엇이냐고 묻는다면, 나는 단연코 '집 구하기'라고 대답하겠다. 이미 몇 년간의 해외 경험을 바탕으로, '외국인 신분으로 살 만한 집 구하기'가 외국 생활 초창기 중 가장 어려운 일임을 충분히 겪었기 때문이다. 그래서 이 나라에 도착하기 전, 일단 임시 숙소에 장기 투숙하면서 집을 하나씩 보러 다닐 생각으로 레콜레타Recoleta 지역에 미리 에어비앤비를 잡아두었다. 레콜레타는 전통적인 부촌으로 소매치기 외에는 큰 범죄가 거의 없는 편이고, 학교까지 지하철로 출근이 가능하다는 장점이 있었다. 비록 낡고 삐걱대는 의자에 앉아, 창문이 열려 있는 열차 안에서 퀴퀴한 지하 공기를 마시며 덜컹거리는 소리와 함께 달리는 무시무시한 E선을 타고 가야 하지만 말이다.

　한국에서부터 거의 이틀 가까이 걸려 도착한 부에노스아이레스. 교장 선생님과 이사장님의 도움을 받아 레콜레타 임시 숙소까지 무사히 도착했다.

위치도 좋고, 안전하고, 내가 여기서 가장 좋아하는 장소이자 세계의 아름다운 서점 중 하나로 유명한 엘 아테네오 El Ateneo Grand Splendid 도 가까이 있는 멋진 동네. 첫 출근을 끝내고 이후 저녁 늦게 아테네오 서점에 잠깐 가서 여러 책을 뒤적거리며 구경하니 신선놀음이 따로 없었다. 한동안은 이 멋진 동네에서 순탄하게 머무르며 천천히 살 집을 구하기만 하면 된다고 생각했다. 하지만 친구의 우스갯소리처럼 '고난의 별 아래에서 태어난' 내가 골랐던 레콜레타 에어비앤비에는 치명적인 문제가 있었으니, 바퀴벌레와 개미들이 한 무더기로 나온다는 것이었다(이는 비단 레콜레타뿐만 아니라 부에노스아이레스의 오래된 집들이라면 공통으로 가지고 있는 문제이기도 하다).

　사실 도착하고 한 이틀까지는 별문제가 없었다. 하지만 딱 사흘째 되는 날 아침, 일어나 불을 켜자마자 벽에 붙어 있는 큰 바퀴벌레와 마주하는, 나의 심장 건강을 위협하는 일이 발생했다. 그렇게 한두 마리씩 징그럽게 나오기 시작하다가 다음 날에는 맨 정신에는 차마 집에 못 들어가고 술에 취해서야만 갈 수 있을 정도로 갑자기 바퀴벌레와 개미가 우글거리기 시작했다. 일주일 뒤쯤에는 내가 문을 닫고 아파트를 나오자마자 바퀴벌레와 개미가 줄지어 문틈 아래로 들어가는 걸 보고 할 말을 잃은 나는 주인에게 바로 이곳에서는 더 이상 살 수가 없다며 통보하고 환불을 요구한 뒤 부랴부랴 짐을 다시 싸고 소개받은 호텔로 옮겼다.

　상업지역인 온세 Once 에 위치해 있는 호텔은 한인 사장님이 운영하는 곳이었고, 옆 건물 레지던스 호텔까지 포함해 총 두 달 넘게 살았다. 호텔 시설 자체는 좋지만, 주변 치안이 불안한 지역이라 어둑어둑해지기 시작할 때부터 정신을 바짝 차려야 했고 조금만 늦어도 반드시 택시를 타야 했다. 무엇보다도 그곳은 주말이면 지방 축구팀에서 원정 온 선수들이 단체로 묵던 숙소였기에, 주말마다 축구 구단 버스가 줄지어 주차된 모습과 함께 호텔 로비에는 축구 팬들이 가끔 보였다. 나도 축구 보러 갔다가 스타디움 근처에서 축구선수를 본 적은 있었으나, 경기장 밖 일반적인 장소에서 이렇게 선수들을 직접 마주한 적은 처음이었다. 하지만 그들의 노골적인 시선과 추파는 이런 쪽에 면역이 되었다고 생각한 나조차도 가끔 멘탈이 흔들렸는데, 지나갈 때마다 머리부터 발끝까지 쭉 훑어보는 특유의 시선이 느껴졌다. 어떤 선수들은 나에게 먼저 다가와 한 번씩 말을 걸기도 했는데, 재빠른 속도와 뭉개지는 발음, 적응하기 힘든 억양으로 말했기에 대화를 완전히 이해할 수는 없었지만, 모든 결론은 경기 끝나면 혹시 자기 방에서 볼 수 있냐는 이야기였다. 물론 그 끈적한 초대에 응할 생각은 없었기에 늘 서둘러 자리를 떴지만 말이다. 예전에 축구 선수들의 라커룸에서 가장 인기 있는 대화 주제가 '게임' 아니면 '여자'라는 말을 들었는데, 그때는 듣고 웃었지만 이런 일을 실제로 몇 번 겪고 나니 매우 신빙성 있게 느껴졌다.

주변의 치안과 어쩌다 부딪히게 되는 축구 선수들 때문에 신경 쓰이는 일 외에 호텔 살이 자체는 크게 불편하지 않았지만, 한시바삐 '집'이라는 안정적인 공간에서 살면서 마음의 평안을 찾고 싶었다. 하지만 다양한 인터넷 광고와 에어비앤비 등을 통해 많은 집을 보러 다니면서 각종 괴상한 꼴을 겪게 되었다. 거의 계약이 성사되었다고 생각했는데 내가 외국인임을 알자마자 밑도 끝도 없이 갑자기 세입을 거부당하거나, 마치 내가 걸어 다니는 달러라도 되는 양 무조건 현금 달러로만 돈을 받겠다며 시세보다 훨씬 비싼 가격을 부르기도 했다. 이제 갓 도착한 외국인인 나에게 현지 보증인을 최소 2명 이상 요구하는 조건을 내세우는 건 기본이었고, 인터넷에 올라온 사진과 실제가 전혀 다른 집을 소개받거나, 적혀 있는 가격보다 2배를 갑자기 올려서 부르기도 했다. 마음에 들어 집 구석구석 둘러보는데 계약하기 직전 부엌 밑에서 커다란 바퀴벌레를 발견하는 바람에 얼버무리며 도망 나온 적도 있다. 이런 일을 줄줄이 겪으니 예전 영국 유학 시절 집구하러 다니던 때가 떠올랐다. 마찬가지로 계속되는 문전박대와 집주인의 말도 안 되는 요구에 지쳐 터덜터덜 돌아오는 길. 깊게 내쉬는 한숨에 눈물 방울이 섞여 나올 정도로 마음이 힘들었던 기억이 겹쳤다. 좀 더 지난 뒤 알게 된 사실이지만 아르헨티나는 부동산 취득 절차가 까다로우며, 아르헨티나 국민에게도 보증인과 월급과 세금 관련 서류 등 복잡한 과정을 똑같이 요구한다. 기본적으로 부동산을 취득하고자 하는 사람의 신분이 명확해야 하기에 구매자가 외국인이면 거부당할 수 있으며, 만일 부동산 구매 시 쓰이는 막대한 돈의 출처가 의심스럽다면 당국에서 부동산 취득 허가가 안 나기도 한단다.

지친 마음을 겨우겨우 다잡으며 집을 보러 다니다가, 결국 제일 처음에 보러 갔었던 곳이 학교 출퇴근이 까다롭다는 단점은 있지만 시설도 좋고 집주인도 믿을 만하다는 판단하에 마음이 놓였고, 이내 계약을 결정했다. 여기는 원래 에어비앤비 형태로 운영되던 곳이지만, 주인이 여러 집을 한꺼번에 관리하기 힘들어 마침 장기 투숙객을 찾던 중이었다. 아르헨티나에서 모노암비엔테Monoambiente라고 불리는 소위 원룸 형식의 아파트로 여자 혼자 자취하며 살기에는 적당한 크기였다. 지은 지 얼마 되지 않은 새 건물인 데다 애초부터 에어비앤비 용도로 지어진 곳이기에 각종 가구와 집기를 갖추고 있으며, 도시 중앙부에 있는 시민들의 안식처 센테나리오 공원Parque Centenario 옆이라 어디로 나가든지 대중교통이 편하다는 장점이 있기도 했다.

그렇게 나는 혹독한 신고식을 거치며 온갖 우여곡절 끝에 잔뜩 험해진 내 마음을 녹여줄 정도로 아늑한, 내 부에노스아이레스 생활의 위로와 안

반대라서 더 끌리는, 아르헨티나

식처가 되어준 집을 얻게 되었다. 파란 하늘과 예쁜 건물이 잘 어우러진 동네에서 사시사철 푸른 잎을 자랑하는 거대한 나무가 반겨주는 곳. 베란다에서 붉은색 해 질 녘 노을을 보며 생각에 잠길 수 있고, 맑은 밤하늘 아래 내가 발 딛고 서 있는 이곳이 남아메리카 대륙임을 증명하는 남십자성을 실컷 감상할 수 있는 곳. 3년간의 파견 생활 동안 부에노스아이레스를 감히 '나의 도시'라고 부르며 지낼 수 있도록 따뜻한 둥지 역할을 해준, 내가 참으로 아끼고 애정하던 이 공간에서 하나둘 만들어 간 나만의 추억들을 아주 오랫동안 간직할 것이다.

지구 반대편에서 내린 한국의 뿌리

　여기서 마주치는 다양한 사람과 일상 이야기를 시작하게 되면 보통 내게 "이름과 국적이 뭐냐?" 혹은 "어떤 일로 여기 아르헨티나까지 오게 됐냐?"라고 물었다. 내가 한국에서 왔다고 말하면 출신이 남한^{Corea del Sur}이냐, 북한 ^{Corea del Norte}이냐고 되묻는 – 이제는 대꾸하기도 귀찮은 – 질문을 던지는 사람도 있다(아르헨티나는 1970년대 있었던 주아르헨티나 북한대사관 방화 사건을 비롯한 정치적 변화와 외교 정책 전환 등의 이유로 현재까지 북한과 단교 상태를 유지하고 있다). 하지만 의외로 한국 사람과 일했다거나, 한국인이 동네 이웃이라거나, 학교를 함께 다닌 한국계 친구가 있다는 이야기를 해주는 경우가 꽤 있었고, 심지어 몇몇은 나에게 간단한 한국어 인사말을 건네기도 했다. 그러고 보니 내가 8년 전 부에노스아이레스를 처음 방문했을 때 가장 놀랐던 사실 중 하나도, 생각보다 한인 인구가 많고 한인 커뮤니티 역시 나름 단단하게 형성되어 있다는 점이었다. 실제로 부에노스아이레스에는 한국 물품을 파는 가게나 슈퍼도 여러 곳 있고, 한식당도 다양하게 분포되어 있어서 파견 초반부터 큰 이질감 없이 적응할 수 있었다.

　아득할 만큼 이 머나먼 아르헨티나까지 와서 공식적으로 정착한 한인들의 이야기는, 지금으로부터 60년을 거슬러 올라간 1965년부터 시작된다. 양국 수교 당시 박정희 정부와 아르헨티나 정부 간 계약에 따라 3차에 걸쳐 한국에서 아르헨티나로 농업 이민을 보냈고, 부산항에서 출발하여 두 달에 걸친 항해 끝에 새 이민자들이 도착한 초기 정착지는 리오 네그로^{Río} Negro 주의 라마르케^{Lamarque} 지역이었다. 하지만 갓 도착한 한인들은 곧 그곳이 황무지나 다름없는 척박한 땅이라는 뼈아픈 현실을 마주했다. 1세대 이민자들은 새로운 땅에서 어떻게든 더 나은 삶을 위해 노력했다. 그러나 대부분이 농업 경험이나 기술이 부족했고, 한국에서의 농사 방식은 이곳의 토양이나 기후에는 적합하지 않아 실패를 거듭했다. 앞이 캄캄해진 대부분의 1세대 한인들은 결국 그 땅을 떠나고 수도인 부에노스아이레스로 재이주를 결심했다. 답답한 상황에 대도시로 이주하긴 했으나 여전히 마땅한 직업이 없어 막막했던 한인 이민자들은, 한국에서 가져온 옷이나 물건들을 거리에서 하나씩 팔기 시작했다. 이후에는 현지 물건을 떼 와 가정방문을 통해 행상처럼 판매하며 생계를 이어갔고, 점차 간단한 형태의 봉제업을 시작하였다. 이렇게 행상일과 봉제업이 맞물리면서 나름의 생산-판매 구조를 갖추게 되었고, 이것이 훗날 한인 의류 산업의 기반이 되었다.

1970년대부터 1990년대 초까지 새롭게 아르헨티나에 정착한 한인 이민자들은 의류업에 필요한 자본과 기술력을 갖추고 있었고, 그들의 활약으로 의류 산업은 다방면에 걸쳐 빠른 성장을 이루었다. 온세^{Once}나 플로레스 Flores 지역의 아베샤네다^{Avellaneda} 거리 주변(한인들은 이 동네를 보통 '아베'로 줄여 부른다) 전문 의류 상가로 진출하면서, 의류 도매업과 소매업에서도 두각을 드러냈다. 이런 연유로 아르헨티나에서는 원단 제조, 봉제, 도 · 소매업 등 의류 관련 산업에서 한인들이 차지하는 비율이 높은 편이다. 상당수 한인은 여전히 상업에 종사하지만, 한인 이민자들의 주류가 1.5세대와 2세대로 넘어온 현재 시점에서는 한국계 특유의 높은 교육열과 교육 수준을 바탕으로 아르헨티나에서 법조인이나 회계사, 의료계 등 전문직으로 진출하는 사례도 점점 많아지고 있다. 한인 교포 대부분이 중산층 이상의 생활을 영위하고 있으나, 코로나 팬데믹 이후 반복된 경제 위기로 인해 어려움을 겪는 이들의 비율도 높아진 상황이다. 한때는 4만 명이 넘었다는 이곳의 한인 인구는 기나긴 아르헨티나의 경제 불황으로 인해 한국, 미국, 멕시코, 브라질 등 다른 나라로 재이민을 하는 경우가 많아지며 현재는 2만 3천 명 선으로 추산된다.

한국전쟁 이후 너무나 가난하고 배고팠던 삶이 눈물겹도록 싫어서, 서슬 퍼런 조국의 군사 독재 정권하에서 숨죽이며 살 수는 없었기에, 여기보다 잘 살고 풍요롭다는 남반구의 별천지에서 먼저 자리 잡았다는 친척의 초대로 인해. 이렇듯 다양한 이유로, 더 나은 미래를 꿈꾸며 바다 건너 멀리 아르헨티나로 이민 온 한인들. 하지만 그들을 기다리고 있던 건 낯선 환경과 높은 언어 장벽, 전혀 다른 생김새와 문화 차이로 인해 은연중에 퍼져 있는 차별과 무시였다. 그 고통을 온몸으로 겪었던 이민 1세대들은, 긴 세월 끝에 자신이 받았던 숱한 어려움을 발판 삼아 이곳 아르헨티나 땅에서 차츰차츰 꽃을 피우는 데 성공했다. 자기 생에 놓여 있던 많은 역경을 극복하고 이겨낸 끝에 이제는 여유 있는 생활을 누리게 된 한인들. 그러나 그들은 일찍부터 지구 반대편에 두고 온 조국인 한국의 뿌리를 잊지 않았고, 이를 되새기기 위해 교회 한글학교 등을 통해 이곳의 교포 자녀들에게 우리말과 글을 가르치기 시작했다. 한국어의 중요성과 그 속에 담긴 얼과 문화의 의미를 전하려 곳곳에 한글학교를 세워 나간 한인 이민자들. 그들의 노력과 열망이 밀집되어 탄생한 교육 기관이 내가 파견 교사로서 3년간 자부심을 느끼고 일했던 '우리 학교', 부에노스아이레스 플로레스 지역 소재 재외한국학교인 아르헨티나한국국제학교다.

부에노스아이레스 버스 교통 체계를 바꾸기 전까지는 109번 버스의 종

점이었기에 소위 '백구촌'이라고
도 불리는 한인들의 밀집 구역.
지금은 많은 이들이 자신의 사업
장과 가까운 아베 쪽으로 옮겨갔
다고는 하나, 여전히 수많은 한
인이 거쳐 가고 모여 사는 동네인
이곳에서 우리 학교의 역사가 시

작되었다. 뜻 있는 이민 1세대 교포분들이 모여 한인 후손들을 위한 학교
건립추진 위원회를 발족했고, 독지가분들의 성금으로 1986년에 이 지역에
있던 공장 건물을 매입하였다. 이후 건물을 학교 용도로 개조하고, 학교 설
립계획을 세워 정부에 지원을 요청하였다. 국무총리 및 관계자와의 특별
간담회 등을 거치며, 한국과 아르헨티나 양국 정부로부터 공인 학력 인정
을 받는 재외한국학교 설립을 추진하게 되었다. 이 과정에서 한국 정부의
지원금뿐만 아니라 아르헨티나 교민 사회에서도 성금을 모아 새 학교 만들
기에 힘을 보냈고, 또한 부족한 공사비를 충당하기 위해 바자회를 개최하
는 등의 노력도 있었다(재외한국학교를 설립하기 위해서는 매칭 펀드^{Matching Fund}, 즉 해당자
가 공동으로 자금을 출자하는 대응 투자가 원칙이다. 상황에 따라 비율의 차이는 있으나 보통 한국
정부와 해당국 교민들이 절반가량을 각각 부담하는 구조다). 이처럼 '백년지대계'라는 교
육의 중요성을 이해하는 재아르헨티나 교포 사회 내 어른들의 노력과 교
민 공동체의 협력 덕에 1995년 3월 1일, 한국 정부의 인가를 받은 아르헨
티나한국학교가 정식 개교하고 첫 학생 모집을 시행하였다. 이후 1999년
3월 11일부터는 부에노스아이레스 교육부 정규 사립학교로서 인가받아 오
전 아르헨티나 현지 교육과정을 열게 되었다. 그리고 2024년 4월부터는 교
명을 '아르헨티나한국학교'에서 '아르헨티나한국국제학교'로 변경하여 지금
에 이르고 있다.

주재원 자녀 중심의 다른 해외 지역 재외한국학교와는 달리, 아르헨티나 한국국제학교는 한인 교포들을 위한 학교로서 아르헨티나의 교육 체계 특성에 맞춰 운영되고 있다. 아르헨티나 내 외국계 사립학교는 보통 종일제로 운영되며, 오전에는 아르헨티나 정규 교육과정, 오후에는 영어나 이탈리아, 프랑스어 등 학교별 방과 후 특색 과정으로 이중언어 교육을 제공하는 방식이다. 우리 학교의 경우 오전에는 스페인어로 진행되는 현지 교육과정, 오후에는 한국어와 영어 과정을 병행하는 삼중언어교육 학교이다. 한국 정부와 교포 사회의 합작으로 탄생한 우리 학교는, 한국 교육부의 정식 교육과정을 따르되 교포 학생들의 특성과 아르헨티나 현지 교육 맥락, 어휘력과 문장력 등을 고려해 학년별 성취 기준을 재구성하여 수업을 진행하고 있다. 또한 전 학년에 걸쳐 다양한 한국 무용을 배우는 시간과 함께 문화체육관광부의 지원으로 운영되는 태권도 수업도 마련되어 있다. 우리 학교에서는 초등학교 6학년까지 한국 과정을 이수할 수 있으며(부에노스아이레스시 기준으로 초등학교 과정^{Nivel Primario} 7년, 중등 과정^{Nivel Secundario} 5년으로 구성된다) 한국 과정은 6학년으로 마무리되지만, 7학년 과정은 아르헨티나 정규 교육과정과 영어 수업으로만 구성되어 있다. 이렇게 우리 학교에서 교육받은 학생들은 이후 다른 중등학교로 진학하더라도 이곳에서 배운 한국의 얼과 언어

를 잊지 않고 잘 간직하고 있다. 그 결과 우리 학교 출신 중 상당수가 한국어, 스페인어, 영어 능력 등을 고루 갖춘 글로벌 인재로서 성장해 성인이 된 뒤에도 아르헨티나와 한국 사회를 오가며 다양하게 활약하고 있다.

반대라서 더 끌리는, 아르헨티나

우리 학교는 한국에서 가장 먼 나라의 수도인 아르헨티나 부에노스아이레스에서 한국적 색채를 제대로 갖춘 몇 안 되는 공적인 공간이자, 아르헨티나와 한국을 이어주는 다리 역할을 한다. 해마다 한인회에서 주최하는 광복절 행사는 학교 강당을 대관해 진행하며, 학생들도 이 행사에 함께 참석해 광복절의 역사적 의미를 되새긴다. 또한 학생들은 대사관이나 한국 관련 공식 행사에 초청되어 양국가 제창이나 사물놀이 축하공연을 하기도 한다. 지난해에는 부에노스아이레스시 정부와 한인회가 협력하여 열린 한인의 날^{BA Celebra Corea} 행사에 참여해, 우리 학교 부스를 열고 현지인들에게 한국 문화와 우리학교를 소개하고 홍보했다. 또한 교육부 산하 국립국제교육원에서 정기적으로 시행하는 한국어 능력 시험인 토픽^{TOPIK}도 우리 학교 교실을 시험장으로 쓰고 있다. 토픽은 한국어를 모국어로 사용하지 않는 외국인이나 재외동포를 대상으로 한국어 사용 능력을 측정하기 위해 치르는 시험으로, 교포 자녀들이 한국 대학 진학을 희망할 때 제출 서류로 활용되기도 한다. 나 역시 몇 차례 토픽 시험 감독관으로 참여한 적이 있는데, 시험 회차를 거듭할수록 한국계 교포는 물론이고 다양한 동기와 경로를 통해 한국어를 배운 아르헨티나인 시험 응시자들이 눈에 띄게 늘어가는 걸 볼 때마다 뭉클한 마음이 들었다. 이렇게 많은 이들이 열정적으로 한국어를 공부하고 있다니! 전 세계적으로 젊은 세대들에게 인기를 얻고 있는 케이팝을 필두로, 한국 드라마, 음식, 뷰티케어 제품까지 전반적인 K-문화를 기반으로 한 콘텐츠 덕분에 한국에 대한 아르헨티나 사람들의 관심과 흥미가 높아졌음을 실감했다.(실제로 부에노스아이레스 내 유명 서점 음반 코너에서 방탄소년단, 블랙핑크 등 유명 케이팝 그룹들의 앨범을 볼 수 있으며, 팬들끼리 주최하는 케이팝 경연대회나 관련 행사도 활발하게 운영되고 있다). 이처럼 다양한 경로로 생긴 한국에 대한 애정이라는 강력한 동기 덕분에, 토픽 시험 응시자들은 반짝이던 눈빛과 미소 띤 표정으로 시험에 임했다. 그 모습을 바라보는 일은, 토픽 시험관으로서 내가 누릴 수 있었던 가장 소소하면서도 벅찬 행복이었다. 그리고 이 모든 건 내가 파견 교사로 일할 수 있었던 우리 학교가 굳건하게 존재하기에 가능한 일이라고 생각한다.

이렇듯 한국계라는 정체성을 연결하는 중요한 고리이자 교육의 산실 역할을 하는 아르헨티나한국국제학교는, 안타깝게도 현재 학생 수가 점차 감소하는 어려움을 겪고 있다. 여기에는 여러 누적된 이유가 있겠지만 – 내 개인적인 생각을 덧붙이자면 – 이민 세대의 중심이 어느덧 2세대 너머로 옮겨간 이후 새로 학부모가 된 이들 중 한국과 이어지는 정체성이 옅어진 경우가 많아 자신이 지닌 뿌리에 대한 중요성을 잊어가는 게 큰 이유가 아닐까 짐작한다. 언어는 단순히 사람들이 사용하는 말과 글임을 넘어, 그 언어가 쓰이는 나라의 문화와 정신을 담는 그릇이다. 그래서 예전에는 이민 가정에서 언어의 역할에 대한 확고한 의식을 갖고, 집에서는 무조건 한국말을 사용하게 하는 등 자녀들이 부모 세대의 모국에 대한 이해를 놓지 않도록 여러 노력을 기울였다(다양한 나라를 여행하다가 만난 한국계 교포들에게 공통으로 들은 말이지만, 가정 내에서 사용하는 한국어는 이민 세대 간 소통 창구로서 기능한다고 했다. 비록 언어 실력이 유창하지 않더라도, 간단한 한국어 표현을 통해 부모나 조부모 세대와 정서를 공유하고 서로를 이해할 수 있는 정서적 윤활유가 된다고 말이다). 그러나 세월이 흐르고 세대가 바뀌며 부모들 자신도 점차 현지 언어인 스페인어를 더 편하게 느끼게 되니, 반대로 한국어의 중요성에 대한 인식은 부족해진다. 한국어에 깃든 문화와 정서에 대해 깊이 생각해 볼 기회 자체가 줄어드는 것이다. '어차피 아르헨티나에서 평생을 살아갈 아이라면, 굳이 한국어를 가르칠 필요가 있을까?'라는 생각과 함께 한국어 교육에 대한 적극성이 떨어지는 건 어쩌면 자연스러운 흐름일 수도 있다. 하지만 앞서 언급했듯, 이는 멀리 보면 아직은 한국식 정서가 강한 이민 1세대와 새로이 아르헨티나식 정서를 품은 자녀 세대간 서로를 연결해 줄 공통점이 사라지게 되는 셈이기도 하다. 게다가 부모가 처음부터 구사 언어의 경계를 어떻게 설정하느냐에 따라 자녀의 언어 사용 능력 크기가 달라지며, 모국어의 기반이 탄탄할수록 외국어 능력 또한 이에 비례하여 성장한다는 사실은 이미 여러 연구를 통해 알려진 사실이다. 더군다나 지금은 세계화 시대, 나날이 높아지고 있는 한국의 국제적 위상을 생각할 때 만일 자녀가 앞으로 '한국계 아르헨티나 시민'이라는 정체성을 잘 확립한다면, 이 아이는 양국 언어에 담긴 문화와 정신 모두 아우를 수 있는 커다란 그릇을 키워가게 될 것이다.

이러한 나의 의견을 정리해, 학부모를 포함한 학교 관계자들과 교포 사회에 속한 분들을 만나는 기회가 생기면 직간접적으로 전달하곤 했다. 어떻게 보면 나는 여기에 몇 년 있다가 한국으로 돌아갈, '파견 교사'라는 이름의 외부인 위치에 있는지라 오래 사신 한인 교포들 입장에는 내 의견이 쉽게 와닿지 않았을 수도 있다. 또 어쩌면 나는 여기에 상대적으로 짧게 머물며 아주 일부만 보고 주제넘게 말하는 걸 수도 있다. 그럼에도 불구하고, 나의 미약한 힘이나마 시도하고 싶었다. 아르헨티나의 만성적인 경제 위기와 고환율 시대까지 겹친 지금, 우리 학교는 매우 어려운 시기를 지나고 있다. 하지만 그 속에서도 여전히 애정 어린 마음으로 우리 학교를 지키고자 노력하는 분들이 모여 다양한 방식으로 힘을 보태고 있다.

3년간 숱하게 지나던 학교 교문을 마지막으로 지나던 날, 나는 교문 옆의 나무를 바라보며 나무와 그 아래 있는 뿌리의 관계를 떠올렸다. 우리의 눈에는 햇살에 비칠 때마다 찬란히 빛나는 잎사귀들을 뽐내는 나무만 보이지만, 사실 그 큰 나무를 드러나지 않게 지탱하는 역할을 하는 건 뿌리다. 보이지 않기에 쉽게 잊히고 지나치지만, 이런 정신적인 역할이 없다면 나머지는 모두 부차적일 뿐이다. 우리 학교는 아르헨티나 교포 사회에서 몇십 년간 뜻 있는 이들과 함께 힘을 모아 보이지 않는 무형의 뿌리를 일궈낸 곳이기에 더더욱 소중하다. 60년 전 한국 부산항을 출발해 처음 이 땅을 밟은 첫 한인들부터 지금까지, 아르헨티나에서 한국의 언어와 문화라는 무형 자산을 함께 가꾸는 그릇이자 산실의 역할을 해온 아르헨티나한국국제학교. 난 여전히 내가 얻은 3년이라는 기회에 감사하고 우리 학교를 위해 일했다는 사실이 뿌듯하며 자랑스럽지만, 안타까운 상황 속에 파견을 마무리하게 되어 말로 형용할 수 없는 복합적인 기분이 들었다.

그런 여러 가지 생각을 안고 지내던 파견 막바지의 어느 여름날, 간만에 아베에 있는 한인 마트에서 장을 보고 나오는 길이었다. 어떤 한인 교포 아버지가 잠투정하는 자기 딸아이를 달래기 위해 자장가를 부르는 광경을 우연히 보았는데, 그의 발음은 서툴지만 분명 가사는 애국가였다. 특유의 부에노스아이레스 스페인어 억양이 진하게 섞인 한국어 말투로 어린 딸의 등을 토닥거리며 "대한 사람 대한으로 길이 보전하세"를 부르면서 딸아이를 슬며시 재우는 모습을 보니 왜인지 나는 그 자리에서 눈물이 울컥 쏟아질 것만 같았다. 지리적으로 우리나라에서 대척점에 있는 나라의 수도 한가운데 대낮에 어느 한인 가정의 일상과 닿았던 순간. 어쩌면 우리에게는 절대 지워내거나 꺼낼 수 없도록 몸속 가장 깊숙한 혈관에 자리하여 흐르는 피에, 한인의 얼이 깊숙하게 뿌리박혀 있다는 생각이 들었다. 그렇게 나는 그날의 짧은 마주침을 통해 여전히 지구 반대편에서도 우리의 진한 핏빛 언내가 살아 숨 쉼을 느꼈다.

반대라서 더 끌리는, 아르헨티나

독특한 부에노스아이레스식 스페인어

생각보다 사람들이 잘 모르는 사실이지만, 스페인어는 중국어에 이어 세계에서 두 번째로 모국어 화자가 많은 언어다(영어가 세계 공용어처럼 널리 쓰이지만, 정작 모어 화자 수는 세계 3위이다). 브라질과 일부 나라들을 제외한 대부분의 중남미 국가가 오랜 기간 스페인의 식민 지배를 받았기에 스페인어를 국가 공용어로 사용하기 때문이다. 하지만 중남미에서 스페인어는 안데스의 지형 같은 자연환경, 식민시대 이전 토착민의 언어 및 식민지 독립 후 이민자들의 모국어와의 혼합, 기타 역사와 문화로 인해 지역별로 분화됐으며 각 나라의 고유한 표현이 따로 존재한다. 그중 아르헨티나는 옆 나라 우루과이와 함께 '카스테샤노 리오플라텐세Castellano Rioplatense'라고 불리는 지역색이 매우 짙은 스페인어를 사용하는데, 이 스페인어의 억양이나 단어가 색다르게 돋보이는 편이라 스페인어화자 누구라도 이 억양을 들으면 바로 이쪽 방언임을 알아차릴 수 있다.

나는 처음부터 정식으로 스페인어를 배운 게 아니라, 몇 년 전 페루 남부 시골에서 생존을 위해 마구잡이로 언어를 배운 터라 기본기가 약한 편이었다. 게다가 다양한 스페인어 중에서도 다소 중립적인 억양으로 평가받는 지역 중 하나인 페루식 스페인어에 익숙했던 나에게, 처음으로 듣게 된 아르헨티나식 스페인어는 마치 이탈리아어 화자와 이야기하는 것같이 느껴질 정도로 이질적이라 익숙해지기 전까지는 꽤 이해하기가 어려웠다. 이런 소감은 나만의 느낌이 아닌 모양인지 스페인어를 어느 정도 공부하고 온 다른 외국인들에게조차도 아르헨티나의 스페인어는 영 '스페인어'답지 않고 억양도 단어도 튄다며 입을 모아 말할 정도다. 이는 19세기부터 20세기 중반까지 아르헨티나로 줄지어 들어온 수많은 이탈리아계 이민자의 영향을 강하게 받았기 때문으로, 억양과 표현은 물론 보통 사람들의 대화에서 볼 수 있는 손 모양이나 유쾌한 제스처까지 죄다 이탈리아식이다. 예를 들면 손가락을 모두 모아서 주먹처럼 만들고 상대방을 향해 흔들면 "무슨 말을 하는 거냐?" 하고 되묻는 의미가 되고, 또한 손바닥을 펴서 수평으로 만든 후 위아래로 흔들면 "그럭저럭, 보통이야."라는 의미가 된다. 이러한 말버릇이나 손의 제스처뿐만 아니라 발음도 판이한데, 보통 다른 국가에서는 '야'나 '쟈' 등으로 읽는 ll 발음을 '샤'로 발음하는 것은 물론, gmail이나 jean 등 영어의 'ㅈ' 발음까지 'ㅅ' 발음으로 낸다. 아르헨티나에 온 지 얼마 안 되었을 때, 가게에 전자영수증을 발행해달라고 했다가 직원이 계속 내 이메일 주소를 '시메일'이라고 해서 처음에 이게 뭔 말인지 이해를 못 했던 적도 있었다. 휴대폰이라는 뜻의 '셀룰라르 Celular'를 '셀루 Celu'로 부르는 것처럼 단어를 두 음절로 줄여 말하는 특징과 함께, 다른 스페인어권에서는 쓰지 않는 Vos 이인칭과 여기에 맞는 동사 변형 Voseo도 따로 쓰는 등 문법적으로도 다른 스페인어와는 약간 동떨어져 있다.

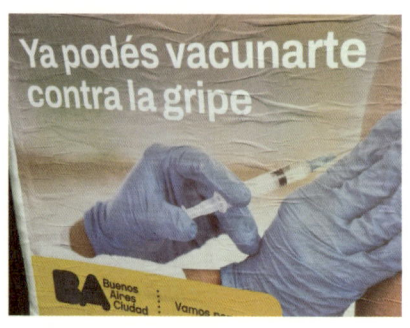

이렇게 다소 독특하게 느껴지는 억양이나 단어의 카스테샤노 리오플라넨세 중에서도 특히 부에노스아이레스의 지역색이 가장 강한 편이며, 이곳의 스페인어 속어 표현을 일컬어 룬파르도Lunfardo라고도 한다. 식민지 독립

이후 국가 설립 초창기부터 전 세계 많은 이들의 이민 행렬을 받았던 항구도시 부에노스아이레스 특유의 다채로운 문화의 혼합으로 탄생한 이곳의 사투리 룬파르도. 원래는 하층민과 범죄자들 사이의 은어처럼 사용되었으나, 점차 그 표현들이 일반 대중에게도 퍼져나가며 부에노스아이레스뿐만 아니라 다른 지역들, 더 나아가 아르헨티나 전역에서 널리 쓰이게 되었다고 한다. 이런 룬파르도 중 일상 대화에서 자주 접하거나 이곳 출신 친구들과 대화하면 흔히 접하게 되는 표현 몇 개만 소개해 보자면 다음과 같다(참고로 스페인어는 성수 일치를 따르는 언어이므로 형용사나 관형 표현은 수식하는 명사의 성별과 수에 따라 형태가 다르다).

- **체 Che**: '이봐, 여어, 그래, 뭐' 같이 별 뜻 없는, 일상 대화를 시작하거나 대화 중간에 쓰이는 추임새. 그 유명한 혁명가 체 게바라의 별명도 이 말에서 유래했으며, 그가 아르헨티나 출신임에서 기인했다.
- **볼루도 Boludo / 볼루다 Boluda**: 가장 흔하게 듣는 아르헨티나 표현으로 대충 '야 이 바보야', '야 임마' 같은 느낌이다. 친구들끼리 대화하는 걸 들으면 대화의 감초처럼 자주 등장하는 표현. 일상적인 대화에서는 누구도 기분 나쁘게 듣지 않으나, 공식적인 석상에서 거리낌 없이 사용하기엔 적절하지 않다.
- **네네 Nene / 네나 Nena**: 각각 남자아이, 여자아이를 뜻한다. 연인 사이에 귀엽게 애칭처럼 쓰기도 한다.
- **챠본 Chabón / 챠보나 Chabona**: 젊은 남성, 여성을 지칭하며, 대략 '저 녀석', '그 친구' 정도로 해석된다. 문맥에 따라 다정하거나, 거친 어감이 될 수 있다.
- **코파도 Copado / 코파다 Copada**: 대략 '멋지다', '쩐다'의 의미. 사람에게는 매력적이라는 칭찬, 그리고 음악이나 영화 등 콘텐츠에는 정말 좋

다는 뜻으로 쓰인다.

- **코모 안다스** ¿Cómo andás?: 아르헨티나식으로 안부를 묻는 표현. 표준 스페인어의 '¿Cómo andas?'와는 악센트가 다르다.

- **레 Re**: 접두어처럼 형용사나 부사 앞에 쓰이는데, '정말', '완전', '진짜' 같은 강조의 의미를 더해준다. (Estoy re cansada. 나 완전 피곤해.)

- **바르바로 Bárbaro**: '아주 좋다', '대단하다'의 의미. Re처럼 감탄이나 동의, 맞장구칠 때도 자주 쓰인다.

- **본디 Bondi**: 시내버스Colectivo를 의미한다.

- **피올라 Piola**: 어떤 사람을 두고 '영리하다', '재치 있다', '약삭빠르다'라고 말할 때 사용한다. 상황이나 분위기가 좋다는 뜻으로도 쓰인다. (¡Qué piola! 완전 똑똑한데!)

- **망고 Mango**: 보통 소액의 돈, 또는 돈 자체를 구어체로 표현할 때 사용한다.

- **트루쵸 Trucho / 트루챠 Trucha**: '가짜', '질 낮은', '허위의'라는 의미로 사용된다. (Este billete es trucho. 이 지폐는 가짜야.)

- **킬롬보 Quilombo**: 장소, 상태, 사람, 상황이 '엉망', '정신없다', '혼란스럽다' 등을 의미한다. 일상에서 자주 쓰이나 역시 공적인 자리에서는 피하는 게 좋다.

그 외에도 다양한 표현이 있지만 나에게 제일 재밌게 느껴졌던 단어는 '차무샤르(Chamullar 혹은 Chamuyar로 표기)'였다. 대략 묘사하자면 말에 진정성이 없고, 과장이나 허풍이 섞인 상태를 뜻한다. 예를 들어 짜장면을 배달시켰는데, 꽤 오랜 시간이 흘렀는데도 음식이 도무지 오지 않아 가게에 확인차 전화를 걸면 "아, 방금 출발했습니다!"라고 둘러대는 것과 비슷하다고나 할까? 혹은 맥락을 바꿔 남녀관계에서 이 단어를 쓰면 '말로 이성에게 작업 걸다.'라는 느낌이다. 내가 아르헨티나 직장 동료들에게 배웠던 이 단어를 써서 다른 친구들에게 말하니, 외국인인 내가 이런 단어를 알고 구사하는 게 너무 신기하고 재밌었던지 그 자리에 있던 모두가 빵 터지게 웃었던 적이 있었다.

이런 아르헨티나식 룬파르도는 다른 나라에서는 쓰이지 않는 생경한 표현이나 단어들이 많아서 같은 스페인어권 사람들조차도 이해를 못 할 때가 있다고 한다(그래서 룬파르도 표현들만 모아 사전처럼 만들어 영어로 설명한 책도 있다). 나 역시 이해가 잘 안될 때는 휴대폰 메모장 등에 적어두었다가 나중에 인터넷으로 검색해서 따로 의미를 찾아본 적이 많은데, 나와 비슷한 질문들이 웹에 꽤 올라와 있는 걸 보면 그만큼 아르헨티나 스페인어는 많은 이들에게 미스터리한 언어임이 분명하다. 흥미로운 사실은, 아르헨티노들은 그들만의 독특한 스페인어에 큰 자부심을 느낀다는 점이다. 스페인에서 쓰이는 스페인어를 정식 표준어라고 친다면, 아르헨티나 스페인어는 거센 경상도 지역 사투리를 배우는 것과 비슷하다. 분명 서로 의사소통이 아예 안 될 정도는 아니지만, 언어 자체에 지방색이 매우 강해서 단어도 억양도 느낌도 본토 스페인어와는 꽤 동떨어져 있기에 되려 이 언어 사용자들만의 끈끈한 유대감이 존재한다. 마치 룬파르도의 유래답게, 갓 국가가 들어서고 이민을 받기 시작하던 초창기 부에노스아이레스에서 그들만의 코드로 스페인어 표현을 사용했던 지하 세계 사람들의 모습 같달까. 이렇게 아르헨티나식 스페인어가 워낙 여러모로 정평이 나 있는 덕에 외국인의 스페인어 능력 정도를 평가하는 델레^{DELE} 시험에도 듣기 문제로 한 번 이상 꼭 나오는데, 이에 익숙하지 않은 응시자들에게는 함정처럼 느껴질 수 있겠지만 나름 무시할 수 없는 스페인어의 한 유형으로 당당히 자리 잡아 스페인어가 가진 다양성을 더해주고 있다.

유럽을 위시한 전 세계 각국에서 건너온 조상의 얼과 크고 넓은 남미 대륙의 힘이 만나 합쳐져 전혀 새로운 조합으로 재탄생한 아르헨티나 부에노스아이레스식 스페인어. 사방에서 들려오는 사람들의 모였다 흩어지는 웃음소리에도, 내게 탱고와 플라멩코를 가르쳐주시던 강사님들의 열정적인 기합에도, 카페에서 커피를 마시며 주문을 주고받는 대화 속에서도, 공원에서 마테를 마시며 수다를 떠는 친구들의 이야기 속에서도 진한 포르테뇨 억양이 묻어나옴과 동시에 룬파르도 단어들이 쏟아진다. 이토록 독특한 개성을 지닌 이곳의 스페인어는 아르헨티노들을 진정 아르헨티노답게 만드는 언어인 듯하다.

반대라서 더 끌리는, 아르헨티나

탱고의 요람에서 탱고를 즐기는 방법

아르헨티나를 나타내는 대표적인 정체성 중 하나이자, 우리에게는 영화 〈여인의 향기〉속 OST 음악 〈Por Una Cabeza〉에 맞춰 아름답고 관능적인 춤을 추는 장면으로 잘 알려진 탱고^{Tango}(현지 발음으로는 '땅고'라고 한다). 탱고의 역사와 기원은 아르헨티나 공화국이 탄생한 이후, 19세기 말 부에노스아이레스 주변부 라플라타 지역에서 비롯된 것으로 알려져 있다. 탱고는 하바네라^{Habanera}(쿠바 유래의 민속 춤곡), 칸돔베^{Candombe}(아프리카 노예들로부터 유입되어 발전한 우루과이의 음악과 춤 장르), 밀롱가^{Milonga}(19세기 말 부에노스아이레스에서 탄생한 빠르고 경쾌한 리듬의 무용 음악을 일컫는 말이었으나, 현재는 탱고를 즐기기 위해 사람들이 모이는 장소를 뜻한다) 유럽계 이민자, 스페인인과 원주민의 혼혈인 크리오쇼^{Criollo} 문화 등 다양한 뿌리를 두고 재탄생된 혼합 예술 장르다. 탱고는 으레 우리가 단어에서 떠올리는 '두 파트너가 호흡을 맞추며 추는 춤'뿐만 아니라, 음악과 노래, 시적 표현까지 아우르는 하나의 거대한 문화적 아이콘이다.

탱고 음악은 보통 바이올린 등의 현악기와 피아노 등의 건반악기를 중심으로 구성된 중주 연주나 오케스트라 형식으로 이루어지며, 곡에 맞게 가사를 붙여 가수가 노래를 부르기도 한다(가사에는 시적인 표현뿐만 아니라, 이 지역 사투리 룬파르도 표현이 자주 사용된다). 아르헨티나 탱고 음악 장르에서 가장 유명한 음악가로는, 여기서 마에스트로Maestro, 스페인어로 '스승님', '거장'라 불리는 아스토르 피아솔라Astor Piazzolla(영미권에서는 피아졸라라고 표기됨), 카를로스 가르델Carlos Gardel, 카를로스 디사를리Carlos Di Sarli, 아니발 트로일로Anibal Troilo, 후안 다리엔소Juan d'Arienzo 등이 있다. 이들은 작사와 작곡, 오케스트라 지휘, 악기 연주, 가창 등 다양한 분야에서 두각을 드러내며 아르헨티나 탱고 음악의 발전에 크게 기여했다.

탱고 음악에서 내 귀를 사로잡은 건 탱고에서 가장 상징적인 악기, 반도네온Bandoneón 특유의 음색이었다. 아코디언과 비슷하게 생겼지만 실제로는 완전히 다른 이 악기는 원래 독일 출신으로, 아르헨티나로 이주해 온 독일 이민자들에 의해 전해졌으며 현대에 들어서는 주로 탱고 음악에 사용된다고 한다. 이 악기는 71개의 테클라Tecla, 키, 건반를 조합해 무려 142개의 음을 내는 데다, 테클라 자체도 불규칙하게 배열되어 있다. 게다가 주름통을 벌릴 때와 오므릴 때의 음역대가 다르기까지 해서 어떻게 연주하느냐에 따라 다른 소리를 낸다. 반도네온은 연주법이 복잡하고 까다로운 데다, 제작자 수까지 적어 악기 자체를 구하기도 어렵다 보니 '악마의 악기'라는 별명까지 있을 정도다. 하지만 그러한 별명답게, 사람을 잡아끄는 묘한 매력과 흡인력이 있다. 반도네온 특유의 강한 음과 당김음, 스타카토가 교차하며 흐르는 선율을 들으면, 탱고 음악 안에 숨어서 보이지 않는 팽팽한 긴장감이 마치 절제된 감정의 폭발처럼 느껴지기도 한다.

탱고는 이렇게 음악과 함께, 우리가 현재 알고 있는 몸짓과 감정을 동반한 춤으로 진화하며 음악과 춤, 정서를 모두 아우르는 예술로 서서히 발전하였다. 초창기 부에노스아이레스의 항구 인근 보카 지구La Boca나 산텔모San Telmo 등의 가난하고 낙후된 이민자 동네의 거리와 술집에서 탱고가 첫 선을 보이기 시작했고, 이후에는 나름의 방법과 규율을 점차 붙여가며 하나의 예술로 재정립되어 널리 퍼져나갔다. 태생적으로 하층민의 문화였기에 탱고는 저속하고 퇴폐적인 장르로 간주되어 상류층에 의해 배척되기도 했다. 하지만 시간이 지남에 따라 탱고는 더욱 인기를 얻었고, 프랑스 파리에서 먼저 예술로 인정받기 시작하며 아르헨티나에서도 재평가가 이루어졌다고 한다. 이후 대규모 오케스트라와 함께 유럽 각지의 극장과 콘서트홀 등지에서 탱고 공연이 이루어졌고, 관객의 열렬한 호응을 받았다. 특히 1930~1950년대, 탱고의 황금시대Epoca de Oro del Tango라고 불렸던 이 시기에는 우리에게 잘 알려진 당대의 음악가들이 만든 많은 유명 곡이 쏟아져 나왔는데, 이 곡들은 오늘날에도 꾸준히 사랑받으며 탱고 공연장과 밀롱가에서 울려 퍼지고 있다.

황금시대 이후 록이나 팝 등 다른 음악 장르가 등장하면서 아르헨티나 본국에서의 탱고의 열기는 조금씩 사그라들었지만, 대신 유럽과 아시아 등에서 국제적인 명성과 인기를 더해갔다. 시간이 지나면서 탱고는 음악가들과 무용수들이 다른 장르와 융합하고 재해석하며 일렉트로닉 사운드와 결합한 '일렉트로 탱고' 같은 새로운 형태도 만들어 내기 시작했다. 그렇게 탱고는 아르헨티나의 중요하고 유명한 문화로 자리매김하게 되었으며, 탱고

가 선사하는 아름다운 예술 세계에 매료된 전 세계 사람들의 관심과 존경, 그리고 애정을 듬뿍 받고 있다. 단순히 탱고에 대한 열정 때문에 이 머나먼 아르헨티나 부에노스아이레스로 여행이나 장기 체류를 결심한 외국인들도 자주 볼 수 있었는데, 이렇게 낮에는 탱고를 배우고, 밤에는 밀롱가

를 가거나 탱고 공연을 보러 다니며 탱고를 원 없이 즐기는 이들 덕분에 부에노스아이레스의 밤은 늘 열기로 가득하다.

  그렇기에 탱고는 내가 이곳으로 파견이 확정되었을 때부터 꾸준히 배우고 싶었던 것 중 하나였다. 단순히 공연을 보는 걸로 만족하지 않고, 기왕 아르헨티나에 오게 되었으니 이 나라를 대표하는 취미인 탱고를 선택해 기본기를 갈고닦겠다는 목표를 세웠다. 뜻이 있는 곳에 길이 있다고 다른 동료 선생님의 소개로 탱고를 가르치는 아르헨티나 강사 커플을 만났고, 탱고의 탱자도 모르는 문외한이었던 나는 그들을 통해 탱고 세계에 입문하였다. 기본 포지션부터 시작해, 가장 기초 동작인 카미나타 Caminata (스페인어로 '걷기'를 뜻하며, 두 사람이 리듬을 맞추며 나란히 걷는 동작)와 크루세 Cruce (다리를 교차하며 중심을 잡는 동작), 오쵸 Ocho (몸을 회전하며 숫자 8을 그리듯 이동하는 동작), 상구치토 Sanguchito (스페인어로 '작은 샌드위치'라는 뜻으로, 발 사이를 끼워 잠시 멈추는 동작)까지 하나씩 차근차근 연습하며 약 1년 동안 즐겁게 탱고를 배웠다. 수업 비용으로는 강사 수업료와 살라 Sala, 연습실 사용료를 각각 내야 했지만, 그래도 다른 나라에서 배우는 것에 비하면 훨씬 저렴한 비용이었다.

파견 나온 나라에 서서히 적응하는 초반기 생활 동안 아르헨티나를 이해하는 또 다른 통로이자, 내겐 생활 스페인어 선생님이기도 했던 고마운 그들. '춤의 무덤'이라는 우스갯소리가 있을 정도라는 탱고는 생각보다 꽤 어려웠지만 그만큼 상당히 매력적이었고, 기본적인 스텝과 동작을 천천히 숙지하는 재미도 컸다. 입문자 과정을 마친 뒤에도 계속 배우고 싶었으나, 강사 사정상 수업이 중단되었고 나 역시 새로 맡은 교무 업무로 인해 정신없이 바빠지는 바람에 자연스럽게 탱고에서 멀어지게 되었다. 그렇게 파견 마지막 해에 접어들 무렵에 우연한 계기로 또 다른 탱고 강사 커플을 만나게 되었고, 덕분에 한동안 잊고 지냈던 탱고 세계로 다시 돌아갈 수 있었다. 서로 다른 국가 출신이지만 탱고를 통해 새로운 가족이 된 그들 부부는, 내가 이미 배운 기초를 토대로 중급 이상의 기술까지 차근차근 지도해 주었다. 이들과는 히로Giro(주로 리더 역할을 맡는 남성이 중심이 되어, 스텝을 밟으며 팔로워 여성을 회전시키는 동작), 라피스Lapiz(한 다리로 중심을 잡고 다른 다리로 큰 원을 그리며 컴퍼스처럼 도는 동작), 사카다Sacada(타이밍에 맞춰 상대방의 공간을 가볍게 밀고 들어가는 발동작), 볼레오Boleo(팔로워가 발을 던지듯 차는 동작으로, 음악에 맞춰 다리의 높낮이나 강약을 조절한다), 바리다Barrida(파트너의 발을 빗자루로 쓸 듯 밀며 옮기는 동작) 등 다양한 응용 동작을 배우고 연습했다. 그 이외에 밀롱가 스텝과 발스Vals(유럽의 3박자 춤곡인 왈츠에 탱고를 접목한 음악 장르) 스텝을 익혔고, 다른 수강생들과 함께 어울려 춤추는 시간도 가졌다. 그 외에 따로 시간을 내어 한 교포 선생님께 탱고에 필요한 중심축을 잡는 정확한 자세와 테크닉을 배우기도 했는데, 선생님께서는 내게 탱고의 본질인 '파트너와 에너지를 공유하고 연결하는 감각'이 얼마나 중요한지 되짚어 주기도 하셨다.

그렇게 연습하면서 주말에는 강사 부부와 함께 밀롱가도 몇 번 가보았다. 그전에도 구경 삼아 한 번 가본 적은 있었지만, 지금까지 익힌 탱고 기술을 바탕으로 직접 파트너를 찾고 춤을 추러 다니는 밀롱가 체험은 나에게도 생경했다. 특히 눈빛을 교환하며 춤 신청을 하는 행위를 카베세오 Cabeceo라 하는데, 흔히 리더 역할의 남자들만 춤을 신청하고 팔로워 역할의 여자들은 기다리는 것처럼 여겨지나, 이곳 부에노스아이레스에서는 여자들이 절대 수동적이지 않으며 좋은 탱고 파트너가 될 것 같은 사람들을 보며 눈빛을 열심히 쏘아주거나 어쩔 땐 먼저 다가가기도 한다. 탱고 파트너를 고른 후에는 보통 3~4곡씩 묶어서 구성된 탄다 Tanda를 함께 추고, 탄다와 탄다 사이 약간의 휴식 시간인 코르티나 Cortina에 또 다른 파트너를 찾아 춤을 추면 된다. 처음 밀롱가에 갔을 때는 딱히 낯을 가리는 편이 아닌 나조차도 도대체 어떻게 해야 할지 몰라 나무 막대기 마냥 뻣뻣해지고 말았다. 쭈뼛거리며 밀롱가에 오긴 했으나 기왕 여기까지 왔으니 나도 탱고를 연습하고 싶어 다양한 파트너에게 눈빛을 열심히 쏘아댔지만 첫 만남은 처참했다. 선택받지 못해 탄다가 흐르는 동안 구석에서 음악만 듣는 우울함이라니! 하지만 이렇게 어색했던 밀롱가도 서서히 익숙해지면서 조금씩 각양각색의 파트너들과 합을 맞춰 연습하는 기회를 얻었고, 나에게 맞는 탱고 음악 스타일들도 가려낼 수 있는 여유도 살짝 생겼다.

그러던 중 부에노스아이레스에 8월이 찾아왔다. 8월은 전 세계 모든 탱고 동호인에게 굉장히 중요한 시기인데, 연도별 시기의 차이는 있으나 보통 8월 중순부터 말까지 마지막 2주간 부에노스아이레스에 세계 탱고 페

반대라서 더 끌리는, 아르헨티나

스티벌 Tango BA Festival y Mundial이 대대적으로 열리기 때문이다. 이는 마치 '탱고판 월드컵' 같은 행사로, 그동안 지역별, 대륙별 예선 대회를 거친 팀들이 아르헨티나 부에노스아이레스에 모여 마지막 결승을 통해 세계 탱고 챔피언을 뽑는다. 그 외에 부대행사로 매일 다양한 탱고 음악 연주나 오케스트라 등의 문화 공연이 열리는, 그야말로 탱고의 대축제 기간이다. 이 공연들은 모두 무료로 즐길 수 있으나 공연마다 제약이 존재하는데, 예를 들어 어떤 공연은 시작 3일 전부터 홈페이지에서 예약해야 하거나 어떤 공연은 장소에 도착한 순서대로 기다려 들어가야 한다.

내가 온 2022년 첫해에는 여전히 코로나 팬데믹의 여파가 심하게 남아 있어 행사도 주로 야외에서 했다고 한다. 그다음 해에도 역시 야외인 오벨리스크 주변에서 챔피언을 뽑는 결승을 했지만, 내내 흐리고 비가 오는 등 날씨가 좋지 않아 그 자리에 있던 모든 참가자와 관람객이 고스란히 추위와 비를 견디며 무척 고생했다고 한다. 나도 여기 있는 동안 꼭 한번은 탱고 월드컵 행사에 가보고 싶었지만, 남반구인 부에노스아이레스의 8월은 봄이 찾아오기 전 제일 극심한 겨울 환절기라 내가 심하게 아팠거나, 업무적으로 제일 바쁜 시기와 겹치는 바람에 두 해나 기회를 놓치고 말았다. 2024년은 행사 운영이 코로나 이전 수준으로 돌아와 행사 기간 내 매일 시간대별

크고 작은 공연이 있었으며, 이를 부에노스아이레스시 인터넷 홈페이지와 옥외 광고판을 통해 꾸준히 알렸다. 찾아본 결과 탱고 경연대회는 전부 평일 낮이라서 대신 주말 탱고 오케스트라와 5중주를 다녀왔는데, 탱고 음악의 발상

지에서 반도네온 특유의 음이 멋
지게 들어간 음악을 듣게 되니 기
분이 너무나 벅차올랐다. 반도네
온의 거장, 오랜 시간 동안 공연
무대에서 관록을 쌓은 탱고 가수,
그리고 수십 년 동안 함께 호흡을
맞춰온 탱고 무용수 팀의 향연까

지 이 모두가 멋지게 어우러진 주말의 탱고 공연은 정말 환상적이었다. 이
렇게 눈도 귀도 즐거운 공연이 예약만 하면 무료라니, '내가 여기서 이런 호
사를 누려도 되나?'라는 생각이 들 정도로 뿌듯하고 기분 좋은 경험이었다.

그 와중에 탱고 왓츠앱 단체방에서 2024년 세계 탱고 축제 결승전^{Gran Final}
^{Tango BA Festival y Mundial} 예약 정보가 떴다는 소식을 알게 되었다. 올해의 탱고 챔
피언을 뽑는 대회인데, 메이저 TV 방송사에서 생중계를 진행하며 아르헨
티나인뿐만 아니라 전 세계 탱고 애호가들이 몰릴 정도로 유명한 행사다.
더군다나 이번에는 처음으로 만 명 이상 수용할 수 있는 콘서트홀을 빌려
서 입장에 치열한 경쟁이 예상되었다. 나 역시 아이돌이나 유명 가수 콘서
트를 티켓팅하는 기분으로 예약에 참전했는데, 계속된 실패 끝에 운 좋게
도 표 하나를 겨우 건져서 탱고 피날레 공연을 보러 가게 되었다.

경연은 탱고 데 피스타^{Tango de Pista}와 탱고 에세나리오^{Tango Escenario} 이렇게 두
파트로 나누어 진행되었다. 피스타는 음악에 맞춰 즉흥적으로 합을 맞추는
밀롱가 스타일의 탱고로, 단체 군무처럼 한 번에 열 파레하^{pareja, 파트너, 쌍}가 모
여서 평가를 받았다. 반면 에세나리오는 우리가 흔히 떠올리는 탱고 공연처
럼, 각 파레하가 미리 곡과 동작을 준비해 무대 위에서 개별적으로 선보이

는 형식이었다. 이날 무대에 선 팀들은 모두 치열한 경쟁을 뚫고 예선을 거쳐 이 자리까지 올라온 만큼, 어느 파레하가 뽑혀도 이상하지 않을 만큼 다들 뛰어난 실력을 선보였다. 그들이 뿜어내는 열정과 좌중을 압도하는 퍼포먼스에 감탄하며 공연을 깊게 몰입했다. 늦은 시간까지 이어진 탱고 결승전은 가수의 축하공연이 끝난 뒤 마침내 순위와 최종 우승자를 발표하며 막을 내렸다. 순위 안에 뽑힌 이들은 모두가 인정하고 박수를 보낼 정도로 쟁쟁한 탱고 실력과 표현력을 가지고 있었다. 자신의 이름이 호명되자 기쁨에 복받쳐 감격의 눈물을 흘리는 장면을 보니, 그동안 그들이 이 대회를 위해 쏟았을 땀과 노력의 무게가 숭고하게 느껴졌다. 이외에 기억에 남았던 순간은 피스타 시니어 파레하 챔피언이었는데, 마치 소년 소녀처럼 좋아하시는 시니어 탱고 댄서분들의 모습을 보고 귀엽다는 생각마저 들었다.

모두가 아낌없는 박수를 보낸 탱고 대회가 끝난 뒤, 나 역시 여운에 젖어 탱고 음악을 들으며 늦은 밤 천천히 집까지 걸어갔다. 탱고의 요람인 이곳에서 필연적으로 배우게 된 탱고라는 예술의 세계는, 나에게 이전에는 알지 못했던 색다른 즐거움과 감성을 충족시켜 주었다. 탱고를 추거나 탱고 음악을 들을 때마다 그 시간 동안은 마치 타임머신을 타고 호화로웠던 아르헨티나의 옛 시절로 잠시 돌아간 듯한 느낌을 받는다. 이와 더불어, 백여 년전 철새처럼 떠돌다 낯선 나라 아르헨티나 보카 항구에 겨우 도착한 뒤 지금까지의 자신을 버리고 다른 삶을 꿈꾸던 이민 노동자가 된 상상을 해보곤 한다. 겉보기에는 아름답고 화려해 보이지만, 막상 깊이 들여다보면 형용할 수 없는 슬픔과 고통, 외로움을 모두 끄집어내어 춤과 음악으로 승화시킨, 아르헨티나 버전 '한'의 정서를 바탕으로 시작된 탱고의 기원을 떠올리면서 말이다.

곳곳에서 느낄 수 있는 문화와 예술의 향기

　남미의 문화수도라고 일컬어지는 이곳 부에노스아이레스살이를 막 시작했을 무렵, 집을 구해 제대로 정착하기 전까지는 지하철을 타고 출퇴근했다. 온갖 물건을 파는 잡상인, 아기를 내세워 구걸하는 사람들, 난데없이 음악회를 여는 대중교통 뮤지션, '이 혼탁한 세상에서 오직 예수만이 답'이라는 쪽지를 건네는 종교인들까지. 그 정신없는 풍경 속에서 유독 내 기억에 남는 장면은 연필로 줄을 그어가며 열심히 책을 읽는 사람들의 모습이었다. 어릴 때부터 책이라는 사물 자체를 좋아해 왔던 나의 눈길을 단숨에 사로잡을 정도로 아르헨티나에는 곳곳에 서점이 많으며, 이런 분위기 덕인지 어디서든 책을 읽는 아르헨티나 사람들을 쉽게 볼 수 있다. 내가 살던 부에노스아이레스 동네만 해도, 거리 모퉁이를 돌 때마다 크고 작은 서점들이 즐비해 있었다. 개인이 소규모로 운영하는 테마 서점, 아이들을 위한 서점, 영어 원서를 파는 서점, 골동품 같은 중고 서적을 취급하는 서점, 꽃집같이 꾸며진 서점, 그리고 이 도시가 세워진 순간부터 지금까지 함께하며 오래된 역사를 자랑하는 서점, 옛날 오페라 극장을 개조하여 만든 유명한 종합 서점이자 필수 관광 포인트인 엘 아테네오El Ateneo까지 부에노스아이레스는 그야말로 각종 서점의 향연이 펼쳐지는 도시다. 특히 내가 제일 좋아하는 장소라 틈나는 대로 갔었던 엘 아테네오 서점은, 책이나 독서에 취미가 없는 사람이라 할지라도 막상 도착하면 그 화려하고 압도적인 모습에 마음을 뺏기는 마법 같은 장소다.

이런 연유로 나는 부에노스아이레스에서 열리는 국제 책 박람회^{Feria}
^{Internacional del Libro}를 3년 연속으로 다녀왔다. 팔레르모 지역에 있는 라 루랄^{La}
^{Rural}에서는 연중 다양한 주제의 전시회나 박람회가 열리는데, 그중 단연코
가장 크고 많은 이들이 찾는 전시회 중 하나가 바로 책 박람회이다. 보통 4
월에 열리는 이 행사는 아르헨티나의 주요 출판사는 물론, 지역별 출판사
부스와 인근 국가의 출판사의 부스도 함께 참여해 다양한 책을 선보인다.
2024년 행사에서는 포르투갈 리스본과 협약을 맺어 그곳의 작가와 책들을
만날 기회를 제공하였다. 날짜별로는 작가와의 만남이나 강연, 어린이들을
위한 동화책 낭독 등 다채로운 행사가 함께 진행되는데, 특히 작가들이 자
신이 쓴 책을 바탕으로 강연을 하거나 독자와 직접 만나 담소를 나누는 걸
보니 나 역시도 마음이 따뜻해졌다. 아르헨티나의 겨울 방학 시즌에는 유

아 · 아동용 도서전^{Feria Libro Infantil y Juvenil}도 열리는데, 이 행사 역시 방학을 맞은 아이들과 부모님들에게 인기가 높은 행사 중 하나다.

아르헨티나에는 연극이나 뮤지컬로도 만들어진 『거미 여인의 키스^{El beso de la mujer araña}』의 마누엘 푸익^{Manuel Puig}, 『피버 드림^{Distancia de rescate(스페인어 원제)}』 등의 성공으로 요즘 주목받고 있는 사만타 슈웨블린^{Samanta Schweblin} 등 세계적으로 알려진 작가들이 꽤 있다. 하지만 내가 아르헨티나라는 나라에 관심을 가지게 된 이유 중 하나였던 호르헤 루이스 보르헤스^{Jorge Luis Borges}가 가장 유명하다. 머릿속으로 퇴고를 끝낼 수 있기에 단편을 선호했다는 천재. 평범한 나로서는 이해하기가 다소 어렵고 까다로워서 여러 번 같은 문장을 다시 읽어야 했지만, 그의 책 속에서 마주한 지식과 상상력, 풍부한 어휘에 매번 감탄하곤 했다. 라틴아메리카가 낳은 거장 중 하나인 그의 흔적은 부에노스아이레스 곳곳에서 생각보다 흔하게 발견할 수 있다. 그의 이름을 딴 거리나 그가 살았던 집은 물론이고, 실제로 그가 도서관장으로 일했던 레콜레타 지역의 국립도서관 역시 누구나 신분증만 있으면 자유롭게 도서관을 이용할 수 있다. 그가 살았던 레콜레타 생가는 현재 박물관으로 재단장되어 있으며, 생전 그가 즐겨 찾던 몇몇 카페나 바^{Bar} 역시 수십 년이 지난 지금도 여전히 성업 중이다.

프랑스의 카페 문화처럼, 부에노스아이레스에서도 바나 카페가 다양한 분야의 예술가들이나 정치인들이 모여 대화하고 아이디어를 꽃피우는 토론의 장으로서 역할을 했다. 그중 유서 깊고 건축물이나 장식이 아름다워 도시의 유산으로 선정될 만한 곳은 바르 노타블레^{Bar notable}('주목할 만한 바'라는 뜻의 스페인어)로서 관리되며, 부에노스아이레스시 공식 홈페이지에도 탑재되므로 원하는 사람은 정보를 검색해 보고 방문하기도 좋다. 이런 바르 노타

블레는 오래된 장소 특유의 정취와 독특한 내부 건축 디자인이 함께 어우러져 이 도시의 문화유산이자 일상 속 박물관처럼 기능한다. 바르 노타블레 중한 곳을 찾아 여기서 즐겨 마시는 커피 종류인 에스프레소나 혹은 에스프레소에 따뜻한 우유를 섞은 코르타도^{Cortado}를 주문해 여유를 즐기거나 타인과 가볍게 일상을 나누는 행위는, 부에노스아이레스 시민들과 삶의 일부를 공유하는 일이자 이 도시를 찾는 누구에게나 열려 있는 기회가 될 것이다.

  하루는 부에노스아이레스시 교외 산 이시드로^{San Isidro} 지역에 위치한 빅토리아 오캄포의 집^{Villa Ocampo} 가이드 투어를 신청해서 다녀왔다. 내가 처음으로 빅토리아 오캄포^{Victoria Ocampo}라는 이름을 접하게 된 경위 역시 보르헤스의 단편집을 통해서였는데, 그만큼 그녀는 이름난 문인이자 번역가였고, 아르헨티나 여성 인권 신장을 위해 노력한 선구자였다. 스페인계 부유한 집안의 장녀로 태어난 그녀는 아버지가 설계하고 지은 집에서 태어나고 자라며 생의 마지막까지 그곳과 함께했다. 그녀는 이 집에 대한 자부심을 느끼며 이곳을 아르헨티나의 문인과 예술인뿐만 아니라 전 세계인들의 문화 교류의 장으로 만들고자 했다. 이러한 바람은 이후 자신의 저택을 유네스코에 기부하면서 사후에도 영속성을 띠게 되었다. 문화 예술계의 지식인으로

서 아르헨티나의 문인들과 함께 문예 잡지 〈수르Sur〉를 창간했으며, 사회적 약자였던 여성들의 처우 개선에 기여한 여성운동가 빅토리아 오캄포. 하지만 무엇보다도 그녀는, 자신이 가진 부와 재능을 어떻게 사용해야 할지 잘 알고, 이를 몸소 보여준 대단한 실천가였다. 그녀가 생전 생활했던 공간들을 둘러본 뒤, 발코니 위에서 아름다운 정원과 집 주변을 천천히 내려다보며 나의 생은 과연 어떠해야 할지 다시 한번 생각해 보게 된 날이었다.

부에노스아이레스의 오벨리스크 근처 코리엔테스Corrientes 거리에는 다양한 연극을 공연하는 극장들이 줄지어 있다. 이외에도, 20년 전 아르헨티나 초연 이후 특유의 실험적이고 다채로운 표현으로 명성을 얻으며 세계 무대로 뻗어나간 유명 퍼포먼스 〈푸에르자 부르타Fuerza Bruta, 스페인어로 '잔혹한 힘'〉, 산텔모나 보카 지구에서 탱고를 추는 사람들, 여행자 구역인 플로리다Florida 거리의 행위 예술가들까지 더해져 매일 각종 문화의 장이 열리고 있다. 하지만 나는 언어적, 문화적 맥락까지 모두 함께 이해해야 하는 연극이나 무대 공연보다는, 온몸으로 리듬을 느끼고 노래를 따라 부르며 흥겹게 몸을 흔들 수 있는 콘서트 무대를 훨씬 더 선호하는 콘서트 파다. 부에노스아이레스 내 스포츠 경기장들에서는 종종 다양한 콘서트가 한 번씩 열리는데, 콘서트장 오가는 길은 지옥 그 자체였으나 콘서트에서 박자를 타고 흥얼거리며 노래를 따라 부르던 뜨거운 순간만큼은 아직도 기억에 생생히 남아 있다. 특히 제일 기억에 남았던 건 콜드플레이 콘서트였는데, 내가 간 날에 운 좋게도 방탄소년단 멤버 진이 군입대 직전 깜짝 게스트로 초청받아 그 자리에서 미공개 솔로곡을 들려주는 행운을 누렸고, 덕분에 한국에 있는 BTS 팬 아미 친구들의 부러움을 사기도 했다. 이 소식을 듣고 달려온, 아르헨티나 아미들과 케이팝을 사랑하는 소녀들이 각지에서 모여들었고, 또 박또박한 한국어 발음으로 "사랑해요!"를 외치며 열정적으로 함성을 보내던 그들의 모습은 아직도 기억에 선하다(한국 안에서 체감 못 할 뿐, 케이팝의 해외 위상은 절대 과장된 게 아니다). 나는 콘서트가 끝나고 벅찬 마음을 안고 돌아가던 중, 아미들에게 붙잡혀 '한국인'이라는 이유로 칭찬 세례를 받으며 그들과 이야기하고 함께 사진을 찍었던 재밌는 기억이 새로 생겼다.

문화 수도라는 수식어에 걸맞게 이 도시에는 각종 미술관과 박물관들이 즐비하다. 미술관의 경우 전통 회화나 조각 작품들을 전시하는 국립미술관부터, 라틴아메리카 화가들의 작품을 중심으로 전시하는 미술관, 현대 미술이나 사진, 설치 예술에 중점을 둔 현대미술관, 화려한 옛 저택을 꾸민 장식미술관, 부호들의 컬렉션을 모아 미술관으로 만든 장소부터 아르헨티나 화가
의 개인 미술관까지 관람 선택의 폭이 매우 넓다. 그중 내가 가장 좋아했던 국립미술관Museo de Bellas Artes에는 아르헨티나나 라틴아메리카 예술가들의 작품뿐만 아니라, 우리에게도 유명한 고갱이나 세잔, 모딜리아니 같은 유럽 화가들의 작품과 로댕의 조각까지 만날 수 있다. 유럽의 작품들이 왜 이렇게 많은지 궁금증이 생겨 직원에게 질문했었는데, 그 이유는 남미로 이민 온 유럽 이민자들의 영향이라고 한다. 유럽 대륙에서 두 번에 걸친 세계대전이 일어났을 때, 미술 작품 컬렉터들과 예술 애호가들이 전쟁의 포화를 피해 멀리 떨어진 이곳으로 작품들을 사들여 가져온 경우가 많았기 때문이다. 박물관들 역시 굉장히 다양하다. 도시의 옛 역사를 배울 수 있는 역사 박물관, 아르헨티나 근현대사를 담은 역사적 장소를 활용한 박물관, 각 구단의 팬들을 위한 축구 박물관, 그리고 가족 단위로 함께 즐길 수 있는 과

반대라서 더 끌리는, 아르헨티나

학박물관과 자연사박물관까지 체험과 교육을 동시에 충족할 수 있는 다채로운 공간이 관람객을 맞이한다.

　부에노스아이레스 도시 거리를 걷다 보면 종종 눈에 띄는 건물들이 있는데, 그중 첫 번째는 성당이다. 스페인의 구 식민지로서 가톨릭의 절대적인 영향을 받은 나라답게 아름다운 성당이 많은데, 그중 도시에서 가장 중요한 성당은 5월 광장 옆에 자리한 부에노스아이레스 대성당이다. 이 성당의 설립 역사는 도시가 두 번째로 재건되던 시점까지 거슬러 올라가며, 이후 여섯 번이나 다시 지어질 만큼 오랜 세월을 견뎠다. 성당 내부에는 아르헨티나 독립 영웅 산마르틴 장군의 영묘가 있는데, 근위병들이 항시 이곳을 지키며 서 있다. 또한 얼마 전 선종한 아르헨티나 출신 가톨릭 수장 프란치스코 교황이 부에노스아이레스 대주교였던 시절의 흔적도 찾아볼 수 있다. 지하철 A선 산 호세 데 플로레스^{San José de Flores} 역 옆에는 프란치스코 교황의 옛 교구 성당인 산 호세 데 플로레스 대성당^{Basílica de San José de Flores}이 있는데, 그 내부 역시 고요하고 성스러운 아름다움으로 가득하다.

　그 외에도 부에노스아이레스에는 다양한 종파의 성당과 종교 건축물들이 있다. 이는 도시로 몰려든 이민자들의 영향으로 종파를 막론하고 종교적 배경이 다양해졌기 때문이다. 그중에서 내가 개인적으로 가장 인상 깊었던 곳은 마리아 아욱실리아도라 이 산 카를로스 대성당^{Basílica María Auxiliadora y}

San Carlos 였다. 집에서 멀지 않아 몇 번 찾아갔던 이 성당에는, 요즘에는 보기 드문 파이프 오르간이 있다. 어느 날은 운 좋게도 성당 내에서 무언가 촬영이 있었는지 라이브로 오르간 연주를 들을 수 있었는데, 맑고 성스러운 오르간 소리가 공간 전체를 감싸며 퍼져가던 순간의 감동 덕에 내게는 기억에 강하게 남는 장소 중 하나다. 물론 여느 나라들과 마찬가지로 현재의 아르헨티나는 매우 세속적인 사회이기에 성당은 전체적으로 활기를 잃고 정적인 박물관이 되어가고 있지만, 만약 종교 건축물에 흥미가 있어 성당에 들르게 된다면 그곳에서 평화가 깃든 위안을 얻을 수 있을 것이다.

그리고 식민지 독립 후 20세기 초까지 세계에서 손꼽히던 선진국으로서 막대한 부를 쌓던 아르헨티나의 영화로운 나날들이 건축의 형태로 박제된 장소들이 존재한다. 조금이라도 건물이 오래되었다 싶으면 이내 철거해 버리곤 하는 우리나라와는 달리, 이곳에는 백 년 이상의 역사를 자랑하는 건축물이 꽤 남아 있다. 그중에서 내게 가장 인상적이었던 건축물을 두 곳 꼽자면 하나는 그 유명한 테아트로 콜론 Teatro Colón, 그리고 다른 하나는 팔라시오 바롤로^{Palacio Barolo}이다(참고로 Teatro는 극장, 공연장, 오페라 극장 등을 의미하고, Palacio 는 왕궁이나 대저택 같은 대형 건축물을 뜻한다). 콜론 극장은 본래 오페라 극장으로 지어진 아름답고 호화로운 건물로, 오늘날에는 오페라는 물론 오케스트라, 발레 등 다양한 문화 공연을 관람할 수 있다. 이 건물은 유럽 상류층의 궁정 문화를 표방해 조성된 만큼 초창기에는 아르헨티나 상류층의 사교 모임 장소의 역할을 했다. 그에 걸맞게 내부의 대리석 장식이나 건축 자재들 역시 이탈리아, 벨기에, 포르투갈 등 유럽 각국에서 직접 공수해 왔다고 한다. 공연 이외에도 콜론 극장 내부를 구경하는 투어도 있는데, 이 투어를 통해 일반적으로 접근할 수 없는 공간까지 가이드와 함께 둘러보며 건물 속 숨겨진 역사와 깊이 있는 설명을 들을 수 있었다. 나는 이곳을 방문할 때마다 그 당시 아르헨티나가 가진 막대한 부를 통해 역사적 · 정신적 고향

이자 동경의 대상인 유럽에 대한 강한 향수를 건물로 재현하고자 했던 열망이 생생히 느껴졌다.

바롤로 빌딩은 이탈리아 이민자 출신인 건축가 마리오 팔란티 Mario Palanti가 같은 이탈리아 출신 사업가 루이지 바롤로 Luigi Barolo의 투자를 받아 지은 건축물이다. 이들은 자국의 위대한 문호 단테 알리기에리의 엄청난 덕후로서, 당시 이탈리아에 발생했던 세계대전의 소용돌이를 피해 자신이 새로 자리 잡은 신세계인 아르헨티나 부에노스아이레스에 단테의 유골을 모시고자 했다고 한다(결과적으로 이는 수많은 사람의 반대로 인해 이루어지지

못했다). 그래서 이 건물을 단테에게 바치는 헌정의 공간으로 삼고자, 그의 대표작 『신곡』에서 구조적 영감을 받아 설계했는데, 0층은 지옥 Infierno, 2~14층은 연옥 Purgatorio, 15층부터 꼭대기까지는 천국 Paraíso 이렇게 세 부분으로 구분하여 건축했다. 현재 이 건물은 실제로 프랜차이즈 식당이나 사무실 등 상업적인 용도로 활발히 사용되고 있기에, 방문객의 경우 여기서 제공하는 가이드 투어를 통해서만 건물 내부를 구석구석 살펴볼 수 있다. 유럽에서 가져다 놓은 아름다운 조각품과 『신곡』에서 영감을 받은 건물의 예술 장식들, 시간이 멈춘 듯한 엘리베이터와 집무실, 꼭대기 층 발코니로 가는 낡은 계단. 이렇게 무엇 하나 오래되지 않은 게 없는 이 건물에서는, 부에

반대라서 더 끌리는, 아르헨티나

노스아이레스를 품어온 짙은 세월의 흔적과 무게를 느낄 수 있다. 그리고 바롤로 빌딩 위에서 내려다보는 이 도시의 전경은, 여기에 발을 디딘 여행자들의 눈과 마음을 동시에 사로잡는다.

시간의 흐름이 깃든 부에노스아이레스의 길거리를 걷다 보면 건물 간판이나 집의 주소 장식 등에서 종종 마주치게 되는 필레테아도 포르테뇨^{Fileteado} ^{porteño}는 이곳에서 탄생한 독특한 형식의 레터링 미술이다(보통 '필레테^{Filete}'라고 줄여 부른다). 원래 이 양식은 운송 트럭을 장식하며 무탈함을 기원하는 데서 시작되었으나, 이후 거리 간판으로 옮겨지고 점차 하나의 고유 양식으로 발전하며 오늘날에는 부에노스아이레스 전통 미술의 한 형태로 자리 잡게 되었다. 보통은 꽃이나 동그라미, 아르헨티나 국기, 음표 등의 모티프를 덩굴처럼 유려하게 연결해 장식하고, 고딕체나 필기체로 글씨를 넣어 완성한다. 특히 빛과 그림자를 선명하게 표현하며 글씨와 장식이 마치 살아 있는 것처럼 입체감을 불어 넣어 화려함을 준다. 나는 어디서도 본 적 없었던 이 독특한 형태의 필레테 미술에 매료되어, 여기 있는 동안 기초라도 배워 보고 싶다는 생각에 정보를 찾아보다 우연히 집 근처의 한 공방을 발견하게 되었다. 그리고 그곳에서 몇 개월간 필레테의 기초를 배우며 나만의 작품을 만들게 되었다. 오랜 경력의 예술가 부부가 운영하는 공방에서 기름과

유화 물감이 뒤섞인 냄새를 맡던 매주 월요일 저녁. 귀로는 라디오로 흘러간 세대의 아르헨티나 록 음악을 듣고, 손으로는 공들여 채색한 디자인을 하나씩 탄생시키던 공감각적 순간은, 마치 음표로 그려진 공간 위에 내 발밑이 떠

있다가 다시 발이 땅에 닿으며 현실로 돌아오는 듯한 일을 시소처럼 반복하는 듯했다. 나처럼 이렇게 전통 필레테 미술을 배우고 싶은 사람들이 찾아와서 단순히 취미로 배우다가, 의외로 자신의 재능을 찾아 전문 직업인으로 진로를 틀기도 한단다.

　부에노스아이레스에서 가게나 아파트 등 건물을 보다 보면 무지개색 상징물이나 깃발, 스티커 등이 걸려 있는 모습을 종종 보게 되는데, 이는 전 세계적으로 성소수자의 상징이자 성소수자 친화적인 장소임을 알리는 표식이다. 전통적으로 '남자다움'을 강조하는 분위기, 이른바 마치스모^{Machismo}라고 불리는 문화가 여전히 강하게 남아 있는 아르헨티나에서는 불과 1980~1990년대까지만 해도 자신이 동성애자임이 밝혀지면 길거리에서 폭력을 당하거나 생명의 위협을 받을 정도였단다. 하지만 시간이 흐르고 이들에 대한 사회적인 인식이 조금씩 변화했고, 유화적인 여론이 확산되면서 2010년에는 남미 최초로 동성결혼이 합법화되기에 이르렀다. 그 결과, 오늘날 부에노스아이레스는 남미에서 가장 성소수자들에게 개방적인 도시 중 하나로 손꼽힌다. 매년 11월 첫째 주 토요일마다 이곳에서는 성소수자들의 문화 축제인 퀴어 퍼레이드^{Marcha del orgullo}가 열리는데, 성적 지향, 정체성, 성별 등에 구애받지 않고 자기 자신을 자유롭게 표현하며 자부심을 고취하기 위한 목적으로 진행된다. 1992년 시작된 이 축제는 벌써 30년 이상의 역사를 자랑하며, 지금은 남미 각국의 성소수자 단체와 연대하거나, 성소수자 친화적인 연예인들과 유명 인사, 정치인들까지 참여하는 대규모 행사로 자리 잡았다.

　나는 원래 사람들로 북적이는 곳을 즐기는 편이 아니지만, 이곳의 또 다른 분위기를 제대로 이해하고 싶어서 친구들과 함께 퀴어 퍼레이드에 참가

했다. 앞서 말했듯 아르헨티나는 주변국에 비해 성소수자에 대한 인식이
개방적인 나라이고 부에노스아이레스 또한 성소수자 친화 도시로 알려져
있다. 하지만 여전히 일상에서는 성소수자들을 향한 차별과 혐오 어린 시
선이 존재한다. 그렇기에 성소수자들은 1년에 단 한 번, 스스로에게 더 솔
직해지는 기회를 통해 평소에는 잘 드러내지 않는 자신의 성 정체성과 성
적 지향 등을 자유롭게 표출하는 듯했다. 성별과 관계없이 자신이 사랑하
는 사람과 함께 퀴어 퍼레이드에 참여하고, 자기다움을 있는 그대로 내보
이며 음악에 맞춰 춤추고 활짝 웃는 사람들. 그들을 옆에서 지켜보며, 다시
한번 우리가 가진 다양성에 대해 인지함과 동시에 모든 이에게 좀 더 포용
적인 태도를 가지려 노력해야겠다고 생각했다. 이토록 다채로운 사회 구성
원들과 융합하여 더 나은 민주 사회를 함께 만들어 갈 수 있도록 말이다.

　부에노스아이레스에서는 죽은 이들을 위한 추모의 공간마저도 하나의 거
대한 문화 공간처럼 느껴진다. 이 도시 근방에는 큰 묘지가 몇 군데 있으나
가장 대표적인 곳은 레콜레타 묘지Cementerio de la Recoleta와 차카리타 묘지Cementerio

de la Chacarita인데, 우리나라에서 '묘지'라 하면 떠올리는 음산하고 으스스한 기운과는 다르게, 막상 가보면 걸출한 예술 작품을 모아둔 야외 미술관 같은 느낌마저 드는 아름다운 장소다. 그렇기에 많은 사람이 묘지들을 둘러보기 위해 시간 내어 방문한다. 가족끼리 함께 묘를 쓰고 묻히는 전통으로 인해 가족의 성(이탈리아 성씨, 스페인계 성씨, 영미권 및 동유럽계 성씨 등이 주르륵 적혀 있는 묘지들은 이 나라의 뿌리가 어디에서 왔는지 짐작하게 한다)을 새기고, 조각이나 스테인드글라스로 가족묘를 꾸며놓아 죽은 이에 대한 예우와 방문객 모두에게 볼거리를 선사하는 곳. 게다가 묘지에는 대통령, 군인, 교육자 등 생전에 아르헨티나 사회를 풍미했던 유명한 인사들의 묘소를 찾아 꾸준히 꽃을 바치는 사람들도 있다. 예를 들어 레콜레타에는 에비타Evita라는 애칭으로도 유명한 후안 페론의 영부인 에바 페론Maria Eva Duarte de Perón 가족의 묘소가 있고, 차카리타에는 탱고의 왕이라 불리던 탱고 음악가 카를로스 가르델Carlos Gardel의 묘소가 있다. 차이점이 있다면 레콜레타는 현재 시점에서 입장객 모두에게 입장 요금을 받고 있으며(자국민과 외국인 요금이 꽤 차이가 난다), 묘지의 기능보다는 부에노스아이레스의 유명 관광지 중 하나로서 관리되고 있다. 반면에 차카리타는 이 도시에서 가장 큰 규모의 묘지이자 지금도 부에노스아이레스 시민들이 실제로 장례식을 하고 묘지를 쓰는 곳이다. 나는 차카리타 묘지에 갔다가 우연히 묘지 안 성당에서 치러지는 한 장례 미사를 라이브로 보았고, 어떤 무덤 앞에 서서 내내 중얼거리는 사람도 보았으며(알고 보니 돌아가신 부모님과 독백이나 다름없는 대화를 시도하는 중이었다고 했다), 바이올린을 들고 고인이 좋아하던 곡을 연주하거나 심지어 춤을 추는 등 다양한 퍼포먼스를 선보이던 사람도 보았는데, 나중에 물어보니 생전에 음악과 춤을 좋아하고 매사에 긍정적이던 고인을 기쁘게 하기 위함이었다고 했다. 픽사 애니메이션 영화 〈코코^{Coco}〉처럼, 누군가 이 세계에서 망자를 기억하는 한 죽음으로 끝나는 게 아니라 산 자와 이어지는 힘이 있다고 믿는 중남미 특유의 문화가 잘 드러나는 경험이었다.

부에노스아이레스를 처음 찾은 가족과 친구들의 공통된 소감 중 하나는, 도시 곳곳에 공원이 많고 가로수가 울창해서 도시 전체에 초록빛 자연이 살아 숨 쉰다는 것이었다. 주말이 되면 이곳 사람들은 주로 팔레르모 위쪽에 있는 아에로파르케^{Aeroparque} 공항 근처부터 레콜레타 쪽까지 길게 이어진 크고 작은 공원들, 신흥 부촌인 푸에르토 마데로^{Puerto Madero} 쪽에 있는 거대한 생태보호구역 공원^{Reserva Ecológica Costanera Sur} 등으로 몰려가거나 혹은 자신이 사는 동네 근처의 공원으로 가서 시간을 보낸다. 그리고 그곳에서 홀로 달리기, 삼삼오오 모여 축구나 배구하기, 전망 좋은 지점에서 의자나 돗자리를 꺼내어 앉아 주변을 감상하기, 수영복을 입고 누워서 선탠하기, 조용히 독서하기, 혹은 마테차를 마시며 서로 대화하기, 데이트하며 사랑의 언어

를 속삭이기 등 정말 다양한 활동을 한다. 이들은 각자의 일상에서 치열하게 보낸 주중을 뒤로하고 며칠 만에 다시 돌아오는 주말의 여유로움을 즐기며 공원에 북적임과 활기를 더한다. 공원 중에는 식물원이나 장미정원처럼 꽃이나 나무가 아름다운 곳, 동물원을 공원처럼 만들어 어린 자녀가 있는

반대라서 더 끌리는, 아르헨티나

가족이 가기 좋은 곳, 해시계나 조각 등 설치물이 있는 곳, 호수가 있어 다른 활동이 가능한 곳 등 정말 다양한 선택지가 있기에 공원만 둘러보아도 순식간에 며칠이 지나간다. 이렇듯 자연에 둘러싸인 도시답게 거리에는 꽃집이 많고 가격도 저렴하여 나 역시 종종 꽃을 사다 식탁 위를 장식하며 꽃향기를 곁에 두고 살았다. 한국에는 봄에 피는 벚꽃이 있듯, 이곳 부에노스아이레스에는 11월 늦봄에 하카란다Jacaranda가 있다. 종 모양의 보랏빛 꽃이 만발하며 도시를 뒤덮는 아름다움이 절정을 이루는 이때, 부에노스아이레스의 길거리는 말 그대로 보랏빛 물결로 가득하다.

　하지만 개인적으로 이곳을 진정한 문화 수도답게 만들어 준다고 느낀 가장 큰 이유는 바로 시민들의 태도였다. 보통 무채색의 옷을 입고 얼굴도 불친절하게 보이지만, 막상 어떤 일이 발생하면 그 단단해 보이는 표정을 깨고 마치 "사실 난 언제든 도와줄 준비가 되어 있었어!"라고 말하는 듯한 특유의 오지랖을 발휘해 따뜻한 훈수를 두거나 손수 나서서 도움을 준다. 그래서인지 나는 일상의 사소한 일들에서 이곳 사람들에게 감동하고는 했는데, 예를 들어 교통수단에서 여자, 임산부나 영유아를 데리고 타는 경우 앉아 있던 사람들도 그들에게 선뜻 자리를 양보하거나 자리가 비어 있어도 앉지 않는다. 버스가 사람들로 꽉 차 만석일 경우에는 누군가가 꼭 나서서 큰소리로 "여기 아기랑 아빠 있어요!", "임산부 있어요!" 등 상황을 말하며 사람들에게 양보를 유도하여 자리를 만들어 주기도 한다. 특히 다리가 불편한 노인이나 장애인, 유모차가 있는 경우 버스에 타고 내리는 데만 몇 분씩 걸려도 절대 그 누구도 짜증 내거나 불편한 기색을 내보이지 않는다. 버스 안에서 소매치기 사건이 발생했을 때는 버스 기사에게 차 세우라고 고함치며 승객 모두가 당한 사람을 위로하며 욕하느라 버스가 10분 정도 서 있었던 적도 있었다. 그리고 어떤 이가 뭔가 곤란한 상황에 놓인 것처럼 보이면 "¿Te ayudo?", 즉 "도와줄까?"라는 말과 함께 먼저 다가온다. 한번은 길을 걷다가 잊어버린 뭔가를 기억해 내느라 머리를 쥐어짜고 있었는데, 내게 괜찮냐고 물으며 몇 사람이 다가온 적이 있었다(아무래도 나의 썩은 표정을 보고 내가 아프다고 착각한 모양이다). 어디서든 서로 부딪히면 'Perdón'이나 'Disculpa'라고 말하며 사과하는 사람들. 이들의 몇 마디에 – 사람 많은 지하철이나 길거리에서 내게 어깨를 세게 부딪치거나 나를 크게 밀치고도 사과조차 없이 그냥 지나쳤던 – 과거의 내가 겪은 부정적인 경험들이 하나둘 머릿속에 떠올랐다. 이런 배려가 부족한 우리나라는 정말로 선진국 반열에 들어갈 준비나 마음가짐이 갖춰진 나라일까?(하지만 여기서도 평소에는 사과를 잘하는 것과는 별개로, 업무상 과실이 발생하거나 법적으로 책임질 일이 생기면 면피를 위해 절대로 사과하지 않아 다시 고개를 갸웃거리게 만드는 이면적인 모습 역시 존재한다)

이렇듯 이 나라에서는 전반적으로 약자에 대한 제도나 자세가 돋보이는 편이다. 특히 사회 구성원 중 대표적 약자인 어린아이를 향한 태도가 매우 친절하고 허용적인 편이고, 또 가장 먼저 보호받아야 할 대상이라고 생각한다. 그래서인지 아이가 초등학생 나이까지는 동행하는 어른 없이는 어디든 혼자 갈 수 없도록 통제하는 게 법으로 정해져 있을 정도다. 여기서 의무적으로 행하는 아이를 향한 보호가, 아이의 독립심이 부족해지는 결과를 낳지 않도록 주 양육자가 중심을 잘 잡는 것이 중요하겠다는 생각이 들었다. 이러한 약자에 대한 태도는 동물에게도 이어지는데, 집에 반려동물을 기르는 경우가 많아 정말 가족처럼 애지중지 예뻐하며, 반려동물을 돌보는 산업도 활성화되어 있다. 이 도시에 살면 언제 어디서든 사람들이 개를 데리고 산책하러 가는 모습을 자주 보게 되는데, 외출이 극도로 제한적이던 아르헨티나의 코로나 봉쇄 시기에도 오직 견주만은 개 산책을 위한 외출이 허용되었다고 한다. 이곳의 개들은 주인의 사랑을 듬뿍 받고 철저하게 관리되어 그런지 순한 편이고 잘 짖지 않는다. 마트 앞에 묶여 잠시 장을 보러 간 주인을 얌전히 기다리는 모습이나, 주인이 아닌 지나가던 나에게도 꼬리를 흔들며 치대는 귀여운 모습을 보면 일상에서의 소소한 힐링을 느낄 수 있다. 다만 몰상식한 견주들로 인해 거리에 개똥이 많기에 걸을 때 앞을 잘 보고 피해 다녀야 하는 점도 있지만 말이다.

오랜 시간을 품고 다듬어진 다양한 문화와 예술이 도시의 품격을 더해주고, 이를 기꺼운 태도로 누리는 마음이 크고 넓은 사람들 덕에 더욱 아름다운 도시 부에노스아이레스. 한 사람의 외국인이자 경계인으로서, 도시 곳곳을 산책하고 관찰하며 이곳을 구성하는 사람들을 탐구하는 경험을 통해 이 사회가 가진 다채롭고 깊은 힘과 성장 잠재력을 가늠할 수 있었다. 어떤 나라

를 평가하는 척도로서의 진정한 힘은 문화와 예술에서 나온다고 생각하는 사람으로서, 아르헨티나가 가지고 있는 이 숨겨진 힘이 앞으로 이 나라를 더욱 긍정적으로 변화시킬 수 있는 폭발적인 에너지로 자라나기를 바란다.

방심하면 당한다, 일상 속 숨은 불편함

아르헨티나에 도착한 직후 한두 달 동안은 날마다 접하는 모든 게 새롭고 신기하기만 해서 뭐든지 긍정적으로 받아들일 수 있는, 일종의 허니문 기간이었다. 하지만 본격적으로 이곳에서의 일상이 자리 잡히니 점점 눈엣가시 같은 일들이 발생하기 시작했다. 보통 우리네 세상살이가 그러하듯 모든 게 만족스러우며 아름답게 될 리가 만무하다. 더군다나 언어와 문화마저 다른 해외살이는 그러한 감정의 낙폭이 더 큰데, 처음의 설레는 시간을 지나면 그 무엇이든 점점 진절머리가 나거나 골치 아픈 게 하나둘 생겨나기 시작한다. 생각지도 못했던, 부정적인 의미의 놀라움을 담은 짜증이 솟구치는 일상의 불편함. 어찌 보면 되게 사소하지만, 또 어찌 보면 커다란 일들의 연속인 나날을 보냈다.

사계절 날씨 옷이 다 필요한 변화무쌍한 부에노스아이레스의 날씨

처음 도착했을 때는 2월 중순 무렵의 한창 뜨거운 한여름의 막바지였기에 한동안 여름옷만 입고 지내서 날씨 변화가 이렇게 심한 도시인지 몰랐다. 그러다가 3월 말 가을에 접어들 무렵부터는 그간의 더위가 무색하게 기온이 10도 밑으로 떨어졌다가 낮에는 20도를 훌쩍 넘어가는 등 일교차가 점점 커졌고, 그때마다 감기 환자가 속출했다. 이런 양극단을 오가는 날씨에 몸이 적응 못 했기 때문인지 나는 간절기 혹은 날씨 변화가 커지는 날

마다 심하게 감기에 걸려 매번 코로나로 의심을 받을 만큼 아팠고, (그래도 검사 결과는 늘 음성이었다) 이건 여기에 오래 산 교포들도 마찬가지라 1년 내내 학교에 감기나 몸살 환자가 늘 끊이지 않았다. 우리나라에서 시베리아의 영향을 받듯, 아르헨티나의 추위는 남극의 차가운 바람에서 온다고 한다. 그래서인지, 이 바람을 맞으면 한국의 강추위와는 다른 결로 뼛속까지 으슬으슬해지는 기분이 든다. 더군다나 부에노스아이레스는 산이 없는 팜파스 평지 한가운데에 있어, 바람을 막아줄 지형이 전혀 없다 보니 불어오는 대로 야생의 바람을 온몸으로 맞게 된다. 여기에서 오래 사신 한인 분들의 말로는 날씨가 너무 변덕스러워서 계절별로 옷 정리를 할 수가 없는 날씨라고 했는데, 그래서인지 나 역시 걸핏하면 추워지거나 갑자기 더워지는 날씨에 옷 정리는커녕 어쩔 수 없이 사계절 옷 모두 옷장에 엉망으로 쑤셔 넣은 다음 필요하면 그때마다 꺼내 입을 수밖에 없었다. 어쩔 땐 아침과 낮, 저녁 기온이 20도씩 차이 나는 날도 있고, 새벽마다 천둥번개를 동반한 비가 미친 듯이 쏟아지기도 했다. 이젠 필요 없을 거라 판단해 겨울옷을 전부 드라이클리닝을 맡겨서 옷장에 걸어두었으나, 그다음 날부터 갑자기 계속 추워지는 바람에 다시 그 옷을 꺼내 입게 되어 세탁소에 맡긴 시간과 비용이 무색할 정도였던 적도 있었다. 그래서 내 가방 안에는 여름철이건 겨울철이건 상관없이 얇은 바람막이나 패딩 조끼가 들어 있었고, 작은 우산도 가방 안에 깊숙이 넣어두고 다녔다. 예고 없이 변화무쌍한 날씨 탓이었지만, 덕분에 매사 준비성이 철저한 사람이 된 듯하다.

애증의 대중교통과 도로, 그리고 참을 수 없는 시간 개념의 가벼움

부에노스아이레스에 살게 되면 지역을 오가는 노선이 비교적 한정적이고 운영시간도 짧은 지하철 대신 버스를 주요 대중교통 수단으로 이용하게 된다. 그러나 "과연 실제로 ○○번 버스란 게 존재하긴 하는가?"라는 철학적 질문을 스스로 던져볼 정도로 버스의 존재를 의심하게 된다. 아르헨티나 파견 이후 여기 오래 사신 교포분들로부터 받았던 최초의 경고 중의 하나가 "여기는 대중교통 정보가 정확하지 않고 배차 간격조차 엉망이니 인내심을 가지고 받아들여라."라는 말이었는데, 단 이틀도 되지 않아 왜 그런 말씀을 하셨는지 저절로 납득하고 말았다. 버스 정류장에서 시간을 허비하며 기다리느라 길바닥에서 지쳐갈 때쯤 한참 뒤에야 같은 번호의 버스 두 대가 경쟁하듯 같이 오는 일은 부지기수요, 오매불망 기다리던 시간이 너무 아까운 나머지 오기가 생겨 나중엔 '네놈이 이기나 내가 이기나.' 하는 마음으로 악착같이 버티니 결국 한 시간을 훌쩍 넘기며 버스 4~5대가 한꺼번에 온 적도 몇 번 있었다. 스마트폰의 구글 지도 앱이나 무빗^{Moovit} 같은 교통 앱이 있긴 하지만 신빙성은 별로 없기에, 이 괴상한 버스 배차 시스템을 나로선 믿을 수가 없었다. 그리고 이곳의 시민들은 어찌 이 열불을 견디는 건지, 아니면 나만 이렇게 홀로 속이 터지는 것인지도 궁금했다. 나름 늦지 않기 위해 여유를 가지고 약속 시간보다 훨씬 미리 나가도 그놈의 오지 않는 버스 때문에 시간을 터무니없이 낭비한 경험이 많다. 그래서 더 이상 버스를 기다리다가는 늦을 것 같아 길에서 택시를 잡아타면, 내가 탄 택시 차창 밖으로 방금까지 기다리던 버스가 곧 도착하며 약 올리듯 지나가곤 했다.

부에노스아이레스시의 버스 노선은 다양하지만, 그걸 승객이 정확히 볼 수 있도록 제대로 표시했다기에는 의문이 든다. 그리고 같은 번호의 버스라고 하더라도 예고 없이 어느 지점에서 방향을 틀어 각각 다른 곳의 종점으로 가거나, 뜬금없이 여기까지만 운행하니 기사가 내리라고 하는 경우가 자주 있다. 어떤 버스 회사들은 전광판 숫자를 다른 색으로 써서 노선을 알리거나, 앞에 지나가는 길과 종점 동네를 적어두기도 하지만 올림픽 선수급의 동체시력을 지니지 않은 이상 도로를 쌩쌩 달리는 버스를 보고 어떻게 빠르게 구별하겠는가. 게다가 적혀 있는 종점을 제대로 보고 탔으나 어찌 된 일인지 그 종점에 가지 않고 갑자기 다른 길로 꺾어 가기에 덜컥 겁이 나서 중간에 내린 경우도 몇 번 있었다. 버스를 타면서(부에노스아이레스에서는 도착 거리에 따라 요금이 다르므로, 내리는 동네나 거리 교차로 이름 등을 기사에게 말하면서 수베^{SUBE}라는 이름의 충전식 교통 카드를 찍어야 한다) 운전기사님에게 목적지까지 가냐고 물어보는 방법이 제일 정확하지만, 대다수의 경우 그들은 손님의 질문을 받아줄 여유가 없어 알아듣기 힘들 정도로 재빠른 스페인어로 답이 돌아오므로 긴장의 끈을 놓으면 안 된다.

버스를 타면서 겪었던 다소 당황스러운 일 중 하나는 버스 정류장의 존재였다. 이게 왜 이야깃거리가 되나 싶겠지만, 놀랍게도 이 도시에는 버스 정류장이나 표시가 제대로 없는 경우가 꽤 있다. 분명 도로교통 앱에서는 여기쯤 정류장이 있으니 타라고 하지만, 정작 어디에도 제대로 표시되어 있지 않은 신기루 같은 곳. 결국 내가 장소를 찍어서 감으로 타야 했거나, 지나가는 사람들이나 근처 상인에게 물어서 타야 했던 적도 있다. 그리고 간혹 버스 번호가 담벼락에 대충 컬러 스프레이로 칙칙 적혀 있거나, 어디 기둥에 엉성하게 스티커로 붙어 있거나(그 스티커가 너덜너덜해졌거나, 누군가 장난으로 지워놓은 경우는 정류장 찾기 난도가 더 올라간다), 심지어는 길에 있는 가로수에 글씨로 쓰여 있거나 나무 위에 작은 패널이 붙어 있기도 한데, 놀랍게도 그 엉성한 번호 표시가 실제로 버스 정류장의 역할을 한다. 그러니 해당 번호의 버스를 찾고 있던 거라면 – 물론 기괴하다는 생각마저 들 수도 있지만 – 그 장소에서 그냥 기다렸다가 타면 된다. 이게 과연 맞는 걸까, 반신반의하는 도중에 버스가 올 것이다.

버스 이용자로서 내가 겪은 제일 최악의 경험은 벨그라노 지역의 엘 모누멘탈El Monumental(유명 축구 구단 리버플레이트River Plate의 홈경기장이며 종종 콘서트장으로 사용된다)에서 열린 몇 만 명의 규모를 자랑하는 콘서트에 다녀온 직후였다. 콘서트를 마치고 돌아오는 길은 지옥 그 자체였으며, 근처에서 대중교통 이용은 꿈도 꾸지 않는 게 정신건강에 낫다. 줄잡아 200명은 되어 보였던 인파와 함께 버스 정류장에서 1시간 반 넘게 줄을 섰으나, 버스가 올 기미는커녕 그림자조차 보이지 않았고(콘서트 이후에는 버스가 일부러 그 지역을 안 지나간다는 이야기를 나중에야 전해 들었다) 근처에서 택시 잡는 것도 불가능했다. 그래서 늦은 밤이라도 30분 이상 최대한 큰길로만 걸어서 그 지역을 빠르게 벗어난 후에 모든 걸 운에 맡기며 겸허히 택시를 잡아타거나 우버를 부르는 게 최선이었다. 물론, 어떤 택시를 타든 기사는 쾌재를 부르며 친절하게도 가격을 평소의 2~3배 가까이 받을 것도 고려해야 한다.

흔히 프로빈시아Provincia(스페인어로 '지역, 지방'의 뜻)라고 부르는 부에노스아이레스시 밖 수도권 교통 사정 역시 편하지 않다. 부에노스아이레스시 인구 자체는 300만 명이 약간 넘는 정도지만, 부에노스아이레스 광역권Área Metropolitana de Buenos Aires, AMBA의 인구를 포함하면 2022년 통계 기준 아르헨티나

반대라서 더 끌리는, 아르헨티나

총인구의 약 40%에 육박하는 1,600만 명 정도라고 하니 우리나라의 수도 권처럼 인구 밀집이 심한 편이다. 프로빈시아에 사는 사람은 대중교통 이용 시 보통 버스를 타고 근처 기차역까지 간 다음 거기서 교외 전철을 이용하는 조합으로 등하교나 출퇴근하는데, 여기에 파업과 이유 불명의 노선 운영 중단이 겹치면서 시민들이 큰 불편을 겪는 경우가 꽤 있다. 그래서 파업을 겪을 때마다 프로빈시아에 살며 대중교통을 주로 이용하는 대부분의 우리 학교 현지 동료 선생님들은 방향이 같은 사람끼리 삼삼오오 모여서 개인택시를 타고 오거나, 자기 개인차 운전이나 누군가의 자가용을 얻어 타고 오는 등의 갖가지 방법을 사용했다(이곳은 노동법이 강해 노동자의 권리 보장이 잘되어 있으나, 그에 대한 반작용으로 각종 파업이 꽤 잦은 편이다. 아무리 업무에 지장을 줄 정도로 업무이해도가 낮거나 직장에 피해를 주는 경우라 할지라도, 강한 노동법에 기반하여 한번 고용된 사람을 해고하기가 매우 어렵다. 그래서 어떤 사람이 직장에서 해고되면 퇴직금 형식의 돈을 최대한 받아내기 위해 법정 싸움만 몇 년씩 하기도 하는데, 아르헨티나의 만성 인플레이션으로 인해 화폐 가치가 계속 떨어지면서 실제로는 받아낼 액수가 계속 깎이는 웃지 못할 광경도 보았다). 나 역시 프로빈시아에 사는 친구와 중요한 약속이 있었으나, 원인 모를 사정으로 그가 사는 동네에서 부에노스아이레스로 들어오는 교외 전철 운행이 지연되는 바람에 어쩔 수 없이 2시간 가까이 기다려 본 경험이 있다.

그렇다면 "여기서 차라리 운전하는 게 낫지 않나? 그런데 다들 왜 하지 않는가?"에 대한 생각을 해본 적도 있었는데, 살면서 그 이유도 서서히 피부로 알게 되었다. 일단 이곳은 도로가 한국과는 다르게 일방통행인 경우가 대부분이라 길을 모르면 역주행할 위험성이 커서 우선 운전자가 길과 방향을 잘 아는 게 중요하다. 그리고 보수공사가 덜 되거나 오래된 곳이 많은 도로 사정을 고려하면 운전이 편하지 않고, 운전자들의 운전 습관 역시 험악해서 길 위에서 무쌍 난무를 찍거나, 사이드미러를 박고 그대로 도망

가는 것을 내 눈앞에서 몇 번 본 적이 있을
정도다. 도로교통 상황도 최악으로, 회사
나 관공서가 즐비한 센트로나 상업 지구 근
처는 아침부터 퇴근 시간까지 교통체증이
매우 심하다. 게다가 아르헨티나에서는 초
등학교까지 등하교 시에 부모님이나 친척,
혹은 사전에 허락받은 보호자 등 어른이 학
생과 반드시 동행하여 학교까지 와야 하기
에 등하교 시간에는 학교 근처 도로가 차

로 꽉 막힌 주차장 그 자체다. 학교 하교 시간에 담임 교사가 학생을 데리
러 온 어른에게 인계를 해주는데, "아베에서 옷 가게 닫고 오는데, 기찻길
이 막혀서요."라는 이유로 보호자들이 늦는 경우가 꽤 있었다. 처음 그 말
을 들었을 때는 '차를 타고 도로를 지나서 오는데 기찻길과 무슨 관련이 있
나'라고 생각했는데, 얼마 뒤 실제로 가보니 한인촌 아베샤네다 대로에서
학교로 넘어오는 길 중간에 교외 전철 노선이 지나는 기다란 기찻길이 떡
하니 자리를 차지하고 있었다. 기차가 올 때마다 안전바가 내려가 꼼짝없
이 아무것도 못 하는 차들의 행렬을 볼 때마다 '이런 건 왜 빨리 고치지 않
는 걸까' 생각이 들었지만, 모든 게 느리게 흘러가는 아르헨티나의 특성상
막상 손대면 언제 공사가 끝날지 장담할 수 없으니, 답답해도 그대로 적응
하는 수밖에 없는 듯했다. 이런 일들을 쭉 직간접적으로 경험하다 보니 한
국에서 나름 오래 운전했던 나조차 이젠 부에노스아이레스 시내에서 운전
하는 상상만 해도 끔찍해졌다.

이런 환경 탓인지 혹은 오래된 습관인 건지 여기서는 다들 시간 개념이
정확하지 않았다. 카페나 레스토랑에서도 주문이나 계산하기 위해 아무리

반대라서 더 끌리는, 아르헨티나

기다려도(이곳에서는 손을 흔들며 종업원을 큰 소리로 부르는 행동은 실례가 되므로 종업원이 지나갈 때마다 열심히 눈빛을 보내는 게 상책이다) 급할 것 하나 없다는 듯 천천히 온다. 집 공사를 하러 올 때도, 건물 청소나 관리를 하러 올 때도, 집주인이 월세를 받으러 올 때도, 택배 기사도 제시간에 도착한 적이 거의 없고, 심지어 비행기나 시외로 나가는 버스조차도 출발 시간이 자꾸 늦어지는 바람에 도착 시간 역시 달라지는 일이 부지기수였다. 사정이 그렇다면 중간에라도 전달해 주면 괜찮을 텐데, 도대체 왜 그런지 이유도 모르는 채 연락이나 공지마저 없어서 어쩔 수 없이 기다린 적이 꽤 많았다. 이렇게 엿가락같이 늘어나는 시간 개념은, 마찬가지로 친구나 지인들과의 약속에서도 똑같이 적용되었다. 아무 말 없이 늦기에 오랫동안 기다렸지만 정작 만나고 나니 사과 한마디 없어 기분이 상했던 내가 결국 상대와 거리를 두게 된 적도 있었고, 친구네 생일 파티에 초대받아 알려준 시간과 장소에 맞춰 갔더니 나 혼자밖에 없기에 적잖이 당황한 적도 있었다. 살면서 이런 일을 하도 겪다 보니 나 역시 묘한 짜증이 일어 '나만 당할 수 없지.'라는 생각에 일부러 몇 번 늦게 갔는데, 되레 아무렇지도 않게 나를 평온한 태도로 대하는 것이 아닌가. 이 허술한 시간 개념은 스스로에게나 타인에게나 공정하게 적용이 되는구나 싶어 놀랍기까지 했다.

시간이 꽤 흐른 뒤 지금은 무슨 일이 일어나도 그저 '그렇구나.' 하고 넘기려 노력하고, 이러한 문화에 아등바등 스트레스받을 필요 없음을 깨닫게 되니 역설적으로 여유를 더 가지게 되었다. 어차피 내가 늦든 상대가 늦든, 우리 중 누구 하나는 늦을 테니까.

호수 밑 소용돌이, 겉으로는 평온한 듯 보여도 사실은 늘 불안한 치안

중남미의 오래된 고질적 문제 중 하나이자, 많은 이들이 여기까지 오는 여행을 망설이는 결정적인 이유 중 하나가 치안이다. 여러 국제기구의 통계상으로 보아도 라틴아메리카는 다른 어떤 대륙보다도 부의 불균형이 극심하다. 모든 재화와 서비스가 수도권에 몰려 있으며, 아르헨티나 내 낙후 지역이나 인근 저개발국에서 온 이민자들까지 대거 부에노스아이레스로 몰려든 현재의 아르헨티나 상황을 고려한다면 어쩔 수 없는 부분이다. 게다가 몇 년째 겪고 있는 초인플레이션과 경제 침체, 물가와 부동산 가격 상승 등의 이유로 빈곤층에 속하는 도시 빈민과 노숙자 역시 꾸준히 증가하고 있다.

그러다 보니 나뿐만 아니라 주변에서도 치안과 관련한 에피소드들이 많은데, 여기서 직간접적으로 겪었던 간담이 서늘해지는 경험을 모아 써 내려가면 책 한 권 분량은 금방 나올 정도로 각종 무용담이 넘쳐난다. 일단 여기서 제일 흔한 건 휴대폰 도난이다. 나의 경우 파견 첫해 늦겨울이자 초봄 사이, 버스를 타고 집으로 오던 길에 휴대폰을 도난당했다. 어떤 무리의 사람들이 나를 지나쳐 앞문으로 우르르 내리기에 그런가 보다 했더니, 그들이 내리자마자 내가 차고 있던 스마트워치에 블루투스 연결이 끊겼다는 알림이 떴다. 특유의 싸한 기분에 주머니를 뒤져보니 내 잠바 주머니 안에 있던 휴대폰이 감쪽같이 사라졌다(사실 이건 고전적인 수법으로, 지나가던 무리는 모두 한 패였음이 분명했다). 다른 동료의 경우는 버스에서 잠시 휴대폰을 보는 중 버스가 다음 정류장에 도착해 속도를 줄이는 순간 갑자기 누군가 눈앞에서 휴대폰을 뺏어가며 머리를 때리고, 때마침 열린 문밖으로 뛰어내렸다고 했다. 또 어떤 선생님은 택시를 타고 가는 도중 긴 신호를 받아 대기하고 있는데 열려 있던 창문으로 갑자기 손이 들어와서 휴대폰을 낚아채 갔다고 했다. 이렇게 훔쳐 간 휴대폰은 정확히 어떻게 되는지는 모르겠지만, 보통 다시 부품별로 재분해되거나 인터넷에 장물로 싸게 팔린다고 한다. 정말이지 이런 일을 보고 듣고 직접 겪을 때마다 머리가 아득해지면서 이 나라에 대한 정이 뚝 떨어지곤 했다.

하지만 슬프게도 이런 일은 생각보다 꽤 잦아서 일상에서 크고 작은 부정적 마일리지를 자주 적립하게 된다. 여느 때처럼 학교로 향하는 버스를 타고 가던 출근길. 부에노스아이레스에서 가장 긴 리바다비아^{Rivadavia} 대로를 지나는 노선으로 많은 사람으로 북적이며 정거장마다 승객이 오가는 132번 버스. 나는 이른 아침 특유의 피곤함에 절어 아무 생각 없이 그 버스에 올라탔다. 그러다 갑자기 검은 후드를 눌러쓴 어떤 남자가 내 대각선 앞에 있던 여성이 꺼내어 보고 있던 휴대폰을 그대로 낚아챘고, 때마침 정거장에 도착해 열리는 문으로 내리며 빛의 속도로 뛰어가는 모습을 보았다. 나를 포함한 모든 사람은 어안이 벙벙한 상태로 멈춰 있다가 이내 사태를 파악한 운전기사까지 모두 스페인어로 같이 쌍욕을 갈겨주고, 느닷없이 휴대폰을 도난당해 울고 있는 여성을 위로한 뒤 자신이 맞닥뜨려야 하는 일상으로 다시 돌아오는 것이다. 원하지 않지만 내가 잊을 만하면 보게 되는 광경들. 난 어떤 아버지가 아기를 업느라 잠시 내려놓은 가방을 옆에서 그대로 들고 튀는 광경을 본 적도 있고, 길거리에서 전화를 받는 할머니를 앞으로 확 밀쳐서 넘어뜨려 다치게 한 다음 할머니가 떨어뜨린 휴대폰을 주워서 달아나는 일도 두어 번 본 적이 있다. 어떤 날에는 누군가가 지나가는 대학생에게 강도질하려다가 저 모퉁이에서 우연히 본 경찰이 겨우 달려들어 제압하는, 마치 영화같이 충격적 장면을 멀리서부터 원테이크로 목격하기도 했다. 재수 없게도 내가 이런 불안한 풍경을 너무 많이 본 탓이겠지만, 사실 더 어이없는 건 그만큼 부에노스아이레스에서 이런 일들이 정말

비일비재하게 일어난다는 것이다. 실제로 휴대폰이나 지갑 도난이나 가방 날치기 등은 외국인뿐만 아니라 평범한 아르헨티나 시민들에게도 늘 일어나는 터라, 위의 경우처럼 운 좋게 경찰이 직접 본 게 아니라면 제대로 조사하는 사건의 범주에도 들어가지 못한다.

그리고 어디에나 발생하는 이벤트 중 하나인 구걸하는 사람들. 그들의 출몰 지역은 꽤 다양해서 길거리나 대중교통뿐만 아니라 식당, 버스터미널, 그리고 마트나 은행 앞에도 경쟁하듯 모여 있다. 밖에서 밥을 먹고 있거나 카페에 앉아 있으면 예고 없이 나타나 '양말 좀 사달라.', '아기 먹을 게 필요하다.', 아니면 아예 대놓고 돈을 달라고 요구한다. 차에서 긴 신호를 받아 대기하는 도중에도 거지들이나 잡상인들이 창문을 두들기며 동전 좀 달라고 하는데, 여기서 일부는 차량털이범이나 강도로 돌변할 수 있기에 창문을 열어주는 건 위험하다. 사실 이들은 진짜로 일을 할 수 없는 상태라서 남들에게 구걸하기보다는, 아르헨티나 정부 보조금에 의존하며 사는 사람들이 대부분이라고 한다. 처음에는 이렇게까지 빈곤층과 사각지대에 놓인 사람들이 남녀노소에 상관없이 널려 있나 싶었는데, 속사정을 들어보니 아르헨티나식 복지병의 폐해로 자력갱생의 의지가 없이 가타부타 구걸부터 하는 경우가 많다고 했다. 여기 사람들은 이런 속사정을 알고 있어 구걸에 단호하게 대처한다. 나 역시 멋모를 땐 한 번씩 측은지심에 그들에게 돈을 주기도 했지만, 이들이 성실하지 않고 거짓말로 동정을 이용하는 경우가 많다는 걸 알고 난 뒤로부터는 그들의 요구를 단호하게 거절한다.

반대라서 더 끌리는, 아르헨티나

그 외에 비나 바람을 피하기 좋은 모퉁이나 건물 아래, 굴다리 밑 등에는 아예 매트리스를 가져다 놓고 진을 치고 있는 노숙자들이 있다. 이들은 카르토네로^{Cartonero} 라고 불리는, 길거리 쓰레기통을 뒤져 재활용품을 모아 생계를 유지하는 일을 하기도 하고, 그저 술이나 마약에 취해 드르렁대며 누워 있기도 한다. 물론 노숙자들이 지나가는 선량한 시민들에게 해코지하는 일은 별로 없지만, 이들이 정확하게 어떤 상태인지 알 수 없으므로 가까이 가지 않는 게 좋다. 보통 그들이 우르르 모여 있으면 주변 풍경이 주는 위압감에 슬슬 피해서 걷게 되는데, 경제 위기가 한참이었던 시기에는 아예 로파르케^{Aeroparque} 공항 안에도 온갖 노숙자들로 붐벼서 마음이 더 서늘했던 기억이 있다. 또 한번은 밤에 쓰레기를 버리러 큰 쓰레기통을 열었다가, 전혀 예상치 못하게 그 안에서 사람이 갑자기 튀어나오는 바람에 심장마비로 그 자리에 주저앉을 뻔했다. 알고 보니 길거리 노숙자들이 용변을 해결할 곳이 없어 거대한 쓰레기통으로 들어가 일을 보는 경우라고 했다.

누구라도 언제든 어디서든 절대 안심할 수 없는 생활 속의 분투. 물론 한국을 포함한 어느 나라에서건 크고 작은 사건은 끊임없이 일어난다. 하지만 그런 빈도가 좀 더 잦은 나라에서 안전을 보장받지 못하는 나날을 보내며 마음을 완전히 놓고 다닐 수 없는 삶이 주는 스트레스는, 내 안에 자잘하게 쌓여가며 때때로 나를 짓눌렀다.

생활 속에서 다양하게 존재하는 불편한 서비스에 적응하고 살아가는 법

우리 학교에 파견 근무를 하러 온 교사들은 이 나라에서 합법적으로 신분을 얻기 위해 DNI^{Documento nacional de identidad, '국가 발행 신분증'의 약자}라고 불리는 임시 영주권을 발급받는데, 여기서는 이 신분증이 있어야만 모든 생활이 원활하게 진행된다. 문제는 발급이 오래 걸릴뿐더러 그 기다림마저 개개인별로 복불복이라 언제 발급이 완료되는지 장담할 수 없다. 그래서 몇 개월이 넘도록 신분 증명을 위해 늘 여권을 들고 다녀야 했고, 은행 계좌를 열기까지 불편하게도 주머니와 가방에 돈다발을 비닐봉지에 싸서 왕창 들고 다녀야 했다. 3년이 지난 지금에야 비자나 마스터카드 같은 국제 신용카드에 적용되는 환율도 따로 생기며 분위기가 많이 바뀌었지만, 처음 도착했을 때는 내가 들고 온 신용카드를 외국카드라며 꺼리는 곳이 많았다. 아르헨티노들은 복잡한 세금을 피하기 위한 절세의 방법으로 현금을 선호하며, 그만큼 소비자 역시 현금결제 할인을 받을 수 있다.

갖은 우여곡절 끝에 파견 나온 지 이미 반년 이상을 훨씬 넘겨서야 내 이름으로 된 은행 계좌를 만들고 서비스를 제대로 이용할 수 있게 됐는데(심지어 이것도 다른 역대 파견 교사들과 비교하면 매우 빠른 편이라고 했다), 그렇게 가게 된 은행은 마치 만화영화 〈드래곤볼〉에 나오는, 하루가 1년처럼 느껴지는 '정신과 시간의 방'을 연상케 하는 곳이었다. 많은 고객 수에 반비례하여 적은 직원들이 있는, 길고 지루한 기다림의 시간을 필수적으로 보내야 하는 은행.

반대라서 더 끌리는, 아르헨티나

이 나라의 규칙 중 하나는 보안을 위해서 은행이나 ATM 주변에서 휴대폰 사용을 금지한다는 것이다. 그러나 어떤 직원은 휴대폰 사용을 강하게 제지하지만, 어떤 직원은 누가 휴대폰을 보든지 말든지 관심 없는 걸 보면 어쩌면 적용하나 마나 한 규칙 같다. 은행에 책이나 잡지가 있는 게 아니고, TV에는 그 흔한 광고도 없이 그저 전광판 숫자만 나오므로 내 차례로 얼른 바뀌길 바라며 하염없이 대기하는 시간은 정말 심심하기 짝이 없다(나중에는 은행갈 때마다 일부러 책을 들고 갔었다). 한번은 내 차례가 되었지만 어째 직원이 나를 부르는 걸 까먹고 다른 사람을 불러버린 바람에 하는 수 없이 다시 길게 대기한 적도 있었다. 다들 돈이나 물자를 알뜰살뜰 절약하려 노력한다지만, 어째 시간만은 여기서 아껴야 할 대상에 포함되지 않는 것 같다.

시간이 물 쓰듯이 낭비되는 건 병원에서도 마찬가지다. 아르헨티나는 공공 의료 시스템이 잘 갖춰진 나라로, 국공립병원의 경우 각 지방 및 국가 보건부 산하기관에 속해있으며 아르헨티나식 복지의 일환으로 모두 무상으로 의료 서비스를 제공한다. 다만 이러한 보건 시스템은 예산 부족으로 인해 시설이 다소 열악한 편이며, 기본적인 수요를 감당하지 못해 진료가 늘어져 시간을 너무도 잡아먹는다는 것이다. 내가 우연히 국립병원 앞에 몰려 있는 줄을 봤을 때 든 생각은 '병 고치러 갔다가 병이 더 심해지겠네.'였다. 그래서 많은 이들은 차선책으로 사립의료기관이나 병원을 찾는다. 아르헨티나에는 개인 진료실은 물론 오래전 각국의 이민자들이 설립하여 개방한 각종 병원이 많은데, 나의 경우 학교를 통해 독일병원Hospital Alemán 보험을 들었다. 하지만 사립 병원 역시 의사의 진료를 받으려면 사전에 예약해야 하며, 당장 아프고 불편해도 며칠 기다려야 했다. 나는 갑자기 몸을 못 가눌 정도로 아파서 응급실에 갔지만, 응급실이란 단어에 어울리지 않게 몇 시간씩 기다린 후에야 겨우 진료와 약 처방을 받았던 적도 있다. 그래서 이곳 사람들조차도 웬만하면 약으로 버티고, 어지간히 불편한 게 아니면 병원에 잘 가지 않거나 비싼 돈을 주고 사설 클리닉을 이용한다.

나의 경우 파견 초반 부에노스아이레스에서 교통사고로 꼬리뼈 부분을 크게 부딪치며, 그 위쪽 허리 디스크부터 아래쪽 골반까지 모두 영향을 받은 상태였다. 병원 보험이 적용되어 무료로 치료가 가능한 물리치료센터를 연결해 준다고는 했지만, 대신 최소 6개월 이상은 기다려야 될 것 같다는 말을 듣고 어안이 벙벙해졌고, 내가 선택한 차선책은 소위 '내돈내산'의 사설 기관이었다. 미세하게 괜찮아지는 듯 같다가도 조금만 오래 앉아 있으면 통증이 다시 지속되어 힘들었기에, 결국 집에서 멀지 않은 사설 재활 치료센터를 오래 다니며 근근이 아픔을 버텼다. 그러다 파견 막바지 학기에는 점점 통증이 심해져 이젠 앉아 있기도 어려운 통에 어쩔 수 없이 다시 2년여 만에 정형외과 A 의사를 다시 찾아갔다. "아직도 꼬리뼈 통증이 안 나은 거냐?"라는 다소 무책임한 A의 말에 화가 났지만, 여하튼 그를 통해 MRI 검진 센터를 방문해 MRI를 다시 찍었다. 이후 다시 A 의사를 통해 MRI 결과물을 보면서 여전히 꼬리뼈와 골반, 주변 디스크에 염증이 있다는 진단을 듣고, 그가 독일병원으로 가보라고 해서 그리로 예약 방문해야 했다. 독일병원에서는 또 다른 B 의사를 만나 내가 찍어온 MRI 사진을 보여주며 통증을 경감시킬 약물 치료가 필요함을 강하게 말해야 했다. B 의사의 동의하에 이어지는 보험 처리까지 신청한 다음에야 내가 원하는 주사 치료를 받을 수 있도록 제3의 의사인 C가 연결되었는데, C가 다시 CT를 찍고 결과를 보고 나서야 내게 "아이고, 너 그동안 엄청 아팠겠다."라고 말하며 스테로이드 주사를 놓아주었다. 아, 젠장. 한 달이 넘는 기간 동안 병원과 진료 기관들을 다섯 번쯤은 왔다 갔다 해야지만 내가 2년 넘도록 키워온 증상에 필요한 치료 하나 겨우 얻어낼 수 있다니. 하지만 경험상 이런 시스템을 지닌 나라에서는 아픈 사람이 죄인이기 때문에 별 뾰족한 수가 없었고, 전혀 차도가 없는 상황 때문에 여기서 몸이 나아질 수 있다는 희망을 품기보다는 '어찌저찌 잘 버티다가 한국 가서 치료해야지.'라는 생각으로 통증을 견뎠다.

여기서 살다 보면 한국에서 쓰던 것들도 생각나고 외국에서 물건을 받고 싶기도 하지만, 이 나라에서는 그것이 거의 불가능하다. 아르헨티나는 수입이나 통관 절차가 기이할 정도로 길고 규제가 많아 물건 하나 보내고 받는 게 어렵고, 중간에 분실 위험도 커서 나라 안팎으로 우편조차 마음대로 보내기가 힘들기 때문이다. 오래 사신 교포분들의 표현에 따르면 이곳은 무늬만 육지일 뿐 어찌 보면 '커다란 섬' 그 자체라고 했는데, 그 사정을 출발 전 미리 알려주서서 내가 이곳으로 오는 비행기를 탈 때부터 짐 추가를 하고 3년 치의 짐을 대충 계산해서 바리바리 들고 올 수 있었다. 그러던 와중 내 친구가 나에게 생일 선물을 보내주고 싶은 마음에 나와 우체국의 경고에도 불구하고(아르헨티나의 악명은 한국 우체국에서도 유명하다고 한다) 한국에서 그 비싼 우편 요금까지 다 물고 보냈으나, 정작 그 택배 상자는 몇 주 뒤에야 다 뜯기기 직전의 처참한 상태로 친구가 보낸 품목마다 달러로 세금을 매겨서 도착했다. 설상가상으로 배달원은 "여기서 세금을 내지 않으면 당장 버리거나 한국으로 반송할 것인데, 그 반송 비용마저도 네가 부담하라."라는 식으로 협박해서 어쩔 수 없이 세금을 냈고, 이후 나는 치를 떨며 이 나라에서 어떤 것이든 국제택배를 받지 않겠다고 굳게 다짐했다. 이런 사정을 모르는 사람 중에 아르헨티나로 물건을 보냈다가 낭패를 보는 경험을 많이 하는데, 내가 여기서 만났던 한국 여행자 중에는 짐을 줄이기 위해 비싼 여행용품을 여기로 보냈다가 그 물품이 그대로 세관에 계류된 일도 있었다. 내가 대신 세관에 전화도 해주고 이메일도 써주었지만, 본인이 직접 와서 비싼 세금 내고 찾아갈 때까지 꿈쩍도 하지 않을 기세였다. 결국 그대로 한국으로 돌려보내 달라고 부탁했는데, 정말 무사히 돌려보냈을지 그 이후의 결말은 나도 잘 모르겠다. 한인 교포들에게는 그런 식으로 잃어버린 물건만 계산해 봐도 컨테이너 부피 이상으로 나올 정도라고 하니까. 그래서 여기서 가장 확실한 방법은 외국이나 한국에서 오는 사람에게 필요한 것들을 부탁해서 인편으로 받거나 보내는 것인데, 아르헨티나로 여행 온 내 친구들은 이곳의 괴상한 사정을 알고 나서 고맙게도 국제 보부상으로 활약하며 기꺼이 캐리어에 내가 부탁한 물건을 잔뜩 싣고 와주었다.

그 외에도 생활 속에서 불편하거나 이해가 가지 않는 일들은 꽤 있었다. 거리의 널린 개똥은 물론이고 거리의 보도블록이 깨져 있거나 높낮이가 엉망으로 깔린 경우가 많아 이를 밟고 넘어져서 발목을 삔 적도 있다. 어떤 쪽으로든 변화를 싫어하는 아르헨티나 사람들의 성정으로 인해, "왜 이렇게까지 굳이 비효율적인 방법을 고수하냐!"라고 외치며 울분을 삭이면서 불만을 터트린 적도 많다. 처음에는 이 모든 일이 믿기지 않을 정도로 너무도 황당하고 때때로 화도 났지만, 나중에는 그저 웃어넘기며 나를 위한 일종의 정신력 강화훈련쯤으로 여기게 되었다. 하긴, 사는 동안 언제 어디서 또 이런 일들을 겪어보겠나. "나를 죽이지 않는 것은 나를 강하게 만든다." 라는 니체의 말을 교훈처럼 되새기며, 결국 인생에서는 어떤 크고 작은 경험이든 모두 쓸모가 있으니 나를 강철 인간으로 담금질하기 위함이라며 강한 자기 암시 및 정신 승리를 시전하게 되었다.

하지만 파견 막판으로 가면 갈수록 모국어만큼 소통이 편하지 않은 이역만리 외국에서, 그리고 생활 속에서 이토록 허술한 점이 많은 남미 아르헨티나의 일상에서 살아가는 건 생각보다 훨씬 많은 에너지를 요구하는 일이었다. 평소에는 딱히 생각해 보지 않았던 사소한 일까지 신경을 곤두세우고 살아야 하니, 마치 상태 이상이라도 걸린 게임 속 캐릭터처럼 매일 나의 체력 에너지가 조금씩 깎이는 것 같았다. 익숙해졌다고 해서 마음을 놓고 있을 때, 자칫 방심하면 무슨 일이든 당할 수 있는 상황이 펼쳐지는 도시. 멀리서 보기에 바다는 무척이나 잠잠하고 아름다우며 평온해 보이지만, 사실 안을 들여다보면 정말 온갖 생명이 뒤엉켜 사는 푸른 빛 정글의 해양 생태계를 이루고 있듯이 나의 부에노스아이레스살이도 어쩌면 이와 같은 결을 지녔다. 그래서 힘들 때마다 예전 페루 시절 친하게 지낸 지인이 나에게 이야기해 주었던, "여기는 되는 것도 없고, 안 되는 것도 없다."라는 남미살이의 교훈을 다시 머리에 힘주고 되새기며 최대한 긍정적인 태도로 때때로

지쳐가는 하루를 버티기도 했다. 지금 겪는 롤러코스터를 타는 듯한 매일은 나중에 내 인생을 의미 있게 해준 모험으로 바뀔 것이고, 결국에는 부에노스아이레스에서의 안 좋았던 기억까지 즐거운 마음으로 반추하며 미소 짓는 날이 올 걸 잘 알고 있으므로.

Parte 2

한 걸음 더 가까이,
아르헨티나
Un paso más hacia Argentina

Argentina

드넓은 대지 위 유럽을 물들인 이민자의 나라

초창기 부에노스아이레스 생활을 시작하면서 내가 이곳 사람들에 대해 관찰하며 알게 된 몇 가지가 있는데, 그중 첫 번째는 이곳 사람들의 성씨에 스페인계보다 이탈리아계 성씨가 훨씬 더 많다는 거였다. 파견 근무를 시작하고 교직원 명단을 받았는데, 이곳 아르헨티나 현지 교사와 직원들의 이름을 보니 그들의 성씨는 반절 가까이 ll, tt, ss, zz처럼 동일 자음이 반복되거나, i나 o처럼 모음으로 끝나거나, 이탈리아어 단어거나, 중간에 Di 나 Del 등의 이탈리아형 전치사가 붙어 있었다. 그리고 TV 속에 나오는 사람들이나 뉴스 패널들 이름만 봤을 때도 여기가 아르헨티나인지 이탈리아 인지 잠시 착각이 들 정도였다. 두 번째는 마치 이탈리아 사람들이 대화하는 것처럼 손을 많이 쓰면서 대화하는 행동 양상이 흔했다. 모든 나라 사람이 의사소통 시 말투나 표정, 몸짓 등으로 비언어적 표현을 사용하지만, 특히 이탈리아 사람들은 우스갯소리로 손을 묶으면 아예 대화가 불가능하다고 할 정도로 손을 많이 쓰기로 유명하다. 직장 동료들을 포함해 내가 만난 아르헨티나, 그리고 부에노스아이레스 사람들 모두 다양하게 손을 쓰면서 대화했다. 그리고 세 번째는 사람들의 외모가 유럽계처럼 보이는 사람들이 아주 많다는 것. 민족적으로 다양성이 높은 라틴 국가 중 하나답게 짙은 피부와 굳건한 인상을 가진 인디헤나^{Indigena}(원주민이라는 뜻으로, 스페인 침략 전부터 이 땅에 원래 살고 있던 선주민 계를 일컫는 표현)들도 물론 있지만, 아르헨티나 사람 중에서는 생각보다 흰 피부와 금발, 그리고 파란 눈이나 올리브색 눈을 지닌

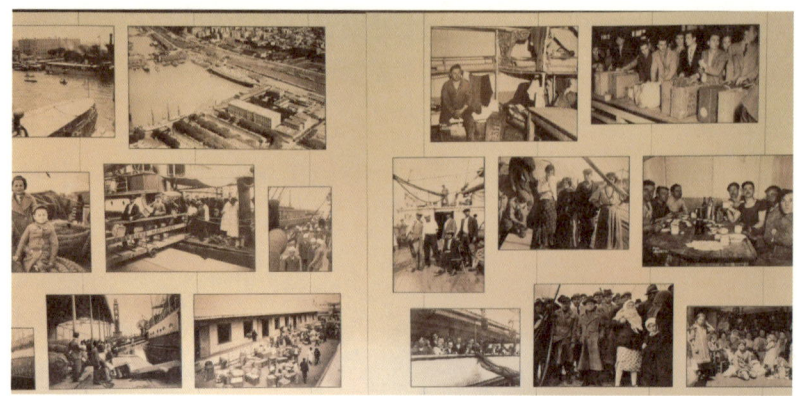

유럽계 외모를 흔하게 볼 수 있다. 여기에서 알게 된 현지 사람 중에서는
그들의 국적이 남미 아르헨티나임을 쉽게 알아차릴 수 없을 정도의 외양이
훨씬 많다. 그리고 이런 사실과 비례해 우리가 흔히 생각하는 유럽계, 라틴
계 혼혈, 인디헤나 혼혈, 기타 혼혈 등 정말 다양한 외모의 개성 강한 미남
미녀들을 일상생활에서 매일 마주칠 수 있었다.

　몇백 년의 시간 동안 스페인 왕국의 식민지였으니 으레 스페인계가 많을
것으로 여겨지지만 실제로는 이탈리아 본토 밖에서 이탈리아계가 가장 많
이 사는 나라 중 하나인 아르헨티나. 스페인 식민지 시절부터 크고 작은 이
유로 소규모의 이탈리아 사람들이 이곳에 왔지만, 이탈리아 전역에서 폭발
적인 인구 유입이 있던 것은 19세기 말부터 20세기 초였다. 당시 스페인으
로부터 갓 독립한 신생 국가였던 아르헨티나는 드넓은 영토에 비해 인구가
태부족한 나라였기에 이를 해결하기 위한 이민 노동력 유인을 위해 토지를
제공하거나 노동 임금 수준을 높이는 등 많은 경제적 인센티브를 주는 정책
을 펼쳤다. 반면 이탈리아는 통일 전후로 재탄생한 나라의 변화에 적응하
지 못함과 동시에 인구과밀 현상, 높은 세금 등으로 인해 경제적으로 극심

한 빈곤에 시달리는 사람들이 많았다. 이러한 상황을 벗어나기 위해 좀 더 나은 삶을 꿈꾸며 당시 떠오르는 신흥 부국이던 남미 대륙의 아르헨티나로 줄지어 이민을 떠나기 시작했다(참고로 이탈리아 동화책을 원작으로 한 일본 명작 애니메이션 〈엄마 찾아 삼만리〉에서 주인공 마르코네 엄마가 돈을 벌기 위해 일하러 갔던 곳도 당시 부자 나라였던 아르헨티나였다). 아르헨티나 정부 역시 이민자들이 많이 필요했고, 이와 더불어 인종적으로 유럽화된 나라를 만들기를 희망했으므로 상부상조였다. 이후에는 유럽에서 일어난 제1차·제2차 세계대전, 불안정한 정치·경제 상황 등이 그들의 아르헨티나 이민 행렬을 가속한 이유가 되었다.

그런 이민의 역사를 잘 볼 수 있는 곳이 옛 항구였던 푸에르토 마데로^{Puerto Madero} 지역의 이민사박물관^{Museo de la Inmigración}이다. 19세기 중반에 세워진 이 건물은, 원래 배를 타고 이 나라에 도착한 세계 각국의 이민자들을 수용하기 위한 호텔로서 지어졌다고 한다. 이 호텔은 단순한 숙박시설을 넘어 복합 기능의 공간으로 다양한 역할을 수행했다. 이민자들이 도착하면 먼저 그들의 서류와 건강 상태 검토, 수하물 검사 등의 절차가 이루어졌고, 그 이후에는 식사나 의료 서비스 등 이 나라의 새로운 시민이 될 사람들을 위한 편의 제공이 이어졌다. 이 상징적인 호텔 건물은 현재 이민사박물관으로 리모델링되며 아르헨티나 이민 역사의 중심적인 공간이 되었다(이러한 역사 때문인지 현재 이 건물 옆에는 아르헨티나 정부 기관인 이민청이 있다). 내가 여기를 방문하면서 알게 된 가장 인상 깊었던 점은, 당시 이탈리아 북부 도시 제노바 항구에서 부에노스아이레스행 정기선이 운영되었다는 사실이었다. 이는 당시 아르헨티나로 이민 오는 사람들의 수가

얼마나 많았는지 단편적으로 보여주는 증거였다. 박물관 안에는 당시의 흑백 사진, 실제 사용된 각종 서류, 옛날 이민자들의 인터뷰 등 생생한 사료가 전시되어 있어 그 시절의 삶과 현실을 간접적으로나마 느낄 수 있었다.

이탈리아계 이민자들과 그의 후손들은 이런 식으로 북부의 안데스 고원부터 척박한 파타고니아 땅끝 도시까지 이 땅의 동서남북 어디서든 자리를 잡았고, 마침내 그들은 지구 반대편 남미 아르헨티나 사회의 구성원으로서 뿌리를 내렸다. 여기서 더 나아가 자신의 출신지를 증명이라도 하듯 아르헨티나를 정치, 경제, 사회, 문화 등 각각의 분야에서 이탈리아계를 위시한 유럽풍 문화로 짙게 물들였다. 이처럼 많은 이탈리아 이민자가 정착한 결과, 현재 아르헨티나 사람 중 부계, 모계를 모두 통틀어 적어도 2,500만 명 이상이 이탈리아계 조상을 가지고 있는 것으로 나타났다. 그리고 이를 다시 전체 아르헨티나 인구로 계산해 보면 60% 이상을 웃도는 비율이다. 호르헤 루이스 보르헤스는 "아르헨티나인은 스페인어로 말하는 이탈리아인이다."라는 말을 남겼다고 하는데, 다소 비약적인 표현이긴 해도 이러한 배경을 알고 들으면 충분히 이해되는 말이기도 하다(리오넬 메시를 비롯한 여러 축구 선수, 전임 프란치스코 교황 등 우리가 알고 있는 아르헨티나 출신 유명인의 상당수가 이탈리아에서 온 조상을 두었다).

이탈리아 이민자들에 뒤이어, 두 번째로 많은 숫자로는 식민지 시절 모국이었던 스페인 사람들이 아르헨티나의 독립 이후 자국 내 근현대사의 소용돌이를 피해 이민 와 정착했다. 그 외에는 프랑스, 독일, 폴란드, 영국, 오스만 제국(터키), 아르메니아 등 각양각색의 유럽 국가 및 레반트(동지중해 지역) 중동 국가 출신 사람이 자신의 나라를 떠나 이곳에 새롭게 도착하며 아르헨티나 사회를 더욱 다채롭게 만들었다. 근래에는 중국계나 대만계, 일

반대라서 더 끌리는, 아르헨티나

본계, 한국계 등 동아시아 사람들의 이민이 있었으나 이들과 비교해서는 시기가 늦게 진행된 편이다. 그리고 식민지 노예제도가 있던 시절 아르헨티나에 흑인 인구가 아예 없었던 것은 아니지만 독립 전쟁 이후로 많이 전사했고, 이후에도 정확한 인구 집계가 이루어지지 않았다고 한다. 무엇보다도 아르헨티나는 독립 이후 인구 팽창을 위해 이민 정책을 펼칠 당시 유럽계 이민, 혹은 외향적으로 별 차이가 없는 레반트 지역 국가의 이민을 많이 받았기에 이웃 나라들과 비교해 볼 때 흑인 인구가 없는 편이다(지금까지 국가 차원에서 흑인 인구와 관련된 연구가 거의 이루어지지 않았다는 점 역시, 아르헨티나가 인종 문제에 있어 배타적이고 차별적이라는 비판을 받는 이유 중 하나다).

이외에 특기할 만한 것은 민족 구성으로 볼 때 이 나라에 유대인이 아주 많다는 사실이다. 19세기 말부터 유럽 각국에서 반유대주의 정책이 본격화되면서 제도적 차별이 노골적으로 이루어졌고, 사회·경제적으로 큰 타격을 받게 된 유럽과 중동 각국의 유대인들은 당시 열린 이민 정책을 쓰던 아르헨티나로 삶의 터전을 옮기기 시작했다(처음에 그들이 지닌 동유럽계 외양 때문에 루소Ruso, 즉 '러시아인'으로 불렸다고 한다). 이후 유럽에서 일어난 두 번의 세계대전과 홀로코스트 등의 반유대주의 광기를 피해 유대인들이 아르헨티나로 몰려왔고, 이러한 과정을 통해 아르헨티나는 현재 남미에서 유대인 인구가 제일 많은 나라가 되었다. 유대인들의 대다수는 수도인 부에노스아이레스에 정착했기에, 이 도시에서는 유대인 특유의 전통문화나 옷차림, 코셔Kosher(유대교 율법을 지켜 만드는 음식), 유대교 회당이자 공동체 활동 장소인 시나고그 등을 어렵지 않게 볼 수 있다. 그런데 더 놀라운 건, 세계대전 전후로 수많은 나치 고위 간부와 전범들 역시 당시 페론 정부의 묵인하에 아르헨티나로 도피성 이민을 왔다는 사실이다. 가장 유명한 나치 전범 중 하나인 아돌프 아이히만이 1960년 이스라엘 정보기관 모사드에 의해 붙잡힌 나라도 아르헨티나였다. 그래서인지 이젠 백발노인이 된 전범들이 아르헨티나 시골 어딘가에서 붙잡혀 송환되었다거나, 마을에 살던 어떤 노인이 죽었는데 알고 보니 생전에 나치 전범이었다는 것이 밝혀졌다거나, 잊을 만하면 히틀러와 관련된 물건이나 하겐크로이츠(나치 문양)의 유품이 어느 집 지하에서 발견된 사건들이 여전히 지역 뉴스나 신문에 간간이 나오기도 한다. 반유대주의와 나치를 피해 유럽을 떠나 새로운 나라로 온 유대인들과, 역시 세계대전 이후 무거운 처벌을 피하려 도피한 반유대주의자와 나치들이 결국 함께 살게 된 나라라니. 난 아르헨티나에서 진정한 역사의 아이러니를 느꼈다.

어느 날 붙임성이 좋은 택시 기사와 길게 대화하며 이동한 적이 있었다. 간단한 인사와 일상대화를 주고받으면서 내가 이곳에 장기 파견으로 살고 있는 외국인임을 밝히니 아르헨티나에 대한 이런저런 이야기를 길게 해주셨다. '세금은 서유럽처럼 걷는데 서비스나 교육은 아프리카 저개발 국가 수준 같다.'라며 자신의 조국에 대한 쓴소리와 정치 풍자를 서슴지 않았던 우리의 택시 기사님. 이곳에서 아주 흔히 볼 수 있는 이탈리아계와 스페인계 성씨 조합을 가진(스페인어권 국가에서는 보통 부계 성과 모계 성을 함께 쓰며, 부에노스아이레스의 택시 뒤에는 기사의 이름이 적혀 있다) 재치 있는 기사님은 "아르헨티나라는 나라는 정말이지 '어디에서든 온 사람들'로 구성된 이민자의 나라다. 하지만 드넓은 평원에서 자연을 벗하며 친절한 마음으로 타인을 돕고, 힘든 일도 기꺼이 돕는 '가우초^Gaucho(아르헨티나판 카우보이) 정신'이야말로 아르헨티나의 정수라고 할 수 있다."라는 말을 해주셨으나, 부에노스아이레스에서는 도시살이가 각박하다 보니 사람들이 그 정신을 자꾸만 잊는 것 같아 안타깝다고도 덧붙이셨다. 그리고 뒤이어 내게 의미심장한 말을 남기셨다.

"애야, 이 나라에서는 무슨 일이든 일어날 수 있어. 게다가 매일 다른 일이 일어나기 때문에 네가 여기 있는 동안 절대 질리지 않을 것이야."

맞다. 그의 말처럼 부에노스아이레스, 그리고 아르헨티나는 어떤 의미로든 질릴 수가 없이 다채로운 곳이다. 마치 이어 붙일 수 없어 각각 떼어놓은 모자이크를 얼기설기 조합해 둔 듯한 거리 풍경을 관찰하며 늘 생각한다. 남녀노소를 불문하고 강한 개성과 매력을 지닌 미인들. 한껏 영화로운 시대를 살던 시기에 우후죽순처럼 지어진 아름다운 유럽풍 건물들. 어디서나 즐비한 피자와 아이스크림 가게. 끊임없는 손짓을 섞어 왁자지껄 대화하는 동네 아저씨들. 유럽 지역별 향우회사무소로 오가는 사람들. 에스프레소 잔에 커피를 마시며 우아하게 신문을 읽는 어르신. 번듯하게 세워져 있는 아르메니아 정교회 건물과 그 앞에서 팔던 아르메니아 과자들. 토요일마다 유대교식 모자를 쓰고 삼삼오오 모여 바쁘게 시나고그 쪽으로 향하는 유대인 가족들. 안데스 고산지대 특유의 옷차림으로 지나가는 아주머니들까지 모두 공존하는 나라라니! 부에노스아이레스에서 하루하루 다양한 사람에

의해 달라지는 매일의 풍경은 어리둥절함을 넘어 때로는 범접할 수 없는 숭고미까지 선사한다. 끝을 가늠하기 어려울 정도로 광활한 아르헨티나의 땅. 이 위에 식민지 시절의 모국이 존재하는 대륙이자 현재 대다수 아르헨티노의 조상이 살던 고향인 유럽의 색채를 강하게 더한 뒤, 불완전하나마 각 개인이 가진 각양각색의 퍼즐 조각을 나라 곳곳에 덧붙여 가며 조금씩 모양을 맞추며 완성해 가는 나라임을 매 순간 느꼈다.

이곳에서 다이어트가 힘든 이유

　파견 합격 이후 가족과 친구들, 주변 지인에게 아르헨티나로 가게 되었다고 알리니 내가 제일 많이 들었던 말 중 하나는 "가서 소고기 실컷 먹고 와라."였다. 한국 사람들에게 다소 낯선 나라이긴 하지만, 아르헨티나라고 하면 제일 흔하게 떠올리는 건 아무래도 소고기인 모양이다(실제로 아르헨티나는 살고 있는 사람의 인구보다 키우는 소의 숫자가 더 많은 나라). 이러한 열렬한 성원에 힘입어, 나 역시 이 나라에 도착한 첫날 했던 일은 몇 년 전 이 도시에 처음 왔을 때 갔었던 파리샤^{Parrilla}(스페인어로 석쇠나 바비큐처럼 고기를 굽는 도구, 혹은 이를 이용해 요리된 고기 메뉴 및 식당을 일컫는 말) 집을 다시 찾아가 소고기 스테이크 시켜 먹기였다. 통칭 아사도^{Asado}라고도 알려진(스페인어로 '구운', '구워진'의 의미), 석쇠 위에서 열심히 소고기를 굽고 있는 사람들 사이로 뿜어져 나오는 자욱한 연기와 끊임없이 주문을 주고받는 사람들. 바쁜 탓인지 무심하게 보이는 종업원이 턱턱 내오는 스테인리스 그릇에 담긴 샐러드와 치미추리 ^{Chimichurri}(파슬리와 오레가노, 고수, 고추 양념 등을 올리브유에 넣어 만드는 아르헨티나의 고기 소식), 그리고 먹음직스러운 비페 데 초리소^{Bife de Chorizo}(스테이크로 쓰는 소등심 부위)와 오호 데 비페^{Ojo de bife}(갈빗살, 꽃등심 스테이크)를 보자마자, 비로소 내가 소고기의 나라 아르헨티나에 도착했다는 사실을 실감했다.

그렇게 파견 초기 동안, 하루라도 여기서 소고기를 먹지 않으면 인생 전체를 손해 보는 것 같은 강박관념에 끊임없이 시달렸다. 이런 내 마음을 알기라도 하듯 으레 학기 초반에 하는 각종 공식 환영회와 회식 메뉴도 줄곧 소고기였는데, "이러다가 마치 동맥경화나 고지혈증에 걸리지는 않을까?"라며 스스로 걱정할 정도로 정말 열심히 먹어댔다. 아르헨티나를 대표하는 요리인 고기구이 모듬 파리샤에는 우리가 생각하는 일반적인 스테이크 부위뿐만 아니라 초리소^{Chorizo}(돼지고기 소시지), 곱창^{Chinchulín}, 피순대^{Morcilla}, 소의 흉선^{Molleja} 등 다양한 부속 부위를 조합하며 아르헨티나식 프로볼레타^{Provoleta}

치즈를 같이 구워 먹을 수도 있다. 여기에 아르헨티나 멘도사산 말벡^{Malbec} 와인을 시켜서 함께 마시면 말벡의 진한 맛과 상큼한 향이 고기의 느끼함을 씻어주는데, 이런 환상의 조합으로 주지육림을 즐기면서 건강에 별로 좋지 못한 방법으로 간을 단련하게 되었다.

말벡은 현재 아르헨티나를 대표하는 와인으로 인식되지만, 원래는 프랑스 보르도산 포도 품종 중 하나였다. 질병이나 곰팡이에 취약한 말벡 품종은 프랑스 보르도의 기후와는 맞지 않아 점차 사양길에 들어가던 중이었으나, 아르헨티나 정부와 프랑스의 농업경제학자인 미셸 푸제^{Michel Pouget}의 프로젝트를 통해 아르헨티나 서쪽 멘도사 지방에서 화려하게 부활하였다. 안

데스 산맥을 두른 멘도사 지방 특유의 일조량이 풍부하고 건조한 기후가 되려 이 까다로운 말벡 포도 재배에는 가장 알맞았기 때문이었다. 프로젝트의 대성공 이후 현재까지 멘도사 지방에는 크고 작은 규모의 와이너리가 산재해 있으며, 해마다 포도 수확을 기념하는 축제 행사를 크게 여는 등 와인은 멘도사의 상징으로 자리매김했다. 말벡 와인은 유럽의 영향으로 육류 식사 시 레드와인 등을 곁들이는 아르헨티나 사람들의 식습관 덕에 자국 내에서 많이 소비되고 있고, 세계적으로도 점차 명성을 얻으며 옆 나라 브라질뿐만 아니라 북미나 유럽 각국 등 다양한 나라에 수출되고 있다. 와인뿐만 아니라 맥주도 훌륭한 제품이 많다. 우리나라에도 알려진 브랜드 파타고니아[Patagonia], 그리고 이곳의 국민 맥주라 불리는 킬메스[Quilmes]는 물론, 도시 곳곳의 소규모 양조장에서 나오는 수제 맥주까지 선택지가 다양해서 많은 애주가들을 즐겁게 한다.

그렇게 주지육림 파티를 열심히 즐기다 보니 어느 순간부터 입에서 소처럼 '음메' 소리가 나올 것만 같았고, 내 간 역시 몸뚱이 주인에게 원망을 보내고 있는 듯했다. "이제 슬슬 소고기가 질리기 시작한다."라는 – 혹시나 한국에 있는 다른 사람들이 듣는다면 바로 나에게 타박할 것 같은 – 말이 내 입에서 저절로 나오기 시작하자, 나도 좀 더 다양한 음식을 찾아보기로 했다. 남미에서 손꼽히는 도시이자, 대부분 유럽 이민자의 후예들과 이후 새로이 이민한 자들로 인구가 구성된 부에노스아이레스에서는 그들이 가진 뿌리를 표현하듯 전 세계 음식을 만날 수 있다. 페루 레스토랑, 베네수엘라 아레파 가게, 브라질 아사이볼이나 간식을 파는 가게나 멕시코 요리 전문점, 스페인이

나 프랑스풍의 유럽 식당, 일본식 덮밥이나 초밥집, 베트남식 쌀국수집, 벨그라노 지역의 중국촌에 가면 광둥식 딤섬 요리 전문점도 있다. 우리 학교나 아베 주변 지역 같은 한인촌에는 한식이 있고, 터키와 그리스식 꼬치구이인 수블라키 집, 레반트 지역 중동 요리나 아르메니아 요리, 유대 율법을 지켜 만든 유대인용 요리까지 매우 다양한 옵션이 있다.

그러나 역시 이곳에서 가장 지배적인 요리는 역시 이탈리아식 요리다. 길거리를 쭉 살펴보면 피자집, 남미식 구운 만두인 엠파나다^{Empanada} 가게, 혹은 집에서 조리해서 먹을 수 있도록 파스타 생면과 소스 재료를 파는 파스타 전문점 등을 가장 흔하게 볼 수 있었다. 사실 아르헨티나는 세계지리 시간에도 배우는 팜파스^{Pampas} 곡창지대에서 나오는 양질의 밀가루를 이용한 제품이 맛있기로 유명하다. 궁금한 마음에 이곳의 피자도 몇 번 먹어 보았는데, 밀가루를 아낌없이 사용하는 덕인지 피자치고 도우가 꽤 두꺼운 편이라 내 취향은 아니어서 자주 먹진 않았다. 다만 이곳에서 처음 경험해 본 피자 종류인 양파 피자 푸가세타^{Fugazzeta}(이탈리아계 이민자들이 만든 아르헨티나의 퓨전 피자)는, 지금도 한 번씩 생각이 날 정도로 맛있었다. 또한 파스타라고는 슈퍼에 파는 건면만 사서 끓여 먹어봤던 지라 파스타 생면은 생소했는데, 몇 번 해 먹어 보니 쫄깃한 생면의 맛이 파스타 소스와 잘 어우러져 정말 일품이었다. 엠파나다는 어디서든 볼 수 있는 남미의 국민 간식으로, 학교에서 수업을 마치고 배고픈 학생들이 학교 앞 엠파나다 가게로 뛰어가 줄을 서는 모습을 종종 보았다. 사실 엠파나다는 만드는 가게의 역량이 중요해서 잘못

시키면 그냥 밀가루 덩어리 같은 맛만 나기도 하지만, 나름 맛집의 엠파나다를 한입 베어 물면 안에서 배어 나오는 고기 육즙이나 풍부한 치즈맛에 감탄하게 된다. 우리나라에서 특정 지역의 음식이 원조 동네라며 치켜세우듯, 여기서는 살타와 투쿠만 같은 북부 지방이 엠파나다로 유명한 편이라 아르헨티나 사람들에게 맛있는 엠파나다를 추천해달라고 하면 보통 북부 스타일로 만드는 엠파나다 집을 언급한다. 또한 아르헨티나 요리에는 미누타^{Minuta}라는 게 있는데, '분'이라는 단어의 어원과 연결되어 의미 그대로 간단하고 빠르게 준비할 수 있는 요리를 통틀어 일컫는 말이다. 세계적인 축구 스타이자 살아 있는 전설인 리오넬 메시가 가장 좋아하는 음식 중 하나도 미누타 요리인 밀라네사 나폴리타나^{Milanesa Napolitana}(소고기를 얇게 튀겨 치즈, 햄, 토마토소스, 양파 등을 올린 아르헨티나식 돈가스 같은 요리)라고 한다. 미누타 메뉴는 가정식으로 집에서 준비해서 먹기도 하고, 레스토랑에서도 취급하는 곳이 많아 어디든 주문할 수 있다. 식당에서 미누타 메뉴를 주문하면 빠르게 음식을 준비해서 내오고, 또 손님도 그만큼 빠르게 먹고 갈 수 있으니 우리네 김밥이나 분식 같은 아르헨티나식 패스트푸드라고 할 수 있겠다.

이렇게 팜파스산 밀가루가 내리는 축복의 향연은 아르헨티나 요리 어디에서든 실컷 누릴 수 있다. 아르헨티나에서 보통 아침 식사로 진한 에스프레소 커피 혹은 코르타도^{Cortado}를 함께 곁들인 아르헨티나식 크루아상인 메디아루나^{Medialuna}를 먹는데, 여기에 물과 버터, 오렌지 주스 등을 같이 내오기도 한다. 메디아루나 말고도 빵집에서 파는 여러 종류의 단맛 페이스트리를 팍

투라^{Factura}라고 부르며, 보통 6개,
12개들이 등의 도세나^{docena} 단위
(한국어로 반 타, 한 타)로 판다. 또한 아
르헨티나에서 오후 간식 시간을
메리엔다^{Merienda}라고 하는데, 이때
도 커피와 함께 보통 팍투라 종류
의 빵을 먹거나 혹은 팍투라 대신

부드러운 쿠키 사이에 둘세 데 레체를 발라 먹는 알파호르^{Alfajor} 역시 여기에
서 즐겨 먹는 국민 간식이다. 물론 이 모두가 맛있고 달콤하지만, 엄밀히 말
하면 겹겹이 쌓인 밀가루, 버터, 크림 등을 베이스로 만드는 거라 영양학적
으로 고려하면 혈당 스파이크에 금방 비만과 당뇨병으로 가는 지름길이다.
"어떤 분이 아르헨티나에 처음 와서 메디아루나 맛에 빠지는 바람에 석 달
도 안 되어 10kg이 금방 쪘다더라.", "여기 사람들이 나이가 들수록 당뇨병
이랑 췌장암, 심장질환으로 고생하는 비율이 높다더라."같이 도시 괴담처럼
들리나 모두 엄연히 일어난 실화들을 전해 듣기도 했다.

둘세 데 레체^{Dulce de leche, 간혹 DDL로 줄여서 표기한다}는 우유와 설탕을 함께 넣고 오래
끓여 졸인 일종의 캐러멜 스프레드로, 집마다 만드는 방법과 맛이 다르다.
소로 유명한 나라답게 그의 부산물인 유제품 역시 질 좋고 맛있는 아르헨
티나라 둘세 데 레체에서도 큰 자부심이 있는데, 그래서인지 해마다 둘세
데 레체 경연대회를 통해 우수 상품을 홍보하고 판매하는 박람회를 한다.
그만큼 DDL은 아르헨티나 어디서든 디저트류를 시키면 흔하게 볼 수 있는
데, 개인적으로 내게는 머리가 띵해지고 혀가 마비되는 느낌마저 들 정도
로 얼얼하게 달아서, 되도록 먹는 걸 피하거나 이미 있는 경우 최대한 덜어
냈었다. 여기서는 식사용 빵을 파는 파나데리아^{Panadería} 와 디저트 가게인 콘

피테리아^{Confitería}를 구분하는데, 콘
피테리아에서는 프랑스에서 유래
된 작은 한입 크기의 케이크인 마
사스 피나스^{Masas finas}를 흔히 볼 수
있다. 언제인가 나는 피스타치오
맛과 딸기맛 마사스 피나스에 빠
져 참새가 방앗간에 가듯 주기적
으로 콘피테리아로 퇴근하기도 했다.

　앞서 언급한 것처럼 아르헨티나에서는 유제품이 정말 훌륭하고 또 상대
적으로 저렴한 편인데, 유제품을 좋아하는 나로서는 정말 환상적이었다.
아침이나 저녁으로 신선한 요거트에 블루베리나 파파야 같은 과일이나 견
과류를 올려 한 끼 식사로 먹거나, 그저 우유 한 잔을 따뜻하게 데워서 마
셔도 진하고 고소한 맛이 일품이다. 한 아르헨티나 한인 교포에 따르면 다
른 건 몰라도 유제품만큼은 아르헨티나가 최고라며, "다른 나라와 너무 맛
이 비교되어서 아르헨티나 밖에서는 유제품을 잘 못 먹겠다."라는 말을 한
적이 있었는데 그 말이 충분히 이해될 정도다. 그리고 아르헨티나에서 가
장 중요한 디저트인 엘라도^{Helado, 아이스크림}는, 이탈리아 이민자들의 영향으로
부에노스아이레스뿐만 아니라 아르헨티나 어디서든 아주 흔하게 볼 수 있

으며 각종 프랜차이즈도 널려있다. 아
이스크림 맛에 아주 엄격한 이탈리아
본토 출신들마저도 아르헨티나의 엘라
도를 이견 없이 긍정적으로 평가할 정
도로, 유제품을 아낌없이 사용한 특유
의 풍부하고 깊은 맛이 인상적이다. 아
르헨티나에서는 보통 가정마다 자신만

반대라서 더 끌리는, 아르헨티나

의 단골 엘라도집이 있으며 kg 단위로 좋아하는 맛을 골라 주문하기도 한다. 나 역시 아르헨티나에서 엘라도를 처음 먹고 난 뒤 그 특출 나고 부드러운 맛에 환장하며 '여기서 소고기를 안 먹으면 손해지만 엘라도를 먹지 않는다면 그것 역시 큰 손해다.'라는 생각과 함께 조금이라도 날씨가 덥다거나 단 게 당기면 마치 커다란 자석에라도 이끌리는 듯 엘라도 가게를 찾아갔다. 나는 풍부하게 들어간 치즈가 일품인 마스카포네맛 엘라도나, 피스타치오맛 엘라도, 아몬드가 듬뿍 들어간 다크 초콜릿 맛 엘라도 등을 즐겨 먹었는데, 치약맛처럼 느껴져서 원래는 좋아하지 않았던 민트초코^{Menta granizada} 도 여기서는 꽤 맛있어서 일부러 찾아가서 사 먹을 정도였다.

저녁을 늦게 먹는 스페인식 식습관이 그대로 계승되었는지, 아르헨티나의 저녁 시간 역시 상당히 느린 편이다. 아르헨티나 사람들은 오후 간식 시간인 메리엔다 이후 저녁 식사를 최소 밤 8~9시는 넘어서야 먹는 습관을 지니고 있는데(내가 아는 아르헨티나 지인들은 보통 10시에 저녁을 먹는다), 저녁 시간이 이보다 이르고, 또한 저녁을 일찍 먹는 게 좋다고 여기는 우리로서는 듣기만 해도 뭔가 위장에 무리가 갈 것 같은 시각이다. 패스트푸드점이나 관광객 대상 식당을 제외하고 보통 모든 레스토랑은 점심시간 이후 잠시 닫았다가, 나중에는 빨라도 저녁 8시나 되어야 다시 문을 열기 시작하는데 이는 아르헨티나에 거주하는 상당수 외국인이 꽤 고역이라고 느끼는 부분 중 하나이다. 어느 집에 식사 초대를 받아도 저녁밥이 예상보다 매우 늦게 나오다 보니 배고픔에 허덕이다가 되레 식욕을 잃기도 한다. 나 역시 하루는 아는 친구 집에 아사도를 굽는다고 해서 일찍부터 초대를 받아 갔다. 그런데 막상 가보니 황당하게도 고기를 구울 거라던 사람들끼리 고기는 안 굽고 내내 떠들기만 하다가, 밤 11시가 다 되어서야 슬슬 고기를 굽는 바람에 자정이 다 된 시간쯤 겨우 요리가 다 되어 결국 몇 입 먹지도 못한 경험이 있다.

사실 아르헨티나 요리를 극단적으로 요약하자면 '소고기와 밀가루, 유제품'으로 표현할 수 있을 만큼 식단이나 재료가 다소 단조로운 편이며, 다양한 조리법으로 재료를 조화롭게 쓰는 균형 잡힌 건강식이라기보다는 먹는 사람이 스스로 주의를 기울이지 않으면 건강을 잃기 쉬운 메뉴다. 게다가 저녁을 늦게 먹어서 이에 익숙하지 않은 외국인으로서는 소화불량에 걸리기도 쉽다. 하지만 나에게는 이제껏 경험하지 못했던 별세계의 맛이라 발을 깊게 들였고, 그 모든 결과는 늘어나는 살과 무너지는 허리 라인으로 돌아왔다. 아무리 조심히 먹고 열심히 돌아다니며 칼로리를 소모하기 위해 노력한들, 일단 먹는 메뉴의 식재료에서 한계가 있는지라 야금야금 살이 불어나는 것은 어쩔 수 없었다. 부랴부랴 늘어난 지방을 줄이려 갖은 노력을 기울여도, 어디서든 밀가루와 단맛이 범벅된 천국인 곳에서 이런 유혹을 완전히 피하기는 매우 힘들었다. 살이 잘 찌지 않는 소수의 축복받은 유전자를 가진 분에게는 별 상관없는 일이겠지만, 나는 안타깝게도 그 유전자를 가지지 못했다. 돈도 아낄 겸 좀 더 부지런해지며 나에게 건강한 음식 재료를 찾아 요리해 먹으려 노력했으나, 나는 초인이 아니기에 이 태도를 유지하는 일이 쉽지 않았다. 그래서 요리할 시간이 없다는 핑계로 가끔은 이성을 잃고 홀린 듯 배달 음식 앱을 켜 각종 주문을 완료하는 나 자신을 발견했다. 물론 다이어트는 전 세계인 공통의 과제이지만, 특히 이곳은 다이어트의 무덤 같다는 생각이 들었다. 스스로 외줄타기를 하는 혹독한 마음가짐으로 살지 않는다면, 아르헨티나에서 다이어트라는 과제를 성공적으로 이루기에는 너무도 요원한 환경이 아닐까.

축구의 나라, 2022년 월드컵 우승의 순간

　제아무리 이 나라에 대해 잘 모르는 사람이라고 할지라도 남미 아르헨티나라고 하면 '축구'라는 낱말을 자동으로 떠올릴 정도로 아르헨티나의 광적인 축구 사랑은 세계적으로도 유명하다. 이 불같은 사랑을 증명이라도 하듯 아르헨티나 지역 어딜 가더라도 1부 리그 Primera División 부터 하부 리그까지 프로 축구팀이 보이고, 프로 레벨 이외에도 생활 체육 스포츠로서 어린이나 학생들이 배우는 유소년 축구부터 우리나라 조기 축구회 같은 각종 축구 동호회팀까지 동네 곳곳에 잘 짜여 있다. 이곳 사람들은 주중이든 주말이든 응원팀의 경기가 잡히면 주로 피자집으로 가 피자와 엠파나다를 먹으며(우리나라의 치킨집이나 호프집의 역할을 하는 곳이다) 가게에서 TV로 틀어주는 축구 경기를 보거나, 혹은 친구네 집에서 삼삼오오 모여 피자와 엠파나다 등을 배달시켜 끊임없이 수다를 떨며 관람한다. 또한 중요한 경기가 있는 날에는 모두가 아주 초인적인 집중력을 보여주는데, 평소에는 사람들 대화 소리에 나의 주문까지 묻히는 시끌벅적한 밥집에 가더라도, 경기 시간 동안에는 마치 절간처럼 느껴질 정도로 이루 말할 수 없는 적막함이 흐른다. TV에서는 아르헨티나 국내 프로 리그뿐만 아니라 각종 유럽 리그까지 꽤 다양하게 보여주는데, 세계에 진출해 있는 아르헨티나 선수가 워낙 많아 이들의 활약을 모두 감상하려면 어쩔 수가 없다고 한다. FC 바르셀로나를 넘어 이제는 세계적 전설이 된 리오넬 메시 등 어릴 적부터 두각을 드러냈던 수많은 아르헨티나 선수가 청소년 시절부터 유럽에서 성장했으니, 마치 우리나라의 손흥민이나 이강인 같은 유럽파 선수들이 이 커다란 축구 강국에는 얼마나 많겠는가.

2022년 2월 말부터 새 학기를 맞이한 우리학교 아이들은 유행하는 놀이 마냥 월드컵에 나오는 국가대표 선수 인물 카드를 하나씩 사서 모으고 있었고, 우리나라 연예인이나 아이돌 굿즈처럼 알비셀레스테^{Albiceleste}('하얀색과 하늘색'이라는 뜻으로 특유의 유니폼 색에서 따온 아르헨티나 국가대표 축구 대표팀의 별칭) 공책이나 캐릭터 상품도 있었다. 조금 더 열정적인 아이들은 여기 상점에서 파는 각종 축구용품을 가져와서 보여주거나 자기가 응원하는 팀 유니폼을 입고 오기도 했다. 현지 동료 선생님들은 이 나라에 갓 온 나에게 가장 좋아하는 아르헨티나 축구선수, 그리고 올해 월드컵에 어떤 나라가 우승 가능성이 높아 보이는지 슬쩍 물어보기도 했는데, 이건 사실상 원하는 답이 뻔히 정해진 질문이었다. 아직 시차 적응도 못한 상태에서 이렇게 쏟아지는 질문들을 듣고 있노라니 정말이지 축구의 열기로 뜨겁게 가득 찬, 축구가 하나의 종교처럼 기능하는 축구의 나라 아르헨티나에

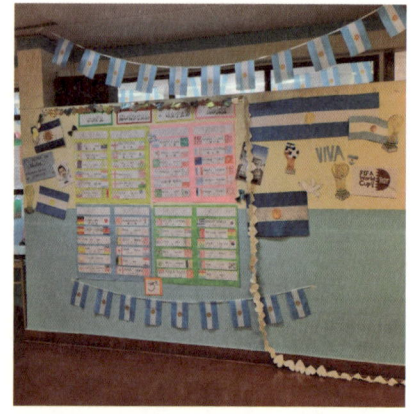

반대라서 더 끌리는, 아르헨티나

온 것이 실감이 났다.

그렇게 얼마간의 시간이 지나고 2022년 4월에 카타르 월드컵 조 추첨을 할 시간이 왔다. 엄청난 축구 덕후인 체육 선생님은 왠지 신이 난 모습으로 아르헨티나와 한국이 같은 조가 될 수도 있지 않냐고 내게 물었고, 그 말을 들은 나는 속으로 경악하며, 그의 바람과는 정반대로 제발 우리나라가 아르헨티나와 같은 조 편성이 되지 않길 빌었다. 일단 우리나라 축구 대표팀은 월드컵 같은 세계 무대나 국가 대항전에서 한 번도 아르헨티나를 이겨본 적이 없을 정도로 상성이 극악이다. 게다가 이번 카타르 월드컵은 아르헨티나의 국가적 영웅이자 이 시대 최고의 축구선수인 리오넬 메시의 마지막 월드컵이 될 것이므로, 월드컵 한참 전부터 "이번에 우승 못 하면 모두 죽음뿐" 같은 다소 살벌한 분위기가 지배적이었다. 절박하게 우승을 노리는 아르헨티나 축구 국가대표팀과 16강 본선 목표인 대한민국 대표팀이 한 팀이 된다니. 나는 아르헨티나에 살고 있고 물론 이 나라를 사랑하지만, 만일 아르헨티나와 대한민국이 서로 경기하게 된다면 엄연히 대한민국을 응원하게 될 대한민국 사람이다. 나의 무탈한 파견 생활을 위해 축구 사랑이라면 누구에게도 지지 않는 아르헨티나 사람들을 어떤 식으로든 적으로 돌리기 싫었고, 또한 축구 때문에 지구 반대편에서 괜히 험한 꼴을 당할 수도 있는 경우의 수를 상상하기도 싫었다. 이런 나의 바람이 통한 것인지 ─둘 다 토너먼트 4강까지 올라가지 않는 이상 아예 만날 일이 없도록─ 아르헨티나는 C조, 대한민국은 H조로 배정되었다. 축구를 사랑하는 우리 학생들과 선생님들은 월드컵 조별 국가들을 외우고 대진표를 그려서 벽에다가 붙여놓았고, 체육 선생님은 수학 공식처럼 확률을 계산해 가며 아르헨티나가 앞으로 만날 가능성이 있는 국가들을 내 앞에서 줄줄 읊기도 했다.

나도 개인적으로 축구를 좋아하는 편이라 가끔 아르헨티나 현지 동료 선생님들과 대화를 같이 나누다 보면 축구 이야기가 나올 때가 있었는데, 응원 팀을 물어보니 생각보다 리그의 국적도 팀도 다양했다. 나는 세계적으로 유명한 리버 플레이트(River Plate) — 여기서는 리베르라고 함 — 와 보카 주니어스(Boca Juniors) — 보통 보카라고 함 — 정도만 알고 있었는데, 찾아보니 부에노스아이레스시에 있는 축구팀만 9팀이고, 부에노스아이레스 주변부로 확장하면 그 수는 훨씬 늘어났다. 물론 가장 인기 있는 팀은 보카와 리베르이고, 서민층과 빈민층이 거주하는 보카 지역의 보카와 중산층과 부유층이 거주하는 벨그라노의 리베르 간 라이벌 더비인 엘 수페르클라시코(El Superclásico)는 특유의 지역감정까지 더해져 다소 위험해 보일 정도로 격한 경기이다(현대에 와서는 양쪽의 팬층이 다양해지며 계층적 경계는 약간 희미해지긴 했다). 거기다 축구 선수는 계층이동 가능성이 경직된 아르헨티나 사회에서 성공하기 위한 몇 안 되는 발판 중 하나다. 어릴 때부터 타고난 재능을 꽃피우기 위해 자신의 인생을 걸고 유럽 각국 리그로 건너간 수많은 자국의 유소년 유망주들을 응원하면서 자연스레 유럽 축구를 보는 사람도 많으니, 내가 들은 다양한 대답은 어쩌면 지극히 당연한 일이었을 것이다. 그렇게 아르헨티나 리그, 남미 리그, 남미 대륙 대항전, 유럽 리그 경기, 유럽 대항전, 국가대표 친선전 등 각자 응원하는 팀 경기를 챙겨보게 되면 어느새 주말 시간이 순식간에 지나는 마법이 일어나게 된다.

그러던 어느 날 집주인과 이야기하다가 '내가 이 나라에서 해보고 싶은

반대라서 더 끌리는, 아르헨티나

것'에 대한 질문을 들었다. 나는 주저 없이 아르헨티나 리그 축구 경기 관람이라고 했는데, 주인은 각 클럽 경기를 편하게 보려면 소시오Socio라고 불리는 회원권이 필요하며, 그게 없으면 조금 힘들다고 했다. 특히 보카나 리베르 같은 전국구 인기팀의 소시오가 되기 위해서는 최소 몇 년씩 대기해야 하며, 그마저도 경기 입장권은 무작위 추첨 배정이라고 했다. 그래서 소시오가 아닌 일반인이나 외국인이 경기를 보러 스타디움에 들어가는 건, 보통 입장권을 소지한 소시오에게 웃돈을 주고 중개 전문 대행사를 통해 입장하는 경우다. 게다가 라이벌팀과의 중요한 더비 경기나 순위 결정전 같은 중요한 경기는 표를 구하기가 훨씬 더 어렵다고 한다. 집주인네 가족은 벨레스 사르스필드Velez Sarsfield라는 팀의 소시오였고, 나는 집주인 가족의 회원권을 이용해 그들과 동행하여 축구를 보러 갔다. 그날은 평일 밤이었고 순위와도 상관이 없어 딱히 중요하지 않은 리그 경기였다고는 하지만, 꽤 많은 사람이 모여서 응원하며 줄을 길게 서 있었으며 혹시 모를 사고를 대비해 근처 지역 경찰과 기마경찰까지 스타디움 주변에 쫙 깔려 있었다. 집주인이 이것저것 미리 언질을 주긴 했지만, 입장 전에 소지품 검사를 두 번 정도 했는데 라이터나 날카로운 것, 술이나 마약같이 조금이라도 무기나 남을 위협할 수 있는 것은 다 잡는다고 했다.

그렇게 처음으로 들어간 아르헨티나 축구 경기장에서의 관람 경험은 가히 충격적이었다. 분명 두 번이나 가방을 뒤져 소지품 검사를 했음에도 불구하고 어떻게 들고 왔는지 모를 맥주캔이 나뒹굴고 있었고, 불을 붙여 담배를 피우는 사람이 많았으며, 곳곳에서 마리화나 냄새가 진동했다. 그리고 한국처럼 공식 응원단은 없다지만, 응원팀의 색으로 얼굴에 분칠하고 유니폼을 개조해서 만든 응원복을 입은 뒤 아예 경기도 보지 않고 뒤돌아 관객석을 향해 미친 듯한 퍼포먼스로 팀에게 열렬한 응원을 보내는 사람들이 있었다. 그리고 무엇보다도 그날은 내가 살면서 가장 많은, 또 다양한 스페인어 욕설을 들은 날이었다. 자기 팀이 골을 넣는 순간을 제외하고 경기 시작부터 쉬는 시간, 그리고 경기 끝까지 약 2시간 내내 상대 팀을 향해 엄마와 여자 형제를 뜻하는 단어에 끊임없이 성과 관련된 욕을 붙여 경기장이 떠나가라 소리 질렀다. 이렇게 여성 비하적이고 원색적인 욕과 상대 팀 선수에 대한 저주를 계속 듣고 있노라니 내 귀도 함께 오염되는 느낌이 들어 기분이 매우 좋지 않았다. 마치 자신이 평소에 꾹꾹 잠가 두었던 부정적인 감정과 화를 수도꼭지처럼 콸콸 틀어 오늘의 축구 경기에 전부 쏟아붓고 가는 느낌이랄까. 다양한 종류의 스포츠 경기 직관을 여러 번 해 봤지만, 경기 시간 내내 이 정도로 날것의 증오를 한껏 내뿜는 저주와 욕설을 오래도록 듣는 건 솔직히 처음이라 당황스럽기도 했다. 원래 아르헨티나는 응원 분위기가 이런 거냐고 집주인에게 물으니, 아마 다른 팀 경기를 가 봐도 내가 본 풍경과 비슷한 것을 볼 거라고 했다. 게다가 다행히 오늘은 별일이 없

긴 했지만, 중요한 경기를 지기라도 하면 감정에 잘 휩쓸리는 사람들이 주변에서 마구 난동을 부려 분위기가 험악해지기도 하기에 조심해야 한다고도 덧붙였다. 이렇게 잔뜩 기대하고 간 첫 축구 직관에서 부정적 경험만 잔뜩 쌓고 온 나는, 다음부터는 특별한 기회가 생기는 게 아니라면 아르헨티나 축구 경기는 미디어로만 시청하기로 했다.

이윽고 시간은 흘러 사상 최초로 12월에 열리는 2022 카타르 월드컵이 시작되었다. 사실 그 전부터 이미 아르헨티나 온 지역이 축제 전야의 들뜬

반대라서 더 끌리는, 아르헨티나

느낌으로 가득했다. 텔레비전에는 라 셀렉
시온^{La Selección}이라 불리는 아르헨티나 월드
컵 대표팀에 승선한 선수들의 인터뷰나 훈
련 장면, 예전에 치렀던 친선전까지 복습하
는 듯 끊임없이 나왔다. 각 스포츠용품점
에는 국가대표 유니폼 세일을 했고(나도 아르
헨티나의 선전을 기원하며 아르헨티나가 월드컵에서 우
승 해였던 1986년도 디자인을 복각한 마라도나 유니폼
을 샀다), 서울의 동대문같이 의류 도매상들

이 대거 모여 있는 한인 구역 아베 주변에는 국가대표 로고가 박힌 출처 불
명의 짝퉁 유니폼들을 대량으로 팔았다. 경기 시간 동안 길거리에는 대중
교통 횟수가 줄어든다는 공지가 있었고, 우리 학교도 대한민국과 아르헨티
나 경기 일정에 맞추어 오전이나 오후 일과를 조정하거나 강당에 함께 모
여서 응원전을 펼치기도 했다. TV 프로그램이나 광고에는 카타르행 경품
추첨 복권이 보이기도 했고, 심지어 차와 집을 팔고 축구 대표팀을 응원하
러 직접 카타르로 간다는 사람들도 뉴스에 나왔다. 어떤 사람들은 전 재산
을 털어 고작 카타르행을 결심한 가족들을 보면서 미쳤다고 했지만, 나는
무슨 심정인지 조금은 알 것 같기도 했다. 지금도 크게 다르지 않지만, 당
시 아르헨티나는 기본적 민생 경제가 엉망이었다. 내가 어렸을 적의 그 옛
날 IMF 직후 굉장히 힘든 시기를 보내고 있던 대한민국 국민이 박세리나
박찬호 등 국외에서 맹활약하던 스포츠 스타들을 응원하며 절망이 가득한
삶에서 실낱같은 희망을 얻고자 했던 것처럼, 아르헨티나 사람들 또한 이
와 비슷한 마음이리라는 생각이 들었기 때문이었다.

  하지만 '소문난 잔치에 먹을 것 없다.' 같은 속담처럼, 모두의 예상과는

다르게 아르헨티나 축구팀은 막상 처음 조별 경기부터 삐걱대며 기대에 못 미치는 모습을 보여주었다. 사우디아라비아와의 첫 경기에서 예상치 못한 충격의 패배를 한 날, 거리의 사람들이 갑자기 고함을 지르고 화를 내는 등 매우 험악했던 분위기에 이러다가 뭔 일이 나는가 싶어 걱정되기도 했다. 경기가 안 풀려서 고전하던 아르헨티나의 해답은 결국 현재의 살아 있는 전설 리오넬 메시였다. 그가 플레이메이킹 역할을 제대로 수행할 수 있도록 옆에서 훌륭히 보좌해 준 훌리안 알바레스나 알렉시스 맥 알리스테르, 로드리고 데 파울이나 엔소 페르난데스 같은 현세대 젊은 축구선수들. 그리고 경험 많은 결승전의 사나이 앙헬 디 마리아, 그리고 에밀리아노 마르티네스 같은 연륜과 재능을 고루 갖춘 골키퍼의 도움을 토대로 그들을 응원하는 모든 아르헨티나 국민과 나를 포함한 외국 팬들의 염원을 모두 받아 아주 아슬아슬한 과정을 겪으며 그토록 염원하던 36년 만의 우승을 이루어 냈다.

그때 나는 결승전을 아르헨티나 친구들뿐만 아니라 여러 나라 출신 친구들과 함께 모여서 보고 있었는데, 저절로 심장을 부여잡게 되는 아찔한 순간들, 연장전, 그리고 쫄깃한 승부차기가 끝난 뒤 결국 아르헨티나가 우승을 차지하게 되자, 국적에 상관없이 모두가 명예 아르헨티나인이 되어 감격의 눈시울을 붉혔다. 리오넬 메시가 카타르 왕족의 의상을 입고 우승컵을 들어 올리는 순간은 마치 어떤 나라의 황제가 치르는 화려한 대관식처럼 보였고, 나 역시 그의 기나긴 여정을 보고 자란 한 사람의 축구 팬으로서 하느님의 타이밍에 대해 생각했다. 축구를 쭉 봐온 사람들이면 알겠지만, 메시는 아르헨티나인으로서의 정체성과 애국심이 강한 사람이고 "자신이 이룩한 모든 우승 커리어는 월드컵 우승 하나와 바꿀 수 있다."라고 말한 바가 있을 만큼 간절한 마음으로 월드컵에 임했다. 그동안 안타까울 정

　　　　　　　　　　　　　반대라서 더 끌리는, 아르헨티나

도로 불운이 겹치며 그가 뜻한 바를 이루지 못하는 듯했지만, 축구선수로서 황혼기에 접어든 가장 마지막 순간에 기적처럼 우승이 하늘에서 내려왔다. 최선을 다한 사람에게 주어지는 최후의 명예이자 자신이 땀 흘린 모든 순간에 대한 선물 같은 보답. 그리고 긴 시간 동안 스스로의 가치를 굳건히 증명하며 트로피를 가져간 한 남자. 리오넬 메시가 그토록 원했던 월드컵 우승컵을 거머쥐며 무척이나 행복해하는 모습을 보고, 그의 시대에 살았던 한 축구 팬이자 한 사람의 인간으로서 그에게 경의를 표하게 되었다. 이제야 이룬 월드컵 국가대표팀 우승이 늦은 것처럼 보여도 사실 어찌 보면 가장 완벽한 타이밍일지도 모른다. 숱하게 겪어온 고난은 결국 훗날 찬란한 영광의 거름으로 쓰이며, 진정한 성공은 조금씩 형태를 띠며 무르익기까지 오랜 시간이 걸린다는 진리를 다시 한번 그를 통해 되새길 수 있었다.

36년 만의 아르헨티나 축구 대표팀 월드컵 우승이라는 영광의 순간을 아르헨티나에서 직접 겪는 크나큰 행운을 누리며 마음이 벅차오른 우리는, 거리로 나가 함께 이 기쁨을 나누고 축제를 즐겨야 한다며 서로 약속이라도 한 듯이 저절로 몸을 움직여 그대로 오벨리스코 Obelisco 광장 쪽으로 걸어갔다. 이와 같은 생각을 한 건 우리 뿐만이 아니었는지 우승 직후 길거리로 사람들이 그대로 쏟아져 나와 환호성과 함께 손뼉을 치고 응원 노래를 불렀고, 마치 반드시 행해야 하는 종교의식처럼 모두가 오벨리스코로

향해 전진하고 있었다. 우리는 여기서 많이 마시는 술인 페르넷^{Fernet}과 콜라를 챙겨 지나가는 사람들에게 나누어 주었고, 우리도 맥주를 얻어 마시며 크게 환호성을 질렀다. 얼굴에는 아르헨티나 국기 색으로 페이스페인팅을 칠하고, 알비셀레스테 유니폼을 비롯한 각양각색의 코스튬을 한 사람들이 모인 센트로의 오벨리스크 주변은, 모두가 주체할 수 없을 정도로 오로지 순수한 행복으로만 벅차오르는 축제의 현장 그 자체였다. 2022년 12월 18일 일요일. 아르헨티나의 세 번째 월드컵 우승이라는 역사적 이벤트를 겪고, 명예 아르헨티나인으로서 거리에 운집한 대중들과 함께 한마음이 되어 기쁨의 건배를 하고 감격에 겨운 환호성을 지르며 걸었던 시간은 – 비록 우승 직후 대중교통이 그대로 마비되는 바람에 6시간 넘게 왔다 갔다 걸으며 다리가 무쇠처럼 느껴지긴 했지만 – 여기 아르헨티나에서 겪었던 일 중 가장 기억에 남는 경험 중 하나이자 내 인생에서 평생 잊지 못할 추억이 되었다.(결국 아르헨티나 정부는 월드컵 우승 다음 날을 임시 공휴일로 지정했다)

이보다 더 아르헨티나를 잘 표현하는 색은 없다고 단언할 수 있는, 언제 봐도 예쁜 흰색과 하늘색의 조합이 섞인 국가 대표 축구 유니폼. 품절되기 직전 겨우 구했던 아디다스 별 두 개의 메시 유니폼(현재 아르헨티나 유니폼은 이번 우승을 추가하며 별 세 개가 되었다)과 할인할 때 샀던 마라도나 복각 유니폼은 평상시 여름철이나 운동할 때도 종종 입

고 다니는데, 이때마다 나를 보는 사람들의 눈빛이 따스하게 느껴진다. 그리고 어쩔 땐 "어, 디에고 유니폼이네!"라고 좋아하면서 사람들이 한 번씩 내게 말을 걸어오기도 했다. 모두에게 행복을 준 월드컵이 지났지만, 축구의 나라 아르헨티나에서 축구에 대한 사랑은 절대 멈추지 않는다. 주말에 자기 동네에 축구 경기가 있거나 엘 수페르클라시코같이 중요한 경기가 있는 시간이면 스타디움 주변은 매우 북적이고, 피자집을 제외한 온 동네는 조용하다. 어쩔 땐 축구 경기가 있는 날 거리를 걸을 때 베란다에서 고함지르는 아저씨 목소리를 듣거나 경기 후 언성을 높이며 다투는 젊은이들을 볼 때는 과하다 싶어 무섭기도 하지만, 긍정적인 관점으로 보자면 생활 곳곳에 사람들의 축구를 향한 백지에 가까운 열정이 느껴져서 나도 어쩔 수 없이 저절로 미소로 응답하게 된다.

이 땅을 대대로 지켜온 원주민들, 스페인 정복자들의 후예, 식민지 독립 및 신생 국가 성립 이후 들어온 각국의 이민자들. 이 모든 사람이 한데 섞여 다양성을 이루는 아르헨티나에서 축구는 애국심을 고취하는 수단이자 모든 국민을 묶어주는 하나의 끈이며, 자국 스타 선수들의 활약상을 통해 자신의 마음속에 품고 있던 성공에 대한 꿈을 대리로 이루며 승화하는 희망의 상징이기도 하다. 이곳에 사는 동안 나도 축구를 통해 아르헨티나를 좀 더 이해하게 되면서, 그들과 이어진 끈의 작은 일부나마 함께 나눠 가진 것만 같아 뿌듯함을 느꼈다.

아르헨티노들의 못 말리는 마테 사랑

　과라니족^{Guarani}(파라과이 지역의 민족)의 오래된 전설에 따르면, 하늘 아래 세상을 내려다보며 궁금해했던 달의 여신 야시^{Yasi}는 어느 날 친구인 구름의 여신 아라이^{Arai}와 함께 여자의 형상을 하고 땅으로 내려왔다. 이들은 정글 숲을 거닐며 즐겁게 놀다가 재규어를 만나 위험에 처했는데, 근처를 지나던 한 사냥꾼이 그들을 발견하고 활을 쏘아 그들의 목숨을 구해주었다. 이후에는 가족이 거처하는 오두막으로 데려갔고, 자기들이 가진 마지막 음식을 대접했다. 거기서 밤을 보낸 야시와 아라이는 사냥꾼 가족이 베푼 환대에 진심으로 감사하며 작별 인사를 했다. 그의 용감한 행동을 기억하고 칭송하기 위해 야시는 이전에 본 적 없던 새로운 식물을 창조하고, 이를 사람들에게 나눠주며 재배하는 방법, 독성 없이 제조하여 마시는 방법도 함께 가르쳐주었다고 한다. 지친 이에게는 활력을 주고 피곤함을 이기게 해주며 사람들 간 우정의 상징이 된 이 식물은 셰르바 마테^{Yerba Mate}, 흔히 줄여서 '마테'라고 부른다. 마테는 앞서 소개한 전설처럼 신의 선물로 칭송받을 정도로 건강에 좋은 미네랄과 비타민이 풍부하며, 남미 일부 지역과 나라에서 일상적으로 즐겨 마시는 차다.

　마테 재배와 음용의 기원은 과라니족에서 시작되었다고 알려졌지만, 이곳 아르헨티나에서는 정말이지 마테 사랑이 극진하다. 개인적으로 남미 어디에서건 아르헨티나 사람들을 확실히 구별할 수 있는 제일 쉬운 방법은 마테 세트 소지 여부라고 확신하는데, 공항에서건, 버스 정류장에서건, 강가에서건, 공원에서건, 시내에서건, 유명 관광지에서건, 혹은 학교나 직장에서건 어디든, 아르헨티노들은 불굴의 의지로 커다란 마테용 텀블러와 컵세트, 마테용 쇠빨대, 봉지에 넣은 마테잎을 삼위일체처럼 챙겨 다니며 마테 전용 가방에 넣어 메고 다니거나 품에 안고 다닌다. 그리고 혼자든, 둘이든, 혹은 삼삼오오 둘러앉아서 대화를 나누며 끊임없이 마테를 우려 마신다. 2022년도 카타르 월드컵 당시 아르헨티나 축구 국가대표팀이 카타르로 원정을 오면서 항공으로 500kg 무게에 가까운 마테잎을 챙겨갔다는 일화가 유명한데, 실제로 여기 사람들이 일상적으로 마테를 마시는 장면을 보게 된다면 그 말이 절대 허튼소리가 아니라는 것을 알게 될 것이다.

 그렇게 마테를 마시고 있는 아르헨티노들과 혹여나 간단히 이야기를 섞게 되면 틀림없이 듣게 되는 한마디. "너도 마테 한 잔 마실래?¿Querés tomar un mate también?" 언제 어디서든 아르헨티노들은 마테를 마시고 있을 때 주변 사람들에게 친절히 마테를 권유하고, 봄비샤Bombilla라고 불리는 쇠빨대를 스스럼없이 공유하며 계절에 상관없이 뜨거운 마테를 마신다(우루과이나 파라과이 등 인근 국가들도 마테를 많이 마시지만, 더운 날씨의 파라과이는 차가운 마테인 테레레Tereré로 마시는 편이고 우루과이는 아르헨티나와 마시는 방법이 비슷하다). 처음에는 저 뜨거운 봄비

샤를 같이 사용하면서 타인과 침까지 나누는 것이 좀 이상하다고 생각했지만, 이게 그들 특유의 애정 표현이자 우정을 다지는 의식이라는 걸 알고 나니 나 역시 아무 생각 없이 그들이 내미는 마테를 마실 수 있게 되었다(우리도 찌개

를 먹을 때 숟가락을 섞어도 아무렇지 않게 행동하지 않는가. 물론 이를 싫어하는 사람들도 있지만 말이다). 마테 맛은 브랜드나 혼합 정도, 혹은 우려내는 시간 등에 따라 천차만별이지만, 개인적으로 느끼는 마테의 맛은 아주 진하게 우려서 쓰디쓴 녹차의 맛과 비슷했다. 처음에는 잘 몰라도 점차 그 쓴맛에 익숙해져 한잔 두잔 조금씩 마시다 보니 은근히 중독적이라고 느끼게 되었다.

그런 아르헨티나 사람들의 마테 사랑의 집약체라고 느낀 것이 마테 박람회인데, 나는 우연히 출근길에 붙어 있는 광고 벽보를 보고 이 박람회의 존재를 알게 되었다. 무려 '마테아르MATEAR'라는 이름의 마테 박람회라니!(스페인어 단어 뒤에 '~ar'를 붙이면 '~하다'라는 동사형이 되는 데, 동시에 AR는 아르헨티나의 국제 약어이기도 하다. 즉, 마테를 마시는 행위를 아르헨티나 자체와 연관 지어 만든 스페인어식 언어유희가 숨어 있는 셈이다) 궁금한 마음에 가볍게 가보았더니 입에서 저절로 꽥 소리가 나올 정도로 수많은 사람에게 끼여서 이리저리 미어터지는 경험을 했다. 원래 사람들로 붐비는 장소를 좋아하지 않아서 빠르게 구경하고 나오려고 안간힘을 쓰긴 했으나,

그런 나조차도 생각보다 오래 있었을 정도로 박람회장 안에는 구경할 것이 꽤 많았다. 전통적인 맛부터 각종 허브를 섞은 다양한 종류의 마테차 브랜드(아르헨티나에서 가장 질 좋은 마테가 생산되는, 소위 '원조' 동네는 이과수 폭포가 위치한 미시오네스주라고 한다), 흔하게 볼 수 있는 무난한 디자인부터 눈 돌아가게 예쁜 디자인의 마테컵들, 독특한 모양의 봄비샤, 새로운 맛 조합의 마테, 손수 만들었다는 가죽 수공예 마테 가방까지 정말 다채로운 제품이 전시되어 있었

반대라서 더 끌리는, 아르헨티나

다. 심지어 요즘 시대에 맞게 전기 충전식으로 뜨거운 온도를 유지하는 스마트 마테컵까지 있었는데, 그 기술 진화를 보며 신기하다고 느꼈다.

　나 역시 아르헨티나에 온 이상 건강에도 좋다는 마테차를 마셔보기로 결정했다. 그 당시 우연히 친구에게 선물 받은 마테잔과 봄비샤를 가지고 마테차를 우리는 방법을 배워 마테를 한 잔씩 마시기 시작했는데, 예상치 못하게 아르헨티나 동료 선생님들이나 주변 반응이 매우 뜨거웠다. "너도 여기 살더니 아르헨티나 사람 다 됐구나!" 하면서 내 손을 잡고 기뻐하거나, 마테차 우리는 방법을 실수하던 나에게 하나하나 몸소 시범을 보여가며 제대로 가르쳐 줄 정도였다. 나 역시 그런 마음에 보답하여 꾸준히 마테를 마시고 싶었으나, 문제는 카페인이었다. 어느 순간부터 내 몸에 카페인이 받지 않아 커피조차 잘 못 마시게 되었는데, 생각보다 다량의 카페인이 함유된 마테차 역시 그러하였다. 처음에는 괜찮은 듯했는데 슬슬 마테를 마시면 가슴이 빨리 뛰는 현상과 함께 두통, 불면증 증상이 나타나기 시작했고, 그렇게 내 신체의 카페인 극렬 거부 현상으로 인하여 아르헨티나 사람들이 하는 것마냥 하루 종일 마테에 물을 부어 리필해 가며 주구장창 마시는 행위는 포기하게 되었다. 결국 나의 최대치는 어쩌다 한번, 이른 아침에 연하게 한 잔 우려서 마시거나 오전에 한입 얻어 마시는 정도로 끝이라고 결론을 내렸다. 그러니 나처럼 카페인에 예민한 사람은 마테를 마실 때 주의를 기울여야 할 것이다.

　뜨거운 우유에 커피 원액은 겨우 눈물만큼 들어간다는 뜻의 연한 카페라테인 라그리마^{Lagrima}조차도 가끔 마시면 맥박이 빨리 뛸 정도로 카페인이 안 받는 몸으로 바뀌는 바람에, 내가 꿈꾸던 만큼 마테를 마시며 아르헨티노들과 담소를 나눌 수 있는 사람이 되진 못했다. 그럼에도 이제는 어디에

선가 마테를 보게 되면, 카페인 부작용을
감수하고서라도 그들이 내미는 봄비샤에
무척이나 반가운 태도로 입을 대고 한 모금
마시지 않을까?

반대라서 더 끌리는, 아르헨티나

거울의 역사, 현대사의 상흔을 따라서

다사다난한 한국의 현대사를 몇 가지 정치적 키워드로 요약해 보자면 '식민 지배'와 '전쟁', '군부 독재'와 '민주화 투쟁'이라 할 수 있다. 그런데 많은 사람이 잘 모르는 사실이 하나 있다. 지구 반대편, 한국의 대척점에 있는 아르헨티나 역시 놀라울 만큼 비슷한 궤적을 따라왔다는 점이다. 마치 거울을 사이에 두고 서로를 비추듯, 두 나라의 현대사는 놀랄 만큼 닮아 있다.

센트로 독립영화관에서 〈좋은 빛, 좋은 공기Good Light Good Air〉라는 한국 다큐멘터리 영화 상영회를 보러 간 적이 있다. 이 영화는 대한민국의 광주와 아르헨티나 부에노스아이레스를 오가며 찍은 다큐멘터리 형식의 기록 영화로, 민주화를 쟁취하기 전 혹독한 독재 시기를 겪은, 비록 서로 지구 반대편 대척점에 위치하나 거울처럼 닮은 두 나라의 비극적인 현대사를 비추는 영화였다. 만물이 소생하는 봄이지만, 5·18 이후 광주에서 봄은 슬픈 계절이 되었다. 봄이 오면 그때가 생각나 마음이 찢어질 것 같다는 희생자 유족들. 마찬가지로 독재정권 치하 아르헨티나에서 세계인의 축제라는 월드컵이 열릴 때, 경기장에서 울려 퍼지는 함성 아래 고문을 받고 있던 민주화 운동가들과 그들의 가족들이 있었다. 국가가 자행한 폭력으로 신음하고 고통받은 사람들의 이야기. 이 모든 가시 같은 기억을 안고 살아남은 사람들이 물기 어린 목소리로 담담히 말하는 증언 장면을 보며 나는 오래도록 슬퍼서 눈물이 났다.

200년이 조금 넘는 아르헨티나 역사에서 다양한 독재자가 있어 왔으나, 그중 호르헤 라파엘 비델라 ^Jorge Rafael Videla^ 가 가장 악랄하다는 평을 받고 있다. 페론주의 ^Peronismo^(좌익 대중주의, 사회주의, 민족주의 등이 다양하게 섞인 아르헨티나 특유의 정치 이념으로, 포퓰리즘의 대표격으로 여겨질 정도로 강력한 복지정책과 국가 개입 중심의 경제정책이 특징이다. 노동자의 권리 신장과 사회적 평등에 이바지했다는 긍정적 평가와 함께, 장기적으로 경제 불안정을 초래한 원인으로 지목되기도 한다)라는 말이 공고히 생길 정도로 대중적인 인기가 높았던 대통령인 후안 도밍고 페론 ^Juan Domingo Perón^ 사후 혼란한 틈을 타 군사 쿠테타를 일으켜 정권을 잡았던, 아르헨티나 현대사에서 손꼽히는 최악의 인물 중 하나이다. 자신의 대중적 인기를 위해 1978년 아르헨티나 월드컵을 열어 아르헨티나가 우승할 수 있도록 하였으나, 이 월드컵은 아르헨티나로의 개최지 결정부터 많은 나라들이 정치적인 이유를 들어 비판했으며, 경기 중 승부조작 논란도 존재하는 월드컵이다. 당시 국가대표 선수의 회고록이나 인터뷰를 보면 훈련 도중에도 군부의 많은 압박을 느꼈다는 언급이 있다. 국민이 사랑하는 대중적인 스포츠를 통해 자신의 정권에 대한 비판의 목소리를 지우고 민심을 호도하려는 전략.(이쯤 되니 우리나라 현대사 속 누군가의 이름들이 떠오르

반대라서 더 끌리는, 아르헨티나

지 않는가?) 그렇게 무리하게 개최한 월드컵 기간 울려 퍼지는 대중들의 함성
아래, 비델라 정권은 리베르플레이트 스타디움 근처 해군사관학교^{현재 기억 박물}
_{관 El Museo Sitio de Memoria, ESMA로 재개관}에 민주화 항쟁 열사들을 가둬놓고 고문과 학살
을 자행하고 있었다.

    한국처럼 아르헨티나도 독재정권 시절
실종되거나 고문으로 죽은 민주화 인사들
이 많다. 비델라가 저지른 수많은 악행 중
제일 추악한 짓은 반대파 민주 진영의 사람
들을 죽이고, 고문하고, 납치하여 없애버린
방식인데 군부 재임 기간 행해진 이 정치
적 학살을 '더러운 전쟁^{Guerra Sucia}'이라고 칭
한다. 그가 행한 가장 참혹한 방법 중 하나
는 죽음의 비행^{Vuelos de la muerte}으로, 반대파 정
적이나 민주화 인사들을 납치한 뒤 약물로 마비시켜 자루에 넣고 비행기나
헬리콥터로 실어 라플라타강이나 대서양 한가운데 던져버리는 수법이었다
(이는 훗날 재판에서 그들을 직접 싣고 갔던 비행사들의 증언으로 밝혀졌다). 그래서 이 당시
공식적인 희생자 수보다, 시신조차 찾을 수 없는 실종자 수가 압도적으로
많은 것이다. 또한 민주화 인사에게 어린 자녀가 있을 경우는 '불손한 씨앗
을 없애야 한다'는 논리로 그 아이들을 친정부 인사의 집에 불법 입양시켜
버렸다. 그래서 지금까지도 자신의 진짜 가족이나 이름을 모르고 살아가는
사람들이 존재하며, 이들을 위한 가족 찾기 캠페인은 여전히 계속되고 있
다. 이 시기 목숨을 부지하기 위해 많은 인사들이 스페인 · 프랑스 · 미국 ·
멕시코 등 해외로 망명했으며, 이들은 훗날 아르헨티나에 민주 정권이 제
대로 들어서고 나서야 마음 편히 조국의 땅을 다시 밟을 수 있었다.

한국의 '광주 오월어머니회'가 있는 것처럼, 아르헨티나에는 '5월 광장 어머니회Madres de Plaza de Mayo'와 '5월 광장 할머니회Abuelas de Plaza de Mayo'가 있다. 이들은 서슬 퍼런 비델라 독재정권 시절 실종된 민주화 인사들의 어머니와 할머니들로, 돌아오지 않는 자신의 아이와 손자, 손녀의 이름과 태어난 날짜를 적은 기저귀 천을 머리에 두르고 애타는 마음으로 5월 광장Plaza de Mayo에 모인 것이 계기가 되어 결성되었다. 이는 곧 정기 집회가 되었으며, 물한두 방울이 모여 커다란 물결을 이루는 것처럼 5월 광장의 모임은 결국 아르헨티나 현대사에 거스를 수 없는 역사의 커다란 소용돌이가 되어 움직이기 시작했다. 지금도 아직 가족의 품으로 돌아오지 못한 민주화 인사 실종자와 강제 입양된 아이들을 찾기 위해 행동을 촉구하는 목요집회가 5월 광장에서 정기적으로 열리고 있으며, 인권 단체들은 이 시기 국가 폭력에 희생된 사람들을 대략 3만 명 정도로 추산하고 있다. 그들의 가족이자 동시에 시대가 낳은 희생자인 5월 광장 어머니회와 할머니회 회원들은 모두 역사적 진실을 전하고, 깊은 아픔을 나눔과 동시에 과거의 상처를 조금씩 치유하며 앞으로 굳건히 나아가고자 하는 용감한 사람들이다.

민주화를 부르짖던 한국의 민중가요처럼 아르헨티나도 그 당시에 록이나 포크로레Folklore 같은 민중음악이 변화의 불씨가 되었다. 러시아에서 록음악이 경직되어 있던 공산주의 사회에 새로운 물결을 가져온 것처럼, 아르헨티나에서도 음악은 독재정권에 맞선 저항의 수단이었다. 그 시절을 살아낸 아르헨티나의 중장년층은 여전히 당시의 향수와 민주주의 운동에 대한 기억을 고스란히 간직하고 있다고 한다.

이렇게 변화를 요구하는 국민의 뒤끓는 열망이 커지자 다급해진 군부 정권은 정치적으로 최악의 수를 두게 된다. 오래전부터 영국이 실질적으로 지배하고 있으나, 아르헨티나가 영유권을 주장하고 있는 분쟁 지역인 말비나스 군도 Islas Malvinas(영어로는 포클랜드 제도 Falkland Islands)를 두고 갑자기 영토 수복을 하겠다며 전쟁을 일으킨 것이다. 역설적으로 말비나스 전쟁은 아르헨티나 역사와 민주주의 발전에 결정적 전환점이 되었다. 군사 위원회에서 선출된 비델라의 후임자 레오폴도 갈티에리 Leopoldo Galtieri 정권은 급하게 말비나스 전쟁(포클랜드 전쟁)을 일으켰고, 수많은 젊은이를 제물로 희생시켜 자신의 정권을 연장하고자 했다. 전쟁은 짧은 시간 안에 아르헨티나의 처참한 패배로 끝났지만, 군부는 국영 매체를 통해 승전을 가장한 조작된 뉴스를 내보내며 국민을 기만했다. 그러나 시간이 지나 외신 보도를 통해 진실이 알려졌고, 국민은 정부가 감추려 했던 추악한 진상을 마주하게 되며 사람들은 정부가 덮으려고 했던 참담한 진실을 알게 되었다. 아이러니하게도 정권 유지를 위해 시작된 말비나스 전쟁은, 오히려 군부 독재 정권의 몰락을 재촉한 결정타가 되었다. 이 모든 이야기는 고학년 학생들과 함께 현장체험학습을 갔던 부에노스아이레스시 외곽의 말비나스 박물관Museo Malvinas e Islas del Atlántico Sur에서 만날 수 있는데, 방문객의 이해를 돕기 위해 실물 자료, 애니메이션, 다큐멘터리 등 다양한 형식을 빌려 자세히 전시되어 있다. 이 견학을 통해 "거짓은 오래가지 못하며, 어둠은 결코 빛을 이기지 못한다."라는 교훈 또한 강하게 느낄 수 있었다.

비델라와 그의 후임 군부 독재 정권은 1976년부터 1983년까지의 통치 기간에 잘못된 방식의 정치 · 사회 · 경제 정책과 혹독한 국민 탄압, 언론 장악 등 전방위적인 실정으로 아르헨티나를 파탄의 길로 이끌었다. 여러 학자와 전문가들의 분석에 따르면 지금 아르헨티나가 가지고 있는 거의 모든 정치 · 경제적 문제점은 식민 시절 형성된 토지 분배와 착취형 경제 제도를 해소하지 못함과 더불어 군부 독재 시기에 일어난 일들을 제대로 되돌리지 못하고 있는 게 원인이라고 평하는데, 나 역시 동의한다. 이들의 만행은, 오로지 정권 유지와 그에 따른 개인 영달을 목적으로 하는 위정자의 잘못된 정책이 한 나라를 어떻게 오랫동안 실패의 길로 이끄는지 보여주는 역사적 사례 중 하나다. 그리고 여전히 그 망령이 남아 아르헨티나는 현재까지도 만성적인 정치 불안에 시달리고 있다.

민주주의는 피를 먹고 자라는 꽃이라고 한다. 어렸을 때는 그 말을 이해하지 못해 그저 섬뜩하게만 느꼈으나 이제는 알 것 같다. 독재자의 전횡, 그 아래서 고통받는 사람들, 그래도 그 아픔을 외면하지 않고 많은 사람이 맞서 싸우며 결국 이룩한 민주주의. 나의 아르헨티나 동료에게 한국과 아르헨티나의 현대사가 얼마나 비슷한지 알려주었는데, 그녀가 느릿하게 대답한 바와 같이 결국 역사는 어느 나라에서나 비슷한 길을 걸으며 변증법처럼 발전해 가는 게 아닐까. 갈 때는 아주 더디게 보이고 너무나 절망스럽기까지 하지만, 훗날 먼 시간이 지나고 나서 뒤를 돌아보면 어느새 성큼 전진해 있는 길처럼.

이 글을 처음으로 써 내려갔던 3월 24일. 아르헨티나에서는 1975년 이날 호르헤 비델라가 군사 쿠데타를 일으켜 공포 정치를 시작했고, 2002년부터는 '진리와 정의에 대한 추모 기념일Día Nacional de la Memoria por la Verdad y la Justicia'로 지정되어 국가 공휴일로 기념되고 있다. 이렇게 지구 반대편에서도 거울처럼 닮은 역사적 슬픔을 공유하고, 아픔을 딛고 현재를 담담히 살아가면서도 희망을 버리지 않았던 두 나라. 더 나은 미래를 향해 뚜벅뚜벅 발걸음을 내딛는 우리 모두에게, 이 글이 조용한 위로가 되길 바란다.

반대라서 더 끌리는, 아르헨티나

탈아르헨티나를 꿈꾸는 청년들

　영국 런던에서 유학하던 시기에 내가 가장 친하게 지냈던 사람 중 상당수는 남미에서 온 라티노 친구들이었으며 그중 몇 명은 아르헨티나 출신이었다. 유학 시절 나와의 특별한 인연으로 기억하는 내 아르헨티노 친구, 그리고 함께 친하게 지내거나 자주 만났던 다른 친구들을 그리워했던 나로서는 운 좋게 여기까지 파견으로 오게 된 이상 그들을 만나는 일이 쉬울 거라 예상했다. 아무리 각자 사는 것이 바빠도 내가 부에노스아이레스에 머무르는 동안 적어도 한두 번은 서로 만나 함께 추억을 나누는 기회가 있을 줄 알았는데, 나의 낙관적인 예상은 완전히 빗나갔다. 실제로 아르헨티나로 왔을 때, 그들은 이미 모두 이곳을 떠나있었고 이 땅에서 흔적조차 찾기가 어려웠기 때문이다. 그들은 런던 시절 나에게 "나는 내 조국 아르헨티나를 사랑해. 오히려 그렇기에 더 이상 내 나라에 있을 수가 없어."라고 말한 적이 있었다. 당시에 그 말을 직접 들었을 때는 이게 과연 무슨 의미인지 도통 이해할 수가 없었는데, 여기에서 직접 3년을 살면서 아르헨티나의 민낯을 마주하다 보니 그들의 마음을 온몸으로 느낄 수 있었다.

　사실 아르헨티나는 해외로의 인재 유출^{Fuga de cerebros}이 매우 심각한 나라다. 현재 학교에 다니는 청소년들에게 미래에 뭘 하고 싶은지 묻거나 대학생 나이의 청년들을 대상으로 한 설문조사를 보면, 과반수의 비율이 이 나라를 떠나서 취업하는 것을 꿈꿀 정도라고 한다. 실제로 내가 만났던 대학

　　　　　　　　　　　　반대라서 더 끌리는, 아르헨티나

생 나이의 아르헨티나 청년들에게 앞으로 대학을 졸업하면 어떻게 하고 싶은지 물어봤을 때도 사용 언어가 같고 문화적 동질성이 상대적으로 강한 스페인, 미국이나 캐나다 같은 북미 국가, 자기 조상들이 살던 유럽 국가, 날씨와 계절이 비슷한 남반구의 호주 등으로 가서 살고 싶다는 말을 스스럼없이 했었고, 한인 교포 학생들은 한국행을 준비하는 경우가 많았다. 특히 똑똑하고 능력이 있으며 성공하고 싶은 야망이 강한 젊은이들일수록 이 나라에서 탈출하고 싶어 하는 경향이 강하다고 하니, 나라 전체적으로 보면 굉장히 암담한 상황이다. 그러나 문제는 앞으로 어떻게 이를 해결할지 그 방법조차도 다소 불투명하다는 점이다.

그렇다면 왜 이토록 많은 젊은 세대들이 아르헨티나 탈출을 꿈꾸는 것일까? 요약해서 말하자면 이곳은 만성적인 정치 불안으로 인해 정권이 바뀔 때마다 모든 사회·경제 제도 역시 180도로 바뀌어버려 앞날에 대한 예측이 불가능한 점이 크다. 그리고 내가 들었던 개인적인 이유도 서술해 보자면, 사실 아르헨티나는 괴상하고 복잡한 세법으로 인해 뛰어난 개인 능력으로 돈을 잘 버는 사람에게는 매우 불리한 구조를 가진 나라라고 한다. 상한선을 넘은 월급 수입의 경우 세금이 폭탄급으로 돌아오는데, 해외 계열사에서 일했던 현지인의 예시를 들어보면 특히 미화로 돈을 버는 사람에게는 틈틈이 세무조사가 들어와 공식 환율과 비공식 환율의 차이만큼 세금을 더 뜯어가거나, 심지어는 당국의 제재로 인해 들어오는 달러를 공식 페소 환율로만 인출할 수밖에 없었던 시절도 있었다고 한다. 열심히 일해도 툭하면 세무조사가 들어오고, 자신이 번 그달 월급의 60% 가까이 허무하게 뺏기는 일을 반복하던 그는 결국 우여곡절 끝에 해외 계좌를 만드는 방법으로 겨우 돈을 모으는 중이다. 물론 다른 이들의 사정도 마찬가지라서, 개인 사업자는 물론 월급을 받는 직장인까지 세금폭탄을 막고자 수입 신고를

최소화하거나 아니면 다른 루트로 현금을 버는 방법을 모색한다. 이렇게
아르헨티나에서는 어쩔 수 없이 비합리
적인 세금 징수를 피하려 불법과 합법
의 경계에서 일하는 방법을 배우게 되
는데, 오죽하면 "단체로 가난해지자!"
혹은 "다 같이 잘 살 수 없다면 다 같이
망하자!" 같은 공산주의식 슬로건을 걸
고 나라를 운영하는 것 같다는 불만이
나올까.

그럼 어떻게(불법적이지 않게) 아르헨티나를 빠져나갈 수 있는가? 주로 유럽
출신 이민자들이 세운 국가의 특성상 이중국적이 많은 편인데, 내가 주변
지인들과의 대화를 통해 확인해 본 바로 아르헨티나에서 가장 흔한 혈통인
스페인계나 이탈리아계의 경우 다음과 같이 이중국적을 취득하였다. 먼저
스페인은 부모님이나 조부모님 세대가 스페인 출신임을 증명하는 관공서
서류를 대사관이나 스페인 본국에 직접 제출하면, 기간이 좀 걸릴 수는 있
지만 신원확인이 끝난 뒤 비교적 쉽게 이중국적 및 여권을 얻을 수 있다고
한다. 혹은 스페인에 직접 살면서 구식민지국(스페인 식민지였던 중남미 국가 출신 해
당) 출신자의 권리를 통하여 영주권을 신청할 수도 있다는데, 요즘 워낙 신청
자가 많아서 몇 년 이상이 걸릴지 모른단다. 보통 이렇게 영주권을 얻은 이
후 다시 몇 년 기다려서 스페인 시민권 신청 자격을 얻는다고 했다. 이탈리
아의 경우는 증조부 세대까지 자신의 직계 조상 중 한 명 이상이 이탈리아인
임을 증명하는 관공서 발급 서류가 필요하며(이 일을 직접 해본 지인 중 하나에게는 심
지어 자신의 고조부가 이탈리아 출신임을 증명하기만 하면 되었다고 했다), 역시 행정 처리로
인해 1~2년 정도 걸리지만 신원확인 작업이 끝나면 마찬가지로 쉽게 이탈

반대라서 더 끌리는, 아르헨티나

리아 시민권을 내어준다고 한다. 그러고 보니 영국에서 만났던 아르헨티나 친구들도 대부분이 스페인이나 이탈리아계여서 자기 증·조부모님, 부모님 등의 덕택으로 그 나라들의 이중국적을 소유하여 유럽 여권을 가지고 있었기에 유럽이나 기타 국가로의 이민이 쉬운 편이라고 했던 말이 생각났다.

그 이외에 한국에서도 그렇듯, 여기서도 유학이나 해외 취업, 경험 삼아 신청한 워킹홀리데이 등으로 나가서 그대로 타국에 눌러 앉는 경우가 많다. 혹은 아르헨티나에 놀러 오거나 여러 가지 이유로 단기·장기 체류하러 온 (주로 선진국 출신의) 사람을 만나 이를 통해 결혼이나 동반자 관계를 얻어서 함께 이민을 준비하는 예도 몇 번 보았다. 실제로 영어 한마디 못 하는 아르헨티나 여자가 공대 출신 개발자로 두 달간 여기에 일하러 왔던 내 미국 지인을 적극적인 육탄전으로 쟁취하는 사례를 직접 목격했다. 이곳의 사정을 뻔히 알고 있는 나로서는 저것이 진짜 사랑인 건지, 아니면 이곳에서 탈출하고자 하는 건지 섣불리 판단할 수 없었다. 그리고 우습게도 나 역시 "혹시 너랑 결혼하면 한국 가서 비자 받고 잘 살 수 있냐?"라는 말을 들어본 적 있었는데, "아니, 한국에서 흙수저 서민 출신인 나에게 무슨 소리냐!"라며 헛소리하지 말라고 바로 웃으면서 넘기긴 했지만 뭔가 이런 농담을 한다는 것 자체가 개인적으로 참 안타까운 마음마저 들었다. 불과 수십 년 전까지만 해도 새로운 삶을 꿈꾸며 각 나라 사람이 이민 오던 나라가, 이제는 무슨 수를 써서라도 떠나려는 사람들이 점점 많아지는 나라가 되어가다니 말이다.

.

이곳 부에노스아이레스에서 제일 보고 싶었던, 기회가 된다면 꼭 다시 만나길 바랐던 사람. 대학원 동기이자 학회 회원으로 우연히 만나 인연이 시작된 내 아르헨티노 친구는 위에 상술한 방법의 하나를 통해 자신의 조국을 빠져나갔다. 그는 석사 과정을 끝낸 뒤 다시 외국으로 떠나며 아르헨티나에 돌아오지 않기로 결심했기 때문이다. 이 일을 겪으며 나는 '시절 인연'이라는 단어의 의미를 떠올리게 되었다. 처음에는 이를 전혀 알지 못한 채 여기에 와서 그의 흔적을 찾았지만, 이제는 안다. 결국 그가 내 인생의 무대에서 맡은 역할은 — 내가 유학 시절 그와 함께했던 시간을 추억이란 이름으로 깊이 새겨두게 됨으로써 — 이후 지구 반대편에서 또 다른 나의 모험이 시작될 수 있도록 내 마음에 날개를 달아준 뒤 무대에서 슬그머니 퇴장하는 것이었다는 걸. 그는 개인의 발전과 커리어를 위해 자신의 조국인 아르헨티나와 고향인 부에노스아이레스를 등지는 걸 선택했다. 그에게 그 말을 전해 들었을 때 나는 매우 야속하게 느꼈지만, 이건 엄연히 그가 처한 현실이자 그의 인생이었다. 아르헨티나에 직접 살면서 이 나라의 아이러니한 현실에 대해 잘 알게 된 현재는, 그의 선택을 깊이 이해하고 존중하게 되었다.

하지만 언제까지나 이렇게 욱신거리는 마음을 안고 감상에 젖어 있을 수는 없었다. 비교적 독립적인 성향을 지닌 나지만, 결국 사람은 사회적 동물이므로 사람과 어울려 살아가는 삶이 훨씬 의미 있다고 믿는다. 또한 행복 역시 결이 맞는 좋은 사람들과 만나 즐겁게 대화하고, 함께 한잔하며 맛있는 음식을 나누는 데 있다고 생각한다. 그런 삶을 소중히 여기며 노력해 온 나에게 그와의 일로 좌절하며 주저앉고 싶진 않았다. 그렇기에 마음에 새겨진 진한 아쉬움을 훌훌 털어버리고, 다양한 방법으로 나의 인맥을 넓히고자 하는 시도를 계속해 왔다. 아르헨티나 국내 혹은 다른 중남미 여행을 하면서 아르헨티나 출신 친구나 지인을 만들었고, 소위 'Expat'이라 불리는 외국인 모임에서 다른 나라에서 온 다양한 사람을 만나며 친구를 사귀었다. 그러나 그렇게 만난 아르헨티노들과는 뭔가 어긋나는 일들이 하나씩 생겼고, 외국인 모임의 경우 나도 그들도 영구히 이민 온 사람들이 아닌지라 금방 친해졌다 한들 얼마 뒤 본국으로 돌아가야 한다는 이유로 만남이나 인연을 길게 지속하기는 어려운 점이 있었다.

크고 작은 일들을 겪으며 내가 하나 터득하게 된 사실은 적어도 부에노스아이레스에서 '인간관계'나 '친구'의 개념은 굉장히 좁으며, 그렇기에 믿을 만한 내 사람을 만들기가 절대 쉽지 않다는 것이었다. 기본적으로 다른 지방 사람들이 입을 모아 험담할 만큼 포르테뇨^{Porteño}, 즉 부에노스아이레스 사람들은 여느 세계 대도시 사람들이 그러하듯 타인에게 차가운 편이다. 보나에렌세^{Bonaerense}(부에노스아이레스 주 출신 사람)들은 그나마 따뜻하고 정이 있는 편이라고 자부하던데, 그들마저도 포르테뇨를 대할 땐 어딘가 불편하다고 말하는 걸 보면 결국은 문제는 태도일지도 모른다. 여기에서는 – 가족, 친척, 어린 시절 혹은 학창 시절 친구를 제외하고 – 대학교나 사회에서 만나는 대부분 사람과 선을 긋고 관계를 구별하며 거리를 두는 경향이 강하다. 그러므로 이미 어린 시절부터 구축된 신뢰의 커뮤니티 범위를 넘어선 새로운 사람은 잘 들이지 않는다. 그래서 친구를 만들고 싶다면, 그들 커뮤니티 안에 있는 '믿을 만한 누군가'의 소개를 통해 접근하는 게 가장 확실한 방법이라고 한다. 나는 이것이 친족 기반으로 인간관계를 형성하는 경향이 있는 이탈리아 문화와도 비슷하다고 느꼈다(한인 교포 사회의 경우 여기서는 종교활동, 특히 교회 중심의 관계망이 중요하고, 또 좁은 교포 사회의 특성상 공통 지인들이 많을 수밖에 없어서 아르헨티나 현지 분위기와 단순 비교는 어렵다). 이런 맥락에서 볼 때, 나같이 생소한 외국에서 온 이방인이 그 자리를 비집고 이들의 탄탄한 관계망 속으로 하나하나 인맥을 넓혀가는 일은 힘든 편이다. 만약 운이 좋아 그 안에 들어간다 해도 그런 관계가 제대로 형성되기까지 최소 수 년은 걸릴 것이다. 게다가 이곳 사람들의 눈에는, 나는 어차피 '나는 '곧 떠날 사람'이라는 낙인이 찍혀 있다는 점도 간과할 수 없었다.

외국에서 온 외국인 노동자로서, 애초부터 이곳 현지 사람들과 강한 연결고리를 갖는 건 무리였다. 나로서는 첫 고리를 만들고 끼우는 것 자체가 이미 고난도 과제였기 때문이다. 물론 친절한 사람들이 없었던 것은 아니다. 다만 내가 주로 만나는 아르헨티나 현지인들은 직장 동료였고, 이곳에서 '직장 동료'란 개념은 일종의 게임 내 NPC 같은 존재였다. 직장 안에서는 일 관련 대화를 나누지만, 직장을 벗어나면 마치 서로 모르는 사람처럼 굴면서 말도 섞지 않고 심지어 우연히 길에서 마주쳐도 인사조차 안 하기도 한다. 나는 늘, 학교생활은 물론 직장이나 사회생활, 각종 동호회나 소모임에서도 나와 비슷한 결을 가진 사람으로 여겨지거나 배울 점이 많은 사람을 만나면 스스럼없이 먼저 다가가 인간관계를 맺고자 노력해 온 사람이었다. 그 과정에서 많은 인연을 만들기도 했기에, 이곳 부에노스아이레스의 배타적인 인간관계 문화가 주는 충격이 컸다. 지금껏 나의 경험상 특히 외국살이에서는 외향적인 태도가 필수로서, 어떤 예상치 못한 일이 생기더라도 밝고 긍정적인 마음가짐으로 씩씩하게 살아야 더 잘 적응하며 즐겁게 살 수 있다. 하지만 마음이 쉽게 열리지 않고, 콧대가 높은 포르테뇨들을 상대로 그런 태도를 무한정 유지하기란 솔직히 쉽지 않았다. 게다가 앞서 말했듯 젊은 세대의 인재 유출 현상이 심각한 이 나라에서는, 외국인인 나와 가치관이 맞을 정도로 열린 마음과 대화 가능한 언어 실력을 갖춘 또래나 동년배들은 이미 이 나라를 떠난 경우가 많았다. 내가 영국에서 만났던 아르헨티나 친구들처럼 말이다.

그러다가 한 외국인 지인을 통해 부에노스아이레스의 한 언어 교환 모임을 알게 되었다. 이 모임은 부에노스아이레스 여행 혹은 단기 체류 중이며 현지 경험을 하고 싶은 외국인, 나처럼 파견 나와 중·장기 체류로 일하거나 디지털 노마드족으로 살며 스페인어를 연습하고 싶은 외국인, 반대로 자신이 배운 외국어를 직접 연습하며 외국인 친구를 만들고 싶은 아르헨티노들, 거기에 외국인에게 불순한 환상을 가지고 오는 라티노들까지 정말 각양각색의 목적을 가진 사람들로 이루어져 있다. 월요일 제외 평일에만 하는데 요일마다 모이는 장소가 다르며, 밤 9시부터 시작한다. 나는 직장인이라 금요일에만 가보았는데, 평소에는 어디에 숨어 있었나 신기할 정도로 정말 다양하고 많은 국적의 사람이 꾸역꾸역 모여든다. 여기서 만났던 영어 구사자 아르헨티노들은 상대적으로 외국 문화에 개방적이며, 문화적으로 수용하는 태도가 좋았다. 그들은 내 실수투성이 스페인어도 잘 들어주고, 틀리거나 어색한 표현은 고쳐주며 내 스페인어 말하기 연습을 도와주었다. 어디서든 배울 수 없는 완전한 로컬 포르테뇨 스타일 단어를 배우기도 하고 말이다.

전 세계에서 온 다양한 사람을 만나고, 외국인에게 친화적인 아르헨티노들을 만나 스페인어도 연습하고 싶어서 갔던 언어 교환 모임. 밤 9시는 이들에게 이른 편이라 사람은 별로 없으나, 대신 모두가 진솔한 분위기로 대화할 수 있다. 그러나 자정을 넘어가면 장소는 모여든 사람들로 미어터지고, 그 시간 이후엔 나처럼 녹슬어 가는 외국어(영에나 스페인어 말하기를 연습하면서 현지인 친구를 사귀고 싶은 사람보다는, '언어 교환 모임'의 취지와는 전혀 다른 목적을 가진 사람들의 비율이 늘어난다. 외국어라고는 하나도 모르면서 얼굴이 빨개진 상태로 나에게 뭉개지는 스페인어로 마구들이대는 인간, 정상적으로 잘 이야기하다가 갑자기 내 손을 잡거나, 어깨를 잡고 지그시 누르거나, '동양 여자는 밤에 어떤지 궁금하다'며 성희롱하는 인간, 심지어 다짜고짜 내 귀에 바람을 불어넣는 인간들도 있었으니. 그 의미가 뜻하는 바를 모르지 않는지라 그때마다 기분이 더러워진 나는 "노, 그라시아스! No, Gracias!"를 외치고 거절하며 쳐내기에 바빴다. 이런 불쾌한 사람들이 하나둘 출몰하기 시작하면, 나는 머리에 힘주고 몇 시간 내내 서서 외국어로 말하느라 피곤한 뇌와 몸을 이끌고 집으로 가는 것이다(여기 정기적으로 나오는 지인들 말로는 최소 새벽 3시를 넘겨야 절정이라는데, 나는 그 시간까지 있어 본 적이 없어서 모르겠다. 정작 진짜 외국인들은 모든 게 늦게 이루어지는 이 나라 문화에 질려서 그전에는 대부분 집에 가기 때문에, 결국 끝까지 남는 건 현지 라티노뿐이라는 소리도 들었다). 이성이나 국제 연애에 관심이 없다는 게 아니라, 아니 연애한다 한들 서로 잘 알지도 못하는데 첫 만남부터 작정하고 저렇게 덤벼드는 징그러운 속물들과 엮이고 싶은 마음은 없었다. 그 외에 나와 친해지고 싶어서 먼저 다가왔던 어린 케이팝 팬 친구들도 있었다. 내가 잘 알지도 못하는 그룹과 멤버들까지 줄줄 꿰며 열띤 토론을 벌이는 그들에 비하면 나는 그렇게까지 케이팝을 자세하게 알지는 못했기에, 그들은 이런 나를 보고 살짝 실망해서 바로 고개를 돌려 종종걸음으로 내 곁을 퇴장하기 일쑤였다. 거지 같은 쭉정이들과 나에게서 상처받은 케이팝 팬들을 다 걸러내고 난 뒤, 나는 우연한 기회에 진짜 부에노스아이레스 출신의 포르테뇨 친구를 만났다.

나를 보고 한국어로 인사하던 그를 보며 강한 호기심이 생겨 자연스레 대화를 시작했다가 그대로 친해진 똑똑하고 멋진 폴리글롯 Polyglot, 다언어 구사자 친구. 아시아 언어를 배워보고 싶어 한국어를 독학했다는 열린 마음의 이 친구 덕에 정말 현지인만 갈 수 있는 장소나 공원, 동네 곳곳을 함께 탐험할 수 있었고, 발이 넓은 그가 기꺼이 날 초대하며 열어준 그의 인간관계 커뮤니티를 통해 진짜 아르헨티나 문화를 하나씩 알게 되었다. 내가 알고

반대라서 더 끌리는, 아르헨티나

있는 아르헨티나에 대한 전반적인 지식이나 정보는 그를 통해 배운 것들이 많다. 이런 내 친구를 고마운 사람이자 은인으로 여기며 잘 지내고 있던 어느 날, 그가 나에게 중요한 이야기가 있다며 만나자고 했다. 며칠 뒤 만난 그 친구의 입에서는 내가 예감했던 말, 하지만 몇 년 전에 다른 아르헨티나 친구들에게 들었던 말이 그대로 나왔다.

"나 이민 준비하려고. 더는 여기서 못 살겠어. 난 개발자라 능력을 더 키우면 돈도 많이 벌고 더 많은 걸 이룰 수 있을 텐데, 이 나라에서는 그게 힘들어. 내가 태어나 살아온 이 도시를 누구보다 사랑하고 떠나고 싶지 않지만, 내 미래를 생각하면 결국 떠나는 게 옳은 길 같아. 나를 온전히 인정해주고 능력을 계발할 수 있는 안정적인 나라에서 사는 게 더 나을 것 같거든. 요즘 변호사랑 상담하면서 일단 다른 나라 이민 비자랑 워킹홀리데이 준비하고 있어. 아직 젊으니까, 뭐든 해봐야지."

젠장. 내 예상은 빗나가지 않았다. 그 뒤로 친구는 직장을 관두고, 세상 구경을 하며 앞으로의 미래를 구상해 볼 겸 그동안 모은 돈을 털어 장기 배낭여행을 떠났다. 몇 년 뒤 내가 부에노스아이레스에 남은 추억을 찾아 다시 돌아오게 되어도 나의 소중한 친구는 없을 가능성이 매우 높겠지만, 이 친구와의 우정이 부디 오래도록 마음에 남아 내가 아르헨티나를 기억하는 또 다른 열쇠가 되기를 바란다.

그 친구가 배낭여행을 떠난 뒤, 오랜만에 언어 교환 모임을 다시 나가게 되었다. 그곳에서 밝은 웃음이 인상적인 젊은 아르헨티나 대학생 커플을 만나, 스페인어와 영어를 섞어 긴 대화를 나눴다. 활발한 성격만큼이나 미래에 대한 계획도 뚜렷했던 그들의 목표 역시 대학을 무사히 졸업한 뒤 이

나라를 떠나는 것. 그 준비의 하나로, 둘 다 조부모님이 이탈리아계라는 점을 활용해 살면서 한 번도 가본 적 없는 조상의 나라 국적을 미리 따놓았고, 외국에서 살기 위해 영어는 필수라며 영어 학원에도 다니려고 한단다. 그들의 계획이 서글프게 느껴지기도 했지만, 사실 내가 그들의 심정을 온전히 이해할 수는 없다. 다만 내가 할 수 있는 일은, 그저 이 어린 커플의 앞날에 행운을 빌어주는 것뿐이었다.

이렇게 상술한 이유로, 어쩌다 보니 나는 이곳 아르헨티나에서 많은 우여곡절을 겪으며 전혀 예상치 못하게 비자발적 아웃사이더가 되어가고 있었다. 가족과 오랜 친구들 중심으로 인간관계가 정립되는 아르헨티나에서, 가족들끼리 모두 모여 축하하는 연말·연초 같은 시기를 홀로 썰렁하게 보내기도 했고, 결정적인 순간마다 그들이 이미 구축해 놓은 우정의 울타리 바깥에 내가 한두 발짝쯤 비켜 서 있다는 사실을 확인하는 쓰디쓴 경험도 했다. 그래서 비록 내가 원하던 결과는 아니었지만, 대신 내 삶 자체에 더욱 집중하기로 마음을 다잡았다. 이를 위해 지구 반대편 부에노스아이레스에서 누릴 수 있는 특권, 즉 한국에서 쉽게 해볼 수 없는 다양한 경험을 시도하고, 그 속에서 많은 것을 배우며 나의 삶에 대한 통찰력과 지혜를 키우는 데 정성을 쏟았다. 이 모든 순간 내가 가진 내면의 에너지에 열정을 다하고, 내가 마주하게 된 아르헨티나 사회를 더 깊이 이해하고 포용할 수 있는 단단한 사람으로 거듭나는 기회로 삼으면서 말이다.

반대라서 더 끌리는, 아르헨티나

공포의 물가 상승률과 국민의 정치적 선택

"세계에는 4가지 유형의 경제가 있다. 선진국, 후진국, 일본, 그리고 아르헨티나." 노벨 경제학상을 수상한 학자 사이먼 쿠즈네츠 Simon Kuznets가 언급했다고 전해지는, 경제학계에서 오래도록 회자되어 온 풍자적 인용구이다. 그만큼 아르헨티나는 경제학 연구에서 가장 미스터리한 나라 중 하나다. 팜파스 대지의 축복을 받은 덕에 농업 중심의 산업과 수출 호황을 누리며 제1차 세계대전 무렵만 해도 세계에서 제일 부유한 선진국 반열에 드는 나라였으며, 유럽 출신 이민자들이 전후 새로운 삶의 희망을 찾아 대거 이민할 정도로 정점을 찍은 나라. 그러나 오랜 시간이 지난 지금은 어째 서서히 내리막길만을 겪고 있는 불가사의한 국가이기 때문이다. 우리나라도 한번 뼈아프게 겪었던 국가 부도를 무려 아홉 번이나 겪은 나라. 만성적인 재정 적자 누적, 보유 외화 부족과 IMF 구제금융 신청, 높은 규모의 국가 채무 불이행을 여러 번 반복하며 국제 사회의 신임을 잃는 행동을 꾸준히 해온, 알 수 없는 소용돌이 그 자체인 아르헨티나의 경제. 아르헨티나 출신 경제학도 친구 또한 "누군가가 우리나라가 겪고 있는 경제 문제를 해결한다면, 그 사람에게는 노벨 경제학상을 최소 세 번은 줘야 해."라며 자학 섞인 농담을 할 정도였다.

2022년 2월, 아르헨티나에 온 지 얼마 되지 않아 아직 경제 개념이 잡히지 않았을 때 이곳에 계신 선배 파견 교사들과 교포 동료분들에게 신신당부 받은 사항이 몇 가지 있었다. 첫 번째, 이곳은 미국 달러가 최고이고 귀한 편이니 무조건 달러는 아끼고 있다가 필요할 때만 바꿔서 사용해야 한다는 것이었다. 그리고 두 번째, 아르헨티나 정부의 자국 산업 보호법과 관세법으로 인해 물건 수출입이 일정치 않고, 물가가 계속 요동쳐서 상점에도 물건이 동날 때가 있으니 필요한 물건은 당장 하나만 사지 말고, 이후 미리 필요할 것까지 계획해서 사라는 이야기도 함께 들었다. 그

리고 매우 황당하게 들렸지만, 은행을 믿지 말라는 조언도 덧붙이셨다. 아르헨티나의 경제 규모는 그래도 라틴아메리카에서는 제법 괜찮은 편이고 세계적으로도 중진국 수준이라고 알고 있는데, 왜 개발도상국이나 최빈국에 가까운 나라에서나 할 말을 듣게 되는 건지 처음에는 전혀 이해할 수 없었다. 그러다 아르헨티나 경제사를 알게 되고, 교포분들의 눈물겨운 경험담까지 듣고 나니 이 모든 게 서서히 납득이 가기 시작했다.

사정은 이러했다. 이 나라에 오신 지 오래된 한인 교포들이 기억하는 80년대 후반 당시, 아르헨티나는 초인플레이션을 만성적으로 겪을 정도로 경제적으로나 사회적으로나 신뢰가 바닥이었다고 한다(교포분들은 그때 지폐에 00이 얼마나 많았던지 스페인어로 숫자를 세는 것도 일이었다고 회고했다). 찬란했던 20세기 초중반 황금기 이후 태생적인 정치적 불안과 함께 주기적으로 찾아오는 경제적 위기에 적절하게 대처하지 못했던 아르헨티나는 꾸준히 쇠락의 길을 걸었고, 이를 극복하기 위해 한때 1990년 초반 1달러당 1페소[Peso. 아르헨티나의 통화, 기호 $]라는 고정환율제를 시행하기도 했다. 물가 안정과 민생에는 도움이 되고 잠시나마 호황을 누렸을지도 모르겠으나, 역으로 생각해 보면 달러로

반대라서 더 끌리는, 아르헨티나

수입해 오는 물건이 헐값이 되므로 오히려 수출이 어렵게 되고, 수출입 간 격차로 생긴 적자를 해결하려면 다시 돈을 빌리는 수밖에 없다. 이런 이유로 달러 대비 페소의 안전성이 떨어지면서 모든 이가 호황기를 누리는 동안 페소가 아닌 달러로 재산을 만들어 두기 시작했다. 결국 2001년 정부는 경제 붕괴를 막기 위해 은행에서 페소 계좌로만 아주 적은 금액만 인출할 수 있도록 정해버렸고, 달러 계좌는 전혀 사용할 수 없도록 하면서 모든 은행 계좌를 동결하는 – 자유주의 국가에서 정부가 국민의 사유재산권을 몰수해 버리는 – 사상 초유의 사태를 일으켰다. 이후 경제 안정을 위해 페소 환율 평가절하가 시작되어 이젠 1달러를 얻으려면 4페소가 필요했다. 그러면서 정부가 사람들의 달러 계좌를 강제로 페소 계좌로 바꿔버리면서 가격은 종전의 1대 1 환율을 적용해 버렸다. 그렇게 바뀐 돈의 가치를 각각 적용해 계산해 보면, 은행에 달러를 저축해 두었던 사람의 경우에는 자신이 가지고 있던 계좌에서 75%의 금액이 갑자기 사라지는 것이다. 게다가 정부는 인출할 수 있는 금액도 주당 몇백 페소로 한도를 정해버리기까지 했는데, 이 어처구니없는 사태를 스페인어로 '작은 우리(스페인어로는 '동물 우리'지만, 아르헨티나에서는 '아기용 안전 침대'나 '안전 가드'의 의미도 있다)'라는 뜻의 코랄리토^{Corralito}라고 부른다.

금융위기와 경제 침체를 극복한다는 명목으로 국민의 은행 계좌를 동결해 버리며, 사용자가 자기 돈을 인출할 권리를 제한당한 사건. 정부로 인해 국민의 돈이 묶이고 사유재산의 가치가 폭락해 버린, 마치 공산주의나 전체주의 체제에서나 겪을 법한 황당한 경제 붕괴 상황이자 아르헨티나 경제 불신의 상징인 코랄리토. 이후로 국민들은 유명한 구호인 "¡Que se vayan todos! 모두 썩 꺼져라!"를 외치며 거리와 광장으로 나서기 시작했고, 이는 대규모 시위와 폭동, 대통령 줄사퇴로까지 이어지며 극심한 후폭풍을 겪었다. 당연한 결과겠지만, 이 시대를 겪은 아르헨티나인이라면 코랄리토 사태를 여전히 생생하게 기억하고 있기에 은행에 대해 뿌리 깊은 불신이 생겼고, 특히 부자일수록 개인 자산을 은행에 저축하기보다는 현금이나 현물 형태로 집에 두거나 사설 금고 등을 이용하는 경우가 많다고 한다. 이런 상황에서 정부는 필연적으로 점점 가난해지는 나라 살림을 위해 각종 세금을 철저히 매기고 있고, 반대급부로 사람들은 과세를 피하려 현금을 선호한다. 집주인은 현금으로 집세를 받았고, 나 역시 한 번씩 몇십만 원에서 많게는 몇백만 원어치의 페소 현금을 가방에 넣고 다녀야 했기에 늘 불안한 마음으로 생활했다. 물론 아르헨티나에서도 우리나라의 카카오페이와 비슷한 메르카도 파고^{Mercado Pago}같은 전자 결제 시스템이 널리 퍼져 있다. 그러나 여전히 아르헨티나에서 개인이 경영하는 가게나 레스토랑 등에는 카드를 안 받거나, 또 현찰로 물건값을 결제하면 최소 10% 이상 할인을 해주는 일이 대다수라 가능하다면 어느 정도 현금을 들고 다니는 게 더 도움이 된다. 한 나라의 경제가 원활하게 돌아가고, 또 발전을 이루기 위해 필수 불가결한 요소는 바로 예측 가능성과 신뢰인데, 이토록 불확실하고 불투명한 사회 시스템 자체 때문에 서로를 믿지 못하는 환경에서 어떻게 장기적인 경제 발전을 계획할 수 있겠는가?

이렇게 아르헨티나 사람들의 마음에 불신과 균열의 씨앗이 뿌리내리게 된, 어떻게 보면 상상조차 힘든 역사적 배경을 한인 교포들과 주변 아르헨티나인들의 담담한 증언 등을 통해 자세히 알게 되니 나 역시 머리가 아득해지는 느낌이 들었다.

　현재의 아르헨티나 경제 시스템을 기본적으로 이해하기 위해서는 통상

오피시알^{Oficial}로 불리는 공식 환율과, 돌라르 블루^{Dolar blue}라고 불리는 암환율의 존재에 대해 인지하고 끊임없이 머릿속에 주지하는 것이 필요하다. 사실 이 나라에는 여행자 환율, 곡물 거래 환율 등 아찔할 정도로 다양한 환율이 존재하지만, 편의상 일상에서 가장 널리 쓰이는 두 가지만 소개하겠다. 아르헨티나의 공식 화폐의 정식 명칭은 페소 아르헨티노^{Peso Argentino. 국제 통화 코드 ARS}이지만, 실제로 조금만 실생활 경제를 들여다보면 달러와의 공용 체제나 다름없다. 예를 들어 어떠한 물품의 가격 기준 이야기를 할 때 달러로 계산해서 말하는 게 보편화되어 있으며, 동네 부동산 광고 등 단위가 큰 돈에는 구매가가 달러로 표시되어 있다. 세상 여느 곳과 비슷하게 아르헨티나에서도 달러가 올라가면 물가도 따라 오르는데, 이 기준은 공식 환율 기준이 아니라 암달러 환율의 기준이다(이 오피시알과 돌라르 블루의 차이는 내가 있던 2022년 시기에는 2배 정도 차이였는데, 심할 때는 3배 가까이 갔었다. 지금은 후술할 경제 정책으로 인해 이와 전혀 다르다). 돌라르 블루는 공식이 아니니 엄밀히 따지면 불법이 맞지만, 사실상 정부 산하 부처와 직접적으로 관련된 분야나 법으로 정해 놓은 경우가 아니라면 누구도 생활 속에서 공식 환율을 기준으로 삼아 계산하지 않는다. 정상적이라면 오피시알로 물가를 계산해야 하는 게 맞겠지만, 실제 시장에서는 암달러 기준이다 보니 마트나 가게뿐만 아니라 음식점이나 카페 등 자영업자들은 가파르게 올라가는 돌라르 블루에 맞게 달마다 가격을 올렸다. 그리고 피치 못하게 공식 환율을 적용하게 되는 경우엔 두 환율 사이의 간격을 메꾸기 위해서 그 차액만큼, 혹은 그 이상으로 세금이나 부가가치세를 매겨버리기도 했다.

마치 횟집에서 활어를 그날의 시가로 거래하는 것처럼 생활 물가가 형성되다 보니, 나를 포함한 모두가 물건값이 언제 얼마나 오를지 두려워하며 자주 쓰는 생필품은 "지금이 제일 싸다!"라며 넉넉하게 물건을 쟁이기 일쑤였다. 반대로 나는 아르헨티나에서 공항에 갈 때마다 왜 면세점에 변변한 물건이 없는지 궁금했는데, 알고 보니 공항 매장은 물건값을 공식 환율로만 적용할 수 있어서 어쩌다 괜찮은 제품이 들어오기라도 하면 사람들이 보자마자 사재기해 버리는 바람에 금방 동이 나버리는 거였다. 게다가 당시엔 수입 절차가 까다로워 물건이 제때 들어오지 않았고, 수입 자체도 제한적이라 몇 달씩 기다려야 하는 일도 허다해서 물건 품귀 현상이 더욱 심했다.

앞서 설명했던 이유로 은행을 잘 믿지 않는 아르헨티나 사람들은 누구나 개인적으로 거래하는 암달러 환전상들이 있다. 이토록 불안정한 상황을 타개하기 위해 아르헨티노들은 환율이 요동치는 시기를 잘 살피면서 환율이 급등하면 달러를 페소로 바꾸고, 페소 가치가 높을 때는 달러를 다시 모으는 식으로 개인이 리스크를 조절한다. 이렇게 합법과 비합법의 경계에서 줄타기를 잘해야지만 살아남는 나라라니! 옆에서 보기에 매우 비상식적이지만 정작 이 나라에서는 모두가 이렇게 살고 있으니 결국 이게 옳은 상식이 되어버린 요지경 생활이었다.

정치와 경제는 밀접하게 연관되어 있다. 정부나 정책이 불안정한 나라에서 경제가 제대로 굴러갈 리가 없다. 시장이 가장 싫어하는 것은 '불확실성'인데, 정치적으로 예측 불가능한 나라는 신뢰가 부족하고 미래에 변수가 많아지기 때문이다. 그 결과 외부 자본의 유입과 투자가 저조해지고, 결국 경제는 악순환에 빠지게 된다. 아르헨티나는 바로 그런 불확실성이 만든 악순환의 소용돌이 한가운데 있는 나라처럼 느껴졌다.

내가 아르헨티나에 있었던 3년의 시절을 축구 경기같이 전반부와 후반부로 나눠보자면, 전반부에는 많은 사람이 집권당인 페론당에게 극심한 염증을 느끼고 있었다. 페론주의는 1940년대 등장한 군인 출신 대통령인 후안 도밍고 페론의 이름을 따서 만들어진 정치 이념이다. 19세기 초, 스페인으로부터의 식민지 독립 후 독재와 민주주의를 오가며 만성적 정치 불안에 시달리던 아르헨티나에서 등장하였다. 페론과 정의당^{Partido Justicialista}(흔히 '페론당'으로 불린다)은 노동자 계급의 절대적인 지지를 업고 정권을 잡았다. 산업 국유화, 무료 공교육, 보건 시스템 체계화, 사회보장제도 확충 등 오늘날 아르헨티나를 지탱하고 있는 여러 제도는 바로 이 시기의 산물이다. 이들은 특히 '포퓰리즘^{Populismo}' 정책의 대표적 사례로 거론되며, 국민 복지를 앞세운 강력한 국가 개입을 통해 대중의 지지를 얻었다. 그러나 그 반대급부로, 페론당은 선거에서의 승리와 정권 유지를 위해 유권자 매수와 후원 세력 동원 등 각종 부정부패를 저질렀다는 비판도 끊이지 않았다. 또한 당선의 원동력이었던 노동계를 위해 매년 임금 인상을 보장하고 노동 유연성이 경직된 사회를 만들었으며, 빈민층 대상의 과도한 사회복지로 인해 아르헨티나의 경제적 활력을 떨어트린 원인으로 지목되기도 했다. 하지만 대다수 라틴아메리카 국가처럼, 아르헨티나 역시 식민지 시절부터 지속된 착취적이고 불평등한 사회 구조가 그대로 계승되어 수 세기 동안 소수 엘리트와 대지주가 부를 독점하고 있다. 이러한 빈부격차 현실을 생각하면, 여전히 페론주의를 굳건히 지지하고 페론당이 필요하다고 여기는 사람들도 많았다.

그러나 코로나 이후로 닥친 경제 위기와 물가 폭등 등 여러 민생 경제 이슈가 발생하며 중산층이 무너지고 당장 생계가 막막해지니, 페론당 정부에 대한 항의성 시위 빈도가 점점 잦아졌다. 게다가 매년 최소 100% 이상은 가볍게 넘기는, 보는 사람의 눈을 의심하게 하는 극심한 물가 상승률로 인해 일부 기득권층을 제외한 국민의 다수가 고통받고 있었다. 근무하는 학교에서는 가파르게 올라가는 환율의 소용돌이 속에서 타개책을 고안해 가며 나름의 방법을 통해 손해를 최소화하기 위해 노력해 주었고, 나도 머리를 굴려 나와 비슷한 처지의 부에노스아이레스 장기 체류 외국인들이 사용했던 방법인 웨스턴 유니온^{Western Union}을 통한 송금(방법이 간단하며, 가끔 암달러 시세보다 더 높은 환율을 쳐 주기도 한다) 등 다양한 방도를 궁리하면서 살아야 했다.

나의 아르헨티나 파견 생활이 후반부로 넘어가는 2023년 하반기부터는 과연 누가 대통령이 될 것인가를 가늠하던 대선 정국이었다. 수백 년간 착취형 식민지였다가 기득권의 이해관계에 의해 독립을 이룬 아르헨티나 공화국의 태생적 한계와 취약한 경제 구조, 빈자를 위한 복지이자 포퓰리즘으로 대표되는 페론주의와 이로 생겨난 폐해 등 당시 아르헨티나는 수많은 과제를 안고 있었다. 여기에 세월의 격랑 속에서 겹겹이 덧대어진 혼란과 빈익빈 부익부의 가속화 현상까지 더해져, 아르헨티나가 과연 이 모든 문제를 어떻게 해결할 수 있을지 귀추가 주목되는 시점이었다. 역사적으로 볼 때, 많은 나라에서 국가적 균열을 해소하기 위해 사회적인 합의나 대안 제시, 점진적 개혁을 도입하는 대신, 급진적 해법을 외치는 극단적인 정치인에게 투표하는 전례들이 있다. 그래서일까. 2023년 11월, 아르헨티나가 최종적으로 선택한 대통령은 신자유주의를 신봉하는 경제학자이자 극우주의를 표방하는 정치계의 이단아, 하비에르 밀레이^{Javier Milei}였다.

대선 선거 유세 때 전기톱을 들고 "아르헨티나에서 필요 없는 복지 예산은 모두 잘라버려야 한다!"라는 톱질 퍼포먼스를 펼치며 크게 유명해진 밀레이는 당시 상대였던 중도우파 공화주의제안당 후보이자 현 안보부 장관인 파트리시아 불리치^{Patricia Bullrich}, 그리고 페론주의당 후보였던 전 경제부 장관 세르히오 마사^{Sergio Massa}와의 최종 결선에서 압승을 거두며 대통령으로 당선되었다(아르헨티나 선거에서 만 18~70세는 의무 투표, 16~17세 및 70세 이상은 선택적으로 참여할 수 있다. 대통령 선거에서 과반 득표자가 없을 경우, 1·2위 후보 간 결선 투표를 시행한다).
아르헨티나가 해결해야 할 과제가 산더미인 상황에서, 민생 경제를 파탄
낸 초인플레이션 시기의 책임을 벗어날 수 없는 경제부 장관 출신 마사, 그
리고 아르헨티나의 트럼프로 불리는 극우주의 대통령 밀레이의 대결이라
니. 이 모든 과정을 생생하게 지켜봤던 나는 더욱 혼란스러웠다. 내 상식으
로는 아르헨티나 국민의 정치 성향은 페론주의와 반페론주의 이렇게 반반
씩 갈리는 걸로 알고 있는데, 내 예상보다 밀레이에게 훨씬 많은 표가 쏠렸
기 때문이다.

   물론 불리치 후보가 결선 투표 전 탈락한 뒤 밀레이에 대한 지지 선언을
했기 때문에 불리치를 지지하던 표심이 어느 정도 밀레이에게 흡수되었을
것이다. 여기에 과도한 노동권 보장과 복지병 등에 신음하는 아르헨티나이
지만, 여전히 페론주의가 필요하다고 믿는 유권자도 절반에 가까웠기에,
만약 페론당의 수장인 크리스티나 페르난데스 데 키르치네르 Cristina Fernández de
Kirchner가 마사 후보를 돕기 위해 더욱 적극적으로 공세를 펼쳤더라면 판세
가 달라졌을 거라는 분석도 보았다. 하지만 그렇게 긍정적이고 순진한 기
대를 품기엔 당시 아르헨티나의 경제 상황이 너무 심각했다. 고물가와 초
인플레이션에 지친 민심은 이미 돌아선 뒤였고, 정치 문외한인 나의 판단
으로도 사람들이 당시 집권 여당인 페론당 정부에게 표를 줄 것 같지는 않
다고 느낄 정도였다. 사실 밀레이에게 투표한 사람 중에서도 트럼프에 버
금가는 밀레이의 기행과 괴상한 공약(중앙은행 폐쇄, 법정 통화 달러화, 장기매매 허용
발언 등)에 진심으로 찬성하는 사람은 거의 없었을 것이다. 어쩔 수 없이 울
며 겨자 먹기로 투표했다는 내 친구들처럼, 유권자들이 '아르헨티나식 복
지병'을 겪는 페론주의 사회에 경종을 울리고 뭐라도 바꿔보겠다는 자
포자기의 심정으로 표를 던졌을 것이라는 뉴스 기사의 정치 평론이 오히

려 더 설득력 있게 다가왔다. 앞으로 밀레이 정부의 성과가 어떻게 흘러갈지는 오로지 시간이 더 흐른 뒤에야 알게 될 것이다. 이렇게 대선 이후 결과에 승복한 국민과 경악하며 반대하는 국민이 절반씩 나뉜, 한 치 앞을 알 수 없는 혼돈과 분열의 시대 속에서 밀레이의 4년이 시작되었다.

그렇게 집권 기간 만 1년 차가 된 2024년 말. 본래 경제학자인 밀레이의 우선적인 공약은 경제였고, "우리나라에서 왼쪽 중 유일하게 좋은 것은 리오넬 메시뿐(메시는 대표적인 왼발잡이 축구선수다) 나머지는 전부 버려도 된다. La única izquierda buena es la de Messi, lo demás es todo descartable."라는 말로 좌파 성향 페론주의 전 정부를 비난하며 그들이 저지른 경제적 실책을 자기만의 방식으로 하나씩 지워내기 시작했다. 인위적으로 유지되던 공식 환율과 암달러 환율 간 격차를 극단적인 처방을 통해 서로 비등하게 만들었고, 복지병을 막겠다며 각종 정부 보조금 삭감, 공공 일자리 감소, 대학 재정지원 축소, 은퇴자의 연금 동결 등을 실시했다. 그전까지는 대부분 국가가 지원하던 복지 분야에 살벌하게 칼을 대니 많은 시민이 센트로 지역 거리로 나와 냄비를 두드리며 자신들의 입장을 모아 한목소리로 시위하기도 했다. 하지만 대통령 취임 이후 신기하게도 그동안 한 달에 20% 넘게 치솟으며 사람들의 마음을 심란하게 했던 인플레이션도, 이제는 월 2%대까지 내려가며 안정세를 보이고 있다. 이에 따라 경제 성장률을 제외한 주요 지표도 어느 정도 회복되었으며, 매번 적자를 기록하던 재정 수치도 조금이나마 흑자로 전환했다.

문제는 환율 격차를 이렇게 줄여놓자, 그동안 공식 환율에 맞춰 억눌려 있던 수치들이 한꺼번에 터지며 그간 보이지 않게 누적되어 있던 부담까지 더해져 전체적으로 생활 물가가 폭등해 버렸다는 점이다. 게다가 정부 보조금마저 없어지니, 각종 공공요금 역시 가파르게 오르기 시작했고, 이런 복합 요인 때문에 안 그래도 어려웠
던 민생 경제가 폭탄을 맞은 듯했
다. 그래도 어떻게든 생활을 영위
하기 위해서는 허리띠를 질끈 졸
라매야 했고, 물건을 사거나 장을
보기 위해 지갑을 열 때마다 믿
기 힘든 가격에 기겁하며 매일 팍

팍하게 살아야만 했다. 아르헨티나 중앙은행의 자료에 의하면, 2024년 2월
기준 연간 물가 상승률은 무려 254.2%에 달했다(앞서 언급한 것처럼, 이 이후에는 점
차 하락했다). 최근 맥락을 모르는 대다수 사람은 "이런 수치는 대놓고 실패한
국가에서나 가능한 거 아니야?"라며 기겁하겠지만, 이 모든 건 거짓말이 아
니라 실제로 일어난 일이다. 환율이 가장 많이 요동치던 때는 심하면 주마
다 가격이 조금씩 달라질 정도였고, 물가 불안은 일상이었다. 돈 가치는 점
점 낮아지는데 가장 높은 단위의 화폐 단위가 겨우 1,000페소라 은행 ATM
에서 돈을 넣고 빼는 것도 고역이었다. 내가 환전해 온 돈다발 사진을 단
톡방에 올렸더니, '방금 은행을 털어온 강도 같다'는 반응이 돌아왔다(지금은
10,000페소, 20,000페소 단위의 지폐가 새로 발행되어 그나마 편의성이 개선되었다). 밀레이 정
부 출범 이후 급격한 환율 조정으로 인한 후폭풍으로 다시 물가가 고공행진
을 하며 모든 가격이 미친 듯이 치솟았다. 그렇게 지금의 아르헨티나는, 일
부 특권층을 제외한 대다수에게는 비싼 곳에서 외식은커녕 슈퍼에서 장보
기조차 겁나고 무서운, 삶 자체가 무척 고달파진 시기를 지나고 있다.

　게다가 이런 밀레이의 과감한 경제 살리기 정책의 부작용으로 중산층은
붕괴하고 빈곤율이 50%가 넘었다는 통계가 나왔으며, 특히 기본적인 의식
주조차 해결하기 어려운 극빈층이 늘어나고 있다. 실제로 출퇴근길을 걷다

보면 확실히 예전보다 거리에서 생활하거나 구걸하는 사람들의 숫자가 눈에 띄게 늘어난 듯했다. 하지만 이렇게 빈곤층이 절반을 웃돌 정도지만, 실제로는 주말마다 사람으로 미어터지는 부에노스아이레스 부촌의 각종 고급 식당과 5성급 이상의 호텔을 보며 굉장히 기괴하다는 생각마저 들었다. 혹자는 "나라가 가난하지, 국민은 가난하지 않다.", "사람들이 조사에 안 잡히는 현금을 숨기면서 살아서 그렇다."라고 말했으나 이렇게까지 숫자로 느끼는 경제와 내가 체감하는 경제가 서로 괴리된 상태일 수가 있을까? 게다가 아름답고 세련되며 각종 재화와 서비스가 몰려있는 부에노스아이레스 내 부촌만이 아르헨티나 전체를 대표한다고 말할 수 없지 않은가. 백여 년 전 20세기 초, 곡물이나 쇠고기 등 각종 1차 산업 수출 품목을 통해 막대한 경제 호황을 누리던 황금기의 건축물과 그들이 지어진 거리는 그 시절이 어땠을지 지금도 선명하게 가늠할 수 있을 정도로 매우 근사하지만, 사실 우리는 부에노스아이레스 바깥에 나가서야 이 나라에 진짜로 존재하는 밑바닥의 생을 찬찬히 들여다볼 수 있다. 조금만 도로를 달려 지방으로 향하면, 제대로 된 지붕도 없이 정말 다 쓰러져 가는 집, 키우는 가축들과 함께 뒹굴며 서로를 버팀목 삼아 근근이 살고 있는 극빈층 가족들의 비참한 모습을 만나는데, 이는 호시절의 화려한 영화가 깃든 대도시 부에노스아이레스와 강렬한 대비를 이룬다.

몇 달 전 국제기구 포럼에 초청된 하비에르 밀레이의 연설을 유튜브로 들은 적이 있었다. 그는 연설 초반부터 자신은 정치가가 아니라 경제학자라고 딱 잘라서 이야기하며, "그동안 아르헨티나는 그릇된 정치와 잘못된 경제 정책의 결합으로 인해 복지병을 겪었고, 그 결과로 우리 국민이 너무도 힘들었으니 이젠 복지병의 싹을 자르겠다."라고 말했다. 이 연설 내용에 언젠가 내가 버스를 타고 지방 도로를 오가며 보았던 그 가족들의 참혹한 모습이 겹쳐지면서 다른 의미로 소름이 돋았다. 밀레이의 집권이 마무리될 무렵에는 과연 이들과 비슷한 처지의 힘들어하는 국민이 더 많이 나타날지, 아니면 이미 산다는 것 자체에 지쳐 생기를 잃어버린 남루한 모습의 그들의 얼굴에 조금이라도 환한 미소를 지을 수 있는 날이 정말로 올지 우려 섞인 궁금증이 생겼다.

"너는 긍정적이든, 부정적이든, 그 어떤 의미에서든 아르헨티나의 현대 역사에서 가장 흥미진진한 시기를 살고 있는 거야." 내 친구의 말이었다. 그리고 정기적으로 만나는 취미 모임에 나갔다가 "이 나라는 귀신 같은 10년 주기가 있어. 재난 상황 같은 경기 침체와 곤두박질쳤던 밑바닥에서 서서히 올라오는 회복, 이 2가지가 반복되니 그냥 시간이 흐르기를 기다리면 돼."라고 모임 회원들이 별 대수롭지 않은 듯이 대꾸하는 말도 들었다. 전통적으로 소고기가 제일 쌌지만, 갑자기 가격이 올라버렸기에 대신 밀가루와 닭으로 대체한다는 삶을 사는 국민이 있는 나라. 지방마다 곳곳에 다양한 지하자원이 산재해 있고 온갖 작물이 잘 자라는 기름진 땅인 팜파스 평원을 가진, 이렇게 곳곳에 너무나도 축복이 넘쳐나지만 어째 그 풍요로움을 잘 활용하지 못하고, 되려 만성적인 경제적 위기와 함께 국민의 반 이상이 빈곤층으로서 가난을 겪는 나라. 이 나라는 스스로 얼마나 좋은 재능과 무기를 가졌는지 잘 알지 못하는 것일까, 아니면 알아도 잘 쓰지 못해 더 서글픈 것인가. 대의민주주의로 뽑힌, 이 나라에 대한 무한한 애국심을 가진 능력 있는 리더들이 운전대를 잘 잡고 국민을 잘 이끌어간다면 얼마나 좋을까. 어쩌면 이 모든 게 그저 어리석은 한 외국인의 아르헨티나를 향한 애정에서 비롯된 한숨 섞인 한탄에 불과할까. 이렇게 많은 생각을 안고 내가 할 수 있는 건 오직, 이 나라가 언젠가 다시 영광의 빛을 되찾을 그날을 위해 마음속으로 기도하는 것뿐이다.

반대라서 더 끌리는, 아르헨티나

Parte 3

이토록 아름다운
축복의 땅

La tierra tan hermosa y bendecida

Argentina

부에노스아이레스 주^{Provincia de Buenos Aires}, 여유로움의 미학

보통 외국인들에게 '부에노스아이레스'라는 단어를 들려주면 대개 자동적으로 수도인 부에노스아이레스시를 떠올리지만, 아르헨티나 사람들은 부에노스아이레스라고만 말하면 이게 수도^{La capital}를 이야기하는 것인지 혹은 부에노스아이레스 주^{Provincia de Buenos Aires}를 이야기하는 것인지 되묻는다. 부에노스아이레스는 도시의 이름일 뿐만 아니라 주의 이름이기도 하므로, 이곳에 사는 지역민들에게는 헷갈릴 수 있기 때문이다. 부에노스아이레스 주의 수도는 수도에서 차로 한 시간 정도 걸리는 라 플라타^{La Plata}이며, 라 플라타 이외에도 곳곳에 멋진 동네와 큰 상권, 거리를 잘 조성하고 있다. 이외에 수도권 밖을 더 벗어나면, 달리는 도로 위에서 어디가 끝인지 알 수 없을 정도로 넓고 푸른 들판과 그 들판을 차지하고 있는 소 떼를 바라보면서 어느새 마음이 탁 트이는 듯한 경험을 할 수 있다. 주말 하루 혹은 짧은 연휴 기간을 이용해 멀리 소풍 가는 기분을 내보거나, 때로는 날씨 좋은 날 내리쬐는 햇살을 맞으며 예쁜 카페에서 차 한 잔을 주문해 마신 뒤 느긋하게 산책하듯 다닐 수 있는 장소를 몇 곳 소개하고자 한다.

올리보스^{Olivos}, 산 이시드로^{San Isidro}, 티그레^{Tigre}에서 보내는 느슨한 한나절

수도인 부에노스아이레스에서 가장 북쪽 지역인 벨그라노^{Belgrano}를 넘어가면 나오는 여유로운 동네로, 대대로 이어온 부자들, 연예인들, 젊은 시절

을 치열하게 보낸 은퇴자들이 많이 거
주하기로도 유명한 곳이다. 모두 레티
로 ^{Retiro} 역에서 티그레를 종점으로 하는
교외 전철을 타고 갈 수 있으며, 특히
주말에는 좀 더 느릿하게 시간을 보내
기 위해 수많은 사람이 몰린다. 기차를
타면서 밖의 풍경이 빠르게 바뀌어 가
는 모습을 바라보는 걸 매력으로 생각
하지만, 이곳의 기차에는 마치 옛날 무
궁화호나 수도권 지하철 1호선을 보는 듯 온갖 잡상인과 각종 인간군상이
몰려 있어 그저 사람들을 구경하는 재미도 있다.

　우리 집에서 올리보스까지 가는 버스 노선 덕에, 간만에 주말 하루 동안
온전한 시간적 여유가 생겼을 때 한 번씩 마음을 환기하러 갔었다. 올리보
스에는 바다같이 넓은 라플라타강을 마주 보는 작은 항구와 요트 선착장이
있어 바라만 보아도 마치 진짜 바다를 마주하는 듯한 상쾌함이 느껴졌다.
그 주변에는 방파제처럼 조성된 포인트들
이 여럿 있는데, 거기서 각종 낚시 장비들
을 챙겨와 유유히 세월을 낚는 사람들도 많
다. 이 나라가 겪는 경제 위기와는 전혀 상
관이 없는 듯 푸른 하늘 아래 대비되는 새
하얀 요트가 가지런히 놓인 모습, 그리고
멀리서 보이는 강을 보며 천천히 걷고 마구
잡이로 떠오르던 생각을 하나씩 차분히 정
리하던 곳이다.

산 이시드로는 올리보스보다 더 위에 있는 동네인데, 기차를 타고 갈 수 있지만 한번은 올리보스에 간 김에 길게 산책할 겸 거기까지 걸어간 적도 있었다. 처음 이곳에 온 이유는 빅토리아 오캄포의 생가 투어 때문이었는데, 생각보다 동네 자체가 깔끔하고 여유 있는 동네 분위기가 좋아 이후에도 따로 몇 번 더 왔다. 그때마다 산 이시드로 성당이 있는 광장 근처를 산책하고 꽃이 만발한 주변의 카페에서 점심을 먹은 다음 마주친 동네 사람들과 간단한 대화를 이어 나가는 등 즐거운 시간을 보냈다.

스페인어로 호랑이라는 뜻의 티그레는 파라나강 하구의 삼각주에 위치한 부에노스아이레스 교외 도시로, 레티로 역에서 출발하는 티그레행 교외 노선 기차의 종점이다. 약 한 시간 반 정도 기차를 타는 동안 차창 밖으로 천천히 흘러가는 풍경과, 기차 안 승객 이외  에도 각종 인간군상이 펼치는 온갖 세상만사를 관찰하다 보면 일상 속 작은 여행지 티그레에 도착한다. 티그레는 삼각주 곳곳에 강을 마주한 작은 가옥들이 있다. 보통 보트 투어를 통해 강 위에 삼각주가 형성한 여러 섬과 집들을 굽이굽이 돌아보는 게 일반적이지만, 아름다운 강변에 앉아 수다를 떨거나 마테를 마시고 아이들이 뛰어노는 걸 지켜보며 시간을 보내도 좋다. 이곳에 올 때마다 나는 강변에 있는 박물관과 미술관을 둘러보고 한적하게 시간을 보내며 느긋하게 강가에 부는 바람을 맞았다. 날씨 좋은 주말이나 시간이 비는 날, 잠깐 힐링하고 싶을 때 가면 좋은 곳이다.

바다를 보며 다시 한번 힘차게 살아갈 힘을 얻다, 마르 델 플라타Mar del Plata
나를 부르는 숲, 카릴로Cariló

삼면이 바다인 우리나라에도 바다를 보고 싶을 때 자가용이나 버스, 기차로 다녀올 수 있는 곳들이 있듯이 아르헨티나 부에노스아이레스 주에도 대서양을 마주한 바다 여행지가 꽤 많다. 제목에서 언급한 마르 델 플라타나 카릴로 뿐만 아니라 피나마르Pinamar, 비샤 헤셀Villa Gesell, 미라마르Miramar 등 부에노스아이레스 주 남쪽 주변에 바다로 유명한 크고 작은 해변 휴양 도시들이 있는데, 수도에서 차로 이동하면 대략 4~5시간 정도밖에 걸리지 않는, 아르헨티나의 기준으로는 가까운 곳들이며 특히 여름이 되면 더위를 잊고자 하는 피서객이 한층 더 몰려든다. 이렇게 많은 곳이 각자의 매력을 뽐내지만, 나는 내가 직접 가본 마르 델 플라타와 카릴로에 대한 소개와 감상을 전하고자 한다.

사람으로 미어터지는 듯한 복잡한 장소를 좋아하지 않는 나는, 일부러 피서객들로 넘치는 여름이 아닌 6월 겨울 국기의 날 연휴에 이곳들을 방문했다. 동료들에게 가기 전에 왜 여름 휴양지를 지금 가냐는 말도 몇 번 들었는데, 대충 여기에 유명한 현지 가게에 추로스를 먹으러 간다는 핑계와 함께 원래도 겨울 바다를 좋아한다고 둘러댔다. 사실 그 당시 나는 심신이 매우 지쳐 있었고, 복잡한 마음에 그들의 질문에 뭐라 제대로 대꾸조차 하기 어려웠다. 이런 나의 말 못 할 상태를 조금이나마 더 비우고 싶어, 내키는 대로 레티로 버스터미널에서 버스를 타고 마르 델 플라타로 출발했다.

　겨울 바다가 주는 매력은 무엇일까. 습한 공기에 덮인 흐린 구름 틈 사이로 살며시 보이는 파란색의 하늘과 서로 맞닿은 바다가 어우러져 내는 한겨울의 바다 위 윤슬을 보면서 한두 걸음을 내딛자, 늪에 빠져 있던 것 같던 나의 기분도 점차 좋아지기 시작했다. 당시에 나는 처음 맡아 본 종류의 강도 높은 업무와, 거기서 파생되는 부정적인 감정들이 알게 모르게 쌓이고 쌓여 모두에게나 뾰족한 가시를 내비치는 상태였다. 그런 나 자신을 직면하며 반추하는 시간이 갖고 싶었는데, 이를 마르 델 플라타의 바다가 해결해 줬다. 끊임없이 일렁이던 파도로 가득 찬 성난 바다 같았던 내 마음과는 달리, 너무나 잔잔하고 푸르게 빛나는 바다를 보며 별안간 속에서 삼킬 수도 없게 고여 있던 눈물이 터졌고, 그렇게 나는 스스로에게 말 없는 위로를 전했다. 그 끝이 어디인지 짐작할 수 없는 광활한 대서양을 품은 길다란 코스타네라^{Costanera} 산책로, 줄지어 서 있는 예쁜 집들, 개성적인 카페와 바, 고풍스러운 건물의 중고 서점들까지. 마르 델 플라타는 아무런 큰 기대 없이 그저 내키는 대로 온 나의 마음을 떠오르는 풍선처럼 행복으로 부풀게 해준 바닷가 도시였다. 스페인 내전을 피해 남미로 건너온 이민자 가정이 시작했다는 이 도시의 명물 추로스 가게를 이곳에 머무르는 동안 몇 번 찾아갔는데,

아삭아삭한 추로스를 입에 물고 쉼 없이 걷다가 잠시 멈춰서 바다를 바라보던 기억이 여전히 생생하다.

카릴로는 마르 델 플라타에서 버스로 이동할 경우 피나마르행 버스를 타면서 중간에 카릴로에서 내린다고 기사님께 말씀드려 걸어 들어가야 하는 곳이다. 말 그대로 횅한 도로 한 가운데 내려주기에 놀라긴 했지만, 차들이 움직이는 방향과 표지판, 구글 지도를 참고하면서 보니 옆에 있는 숲을 지나야 하는 듯했다. 그렇게 나무로 빽빽하게 들어찬 숲을 쭉 걸어가니 카릴로 마을에 도착했다. 도로변을 지나 새가 지저귀고 울창한 숲속을 한참 걸어야 나타나는 마을이라니. 게다가 숲속 중간마다 주인의 개성이 드러나는 집들이 계속 나타났는데, '현대판 요정의 숲은 이런 것인가'라는 생각이 들 정도로 특이한 디자인의 집들을 보면서 숲을 걷는 기분이 참 새로웠다. 카릴로에는 상점과 예쁜 카페들이 많았지만, 산책을 좋아하는 나는 마을에 더 있기보다는 배고픔만 간단히 해결하고 내친김에 숲을 쭉 걷기로 했다. 처음 보는 형태의 성당도 보고, 더 깊숙하게 숨어 있던 다양한 별장도 찾으며 즐거워했다. 마을과 이어지는 숲길에는 곳곳에 널따란 해변이 맞닿아 있었다. 짙은 초록색 숲과 옅은 파란색의 바다라는, 서로 다른 결의 푸르름을 실컷 누리다 올 수 있었던 하루였다.

반대라서 더 끌리는, 아르헨티나

　파견 기간의 절반을 지나던 적절한 시기에 대서양 겨울 바다와 바다 옆 숲 속 마을에서 자신을 스스로 곱씹는 시간을 가졌던 연휴. 여기서 보낸 며칠 동안 높아진 회복탄력성을 바탕으로 나머지 절반을 나아가는 추진력을 얻었기에, 그때의 기억을 선물해 준 마르 델 플라타와 카릴로가 내게는 참으로 고마운 감정으로 남았다.

라 플라타La Plata, 기차를 타고 나들이하며 하루 동안 도시 산책하기

　부에노스아이레스 주의 주도인 라 플라타는 여러 개의 역 중 콘스티투시온Constitución 역에서 출발하여 종점까지 가면 도착하는 도시다. 이곳의 명물은 라 플라타 대학과 고딕 양식으로 크고 화려하게 지어진 라 플라타 성당Catedral de La Plata, 다양한 자연사 관련 표본들이 전시되어 있다는 라 플라타 박물관Museo de La Plata 등이 있다. 당시 바쁜 나날을 보내고 있었지만, 그래도 다들 추천하는 곳이니 주말에 하루 시간을 내어서 한 번 가보기로 하고 출발했다. 날씨가 화창했던 어느 일요일. 밝은 시간에 많은 사람들로 붐비고 있었지만, 그런 장소가 늘 그렇듯 콘스티투시온 역 주변 치안 역시 악명이 높았다. 이 역을 이용하는 아르헨티나 현지 친구나 지인들조차 한 번쯤은 여기서 휴대폰이나 지갑을 털렸던 경험이 있을 정도다. 그래서 나 역시 긴장의 끈을 놓지 않고, 애꿎은 주변인들에게 괜히 눈을 부라리며 역 안에서 기다리다가 약 40분 간격으로 있는 라 플라타행 교외 전철에 몸을 실었다. 아무리 세상만사와 다양한 인간군상을 만날 수 있는 교외 전철이라지만, 이 기차에는 감히 셀 수 없을 정도로 많은 잡상인이 꾸준히 들락날락했다. 서로 경쟁하는 관계임이 분명해 보이는 각기 다른 사람들이 왜 같은 메뉴나 상품을, 그것도 같은 칸에서 동시에 파는 건지 나로서는 도무지 이해할 수 없었다. 그렇게 잡상인 간의 상관관계와 협력 시스템에 대한 의구심을 가진 채 어느덧 역에 도착한 기차에서 내렸다.

여타 역들과 마찬가지로 유럽의 색채가 진하게 묻어나는 라 플라타 기차역은 작지만 아름다웠으나 주변 풍경은 좀 스산했다. 요즘 경제 침체로 인해 전체적으로 치안이 좋지 않은 덕인지 노숙자가 꽤 많았기 때문이다. 주변을 주의 깊게 살펴보며 어디를 먼저 가 볼 지하며 가고 싶었던 곳을 구글로 검색해 보니, 걷기 좋아하는 내 기준에서는 역을 기준으로 쭉 돌면 모두 도보로 움직일 만한 거리였다. 오전부터 해가 쨍쨍하고 햇살이 좋았던 날이라 아침에 소풍 가듯 가벼운 기분으로 갔으나, 점심시간을 지나면서 슬슬 먹구름이 몰려들며 색깔이 짙어졌다. 마지막에는 언제 비가 쏟아져도 이상하지 않을 잿빛 하늘로 급변하는 바람에 혹시나 중간에 비가 올까 안절부절못하며 빠르게 다녔다. 날씨 요정의 기운을 타고난 덕에, 계속 올 듯 말 듯 간잡이를 하던 비는 결국 안 온 게 그나마 다행이었다고나 할까.

일요일이라 그런지 굳게 닫혀 있었지만, 건물들이 예뻤던 라 플라타 대

학을 지나 도착한 라 플라타 성당은 멀리서도 훤히 보일 정도로 거대한 크기를 자랑했다. 성당은 잠깐 넋 놓고 바라보면서 쉴 새 없이 폰 카메라를 들이댈 정도로 정말 아름다웠고, 이 성당을 방문하는 것만으로도 여기까지 올 이유

가 충분하다는 생각마저 들었다. 내부에는 입장료 명목으로 돈을 받았고, 간단한 박물관과 함께 관리 직원과 함께 엘리베이터를 타고 첨탑 위로 올라갈 수도 있었다. 날씨가 조금만 더 좋았다면 첨탑에서 바라보는 라 플라타 시내가 한층 멋졌을 텐데. 잠깐 아쉬운 기분도 잠깐 들긴 했지만, 위풍당당한 성당의 모습을 보고 나니 '그래도 여기까지 오길 참 잘했다'라는 생각이 강하게 들었다.

다시 역 쪽으로 돌아오며 공원 안에 있던 자연사박물관을 들렀는데, 거대한 그리스식 양식으로 지어진 건물 안에 자리한 박물관은 볼거리가 많아서 생각보다 꽤 오랜 시간을 보냈다. 우주

에 대한 원리나 각종 인류학적 설명과 함께 잘 정리된 생물 표본들이 나열되어 있었는데, 나에게 제일 인상적이었던 것은 공룡 뼈와 화석 모형이었다. 학부 시절 고생물학을 전공하신 지도 교수님께 아르헨티나로 파견 가게 되었다고 알리니, 아르헨티나는 공룡 화석과 연구가 활발한 나라라고 하셨었다. 사실 그 말씀을 듣고도 잘 와닿지 않

았다가 직접 여기에 오게 되니 교수님이 말한 발언의 맥락을 이해할 수 있었다. 특히 세계에서 가장 거대한 육상 동물 중 하나로 알려진 '아르겐티노사우르스'가 이 나라에서 발견되었다는 사실은, 이 나라가 왜 공룡 덕후에게 유명한지 짐작하게 해주었다. 그렇게 박물관을 꽤 오랜 시간 도는 동안, 뭐가 그리 신나는지 정말 아무 말 대잔치를 벌이며 말도 안 되는 억지 질문들까지 속사포처럼 내뱉던 아이들에게 지치지도 않고 하나하나 열심히 설명해 주는 젊은 부모들의 열정적인 모습을 보면서 나는 많은 걸 배웠다. 나 같으면 저런 막무가내 무논리 질문에 지쳐서 "인제 그만 물어봐!"라며 역정을 내고 말았을 텐데 말이다. 역시 부모님의 인내심과 경청의 태도가 아이에게 가장 좋은 스승이 되어줌이 분명하다.

하늘을 향해 검지를 치켜들며 살짝 건드리는 시늉이라도 하면 그대로 비가 쏟아질 것 같은 날씨를 뒤로 하고, 라 플라타 역 종점에서 오는 열차를 탔다. 하지만 영문도 모른 채 출발이 지연되어 기차 안에서 한참 동안 기다려야 했다. 혹시 모를 도난 위험 때문에 쏟아지는 잠을 참았으나, 너무 피곤했는지 그만 기차 옆자리에 앉아 있던 엄한 아저씨 어깨에 기대며 조는 실례를 저지르고 말았다. 그렇게 부끄럽고 어이없는 계기로 이분과 대화를 트게 되었는데, 사실 이 아저씨는 내가 일하는 학교 근처에서 일하는 간호사였다. 남은 시간 동안 이분과 대화를 하다 보니 어느덧 이미 어둠이 짙게 깔린 콘스티투시온 역에 도착했다. 원래 역이나 터미널 근처 자체가 워낙 치안이 불안해서 절도 사건이 빈번하고, 사람이 많은 데는 괜찮더라도 실수로 후미진 골목이라도 가면 강도도 나올 수 있는 위험이 도사리는 곳이다. 설상가상으로 여기는 나도 처음 와 봐서 사람들이 있는 버스 정류장을 바르게 찾아갈 수 있을까 걱정했는데, 내가 타야 할 버스가 있는 정류장을 찾아 데려다주신 간호사 아저씨의 조건 없는 도움으로 무사히 버스 정류장까지

반대라서 더 끌리는, 아르헨티나

왔다. 이곳까지 동행해 준 간호사 아저씨에게 감사의 인사로 크게 손을 한 번 흔들었고, 집으로 돌아가는 버스를 무사히 타고 뿌듯한 마음으로 귀가했다. 하늘이 보내주신 천사 아저씨 덕에 더 기억에 남는 하루 여행이었다.

탄딜Tandil, '목가적'이라는 단어는 이곳의 풍경을 위해 존재한다

주말에 붙어 있는 아르헨티나 스승의 날(9월 11일) 휴일 덕에 생각지도 못한 2박 3일의 여유가 생긴, 봄이 오기 직전의 9월 초. 워낙 큰 나라인 덕에 여행지를 가기 위해서는 보통 비행기를 타고 움직이는 경우가 많은데, 나는 이번엔 버스를 타고 근교로 나갈 만한 곳들을 찾아 잠깐 다녀오고 싶었다. 그러다가 한 교포분에게 탄딜의 살라미와 치즈가 유명하고 맛있다는 추천을 받았고, 정말 별생각 없이 충동적으로 버스표를 끊은 뒤 3일 동안 느긋한 마음으로 탄딜을 다녀왔다.

출발 당일 전날에 예상치 못한 컨디션 난조로 인해 버스 시간에 맞추지도 못할 만큼 늦게 일어나버렸다. 여행을 앞두고 이런 적은 거의 없었던지라 기왕 시원하게 늦은 김에 취소를 고민하다가, 그래도 이 기회를 놓치면 안 될 것 같다는 생각에 버스표를 뒤바꿔 몇 시간 뒤에 출발하는 오후 표로 왔다. 그렇게 좋지 않은 몸 상태와 함께 오후에 출발한 버스는 중간에 들리는 정류장이 더 많아서 오는 데 시간이 더 걸리긴 했지만, 차창 밖에서 내내 다른 색으로 바뀌어 가며 펼쳐지는 들판을 보자마자 내 결정이 옳았다는 생각이 들었다.

세계지리 시간에 배웠던 남아메리카의 팜파스. 남아메리카의 주요 원주민 중 하나인 케추아어로 '평원'을 뜻하는 팜파스는 비옥한 토양 덕에 밀과 옥

수수 같은 작물이 잘 자라고, 소나
양 같은 동물을 대량으로 방목하
여 기르기도 수월한 곳이다. 탄딜
역시 드넓은 팜파스에 속해 목축
업이 발달한 곳인데, 도착하기 전
까지 파란 하늘과 만나는 푸른 초
원을 몇 시간이나 보면서 오는 행
운을 누린 덕에 몸도 마음도 모두 상쾌해지는 듯했다. 오래전 학창 시절 교
과서로만 만나던 세상이 어느덧 그대로 내 눈앞에 다가와 실제 펼쳐지는 진
귀한 경험이라니. 내게 주어진 선물 같은 삶에 다시 한번 감사하는 마음으
로, 활발한 어린 고양이와 다 늙은 고양이 두 마리가 지키는, 숙소 주인분이
철마다 직접 만든다는 각종 과일잼이 일품인 탄딜의 숙소에 도착했다. 아늑
한 분위기에 고풍스러운 가구와 벽난로로 꾸며진 서재가 마음에 들었다.

탄딜에서는 여기 사람들이 그토록 맛있다고 극찬하는 살라미와 치즈를
꼭 한번은 사 먹어보겠다는 것 이외에 딱히 "반드시 무엇인가를 하겠다."
라는 뚜렷한 목적을 가지고 온 게 아니었기 때문에, 그저 도시 중심부 밖을
살짝 벗어나 여기저기를 걸으며 탄딜의 풍경과 그 속에 놓인 사람들을 다
각도로 살펴보았다. 언덕 위에 성채처럼 지어진 독립공원Parque Independencia에
올라가 한눈에 보이는 탄딜 전경을 발아래에 두고 실컷 감상하다가, 옆에
있는 댐으로 내려와 러닝을 하는 사람들도 보았다. 댐으로 만든 호수로 조
성한 초록색 공원, 그리고 돈키호테 기념비 등 각종 설치물이나 예술품을
보며 어느덧 탄딜 근교까지 걷다 보니 시간 가는 줄 몰랐다. 도로 표지판에
적힌 정보를 보니 여기서 더 걸으면 예수상이 있다고 하여 그리로 가보았
는데, 보통 중남미에서는 그 도시가 한눈에 보일 정도의 높은 언덕 위에 큰

예수상을 짓는지라 전체적으로 어떤 장소나 포인트를 감상하기 좋은 전망대가 되기 때문이다. 그렇게 나는 천천히 예수상 방향으로 향했다.

시시각각 끝없는 푸르름을 짙게 두른 탄딜의 시골 언덕을 넘고 도로 옆을 걸으며, '목가적'이라는 단어는 아마 아르헨티나의 팜파스를 보며 지어진 게 아닐까라는 생각이 저절로 들 정도로 내가 본 모든 풍경이 서정적이며 평화로웠다. 산, 풀, 나무, 소, 양, 알파카, 바위, 꽃, 댐, 계곡, 하늘, 그 외 초록색을 속에 품은 이름 모를 생명체들. 한번은 언덕에서 내려오다가 아무 생각 없이 수풀을 헤치고 힘들게 내려왔는데 그 길은 어떤 집의 농장과 이어져 있었다. 그렇게 농장 옆 개울에서 물장구를 치고 놀
던 가족들은 맑게 웃으며 내게 손인사와 함께 수줍은 친절을 건넸다. 어느새 다 풀어헤쳐진 신발 끈을 보고 단단히 묶느라 잠시 앉아서 내가 지나왔던 험한 길을 쳐다보는데, 웬걸, 뒤돌아 다시 보니 정말 예쁘고 귀한 길을 지나온 것이었다. 이 악물고 그 길을 헤쳐 나올 때는 사납고 울퉁불퉁한 길을 정신없이 내려왔다고만 생각했는데, 막상 지나고 보니 그 또한 아름다운 길이었다.

느지막이 예수상이 있는 언덕까지 올라갔지만, 마구잡이로 난 덤불에 가려서 내가 기대했던 탄딜의 전체 풍경은 보이지 않았다. 아쉬운 마음을 안고 그냥 내려갈까 하다가 좀 더 살펴보니 예수상 뒤쪽에서 웅성거리는 소

리가 들렸다. 혹시 다른 길이 있나 싶어 돌아보니 구름이 깔린 하늘 아래에 형형색색의 언덕을 배경으로 소박하면서도 곱다란 풍경이 펼쳐져 있었다. 즐겁게 지저귀는 새소리, 저 멀리서 들리는 친구 사이로 보이는 아주머니 단체 여행객들의 웃음소리. 너무나 비현실적인 느낌에 한참을 앉아서 이 모든 순간을 만끽하게 되었다. 손만 뻗으면 닿을 것 같다고 느끼게 하는 저 산 너머의 뭉게구름, 자연에는 한 가지 색만 존재할 수 없다는 것을 몸소 보여주는 산과 언덕들. 그렇게 여기서는 누구도 나쁜 마음을 감히 품지 못 할 정도로 예쁘고 고운 자연을 보았다. 아마 나는 이 잊지 못할 풍경을 마주하기 위해 여기까지 왔나 보다. 예수상 언덕 뒤 바위에 앉아 구름도 세어 보고, 사람들을 관찰하며 아주 긴 시간을 보내는 동안 눈과 심장 모두에 선명할 정도로 그 강렬하고도 포근했던 푸른색의 순간을 깊게 새겼다.

언덕에서 내려오면서는 갑자기 짧은 순간 강한 소나기가 쏟아져 비를 쫄

반대라서 더 끌리는, 아르헨티나

딱 맞았지만, 다행히 방수가 잘되는 바람막이를 입고 간 덕에 휴대폰이 젖지 않고 무사했다. 금방 태양이 다시 모습을 드러냈고, 비에 젖은 바람막이가 다 마를 무렵 숙소에 도착했다. 가장 어리고 활발한 고양이가 나와서 머리를 마구 맞대며 나를 맞아주었다. 추천받은 이곳의 피카다 ^picada(아르헨티나에서는 안주나 간식 정도로 번역될 수 있는 단어로, 보통 작게 썬 햄이나 살라미, 치즈, 올리브, 빵 등을 다양하게 모은 접시를 말한다) 재료와 아이스크림을 사 와서 숙소에서 먹고 쭉 쉬었다. 사람들이 입을 모아 말한 것처럼, 탄딜의 살라미와 치즈로 꾸민 피카다맛은 일품이었다.

겨울에서 봄으로 가는 간절기라서 그랬는지 날씨가 좋은 날은 하루뿐이었고, 떠나는 날까지 굵은 비가 계속 내렸다. 그래서 다시 부에노스아이레스로 돌아가는 버스를 타러 갈 때까지 숙소에서 고양이들을 쓰다듬고, 책을 읽고, 수제잼과 빵을 먹으며 평화로운 쉼을 누렸다. 비록 탄딜의 아름다운 모습을 즐길 수 있었던 시간은 짧았지만, 그때를 떠올리면 어느새 내 마음 한편도 다시금 초록색으로 물드는 듯하다. 다음에 탄딜을 또다시 방문하게 된다면 그때는 내가 좋아하는 사람들과 다 함께 오고 싶다. 따스한 햇살 아래 예수상 언덕 위로 다 같이 소풍을 오고, 간식으로는 피카다를 싸 들고 와 긴 시간 수다를 떨며 목가적인 분위기 속에서 여유를 즐길 기회가 언젠가 꼭 다시 오기를 바라며.

차스코무스Chascomús, 저렴한 비용으로 스카이다이빙 도전하기

일시적으로 이곳에 머무는 여행객들에게는 이름조차 생소한 차스코무스. 부에노스아이레스시에서 2시간 정도 차를 타고 나가면 당도하는 작은 도시인데, 보통 아무리 저렴해도 40~50만 원 이상은 기본으로 내야 하는 가격의 스카이다이빙을(당시 환율로 계산했을 때) 그보다 반값의 비용으로 할 수 있는 센터가 있어 익스트림 액티비티를 찾는 여행자들에게는 소소하게 알려져 있다고 한다. 부에노스아이레스에서 살면서도 정작 나는 이런 곳이 있는지도 몰랐는데, 나를 볼 겸 난생처음 남미 여행도 할 겸 아르헨티나에 놀러 온 친구 일행이 이 정보를 찾아보고 나에게 알려주었다.

매사에 적극적이고 활달한 성격이 매력적인 나의 친구는 나와 꼭 여기서 스카이다이빙을 하고 싶어 했다. 나 역시 타고난 호기심으로 웬만하면 뭐든 도전해 보는 터라 신체가 허락하는 한 온갖 체험을 다 해봤으나, 사실 높은 곳에서 하는 액티비티만큼은 꺼리는 편이다. 몇 년 전 콜롬비아에서 시도해 본 패러글라이딩에서 갑작스런 돌풍 때문에 하늘에서 빙글빙글 돌기만 하느라 결국 심한 멀미로 공중에서 구토까지 한 적이 있기 때문이었다. 이런 부정적인 기억 때문에 영 내켜 하지 않아 했던 나의 모습에, 친구는 오히려 오기가 생겼는지 인생에서 좋은 도전이 되어볼 거라며 나를 끈질기게 설득했고, 결국 센터가 보내준 택시를 타고 다 함께 차스코무스로 출발했다. 이곳까지 가는 대중교통편이 전무하므로 렌트카로 오던지, 아니면 센터에 예약할 때 부에노스아이레스시를 오가는 택시도 같이 보내달라고 해야 한다. 그로 인해 내가 아르헨티나에서 만났던 사람 중 가장 말이 많았던 수다맨 택시 기사의 말동무가 되어 꼼짝없이 그와 함께 온갖 이야기로 범벅된 2시간 반을 보내야 했다. 잠시도 쉬지 않고 말을 쏟아내는 그

반대라서 더 끌리는, 아르헨티나

의 수다 공격에 정신이 아득해질 때마다, 도로 옆 팜파스의 끝없이 푸르른 벌판과 그 벌판을 차지한 느긋한 소들을 보면서 정신 차리기를 반복하며 겨우 스카이다이빙 센터에 도착할 수 있었다.

센터에는 다른 곳에서 온 손님들도 와 있었고, 그들과 함께 간단한 안전 교육과 진행 상황 안내를 받았다. 직원들이 무심한 표정으로 대수롭지 않게 종이를 넘겨주니 실감이 나지 않지만, 사실 읽어보면 "혹여 사고로 죽게 되어도 체험객 본인 책임이며 회사는 일절 책임지지 않는다."란 다소 끔찍한 내용이 적혀 있는 영어와 스페인어 서류다. 여기에 이름과 함께 서명을 적고 나면 스카이다이빙 준비 완료이다. 헬기장 쪽으로 가니 스카이다이빙 전문 베테랑 강사들이 "지금껏 헬기에서 뛰어내리는 이 짓을 몇백 번은 반복했지만, 지금껏 살아 있으니 아무 문제없다!"라고 너스레를 떨며 긴장을 풀어주셨다. 이제 이분들 중 한 명과 짝이 되어 헬기를 타고 올라갔다가 가장 높은 포인트에서 함께 뛰어내릴 것이다. 떨리는 마음에 괜스레 헬기가 낡아 보이는 착시효과까지 일으키며 살짝 무섭긴 했지만, '결국 내 의지로 여기까지 왔는데 해야지 뭐, 어쩌겠는가?'라고 담담히 마음먹고 그저 상황이 흘러가는 대로 내 몸을 맡기기로 했다. 헬기는 조종사 포함 5명 정도만 탈 수 있는 작은 크기라 친구 일행이 먼저 타고, 나는 부에노스아이레스시에서 왔다는 대학생과 함께 다음 헬기를 타기로 했다. 30분 정도 지나니 친구 일행은 강사님과 함께 하나둘 낙하산을 타고 내려오고 있었고, 나는 이제 가자고 내 어깨를 두드리던 다른 강사님과 함께 2인 1조로 짝이 되어 헬기에 올라탔다.

막상 헬기를 타고 높이 올라가니 되려 내가 여기서 진짜 떨어질 거라는 현실감은 더욱 없어졌다. 지상에서 몇 km를 올라가도 저 푸른 팜파스 초

원의 축복은 끝이 없었고, 내가 바라보는 이 모든 풍경은 작고 평화로운 레고 마을 같다는 생각이 들었다. 이윽고 헬기는 스카이다이빙을 하기 위해 제일 높은 곳에 도착했고, 강사님은 나에게 신호를 주자마자 헬기의 문을 열고 내두 다리를 먼저 허공에 띄워 바깥으로 내리게 하더니 바로 그 자리에서 나를 밀면서 함께 뛰어내렸다. 그 덕에 난 내가 공중에서 뛰어내린다는 자각도 없이 정말 얼떨결에 스카이다이빙을 시작했는데 – 아마 조금이라도 시간을 지체했으면 내가 겁먹고 심한 공포감을 느껴서 이 활동을 포기하게 될 수도 있으니 – 문을 활짝 열고, 다리를 밖으로 내밀자마자 바로 뛰어내린 건 아마도 경험 많은 스카이다이빙 강사들의 노하우인 듯하다(실제로 체험객이 갑자기 못 하겠다고 버티면서 헬기위에서 포기하는 경우가 종종 있다고 했다).

이렇게 생각지도 못하게 얼떨떨한 상태로 뛰어내리게 되었지만, 자유 낙하 Caída libre는 내게 마음속부터 깊숙이 시원함을 느끼게 하며 온몸이 뻥 뚫리는 듯한 감정을 전달해 주었다. 위에서 내려다본 레고 마을에 날개 없이 아래로 떨어지며 당도하는 기분이라니. 실제로는 그저 추락하기만 하는 중이었지만, 잠시라도 자유낙하를 통해 새처럼 공중에 떠 있는 기분을 느낀 나는 즐거웠다. 슬슬 센터의 지붕이 보이고 지상이 가까워지고 있다는 생각이 들 무렵 내 뒤에 있던 강사님은 낙하산을 펼쳤다. 마치 만화영화에서 본 것처럼 세상 쉽게 점프하듯이 내 다리로 무사히 착지도 사뿐히 할 수 있었으면 좋으련만. 착륙 전 낙하산을 타고 내려오는 것은 예전 패러글라이딩 체험처럼 또 바람 때문에 빙글빙글 돌아서 내려오느라 멀미에 취약한 나로서는 힘

반대라서 더 끌리는, 아르헨티나

들었다. 그래도 결국 무사히 착륙했고, 작은 레고 마을 같았던 곳이 다시 내가 마주하는 현실 세계의 육지로 바뀌었다. 겁도 없이 이젠 액티비티 끝판왕 중 하나인 스카이다이빙까지 완료하다니. 비록 친구의 정서적, 물질적 격려 덕에 덜컥 저지르긴 했지만, 결과적으로 신나고 재밌는 경험이었다.

내가 착륙하고 잠시 쉬는 동안, 센터에서는 전문가답게 고프로로 찍은 우리의 영상을 재빨리 편집해서 보내줬다. 처음에는 고글을 쓰고 여유롭게 웃고 있던 우리가 높은 고도에서 뛰어내리다 보니 이를 환히 드러낸 온 얼굴이 마치 불도그같이 주름지며 찌그러져 있어 웬만한 예능 프로그램보다 훨씬 웃긴 모습이 담겨 있었다. 울적할 때 보면 자연치유가 될 만큼 박장대소를 부르는 얼굴들이었는데, 이런 극강의 못생김마저도 아르헨티나에서 만든 우리의 소중한 추억이 되었다. 아직은 심장과 멘탈이 모두 튼튼하고, 겁이 별로 없으며, 먼 곳에서 색다른 경험을 해보고 싶은 사람에게 차스코무스의 스카이다이빙을 추천하고 싶다.

회색빛을 띤 채 다소 삭막하고 바쁘게 돌아가는 남미의 대도시 부에노스아이레스. 하지만 조금만 생각을 달리하고 약간의 여유를 낸다면, 이곳의 도시 생활로 인해 긴장된 몸과 머리를 잠시 식힐 겸 느긋한 마음으로 도시를 벗어나 가까운 근교부터 끝없는 팜파스 지대까지 모두 둘러볼 수 있다. 덕분에 수도에서 지내는 동안 나도 모르게 저절로 힘주고 다녔던 어깨를 풀고, 느슨한 마음으로 기억에 남는 추억을 쌓을 수 있었다.

푸에르토 이과수 Puerto Iguazú,
어쩌다 이과수 폭포만 일곱 번을 가다니

어렸을 적 아빠를 따라 들르곤 했던 동네 비디오 대여점 한구석에는 어떤 영화의 포스터 하나가 붙어 있었다. 크고 하얀 폭포를 배경으로 작은 십자가가 거꾸로 떨어지는 모습이었는데, 심지어 떨어지는 십자가에는 마치 예수처럼 사람이 매달려 있었다. 어린 나에게는 그 포스터가 공포영화처럼 괴기스럽게 느껴졌던 모양인지 한참 동안 뇌리에 남아 있었는데, 아주 나중에야 그 포스터의 정체가 영화 〈미션Mission〉이었음을 우연히 알게 되었다. 그리고 세월이 더 지난 뒤 흘러간 옛날 명화를 방영해 주는 케이블 채널을 통해 우연히 이 영화를 보았다. 이를 통해 이 작품이 '18세기 중반, 포르투갈과 스페인이 남미 대륙을 무대로 제국주의에 기반한 각축전을 벌이던 시대를 배경으로, 이과수 인근 과라니 부족 공동체를 위해 선교활동을 했던 예수회 선교사들의 이야기'라는 역사적 사실을 기반으로 만들어졌다는 걸 알게 되었다. 내용은 성당 교리 수업이나 교회 공동체 교육 시간에 요긴하게 쓰일 만한 종교 영화이며, 그 당시 전쟁으로 인해 한때 피로 물들었던 역사는 이미 폭포의 세찬 물살 아래 잠겨 있는 현대의 시점에서 보면 다분히 비판할 점이 많다고 느꼈다. 하지만 정작 내 마음을 사로잡은 건 영화의 내용이 아니라 이 영화의 OST 곡 중 가장 유명한 음악인 〈Gabriel's Oboe〉(누구나 멜로디를 들어봤음 직한 〈넬라 판타지아^{Nella Fantasia}〉가 바로 이 음악에 가사를 붙인 노래다), 그리고 영화의 주요 배경이자 어린 시절 보았던 포스터에도 있었던 이과수 폭포^{Cataratas del Iguazú}였다.

브라질 파라나^{Paraná} 주 포스 두 이과수^{Foz do Iguaçu}(단순히 '포스'라고 줄여 부르기도 한다)와 아르헨티나 미시오네스^{Misiones}주(스페인어로 '전도, 선교' 등을 의미하며, 앞서 언급했던 영화 〈미션〉의 내용처럼 역사 속에서 실존했던 예수회 공동체를 기리는 마음을 담아서 지어진 지명이다)의 푸에르토 이과수^{Puerto Iguazú}. 이렇게 울창한 밀림 속에 자리한 두 나라의 행정구역을 함께 품은 거대하고 웅장한 이과수 폭포는 유네스코 세계자연유산에 등재된 남미의 대표적인 관광지 중 하나이며, 아르헨티나 사람들은 단순히 카타라타스^{Cataratas}(스페인어로 '큰 폭포')라고 부르기도 한다. 이과수라는 폭포의 이름은 이곳에서 조상 대대로 살아오던 터줏대감인 과라니족의 언어에서 유래되었으며, 이는 '물'이라는 뜻의 '으 Y'(이 언어는 '으' 발음을 Y로 표기한다)와 '크다'라는 뜻의 '과수 Guasu'가 합쳐진 단어다. 그러니 제대로 된 과라니어 표기법으로는 Yguasu가 맞겠지만, 과라니어 철자법이 정립되지 않았던 시절 스페인어 표기법으로 옮겨지는 과정에서 Iguazú로 정리되었다고 한다.

반대라서 더 끌리는, 아르헨티나

과라니족의 전설에 따르면 뱀의 모습을 한 신 보이^{Mbói}에게 제물로 바쳐진 나이피^{Naipi}라는 아름다운 여인이 있었는데, 나이피는 부족의 용감한 청년 타로바^{Tarova}와 사랑에 빠져 함께 카누를 타고 도망쳤다고 한다. 이에 분노한 신은 이과수강을 두 갈래로 갈라 낙차가 생기게끔 하여 거대한 폭포를 만들고, 연인들이 타고 있던 카누를 휩쓸어 죽음에 이르게 하였다. 그래도 신은 화가 가라앉지 않았는지 나이피를 다시금 폭포가 가장 세게 떨어지는 중앙에 놓인 바위로 만들고, 타로바는 강에 있는 바위 쪽으로 기울어진 나무로 태어나게 했으며, 자신은 폭포 속 큰 동굴로 들어가 그들을 질투하고 감시하면서 어떤 식으로든 그들이 결합하는 것을 막았다. 하지만 태양이 밝게 빛나는 날에는 폭포에 무지개가 나타나 나무와 바위를 연결하며 사랑하는 두 연인을 이어준다고 한다. 수량이 많은 이과수에서는 햇살이 비치는 곳마다 무지개를 자주 볼 수 있는데, 이 전설을 알게 된 뒤에는 고요하게 떠오르는 여러 무지개의 아름다움을 평화로운 시선으로 만끽할 수 있게 되었다.

크고 웅장한 자태를 자랑하는 폭포의 창조주라기에는 영 마음씨가 옹졸한 신, 그리고 그와는 반대로 사랑을 쟁취하기 위해 용감하게 신에게 맞섰던 비련의 연인들의 이야기가 담긴 이과수는 원래 유역 전체가 파라과이의 영토 내에 있었다. 그러나 19세기 후반, 1864년부터 1870년까지 브라질, 아르헨티나, 우루과이가 연합하여 파라과이와 치른 삼국동맹전쟁^{Guerra de la Triple Alianza}의

결과 전쟁에서 처참하게 진 파라과이가 이 지역을 빼앗기고, 대신 브라질

과 아르헨티나가 이과수강 유역의 폭포 지역을 분할하여 브라질이 약 20%, 아르헨티나가 약 80%로 나누어 새로 이 지역을 획득하게 된 것이다. 결과적으로 이 삼국동맹전쟁으로 인해 파라과이는 인구와 영토를 크게 잃고 국력이 쇠하는 바람에 멸망 직전까지 내몰렸으며, 시간이 많이 흐른 현대에도 그때의 지독한 후유증이 남아 있다는 평가를 받으니 파라과이 사람들에게는 원통한 마음이 들 법도 하다. 대신 파라과이는 직접 국경을 마주한 브라질과 협약을 맺어 거대한 파라나강(이과수 폭포가 위치한 이과수강은 파라나강의 한 지류이다)의 풍부한 수량을 이용해 라틴아메리카에서 가장 큰 이타이푸 댐Represa de Itaipu을 함께 건설하였으며, 여기서 발생하는 막대한 양의 전기는 브라질과 파라과이 두 나라 경제 및 산업 발전의 중요한 기둥이 되고 있다.

남미 장기 여행을 꿈꾸는 사람이라면 반드시 일정에 넣는 등 여행의 필수 코스로 불리는 이과수 폭포. 일생에 한 번 볼까 말까 하는 아름다운 장관을 연출하는 이곳을 나는 어쩌다 보니 일곱 번이나 방문하게 되었다. 제일 첫 번째는 8년 전 페루 시절의 여름 방학이었는데, 당시에는 수도 리마에서 브라질 포스 두 이과수까지 직항편이 있었다(코로나 전까지는 미국의 몇 도시와 스페인까지도 직항편이 있었으나, 코로나 이후 모두 운항이 중단되었다). 당시 브라질 쪽 호스텔에 머물고 있던 나는 다른 배낭 여행객들과 의기투합한 뒤, 아르헨티나 쪽까지 다녀올 수 있는 브라질 택시 기사를 섭외해 알찬 시간을 보내며 이과수에서의 주말 이틀을 온전히 즐겼다. 정글 지역 특유의 덥고 찌는 우기가 시작되고 여러 차례 큰비가 온 뒤의 한여름날, 온통 초록빛 식물로 장식되어 있던 이과수 국립공원. 강과 맞닿은 경계가 흐릿할 정도로 새하얗게 물을 쏟아내는 폭포의 경이로운 풍경에 놀라 살짝 눈물까지 났던 강렬한 추억이, 그 이후에도 다시 반복될 거라고 그때의 나는 감히 상상이나 했을까. 내가 남미에서 일하고 생활하며 머무른 총 5년 동안 동생과 동생

반대라서 더 끌리는, 아르헨티나

친구, 또 한번은 나 혼자 다시, 이외에는 친구와 지인들의 아르헨티나 방문, 마지막으로는 엄마와 이모의 아르헨티나 여행까지 줄기차게 동행하며 점점 이과수 전문 가이드 역할을 맡아 수행했다. 이 숱한 경험 덕에 이제는 아르헨티나 쪽 교통 업체 기사의 연락처 몇 곳을 알게 되었고, 필요한 경우 그들에게 따로 연락하며 택시 투어 예약을 잡을 지경까지 이르렀다. 그렇게 오랫동안 비수기 겨울의 건기나 성수기 여름의 우기 등 시기만 서로 달리하며 몇 번이고 같은 풍경을 보았음에도 불구하고, 이과수가 선사하는 초록빛 걸작은 여전히 질리지도 않게 늘 처음 보았던 그대로, 언제나 나의 감탄을 자아낸다.

이과수 폭포를 온전히 즐기기 위해서는 보통 이틀 정도 시간을 투자해 하루는 브라질 이과수 국립공원 Parque Nacional do Iguaçu 쪽을 살펴보고, 그리고 다른 하루는 푸에르토 이과수에 있는 아르헨티나 이과수 국립공원 Parque Nacional Iguazú 쪽을 다녀오는 방법을 쓴다. 브라질 국립공원에서는 이과수의 동물들을 귀여운 일러스트로 표현한 버스가, 중간의 트레킹 코스나 보트 투어 지점부터 폭포를 볼 수 있는 마지막 정류장까지 짧은 배차 간격으로 운행한다. 정류장의 종점에서 내려 조금만 걸으면 금방 이과수 폭포가 멋들어진 풍채를 자랑하며 나타난다. 브라질 쪽의 특징은 이과수 전경을 다양한 시점에서 즐길 수 있다는 점으로, 지나는 곳곳마다 한 폭의 그림처럼 무지개를 품은 폭포들이 피어나며 마지막에는 폭포에서 떨어지는 물들을 맞아볼 수 있는 도보 구간이 준비되어 있다. 간혹 방문하는 관광객 중에서는 이 물을 최대한 피하려고 비옷을 준비하기도 하지만, 개인적으로는 굳이 폭포를 피하기보다는 눈으로 봐도 믿을 수 없는 이 엄청난 자연 속의 일부가 되어보는 것이 더 의미가 있다고 생각한다. 코스의 끝을 지나고 계단을 올라오면 나름 브라질 음식을 맛볼 수 있는 괜찮은 레스토랑도 있으며, 아르헨티나 이과수의 하이라이트 포인트이자 두 나라를 가르는 국경선 근처에 있는 악마의 목구멍Garganta del Diablo 폭포를 감상하며 식사를 즐길 수도 있다. 이곳을 나와 함께 다녀온 여러 친구 중 한 명의 감상평을 빌리자면, 브라질 이과수는 전체적으로 관광객들의 편의를 고려해 자본주의의 맛을 곁들여 정돈한 느낌이라고 했다.

폭포 감상 이외 트레킹 같은 부가적인 활동을 하지 않는다면 생각보다 브라질 이과수 관광은 짧게 끝나는데, 만일 오전부터 빠르게 움직여서 오후에 브라질 쪽에서 시간이 좀 남는다면 이과수 공원 근처에 있는 새 공원Parque das Aves 방문도 추천하고 싶다. 남미 곳곳에 서식지를 두고 살아가는 다양한 빛깔의 열대 새들의 향연을 즐길 수 있는 새 공원. 여기서는 브라질을 상징하는 새인 왕부리새 토코 투칸Toco Toucan부터 히야신스 마카우Hyacinth Macaw같이 다큐멘터리 프로그램에서나 나올 법한 멸종 위기의 희귀 새들도 직접 볼 수 있는데, 이곳에서 보호하는 새 중 상당수가 상처를 입은 채 발견되었거나 혹은 밀렵꾼에게서 구조되었다는 가슴 아픈 사연도 있었다. 사람들의 손에 길러지게 되면서 돌봄과 치료를 받고 있기에 야생으로 돌아가기 어려운 개체들이 대부분이지만, 그런 새들을 꾸준히 보살피고 지키려는 노력이 엿보이는 훌륭한 공원이다.

반대라서 더 끌리는, 아르헨티나

이와는 대조적으로 아르헨티나 이과수 국립공원의 핵심은 끝없는 대자연 속으로의 트레킹이다. 정글이나 다름없는 이과수 공원을 부지런히 걸어야 하니 체력 소모는 더 심할 수 있지만, 브라질에서는 그저 멀리 눈으로만 바라볼 수 있는 다양한 폭포들을 아르헨티나에서는 근처로 가서 가까이 관찰할 수 있으며, 마치 내가 한 폭의 그림 속으로 직접 뛰어들 듯이 제대로 구석구석 다니며 온몸으로 이과수를 체험하는 게 가능하다. 여기에는 몇 가지 트레킹 코스가 있으나 일반적으로 공개되지 않는 길도 있고, 공원 마감 1~2시간 전에는 안전을 위해 출입을 막기에 일반적인 여행객들이 가장 많이 하는 코스는 보통 다음과 같다. 입구에서 가까우며 누구나 쉽게 걸을 수 있는 짧은 트레킹인 센데로 베르데^{Sendero Verde}, 좀 더 폭포 가까이 걸을 수 있도록 낮게 설계된 시르쿠이토 인페리오르^{Circuito Inferior}, 푸른 식물로 둘러싸인 숲속을 걸으며 전체 경치를 내려다볼 수 있게 구성된 시르쿠이토 수페리오르^{Circuito Superior} 그리고 악마의 목구멍으로 향하는 트레킹이다.

공원 입구와 트레킹 시작점에는 기차역이 있고, 모두 아르헨티나 이과수의 백미라 불리는 '악마의 목구멍' 폭포로 가는 트레킹 코스 입구 기차역까지 운행하며 나중에 이 기차를 타고 다시 돌아온다. 이 국립공원을 찾는 모든 여행객이 악마의 목구멍을 간다고 해도 과언이 아닐 정도로 필수 코스이기 때문에, 대략 20~30분의 배차 간격마다 출발하는 기차 번호표를 받고도 더 오랜 시간을 기다려야지만 악마의 목구멍행 기차를 탈 수 있다. 악마의 목구멍은 기차역에서 내려서 약 1km 이상을 더 걸어야 도착할 수 있는데, 실제로 악마가 사람을 홀리는 것처럼 마냥 바라만 보고 있어도 저 거대한 규모의 폭포에 그대로 빨려 들어갈 것 같은 느낌마저 든다. 어느새 온몸을 적시는 물보라를 맞으며 황홀한 시선으로 이곳을 바라보면서, 다시금 영화 〈미션〉 포스터 속 십자가에 묶여 희생하던 신부를 떠올렸다. '사실은 이 사람도 순교가 아니라 폭포 속 악마의 유혹에 넘어가 스스로를 희생한 게 아닐까'라는 실없는 생각이 들 정도로 '매력적임'을 뛰어넘은, '마력적인' 장소다. 앞서 언급한 것처럼 기차로 오는 게 가장 일반적이나, 만일 스스로 체력이 좋고 시간도 넉넉하다면 공원 입구에서부터 악마의 목구멍 폭포까지 나 있는 사잇길을 편도 트레킹하는 것도 가능하다. 나는 남반구의 겨울철이자 건기인 7월에 지인과 함께 걸어서 돌아왔는데, 생각보다 코스가 길어서 시간이 꽤 지체되는 바람에 마지막에는 공원에서 나가는 버스 시간에 맞추느라 전전긍긍하며 뛰어갔던 기억이 난다.

아르헨티나 국립공원에서 그 외 내가 강력하게 추천하는 것은 소위 '대모험 La Gran Aventura'이라고도 불리는 이과수 폭포 보트 투어다. 활동을 요약하자면 Iguazú Jungle 사무실에서부터 보트 선착장까지 사파리 트럭으로 이동한 다음, 대여해 주는 구명조끼와 방수 가방을 받고 이과수 폭포들 밑으로 향하는 배를 타는 것이다. 위험도가 높은 악마의 목구멍을 제외한 다른 주변 폭포들의 아래를 바로바로 거쳐 가며 사정없이 물을 맞기에 '샤워 La Ducha'라는 별명으로 불리기도 한다. 다만 보트 투어는 보통 예약 없이 당일에 가서 표를 사야 하고, 선착장까지의 왕복 거리도 고려하면 최소 2시간 이상은 족히 걸리는 활동이기에 오후 3시 출발 투어가 마지막이다. 그러므로 악마의 목구멍 관람과 보트 투어를 모두 하고 싶으면 아르헨티나 이과수 국립공원이 문을 여는 시간에 맞춰 일찍부터 오는 게 시간 운용이나 계산하기에 좋다(개인적으로 해본 적은 없으나, 브라질 쪽에서도 보트 투어가 가능하다). 이 보트 투어에 참여했던 가족과 친구들 모두 무자비하게 떨어지는 이과수 폭포수를 맞았지만, 되레 폭포 아래에서 내내 어린아이처럼 해맑게 웃고 소리를 지르며 물에 젖는 순간을 행복해했다. 어떤 관광객들은 한술 더 떠, 처음부터 수영복을 챙겨와서 입고 보트에 탈 정도로 만반의 준비를 해오기도 한다. 이 보트 투어의 이과수 폭포 샤워는 무더운 국립공원 속을 돌아다니는 동안 쌓인 피로를 잠시나마 풀면서 지친 심신을 환기하는 방법이기도 하다.

두 공원에서 볼 수 있는 동물들도 사람들의 귀여움을 한 몸에 받는다. 가장 흔하게 볼 수 있는 동물은 너구리를 닮은 코아티 Coati와 원숭이들이고, 간혹 투칸이나 앵무새처럼 형형색색의 새들도 관찰할 수 있다. 내가 이과수에서 직접 마주쳤던 생물 중 가장 신기했던 것은 아름다운 무늬의 고양잇과 동물인 오셀롯 Ocelot과, 날개에 숫자 88을 닮은 무늬가 새겨져 팔팔나비 혹은 팔팔무늬나비 88 Butterfly로 부르는 특이한 나비였다. 특히 팔팔무늬나비는 자신에게 모자란 무기질
을 사람의 피부에서 섭취하기 위
해 사람에게 다가와 붙어 있는데,
나 역시 악마의 목구멍 트레킹 길
로 가던 도중 한 팔팔무늬나비가
날아와 내 손목에 한참 붙어 있던
적이 있었다. 가장 보기 힘든 동
물은 재규어나 퓨마 같은 상위 포식자 위치의 동물인데, 택시 기사 지인이
밤에 국립공원을 지나다가 운 좋게 둘 다 본 적이 있다고 했다. 이곳에서
만나는 동물들은 귀엽게 생겼으나 엄연히 야생동물이므로 그들에게 일부
러 가까이 다가서는 안 되며, 특히 코아티나 원숭이에게 물리는 경우가 종
종 발생하는데 이를 통해 다양한 질병에 노출될 위험이 크다.

예전에 만났던 가이드에 따르면, 가족 여행객을 안내하는 동안 분명 경
고했음에도 불구하고 그 집의 남자아이가 계속 코아티들을 따라다니다가,
지나가는 한 코아티의 꼬리를 잡아당기는 장난을 치는 바람에 화가 난 코
아티에게 손을 크게 물려 그대로 병원 응급차로 실려 간 적이 있단다. 하지
만 그 가이드에게 더 충격적이었던 사실은 그렇게 자신이 몇 번 그 남자아
이에게 경고할 때도, 그 남자아이가 장난을 치려고 코아티들을 따라다닐
때도, 결국 손등에 뼈가 살짝 보일 정도로 코아티에게 심하게 물려 병원에
실려 갈 때까지도, 끝끝내 자기 자식에게 어떠한 훈육도 하지 않았던 부모
의 무관심한 태도였다고 한다. 가이드는 코아티에게 물린 것도 물린 거지
만, 부모가 저렇게 대놓고 방임하는 가정 분위기에서 앞으로 저 아이가 과
연 어떻게 자라날지가 심히 걱정스럽다고 말했다. 현재 한국에서는 아이의
출산 이후 어린이집이나 보육시설, 학교, 학원 등 사회 속의 다양한 교육

시스템에 전적으로 교육을 일임해 버린 뒤 정작 가정에서는 기본적인 훈육조차 나 몰라라 하는 일부 부모들의 행태로 인해 문제 행동을 보이는 아이들이 늘고 있다(사실 아르헨티나나 다른 나라에서도 이와 비슷한 일들을 종종 목격했으므로 비단 한국 사회만의 문제는 아니다). 결국 먼저 부모가 책임감을 지니고, 아주 어릴 때부터 자녀에게 꾸준히 사회 구성원으로서 갖춰야 할 기본적인 예의를 가르치며, 도덕과 법을 바탕으로 지켜야 할 선을 제대로 그어주는 것이 앞으로 자녀의 인생에서도 가장 도움이 되는 일이다. 하지만 만일 이런 책임을 유기한다면 과연 나중에 이 아이들이 자라서 사회인 나이가 되었을 경우 과연 어떤 후폭풍으로 돌아올지, 또 그로 인해 발생하게 될 사회적 비용은 얼마만큼 일지 지금은 가늠조차 할 수 없다.

앞서 언급한 것처럼 적어도 두 나라에서 각각 하루 이상씩 투자하며 이과수 국립공원을 꽉 차게 즐기는 방법이 제일 좋겠지만, 사람에 따라서는 허락된 일정이 짧아 하루 만에 아르헨티나와 브라질을 모두 다녀오는 택시 패키지 투어 등을 이용하기도 한다. 이는 서로 간 육로 국경을 넘는 일이 쉬운 편이기에 가능한 스케줄로, 보통 오전 공원 문 여는 시간에 들어가 일찍 아르헨티나에서 악마의 목구멍 포인트까지 보고 난 뒤 오후에 브라질을 짧게 다녀오는 정도이다. 이렇게 두 나라를 보고 오면 개인마다 이과수 취향이 갈린다. 공원이 잘 정돈되어 있고 전체적인 풍경을 조망할 수 있는 브라질 이과수가 더 좋았다는 사람도 있지만, 나에게 묻는다면 첫 방문부터 지금까지 총 일곱 번을 방문한 방문객으로서 아르헨티나 이과수가 훨씬 더 좋았다고 자신 있게 대답할 수 있다. 전 세계에서 꼽힐 정도로 압도적인 풍경을 즐길 수 있는 트레킹 코스, 자연 그 자체의 아름다움, 그리고 강렬한 마법처럼 사람을 홀리는 악마의 목구멍 폭포까지 전부 다 말이다. 한때 시설 유지 보수로 인해 악마의 목구멍 기차와 트레킹 출입을 몇 개월 이상 닫아둔 적이 있었는데, 그 기간 이과수 국립공원은 이전과는 비교도 안 되게 한산했다. 그래서인지 아르헨티나 정부 관광청에서는 모든 이의 예상보다 훨씬 빠른 속도로 공사를 끝마치며 다시 돌아온 손님들을 맞이했다. 이는 이과수 국립공원과 그 속에 자리한 악마의 목구멍이 아르헨티나 최고의 효자 관광지이자, 세계적으로 손꼽히는 절경임을 다시금 증명한 셈이다.

처음 여행 왔을 당시 8년 전 내가 휴대폰에 써두었던 일기 메모장에는 "이과수는 그동안 정말 열심히 살았던 나를 위한 선물이라는 생각이 든다." 라는 문장이 그때의 벅찬 감정과 함께 꾹꾹 눌러 담긴 듯이 적혀 있었다. 8년이 지난 지금은 그 감사한 선물을 도합 일곱 번이나 받았다. 어쩌다 보니 내가 일곱 번이나 이과수를 다녀왔다고 하니, 이 말을 들은 친구들은 우스갯소리로 "남들은 카페나 짜장면집 쿠폰을 모으는데 너는 이과수 쿠폰을 모으는구나."라고 말하며, "보통 스탬프 쿠폰을 10개 모으면 서비스로 탕수육이나 스페셜 커피, 케익 무료 같은 걸 받는데, 앞으로 네가 이과수에 세 번만 더 가면 엄청 큰 선물을 받게 되는 거 아니야?"라는 농담을 했었다. 그 말을 듣고 나니 정말 "이과수 방문 세 번을 더 채워봐야 하나?"라는 재밌는 고민과 함께, 앞으로도 과거의 나에게 여러 번 주어졌던 선물 같은 시간을 되갚기 위해 스스로 최선을 다하며 살겠다고 다짐했다. 그러다 보면 위의 쿠폰 서비스들처럼 생각지도 못한 더 커다란 행운이 인생에서 성큼 다가올지도 모르니까 말이다.

로사리오Rosario,
리오넬 메시와 체 게바라의 고향 방문기

현재 세상에서 가장 유명한 아르헨티나 출신 인물은 얼마 전 선종한 프란치스코 교황 정도를 제외하면 아마도 Greatest of All Time, 통칭 GOAT로 불리는 이 시대 제일 위대한 축구선수 리오넬 메시일 것이다. 이 범위를 과거로 좀 더 넓혀본다면 "우리 모두 리얼리스트가 되자, 그러나 가슴 속에 불가능한 꿈을 꾸자."라는 명언으로 회자되는

쿠바 혁명의 아이콘인 체 게바라가 있다. 이 둘의 공통 분모는 모두 아르헨티나의 로사리오 지역에서 태어난 세계적인 유명 인사라는 점이다.

하지만 로사리오로의 직접적인 여행 계기는 다소 엉뚱하게도, "로사리오에 생선이 맛있던데?"라는 동료 선생님의 추천 때문이었다. 대서양을 끼고 있지만 의외로 괜찮은 생선이나 해산물을 먹기 힘든 소고기의 나라 아르헨티나에서 가끔 해산물에 대한 향수를 느낄 때가 있었다. 그런 이야기를 선생님께 꺼냈더니 꿩 대신 닭이긴 해도 로사리오 강변에서 잡히는 커다란 민물 생선이 맛있으니, 기회가 되면 직접 가서 한번 먹어보라고 말씀하셨다. 어찌 보면 다소 뜬금없는 계기이긴 하지만, 사람이 사는데 먹는 것보다

더 중요한 게 어디에 있겠는가? 언젠가 가보고 싶었던 메시와 체 게바라의 고향, 이젠 생선이라는 핑계까지 곁들여 아르헨티나 국가 공휴일(독립 영웅인 구에메스 Güemes 장군 서거일과 국기의 날 휴일)을 이용한 6월의 긴 주말 연휴에 로사리오를 방문했다.

로사리오에 다녀온 사람들은 생각보다 별거 없는, 그냥 전형적인 도시라고 말하기도 하고, 나름대로 파라나강을 낀 강변 공원이 꽤 멋지다는 의견도 있었다. 나는 그들의 말을 떠올리며 레티로 버스 터미널에서 5시간 조금 넘게  걸리는 버스에 몸을 싣고 로사리오로 향했다.

로사리오는 부에노스아이레스에서 버스로 넉넉잡아 5시간 정도 걸리는 위치에 있는 도시로 아르헨티나 기준으로는 부에노스아이레스에서 가까운 편에 속하는 도시다(아무래도 국토가 넓은 나라에 살다 보니 거리 감각 역시 넓어졌다). 앞서 언급했듯이 리오넬 메시와 앙헬 디 마리아 등 세계적인 축구 선수들과 혁명가 체 게바라의 고향이라는 점 이외에도 현재의 아르헨티나 국기를 만든 곳으로 유명하다. 강이 있는 도시 특유의, 중심부를 관통하며 흐르는 강과 강변이 자아내는 유유자적함을 좋아하는 나로서는 로사리오가 반갑게 느껴졌다. 또한 온 김에 체 게바라의 흔적도 찾아보고, 로사리오 시내에서 떨어져 있다는 메시네 고향 동네에도 꼭 가보고 싶었다. 마침, 머물던 호스텔에서 메시가 태어나고 자란 동네를 도보로 둘러보는 투어를 안내해 줬는데, 세계적인 축구 스타가 된 지금도 고향을 종종 찾는다고 하기에 흥미가 생겨 이틀 뒤 일정을 예약해 두었다.

로사리오가 심심한 도시라고 해서 별 기대 없이 왔지만, 생각보다 첫 만남이 좋았다. 무엇보다도 첫인상이 무뚝뚝하고 불친절한 편인 부에노스아이레스와 비교했을 때 로사리오 사람들의 밝고 친절하며 여유가 넘치는 태도가 돋보였기 때문이다(사실 다른 나라 어딜 가도 대도시 사람들의 태도는 비슷하다. 지방 소도시 출신인 내가 대도시 특유의 차가운 태도를 때때로 견뎌내지 못하는 건 당연한 이치일지도 모르겠다). 여행 온 첫날부터 강변에서 마주 웃어주며 인사해 준 로사리오 사람들. 공원에서 커다란 메시 벽화를 보고 너무 신나서 덜렁거리다 크게 넘어진 나에게, 멀리서부터 뛰어와 일으켜 주고 부축해 주며 괜찮냐고 물어봐 준 청년. 이게 내가 강렬히 기억하는 로사리오의 초반 인상이다.

하지만 이렇게 친절한 사람들이 사는 도시임에도 불구하고 로사리오 관광 시 주의할 사항이 있다. 파라나강을 이용한 무역이 활발한 허브 도시인 로사리오는 안타깝게도 마약 테러리즘^{Narcoterrorismo}, 즉 마약의 재배나 운송, 생산, 판매 등과 직간접적으로 관련된 테러나 폭력이 일상적으로 일어나는 도시이기도 하기 때문이다. 그렇기에 아르헨티나 사람들에게는 '로사리오' 하면 떠오르는 게 메시, 국기, 그리고 마약이라는 말까지 나온다. 중심지를 벗어난, 치안이 불안정한 지역에서는 평화로운 오후에 느긋하게 카페에 앉아 있다가도 마약과 연루된 갱단 조직 간의 총격전의 피해자가 될 수도 있다는 현지인 친구의 씁쓸한 말을 듣기도 했다. 이렇듯 마약 범죄로 인해 몸살을 앓고 있는 도시의 안전을 위해, 아르헨티나 정부에서도 다양한 방법으로 특단의 조처를 하며 마약과 관련된 폭력과 범죄를 근절하고자 노력하고 있다. 사실 이렇게 마약으로 고통받는 지역이 이곳 로사리오뿐이겠는가. 중남미 전체를 비롯하여 북미, 유럽 등 전 세계 곳곳에 마약 테러리즘이 자행되고 있다는 현실이 안타까울 뿐이다.

젊은 시절의 체 게바라가 친구 알베르토와 함께 다녀온 남미 대륙 종단 여행. 그때 그가 일기로 남긴 기록을 스크린으로 다시 담아낸 영화 〈모터 사이클 다이어리〉에서 나 역시도 페루 시절 안데스 원주민의 삶을 들여다 보고, 그 시절의 체 게바라와 비슷한 감정을 느끼며 그가 맛본 좌절감과 분 노에 깊이 공감했던 경험이 있다. 그래서 그의 고향에 적어도 그를 기리는 무언가가 남아 있기를 바랐다. 하지만 놀랍게도, 로사리오에서는 그를 지 워버리기로 작정이라도 한 듯 그에 관한 어떠한 조각이나 단서도 찾기가 어려웠다. 비록 체 게바라가 아르헨티나 사람이긴 하지만, 쿠바에서 사회 주의 혁명을 한 것으로 더 유명해서 그런 것일까? 마치 모든 기록에서 지 워지는 기록 말살형이라도 당한 사람처럼 그는 여기에 없었다.(2년 뒤 파타고 니아의 산 마르틴 데 로스 안데스 여행을 다녀오고서야 이때 품은 수수께끼를 풀 수 있었다)

대신 우주 대스타 리오넬 메시의 흔적은 로사리오 곳곳에 위력을 과시했 다. 커다란 국기 외에 시내 중심부에서 가장 눈에 띄는 게, 내가 보고 흥분 해서 넘어지고 말았던 거대 메시 벽화였다. 메시가 초등학교를 졸업하고 스페인 바르셀로나로 건너가기 전까지 살았던 생가와 동네 투어 장소는 로 사리오 시내에서 멀리 떨어진 동네에 있었는데, 일단 동네가 찾아가기 어 렵고(실제로 시내에서 출발하는 버스를 타고 편도로 40분 넘게 걸렸다), 골목길이 많아 헷 갈리기에 초행인 외국인 여자가 거길 혼자 가는 거는 추천하지 않는다고 해 도보 투어로 간 것이었다. 하지만 그 투어는 생각보다 꽤 알찼다. 메시 의 고향 동네 투어를 통해 현대 시대 아르헨티나의 영웅인 리오넬 메시를 기리는 각종 벽화와 그와 어린 시절 함께 지낸 이웃과 동네 친구들을 마주 치기도 하고, 그가 다녔던 초등학교 주변까지 돌아보며 그의 어린 시절에 대한 여러 가지 흥미로운 이야기를 들을 수 있었다. 평상시에는 매우 내향적이고 겸손했던 남자아이. 누구보다도 숫기가 없고 말수도 적어서 도통 무슨 생각을 하는지도 잘 몰랐다는 리오넬 메시는, 대신 승부욕 하나만큼은 누구보다도 강해서 무엇이든 하게되면 어떤 승부든 지는 것을 싫어했다고 한다. 생계를 위해 일하느라 바빴던 부모님 대신 할머니와 함께 다니던 어린 시절의 향

수를 간직한 아이. 할머니는 어린 시절 부모님의 역할을 대신하여 손자인 메시를 키우고 돌보며 축구의 길로 이끌어주셨다고 한다. 마치 매니저처럼 손자를 축구 경기에 데려다주시고, 관중석에 앉아 경기를 녹화하고 열렬히 응원을 보내며 손자에게 한없이 자신감을 북돋아 주었다는 메시의 할머니. 한없이 다정했던 할머니가 돌아가신 지도 이젠 꽤 오랜 시간이 지났지만, 그녀가 보여준 사랑이 여전히 마음속에 남아 있어서 그런지 메시네 가족이 할머니가 살던 집은 절대 팔지 않고 수리만 간간이 한다는 이야기까지 알게 되었다.

나중에 부에노스아이레스에 돌아와서야 안 사실이지만 6월 24일, 자신의 생일을 맞아 리오넬 메시가 가족과 친구들을 보기 위해 휴일 막바지에 고향 동네에 방문했었다고 한다(아직도 메시와 가까운 가족과 친인척들, 아내 쪽 식구들은 로사리오에 살고 있다고 했다). 이런, 하루만 내가 늦게 로사리오를 떠났어도 어쩌면 직접 메시를 만나는 기회가 있었을지도 모른다는, 다소 허무맹랑한 아쉬움마저 들었다. 자신의 축복받은 재능이자 자신이 가장 사랑하는 일인 축구로서 세상에서 멋진 일을 해낸 − 비록 그는 나를 모르지만 나는 그를 아는 − 동년

배 친구. 그리고 평생의 염원이던 아르헨티나 국가대표로서의 월드컵 우승까지 기어코 이루어 낸, 대단하다는 수식어조차 부족한 역사상 가장 위대한 축구선수 중 하나인 리오넬 메시를 이런 기회나마 가깝게 만날 수 있음에 감사했다.

체 게바라의 아쉬움과 리오넬 메시를 간접적으로 만난 듯한 뿌듯함을 뒤로 하고, 이제는 여기에 온 또 다른 이유인 커다란 생선을 먹어봐야 한다. 도착한 날 저녁에 먹으려다 문 여는 시간인 저녁 8시를 맞출 수가 없어서 실패했

던 생선 전문 레스토랑. '이번에는 꼭 가고야 말겠다'는 일념으로 시간을 맞춰 10분 전에 가서 기다렸다. 분위기가 예스럽고 멋졌던 식당은, 알고 보니 옛날에 기차역이었던 곳을 개조해서 레스토랑으로 재개장한 곳이라고 한다. 로사리오 강변에서 낚시하는 사람들과 직거래를 통해 가져오는 생선이라고 하는데, 평소 민물 생선을 즐겨 먹는 편이 아닌 나도 맛있게 먹을 수 있었다. 이로써 여기 온 3가지 목표였던 메시와 체 게바라, 생선 중 2가지를 성공했다.

로사리오를 지나는 파라나강은 부에노스아이레스의 라플라타강만큼이나 아주 거대해서 바다에서 산책하는 것 같은 여유를 느꼈고, 때때로 저 멀리 수평선을 보면 마음속 깊이 벅차오르는 뜨거움이 있었다. 시시각각으로 변해가는 강변의 보라색과 자주색 하늘을 보며 다양한 빛깔의 축복받은 나라에서 사는 나 역시도 축복받은 인생이라 느꼈다. 파견 생활 초창기, 생

반대라서 더 끌리는, 아르헨티나

각보다 녹록지 않은 지구 반대편에서의 삶 속에서 한껏 할퀴어지고 상처에 웅크렸지만, 그래도 활짝 웃을 수 있는 여유를 찾아준 고마운 로사리오.

그렇게 로사리오에 대한 좋은 기억만 가지고 버스로 돌아가려는 마지막 날. 여기에서 정말 거지 같은 사건이 두 번이나 연거푸 일어나고 말았다. 먼저, 시내 구경을 끝마치고 돌아가는 길에 어떤 남자가 갑자기 나에게 다가와서 "치나China(스페인어로 중국 여자)! 칭챙총! 니하오!"라고 크게 소리치며 지나가는 사건이 있었다. 짜증이 솟구쳤으나 그냥 '저런 미친놈은 무시가 상책이다.'라는 생각으로 최대한 훌훌 털고 숙소로 돌아가 짐을 들고 버스 터미널로 갔다. 다소 찝찝한 기분을 안고 버스 1층에 예약된 좌석을 찾는데, 이번엔 어떤 미친 중년 여자가 나한테 정확하게 "왜 저 더러운 중국년이 내 뒤에 타는 거야!"라고, 누구나 다 알아들을 수 있는 목소리 크기로 심한 욕을 했다. 내가 스페인어를 못 알아듣는 줄 알고 지껄인 모양인데, 어차피 5시간은 같은 버스 공간 안에서 있어야 하는 데다 저 제정신이 아닌 멍청한 놈하고 싸워봐야 피곤한 일만 생길 것 같아서 일단 참았다. 그러고도 자기 딴에는 나에게 분이 안 풀렸는지 나를 향해 뒤돌아보기에, 나 역시 덤빌 테면 덤비라는 자세로 있는 힘껏 노려보았다. 그러더니 뭐라 중얼거리면서 그 뒤로는 뒤돌아 나를 쳐다보는 일 없이 앞만 계속 보았다. 내가 자기 욕을 이해한 걸 이제야 깨달은 모양이었다. 교포들 말로는 저런 놈들은 어차피 무식한 인간이라 무시하는 것 말고는 방법이 없다는데, 과연 이게 '무시만이 답일까?'라는 생각이 들었다.

사실 지금껏 외국살이 중 별의별 인종차별을 당해보았다. 예를 들어 런던에서는 백인 친구랑 이야기하면서 지나가던 중 갑자기 나에게 달려와 뒤에서 단체로 꽥 소리를 지르고 낄낄댄 정신병자 같은 놈들도 있었고(어안이

병벙했던 나를 대신해 친구가 미친 듯이 그들에게 화를 냈다), 버스에서 나에게 아이폰 에어드롭으로 인종차별적인 메시지와 함께 자기 거시기 사진을 보내며 성희롱을 저지른 변태도 있었다. 페루에서는 내가 계속 그렇게 하지 말라고 경고했는데도 자꾸 치니타^{Chinita}(스페인어로 중국 여자란 뜻으로, 주로 동양인 여자를 일컫는 표현)라고 끈질기게 불러서 결국 내가 고함을 지르게 만든 놈도 있었다. 동양인이 주류가 아닌 사회에서 특히 동양 여자로 산다는 건 쉬운 게 아니며, 때때로 스스로 강철처럼 단단해지지 않으면 버틸 수가 없는 속상한 일들을 겪기도 한다.

아르헨티나에서 3년간 살면서 이런 종류의 직접적인 인종차별은 로사리오에서 겪었던 일이 처음이자 마지막이었다. 다시 생각해도 당황스럽고 화나는 일이기는 하지만, 다행히도 이후에는 이보다 더 심한 일들은 겪지 않았기에 여전히 이 나라를 좋아하는 마음이 더 크다. 긍정적으로 생각하면 이때의 경험은 그저 액땜이라고 여긴다. 하지만 이런 나의 아무렇지 않은 척하는 태도는 어쩌면 – 비록 마무리가 별로더라도 – 로사리오의 단점 혹은 나빴던 면보다는, 장점이나 좋았던 면에 더 집중하고 싶은 마음이자 나 자신을 스스로 위로하는 방법일지도 모르겠다.

괄레과이추^{Gualeguaychú}, 아르헨티나 버전 카니발을 만나다

이전까지는 이름마저 들어본 적 없을 정도로 생소하고 특이한, 엔트레 리오스^{Entre Ríos} 주 소재 13만여 인구의 소도시 괄레과이추^{Gualeguaychú}. 특별히 아르헨티나 지도를 꿰고 있는 취미를 가진 사람이 아니라면 전혀 모르고 지나갈 법한 이 동네의 존재를 알게 된 건 다름 아닌 『Hola Argentina』라 는 책을 통해서였다. 예쁜 일러스트 표지가 인상적인 이 책은 아르헨티나 의 문화, 역사, 인물, 지리 등 각종 정보와 설명이 포함되어 있다. 당시 아 르헨티나에 갓 도착한 뒤 스페인어 공부 겸 이 나라를 조금 더 이해하기 위 해 이 책을 구매했던 나는, 별생각 없이 페이지를 슬렁슬렁 넘겨보다가 우연히 괄레과이추에 대한 설명을 읽게 되었다. 평소에는 그저 조용한 작은 동네이지만, 카니발 시즌만 되면 큰 규모로 아르헨티나 버전의 카니발 행사를 볼 수 있다는 간단한 토막글. 이를 읽고 난 나는 호기심이 일어 다음 해 카니발 연휴에는 반드시 거기에 가봐야겠다는 마음을 먹었다. 마침 아르헨티나 친구도 아직 거기에 가본 적 없다고 해서, 나는 그 친구와 함께 며칠의 카니발 여행을 함께 계획한 뒤 부에노스아이레스에서 버스로 3~4시간 정도 걸리는 괄레과이추로 출발했다.

원래 그 지역에 살던 원주민 중 하나인 과라니족의 언어에서 지명이 유래되었다고 하는 괄레과이추. '재규어의 강'이나 '야생 돼지의 강' 등 정확한 뜻과 어원에 대해서는 서로 분분한 의견이 있으나 어쨌든 이 독특하고 기다란 이름은 그대로 현재 도시의 이름으로 정착되었다고 한다. 괄레과이추는 그저 평소에는 고요하고 한가한(어찌 보면 시골 읍내라는 표현이 저절로 떠오를 정도로) 우루과이 접경 지역에 있는 작은 지방 소도시에 불과하지만, 무더운 여름철 열리는 카니발 행사 시즌에는 많은 사람으로 북적이는 장소로 탈바꿈한다.

이런 동네에서 큰 축제가 열린다는 게 한 개인의 망상처럼 여겨질 정도로 작은 동네가 어쩌다 카니발로 유명한 곳이 되었는지 궁금해서 시청 홈페이지의 정보를 찾아보았다. 검색해 보니 1970년대부터 괄레과이추 지역 시청 및 지방 정부에서 지역 관광을 활성화하기 위한 목적으로 브라질 리우데자네이루 카니발을 벤치마킹한 뒤 계획적으로 관련 산업을 육성한 결과라고 한다. 이후 리우 카니발처럼 지역 내 삼바스쿨의 기능을 하는 콤파르사^{Comparsa} 라고 불리는 카니발 공연팀을 결성하고(홈페이지에는 다섯 팀이 소개되어 있다), 이 지역축제가 해를 거듭하면서 차차 발전해 오며 점차 이웃 나라들까지 입소문이 나며 명성을 얻은 것이라고 한다. 보통 콤파르사별로 해마다 퍼레이드에 선보일 테마를 정한 뒤, 그에 맞는 음악과 춤, 코스튬과 사람이 서는 공연 대형 등을 만들고 퍼레이드를 이끄는 여왕^{Reina}의 주도하에 다음 해 카니발 본 공연 전까지 틈틈이 연습한다. 그리고 본 공연은 카니발 연휴 중 주말에 돔형 경기장인 괄레과이추 코르소드로모^{Corsodromo de Gualeguaychú}에서 콤파르사 간 경쟁을 곁들여 긴 시간 동안 퍼레이드를 멋지게 선보인다. 카니발로 유명한 이탈리아 베네치아나 브라질 리우데자네이루처럼 역사나 문화, 종교적인 이유가 있지 않을까 짐작했던 나에게, 괄레과이추의 카니발 축제 설립의 이유는 조금 의외였지만 나름 지방 경제를 살리기 위한 좋은 자구책이었겠다는 생각도 들었다.

낮 동안 여유롭고 한가로웠던 괄레과이추는 해가 저물고 저녁이 되자 우리 일행이 깜짝 놀랄 정도로 색다른 느낌으로 무르익어 갔다. 코르소드로모 경기장 주변을 중심으로 하나둘 밝아오는 거리의 전등, 축제를 준비하는 상인과 가판대, 반짝거리는 가루를 얼굴과 몸에 바르거나 가면을 쓰고 웃으며 나타나는 사람들, 각자가 응원하는 콤파르사의 소품을 들고 온 팬들. 이 모두가 시끌벅적한 분위기를 자아내는 도중 밤이 되자 드디어 공연이 시작되었다. 록 밴드와 음악, 자연과 식물, 환상 동화 등 각 콤파르사 별로 다양한 테마를 선보였던 카니발 퍼레이드는 몇 시간 동안 지속되었다. 간혹 축제에 스폰서로 참여하는 기업들이 간간이 자사 상품 광고를 하며 소규모 퍼레이드를 하기도 했고, 한 콤파르사의 공연이 끝난 뒤 다른 팀이 준비하는 동안 중간 휴식 시간으로서 파티 음악을 틀며 방문객들의 분위기를 한층 더 고조시키기도 했다. 그렇게 이어진 공연은 모든 콤파르사가 공연을 마친 약 새벽 1~2시쯤 막을 내렸다.

몇 년 전 카니발 기간에 브라질 리우데자네이루에 방문했던 기억을 더듬어 비교하자면, 인간이 만드는 축제가 얼마나 크고 화려해질 수 있는지를 과시하듯 뽐내는 리우 카니발과는 당연히 규모와 연출 면에서는 비교가 안 될 정도로 괄레과이추의 카니발은 소박하다. 물론 지역 내 삼바스쿨만 자그마치 몇백 개가 되며 심지어 강등 제도도 있을 정도로 심한 경쟁 구도에서 진행되는 리우 카니발의 압도적인 풍경과는 확연한 차이가 있으나, 괄레과이추의 카니발 역시 의외로 볼거리가 풍성하고 규모가 컸다. 무엇보다도 타지 사람이나 외국인보다는, 이곳에 실제로 살고 있는 지역 주민들과 동네 사람들이 많이 모여서 내 가족, 친구, 이웃이 직접 참여하는 카니발에 기꺼이 응원하러 와주고, 함께 노래를 부르고 춤추며 원래 한 몸인 듯 어우러지는 분위기가 정겹고 따뜻해서 마음에 들었다. 그리고 결국에는 그들처럼 어깨춤을 추고, 입에 붙는 단순한 리듬과 가사의 노래를 친구와 같이 따

라 부르게 되는 내 모습을 발견하게 되었다. 또한 한여름의 뜨거운 카니발 축제답게 의상에 천을 적게 쓰며 남녀노소를 불문하고 다양한 노출이 많기도 하나, 각자가 지닌 몸매가 어떠하든 우리 몸 자체를 긍정하고 자연스럽게 보여주는 모습에 딱히 선정적이다는 느낌은 들지 않았다.

반대라서 더 끌리는, 아르헨티나

평소에는 전형적인 촌락 지역의 분위기지만 카니발 연휴 기간만큼은 그에 걸맞게 다채로운 빛깔을 뿜어내며 과연 '축제'라는 말이 어울리는 멋진 행사를 선보이는 엔트레 리오스 주의 괄레과이추. 1년 남짓 동안 콤파르사 팀원들과 카니발 퍼레이드를 준비하고, 이와 함께 자신이 평소 숨겨왔던 열정을 본 공연 기간에 폭발하듯 아낌없이 쏟아내는 공연 참가자들의 열정과 땀, 그리고 그들을 응원하고 격려하는 주변 커뮤니티의 따뜻하고 정겨운 모습이 보기 좋았다. 해마다 열리는 괄레과이추 카니발과 관련된 모든 이의 노고에 큰 박수를 보내고 싶다.

코르도바 Córdoba,
지구 반대편에서 한국을 가장 닮은 곳

"여기 부에노스아이레스로 오기 전에 코르도바에서 몇 년 동안 살았는데, 코르도바 사람들이 참 좋고 따뜻하더라고요. 보이는 풍경도 마치 한국 같은 곳이에요." 함께 수다를 떨다가 들은 한 교포 선생님의 말씀이었다. 한국에서 가장 먼 나라에 와있음에도 불구하고 풍경이 한국 같다는 이야기는 무슨 뜻일까? 그 말에 호기심이 일어 아르헨티나에 도착한 뒤 맞는 긴 부활절 연휴를 이용해 방문했던 첫 여행지가 코르도바였다.

아르헨티나의 다른 오래된 식민지풍 도시들과 마찬가지로, 코르도바 역시 스페인 지배자들에 의해 지어진 계획도시다. 식민 초창기, 스페인 정복자들이 종교적·행정적 목적으로 원주민들의 거주지역에 세운 도시가 현재까지 발전하였으며, 17세기 초부터 설립된 유서 깊은 코르도바 국립 대학이 있다. 코르도바는 약간 높은 분지 지형의 크고 작은 산으로 둘러싸여 있

반대라서 더 끌리는, 아르헨티나

어, 과연 교포 선생님 말씀대로 바위산부터 계곡길, 단풍까지 한국을 떠올리게 하는 풍경이 많았다. 처음 아르헨티나행 비행기에서 내려다본, 끝을 알 수 없을 정도로 너르고 푸른 평지를 보며 이곳은 참으로 축복받은 나라라는 생각이 들었는데, 코르도바에는 부에노스아이레스에는 없는 산맥까지 있어 한국적인 미를 더한 자연의 기운을 마음껏 누릴 수 있는 곳이었다.

　이번 여행의 동행이었던 동료 선생님과 코르도바 주변의 유명 트레킹 코스인 로스 히간테스 Cerro Los Gigantes 등산을 갔었는데, 운동 신경이 뛰어난 만능 체육인인 선생님과는 달리 나는 내 생각보다 험한 산에서 삐걱거리며 고생을 꽤 했다. 여기까지 기어이 민폐를 끼치며 올라온 스스로를 탓하기도 했지만, 아름답게 든 단풍부터 산으로 둘러싸인 능선까지 정상에서 바라보는 정다운 풍경을 보고 있으니 시에라스 데 코르도바 Sierras de Córdoba라 불리는 이곳의 산맥은 확연히 한국의 봄, 가을 느낌이 났다. 예전에는 해외여행을 가서 이국적인 풍경을 보면 한국과의 차이점에만 집중했지, 조금도 내 나라와의 공통점을 발견할 생각은 못 했다. 그러나 해외에서 체류하는 기간이 길어지니 나도 한국과 관련된 것이나 한국과 닮은 것을 보면 반가운 마음이 먼저 든다. 어르신들과 이야기하다 보면 "나이가 드니 고향 산천이 그리워."라는 말씀을 한 번씩 듣게 되는데, 예전에는 그냥 흘려들었으나 지금은 그 말이 내 입에서도 나오는 걸 보니 나도 어느덧 그 말의 깊이와 무게를 이

해하는 나이가 된 듯하다.

코르도바는 수도인 부에노스아이레스 다음으로 큰 아르헨티나 제2의 도시라는데, 다소 삭막한 느낌도 드는 대도시 부에노스아이레스보다 확실히 이곳의 사람들이 좀 더 여유롭고 친절하다는 느낌을 많이 받았다. 드넓은 공원에서 사람들과 웃음이 많고 다정한 사람들. 듣기만 해도 예쁜 인사를 스스럼없이 건네는 시원한 인상의 미남미녀들은 코르도바라는 도시와 지역에 대한 좋은 인상을 더욱 굳힐 수 있게 된 계기였다. 그들의 모습을 보니 여기에 있는 모두가 무탈하게 평안하고 행복했으면 하는 마음이 들었다. 그렇게 첫 여행은 나름 성공적인 것 같다는 느낌에 자축하며, 코르도바 대성당으로 천천히 들어갔다. 내가 아르헨티나에서 누리고 있는 일상이 별 탈 없이 잘 흘러가기를 빌었고, 또한 내 가족과 내가 사랑하는 사람들이 건강과 행복을 누릴 수 있도록 기도했다.

유유자적해 보이는 코르도바 도시를 벗어나 투어로 다녀온 독일마을 라 쿰브레시타 La Cumbresita 와 비샤 헤네랄 벨그라노 Villa General Belgrano 는 아르헨티나로 이민 온 독일인들이 중심이 되어 세웠다는 마을이다. 기본적으로 유럽계 이민자의 나라인 아르헨티나에서는 곳곳에 그런 유럽식 마을이나 도시들을 품은 지역이 꽤 많다. 머나먼 아르헨티나까지 와서 새로운 삶을 꾸리게 되었지만, 여전히 자기가 태어나고 살던 고향을 그리워하며 떠나온 고국의 문화 양식으로 마을을 재건하며 자기 고향 마을 축제를 그대로 본떠 이곳에서 그대로 여는 이민자들. 이들이 세운 마을과 철마다 진행하는 문화축제는 점차 지역 관광산업으로 활발히 자리를 잡아 아르헨티나 안에서 이색적인 문화를 체험하고 싶은 여행객들에게 즐거움을 주고 있다.

하지만 관광지로 개발된 지역이 아닌 순수 이민자들의 마을로 가게 되면, 약간 분위기가 달라진다고 한다. 독일계 마을에서 살았던 지인의 말에 따르면, 이민 당시 시절에 머물러 있는 듯한 태도와 함께 자신들을 아르헨티노Argentino가 아니라 알레만Alemán, 즉 독일 사람이라고 불러달라고 해 무척 당황스러웠다고 했다. 나도 역시도 이탈리아계나 스페인계 아르헨티나인이 스스로 아르헨티나인이 아닌 유럽인이라고 여기는 경우를 몇 번 보았기에, 이런 모습을 마주할 때마다 과연 어떻게 생각해야 할지 자못 판단이 서지 않았다. 통계에 따르면 아르헨티나로 온 이민자들의 출신국은 이탈리아, 스페인, 프랑스, 독일, 기타 유럽과 중동 국가 순이다. 위의 언급된 국가들은 식민지 이후 신생 공화국 아르헨티나가 본격적으로 이민을 받아들일 당시 세계대전의 포화를 직격탄으로 맞아 경제적으로 어려웠거나, 독재나 공산정권 등을 겪으면서 정치적으로 억압된 나라들이었다. 이런 혹독한 상황에서 벗어나 희망을 찾고자 그 당시 신흥 부국이었던 아르헨티나로 이민을 온 것인데, 지금은 반대로 조상들이 떠나온 나라가 현재 아르헨티나보다 훨씬 발전하고 잘살게 되니까 자기는 결국 유럽 사람이라며 자기가 태어나고 자란 나라와 선을 긋는다? 지금의 삶과 상황이 시시하고 실망스러울 수는 있겠지만, 그래도 이건 현실 부정의 단계마저 넘어선 것 같아 속으로는 의아했다.

아름다운 산을 품은 쾌적하고 푸른 풍경 덕에 아르헨티나에서 한국과 가장 닮은 지역이란 평을 듣는 코르도바, 그리고 이곳에 사는 웃음이 많고 다정하며 유쾌한 사람들. 그리고 멀리서 봤을 때는 높아 보이지만 가까이에서 봤을 때는 그리 높지 않은 듯한, 뒤죽박죽 알 수 없는 깊이의 자존감과 그 속에 숨어 있는 의문의 열패감. 이 모든 게 내가 여기서 느낀 뒤섞인 감정이었다.

반대라서 더 끌리는, 아르헨티나

후후이^{Jujuy},
북부의 끝에서 만나는 총천연색 다채로움

　몇 년 전 첫 번째 남미를 떠난 뒤에도 한 번씩 나의 꿈에 나타났던, 적갈색을 내뿜는 안데스의 풍경. 그렇게 속으로 묻어두었던 그리움을 다시 꺼내기 위해 첫 겨울방학 동안 내가 페루 시절 살던 곳과 가장 가까운 북부 여행을 계획했고, 먼저 후후이로 향하는 비행기를 탔다. 정식 이름은 산 살바도르 데 후후이^{San Salvador de Jujuy}인데, 잉카 시대 이전 여기에 살았던 후후이 부족의 이름을 딴 것이라고 한다. 이곳의 사람들은 그들을 둘러싼 안데스 산맥처럼 강렬하고 짙은 피부를 가지고 있으며 그들의 외형이나 말투도 유럽계의 부에노스아이레스 사람들보다는 이웃하거나 가까운 나라들인 볼리비아, 칠레 북부, 페루 사람들과 훨씬 가깝다.

이렇듯 유럽풍의 부에노스아이레스와는 전혀 다른 문화를 자랑하는 아르헨티나 북서부. 특히 후후이 여행의 진면목은 시내를 벗어나 산재해 있는 안데스의 작은 산자락 마을을 둘러보면서, 안데스 특유의 자연 풍광과 잉카 시대 전후와 관련된 원주민의 역사와 문화를 경험하고 느끼는 것이다. 후후이 주 내의 주요 관광지 투어 루트는 보통 꼭두새벽에 살타에서 출발해 아침에 후후이시 외곽 도로를 통과하는데, 이 도로를 따라가다가 서쪽으로 난 길로 꺾으면 푸르마마르카^{Purmamarca}, 북쪽으로 계속 가면 틸카라^{Tilcara}와 우마우아카^{Humahuaca}를 지난다. 살타에서 후후이까지 편도로 세 시간가량 걸리므로, 언급한 관광지들을 쭉 돌아볼 계획이라면 체력이나 시간 대비 후후이에서 출발하는 게 좋다. 그래서 나는 후후이에서 출발하는 옵션이 있는 여행사 투어를 연이틀 예약했고, 여행사가 전날 말해준 시간과 장소에 맞춰 나와 차량을 기다리고 있었다. 그런데 아무리 시간 개념이 정확하지 않은 아르헨티나라지만 픽업이 너무 늦기에 나는 내 옆의 사람에게 혹시 같은 투어에 가나 싶어 물어보니 맞았다. 이렇게 언제 올지 모르는 투어 차량을 기다리면서 말을 건 덕에 이탈리아 친구를 알게 되었다(결국 우리는 길에서 세 시간 가까이 기다렸는데, 여행사 직원의 실수로 우리에게 후후이 픽업 시간이 아닌 살타 출발 기준으로 시간을 잘못 알려줬기 때문이었다). 알고 보니 이 친구 역시도 부에노스아이레스 벨그라노 지역 기간제 파견 교사였고, 대학 졸업 후 외국 문화를 경험해 볼 겸 아르헨티나 소재 이탈리아 학교에 지원했다고 한다. 서로 비슷한 환경과 처지라 그런지 대화가 잘 통했고, 이 친구가 계약 만료로 먼저 떠날 때까지 이후로도 꾸준히 만나며 우정을 쌓았다.

투어의 첫 번째 여정은 푸르마마르카^{Purmamarca}를 지나 우마우아카^{Humahuaca}로 가서 우마우아카 협곡^{Quebrada de Humahuaca} 지형 중 하나인 오르노칼 산맥^{Serrania de Hornocal}을 보는 것이었다. 우연히 본 오르노칼의 사진을 보고 한눈에 반해 저기를 반드시 가봐야겠다는 생각으로 이번 북부 여행에서 일부러 선택한 투어라 기대가 컸다. 지층의 색깔이 각각 달라 총 14색을 볼 수 있다는 오르노칼은 지질학적으로 매우 가치 있고, 특유의 독특하고 신비로운 모습으로 인해 아르헨티나의 유네스코 자연 문화유산 중 하나이기도 하다. 가는 길에 들린 푸르마마르카 역시도 오르노칼보다는 색깔이 적지만 일곱 색의 산으로 둘러싸인 작은 마을이라고 가이드가 설명하였는데, 마을을 둘러싼 여러 가지 색의 산이 정말 그림처럼 아름다웠다. 멋진 풍경을 고즈넉하게 품고 있는 이 마을을 좀 더 멀리서 보기 위해 간단한 등산을 했는데, 고산지대라서 그런지 조금만 걸어도 숨이 차고 헉헉대기 시작했다(고산병은 사람마다 증상이나 강도가 천차만별이다. 안타깝게도 내 몸은 고산지대와 맞지 않는데, 해발 3,000m 이상부터 간헐적 두통과 구토 증상을 보이고 4,000m 이상에서는 비틀거리며 지그재그로 걷기 시작한다).

그동안 잊고 지냈던 고산지대의 매운맛을 다시 겪으며 우마우아카 마을로 가는 길. 여행사 투어 버스 안에서 옆자리의 스위스 커플과 말을 섞게 되었는데, 이들은 NGO에서 함께 일하며 서로 오래 알고 지내다가 어느덧 연인으로 발전하여 결혼 전 함께 세계여행을 하는 중이란다. 활발하고 배려심 많은 이 예쁜 커플과 한참을 같이 이야기하는 도중 우리는 어느덧 우마우아카에 도착했고, 여기서 오르노칼로 가려면 다시 사륜구동차로 갈아타고 이동해야 한다고 했다. 나, 이탈리아 친구, 그리고 이 커플과 함께 넷이서 한 팀으로 가고 싶어서 가이드에게 요청하니, 한참 명단을 보던 가이드는 내 이름이 오르노칼 예약 명단에 없다며 갑자기 나더러 사륜구동에 타지 못하게 했다. 분명 예약을 다 했는데 이게 무슨 소리인가? 너무나 황당했던 나는 예약 바우처와 함께 예약 담당자의 문자 메시지를 내밀며 항의했으나 가이드는 어쩔 수 없다는 반응으로 일관했다. 비슷한 이유로 내 이탈리아 친구도 투어 참석을 거부당했으며, 그렇게 사륜구동차는 우리를 우마우아카 마을에 남겨두고 오르노칼로 떠났다.

나중에 다시 살펴보니 내가 겪은 일은 명백한 여행사의 잘못이었으며, 나는 정상적으로 예약을 했으나 담당 직원이 내 이름을 오르노칼 사륜구동 투어 명단에서 빼버린 실수를 저질렀던 거였다. 결국 미안하다는 말 한마디 없이 "성수기라서 정신이 없어서 그랬다. 차액은 돌려주겠다."라는 짜증을 유발하는 무성의한 답변이 돌아왔지만, 돈보다는 오르노칼을 직접 보고 싶었던 나는 좌절했다(심지어 이 여행사는 환불조차도 각종 이유를 대며 차일피일 미루어서, 내가 후후이 여행을 다 마치고 살타로 이동했을 때 그 여행사 본점을 세 번이나 직접 찾아가는 소동 끝에 겨우 받아냈다). 오르노칼을 보는 게 내가 여기까지 온 이유인데, 저런 해결 방법이 무슨 위로가 되겠는가? 차라리 내가 바보 같은 실수를 저질렀다면 낫지, 고산병 증세에 시달리면서도 반드시 보고 싶었던 풍경을 위해 여기까지 온 나는 너무 억울했다. 마찬가지로 여행사의 엉성한 일 처리로 인해 오르노칼 투어에서 낙오되었던 이탈리아 친구와 나는 서로 머리를 맞대고 상의했다. 기왕 이렇게 된 것, 이미 벌어진 일은 어쩔 수 없고 앞으로의 상황과 시간을 고려해서 같이 시간을 맞추어 오르노칼 택시 투어를 도전해보자는 결론을 냈다. 둘 다 처음 후후이 공항에서 내려 시내로 이동하면서 받아둔 이 지역의 택시 기사들의 번호에 각각 연락해 투어가 가능한지 두루 물어보았고, 그중 한 기사가 승낙하여 이틀 뒤 출발하는 택시 투어를 예

약하고 나서야 화가 가라앉기 시작했
다. 그렇게 우리는 다시 후후이로 돌아
왔고, 여행사의 연이은 삽질로 맥없이
보낸 하루를 보상하기 위해 맛있는 북
부 전통 요리를 선보이는 레스토랑에서
실컷 먹고 떠든 다음에야 속상했던 마
음을 조금이나마 풀고 헤어졌다.

둘째 날은 다시 푸르마마르카를 거쳐 살리나스 그란데스 Salinas Grandes 로 가
는 투어를 다녀왔다. 전날 아침부터 끝까지 이런저런 일들로 이놈의 여행
사와 한바탕 언성을 높인 덕인지 이날은 새로운 가이드가 내 이름까지 정확
하게 부르며 따로 챙겨 다닐 정도였다. 젠장, 진작 잘할 것이지. 여하튼 이
날의 투어는 멘도사에서 왔다는 엄마와 초등학생 아들 여행객과 함께 셋이
즐겁게 다녔다. 살리나스 그란데스는 그 유명한 볼리비아 우유니 소금사막
과 같은 소금 평원이다. 비단 소금뿐만 아니라 다른 광물자원들이 풍부한
데 특히 이곳에는 현대 사회의 필수품인 스마트폰, 정보기기 등에 사용되
는 배터리용 리튬이 다량으로 매장되어 있다고 한다. 살리나스 그란데스는
볼리비아 우유니처럼 관광지의 역할뿐만 아니라, 실제로 지금 정부에서 리
튬과 기타 지하자원을 활발하게 개발하려는 곳이라 그런지 관광버스나 투
어 차량 이외에 이곳을 오가는 거대한 트럭이나 특수 차량이 즐비했다. 또
한 지역 경제 활성화 정책의 일환인지 소소한 입장료 지불과 함께 그 근처
소규모 안데스 커뮤니티 분들을 가이드처럼 붙여야만 입장이 가능했는데,
이분들에게 사진을 부탁드렸더니 철두철미한 직업의식을 발휘하시며 기대
이상으로 멋진 사진을 찍어주셨다. 가이드의 말에 따르면 이 관광지로 개
방된 부분 이외에는 전부 자원 개발을 검토 중이라 세월이 더 지나면 내가

보고 있는 살리나스 그란데스의 모습은 사라질 수도 있다는 이야기도 해주셨는데 괜히 쓸쓸한 기분이 들었다. 아르헨티나 경제를 위해서는 이게 옳은 선택이 될 수도 있겠지만, 여행객으로서는 내가 경험했던 광활하고 아름다운
자연이 이렇게 또 하나 사라져간다는 아쉬움이 들었기 때문이었다.

그다음 날은 예약한 택시 투어를 통해 우마우아카를 거쳐 오르노칼로 갔다가, 나는 중간에 틸카라로, 친구는 후후이로 되돌아오는 여정이었다. 우마우아카로 가고 싶지만 버스비가 비싸서 망설이던 같은 숙소의 젊은 아르헨티노 부부도 호의를 발휘하여 함께 태우고, 택시 기사를 포함한 우리 다섯은 끝없이 펼쳐지는 산등성이를 보며 즐거운 마음으로 달렸다. 가는 길에 '세상에서 제일 맛있는 엠파나다'는 간판이 붙어 있던 작은 가게에 들려 북부 전통 엠파나다도 먹어 보고, 이따금 경치 좋은 곳에 내려 사진을 찍기도 했다. 그렇게 즐겁게 달리다 도착한 우마우아카 마을에서 부부를 내려 준 다음, 얼마 지나지 않아 이번엔 마을에서 히치하이킹을 시도하는 벨기에 출신 대학생을 만났다. 이 학생은 오늘 저녁에 버스로 볼리비아로 넘어가는지라(후후이 지역은 아르헨티나에서 육로로 볼리비아로 들어가는 길목 중 하나이며, 후후이 버스 터미널에서 출발하면 아르헨티나 최북단 볼리비아와의 국경도시 라 키아카La Quiaca까지 대략 5시간 정도 걸린다) 수중에 아르헨티나 페소가 다 떨어져 오르노칼로 가는 차량을 향해 히치하이킹을 시도하고 있었는데, 그때 우리의 눈에 띈 것이다. 결국 우리는 쾌활한 분위기와 호기심이 가득한 초롱초롱한 눈이 인상적인 대학생을 뒷자석에 태웠다. 이렇게 택시 기사까지 포함한 우리 넷은 각종 남

　　　　　　　　　　　　　반대라서 더 끌리는, 아르헨티나

미 쿰비아 음악과 레게톤 노래를 틀고, 각 나라에서 유행하거나 자기가 좋아하는 노래를 큰소리로 돌아가면서 부르고 어깨를 흔들며 흥겹게 올라가기 시작했다.

오르노칼로 올라가는 길은 비탈길이자 비포장도로 그 자체여서 운전 난도가 높았다. 게다가 차에는 에어컨 장치가 없었고, 고산지대 특유의 뜨거운 햇볕과 높은 온도 때문에 어쩔 수 없이 창문을 열어둔 탓에 내내 흙먼지를 마시면서 올라가느라 나는 캑캑대며 눈살을 잔뜩 찌푸리고 있었다. 그런데 이와는 반대로 고산지대에서 꼭 한 번 운전해 보고 싶었다며 기사를 설득해 대신 운전대를 잡은 용감한 나의 친구는 이탈리아 칸초네를 부르며 너무나 즐겁게 올라가고 있었다. 그렇게 한참을 달리다가 도착한 오르노칼. 눈으로 보고 있지만 내 눈을 그대로 믿을 수 없을 정도의 근사한 풍경

을 선사했다. 도착하자마자 입에서 "우와!"라는 탄성이 저절로 나올 정도로 웅장했으며, 사진에서 본 것보다 훨씬 더 화려하게 형형색색의 층을 이루고 있었다. 내 눈 앞에 펼쳐진 위대한 안데스의 아름다움을 보느라 잠시나마 고산병 증세도 잊고 홀린 듯이 계속 사진을 찍었다(금세 두통과 근육통으로 인해 갓 태어난 기린처럼 사방을 비틀거리며 걷기 시작했지만 말이다). 지금도 가끔 떠오르는 오르노칼의 감동은 아마 오랫동안 잊지 못할 것이다. 오르노칼 정상 한쪽에는 아르헨티나 국기가 걸려 있었는데, 운이 좋아 그날 날씨가 아주 맑았던 탓에 아르헨티나 국기와 하늘, 저 멀리 보이는 오르노칼이 모두 한데 어우러져 우리가 지구에 발 붙이고 서 있는 게 아니라 다른 별세계에 불시착한 듯한 느낌을 생생히 주었다.

오르노칼에서 다시 덜덜거리며 내려온 이후, 바로 볼리비아로 향하는 우리의 씩씩한 히치하이커 동행자에게 행운을 빌어주며 작별을 고했다. 나는 중간에서 다음 행선지인 틸카라에서 내렸고, 친구는 후후이로 돌아가면서 서로 다음 만남을 약속하며 인사했다. 숙소가 위치한 동네까지 오르락내리락하는 게 숨이 차고 버거울 정도의 고산지대였던 틸카라는 그만큼 추웠지만(안데스 고산지대 숙소에서는 난방시설이 전혀 없이 이불로만 버텨야 하는 경우가 더러 있다. 그래서 나는 가져온 옷을 모두 꺼내어 단단히 껴입고 자야 했다), 대신 하늘과 더 가까운 곳이라 그런지 별이 참 예쁘게 보였다. 덕분에 7월 남반구에서 볼 수 있는 별자리들을 하나하나 관찰하며 사방에 반짝이를 흩어 뿌린 듯한 밤하늘이 주는 즐거움을 누렸다. 또한 틸카라에서는 우연히 길을 걷다가 부에노스아이레스 출신 주인이 직접 만드는 수공예 기념품 가게에 들러 긴 대화를 나누기도 했다. 각박한 도시살이에 지쳐 여행을 왔던 아르헨티나 북부에서 마음의 평화와 안식을 찾고, 여기에서 새롭게 자리를 잡기로 결심하며 또 다른 인생을 시작했다는 그녀. 그런 그녀의 소개를 통해 비슷한 이유로 이곳에 정착한

　　　　　　　　반대라서 더 끌리는, 아르헨티나

그녀의 친구가 운영하는 직물 상점도 방문했다. 아르헨티나의 하늘을 닮은 맑고 파란 눈이 인상적이었던 그는 안데스의 소규모 커뮤니티들과 함께 협업하며 전통 직물을 만들고 판매하는 일을 하고 있었는데, 나 역시 거기서 아구아쇼^{Aguayo}(안데스 지역 원주민들이 쓰는 직사각형 모양 다양한 무늬의 천 주로 등 뒤에 매며, 보자기, 짐을 옮기는 가방, 아기 포대기 등 다용도로 쓰인다) 직물을 기념으로 하나 사 오기도 했다.

 하늘과 더 가까운 안데스 고산지대의 경치 좋은 곳에서 이렇게 행복한 일만 있었던 것은 아니었다. 후후이로 돌아간 내 이탈리아 친구가 씩씩대면서 나에게 연락이 왔는데, 그때 오르노칼 투어를 함께 다녀온 택시 기사에게 쓸데없이 계속 문자가 온다며 내게 고민 상담을 요청한 것이었다(우연히도 나 역시 전에 있었던 숙소 주인에게 자꾸만 연락이 와서 기분이 나쁜 상태였다). 20대 초부터 배낭여행을 해온 나름 베테랑 여행자로서 이런 비슷한 일을 몇 번을 겪었기에 극도로 조심하긴 하지만, 어쩔 수 없이 여행 중 필요로 인해 관광업계 종사자들에게 내 연락처를 주게 되는 순간들이 있다. 대부분 별일 없이 넘어가지만, 간혹 이렇게 얼굴을 찌푸리게 되는 일들이 발생한다. 나 같은 경우는 투어 가이드가 끊임없이 나에게 자신의 셀카 사진을 보내며 안부를 물은 적도 있었고, 당시 만나는 사람이 있다고 분명히 말했음에도 불구하고 여기서 새 남자 친구를 한 명 더 만들어 보지 않겠냐고 가이드가 나에게 계속 치근덕댄 적도 있었으며, 공항을 오가기 위해 연락처를 받아두었던 택시 기사가 나에게 밤마다 전화를 걸고 문자를 보낸 적도 있었다. 사실 어느 나라 출신인지를 막론하고 이와 비슷한 일을 겪은 여성 여행자는 셀 수 없이 많으며, 특히 혼자 여행하는 여자에게는 그런 빈도가 더 잦다(어느 날은 호스텔에서 전 세계 여성 여행자들끼리 모여 그동안 당했던 일을 성토한 적도 있다). 일상을 벗어난 여행지에서 즐거운 기분으로 여행을 만끽하며 얼어붙은 마음이 풀리는 순간, 그때 인간으로서 베푼 호의를 왜 그들을 향한 애정의 감정으로 착각하는 것일까. 여하튼 지금껏 늘 그렇게 했듯, 둘 다 연락처를 모두 차단하고 지우는 결말로 마무리했다.

더 이상의 괴상한 일은 겪기 싫다는 마음으로 살타로 넘어가기 전 마지막 마무리로 정한 일정은 이루샤였다. 행정구역상으로는 살타 주에 속하긴 하나, 차로 이동하는 것 외에 어째 살타 주에서 가는 방법은 없고 위치상 후후이와 훨씬 더 가까워 후후이 내 다른 소도시에서 완행버스를 타고 가야 하는 곳. 안데스 깊숙이 자리한 작은 마을 이루샤. 틸카라 버스터미널에 문의해 보니 하루에 딱 한 번 이곳으로 오가는 버스가 있었다. 험한 안데스 산길을 오가는 도로를 왕복 7~8시간에 걸쳐 다녀와야 하는지라 포기하려다, 서정적인 느낌의 마을 사진을 보고 그만 호기심이 일어 결국 당일치기를 결심했다. 이 마을이 '천국같이 아름답다'는 평이 있기에 얼마만큼 아름다운지 궁금했는데, 실제로 가보니 여기로 가는 길 자체가 말 그대로 '죽음의 길'이었다. 안데스 지역을 여행하다 보면 고산지대 지형 특성상 제대로 된 도로를 건설하기가 어려워 가드레일 하나 없이 구불구불한 천길 낭떠러지에 비포장도로만 겨우 만들어 놓아 공포감에 덜덜 떨면서 지역을 오가는 일이 빈번히 발생하는데, 이루샤를 오가는 길 역시 그러했다. 더군다나 여기는 1차선 외길보다 아주 조금 더 넓은 정도의 좁다란 길이었기에, 높은 곳을 위태롭게 기어가는 뱀처럼 구부러진 도로를 달리는 버스 안에서 나는 여러 번 심정지가 올 뻔했다. 그 좁은 도로에서 한 번씩 마주 오는 차들을 단 1cm도 안 되는 너비로 겨우 비켜 가면서 뒷바퀴가 빠져 추락하는 것을 피하고, 아슬아슬하게 떨어
질 듯 떨어지지 않는 곡예 운전을 보여
주는 우리의 버스 기사에게 진심 어린
경의를 표했다. 그리고 이곳에 두 번 다
시는 오지 않겠다는 다짐과 함께 후들
거리는 다리로 버스에서 내렸다.

버스에서 내려서 본 이루샤는 정말 소박하고 작은 마을이었다. 굽이굽이
흘러가는 작은 강에 둘러싸여 동네 골목마다 아이들은 축구하며 뛰어다니
고, 개들은 그런 아이들을 쫓으며 즐겁게 컹컹 짖었으며, 어른들은 삼삼오오
모여 활발히 담소를 나누며 웃고 있었다. 고산지대에서 가파른 길들을 올라
다니느라 몸은 힘들었지만, 그런 모습들을 보니 나도 저절로 행복해졌다. 주
변을 천천히 걷다가 아까 버스에서 나를 봤다며 말을 걸어오는 코르도바 출
신 부부를 우연히 만나, 함께 맥주와 엠파나다를 먹으며 대화하게 되었다.
20년 전쯤 배낭여행으로 여기에 트레킹을 온 적이 있다는 이들 커플의 말에
따르면, 그땐 사람들이 돈의 가치조차도 잘 모를 정도로 외부와의 소통이나
교류가 없었다고 했다. 또한 이루샤에서 더 깊숙하게 들어가는 산자락에서
는 스페인어로 의사소통마저 어려운, 각자의 개성과 전통을 고수하며 큰 욕
심 없이 살아가는 원주민들이 사는 작은 커뮤니티들이 나온다고 한다.

그들의 추천에 따라 이루샤를 한눈에 내려다볼 수 있는 가장 높은 전망대
로 천천히 올라갔다. 하늘의 저편에는 콘도르처럼 생긴 새가 저 멀리 날개를
펴서 날아오르고 있었고, 마을은 눈부시게 아름다웠다. 이토록 파란 하늘 아
래 드높은 안데스 산맥에 둘러싸인 이곳에서는, 티끌 하나 없이 순수한 마음
으로 살 수 있을 것 같았다. 이루샤에서 만난 사람들은 정말이지 모두가 정

직하고 맑은 웃음으로 나를 맞아주었고, 여기에서 저지를 수 있는 가장 큰 잘못이라고 해 봤자 이웃집 달걀 하나 훔치는 정도의 죄밖에 짓지 못할 것 같다는 생각이 들 정도로 순박함이 느껴졌다.

전망대에서 내려오는 길 중간에는 마을 공동묘지가 있어서 잠시 방문했다. 이곳에서 자라는 야생화들을 엮어서 꽃다발을 만들어 놓거나, 혹은 후후이나 틸카라 같은 도회지에 나가 사 왔음이 분명한 조화로 정성껏 꾸민 형형색색의 무덤들. 이 공동묘지를 바라보다 문득, 이런 맑고 투명한 마을에서 깨끗하게 살다가 가는 삶에 대해 생각해 보았다. 분명 이렇게 멋들어진 자연으로 둘러싸인 곳에서 맞는 죽음은 긴 삶의 끝에 찾아오는 휴식이자, 마치 가까운 하늘 나라로 소풍을 가는 기분이 들지 않을까.

모험 가득한 안데스 땅에서 만나는, 하늘과 맞닿은 곳 모두에 알록달록했던 자연의 물감을 다 풀어서 색칠한 듯한 아름다운 후후이. 세상 속 온갖 나쁜 얼룩들은 이곳의 파란 하늘 위로 올려보내어 저 푸른색에 그대로 씻어내고 싶다는 생각이 들었다.

살타^{Salta},
안데스의 가호 아래 전통문화를 꽃피우다

　아르헨티나 북서부에서 가장 유명한 도시 중 하나인 살타. 이 도시 이름의 어원은 아이마라어로 '아름답다'를 뜻하는 단어 Sagta에서 유래했으며, 현지 스페인어로도 살타 라 린다 ^{Salta La Linda}, 즉 '아름다운 살타'라는 별칭으로 불린다. 실제로 가보면 그 말이 참으로 잘 어울린다는 생각이 들 정도로 역사가 깊고 색감이 풍부한 도시다. 내가 살타 여행을 처음 계획할 때 안데스 초원 지역 푸나 ^{Puna}를 고루 볼 수 있는 구름 기차 ^{Tren de Las Nubes}를 타고 즐거워하는 사람들이 담긴 영상을 우연히 보게 되었고, 나 역시 그들처럼 '구름 기차'라는 단어답게 고산지대 아래를 누비는 저 기차를 꼭 타고 싶다고 생각했다. 수요가 많고 매일 운행하는 게 아닌 만큼 기차 예약이 살짝 까다롭긴 했지만, 기차를 좋아하는 기차 덕후인 나로서는 이 기회를 놓칠 수가 없었기에 구름 기차 예약부터 완료해 놓고 기차 일정에 맞춰 여행을 계획했다.

살타는 관광업이 발전한 도시답게 구시가지 근처 부에노스아이레스 거리에 크고 작은 여행사가 즐비해 있다. 함께 여행하는 일행이 많은 게 아니라면, 굳이 미리 인터넷으로 예약하지 않아도 조금만 발품을 팔면 원하는 투어 상품은 충분히 다 일정에 맞게 잡을 수 있다. 북쪽에 있는 인기 관광지인 푸르마마르카와 우마우아카, 살리나스 그란데스 등은 모두 살타에서 출발하지만, 당일 왕복으로 차만 대략 14시간 정도 타야 하는 다소 피곤한 일정이다. 만약 위에 언급한 북쪽 관광지에 관심이 있고 일정에 여유가 있다면, 나처럼 비행기로 후후이로 먼저 들어왔다가 살타 방향으로 버스를 타고 내려오거나 아니면 그 반대로 해도 된다. 또한 일행이 여럿이라면 렌트카를 빌려 천천히 이곳저곳 다니는 방법도 괜찮다. 살타에서 가는 게 더 가까운 남쪽의 유명 장소는 와인 산지로도 유명한 카파샤테^{Cafayate}나 구불거리는 안데스 자락의 도로를 올라가며 풍경을 보는 카치^{Cachi} 등이 있다. 둘 다 여기 말로는 코르디셰라^{Cordillera}(산계, 산맥이라는 뜻의 스페인어인데, 아르헨티나 안에서는 보통 안데스를 지칭한다)라고 불리는 안데스 마을 특유의 아름다운 풍광을 자랑하며, 자연이 선사하는 장엄함과 광활함을 동시에 느낄 수 있다.

북쪽을 이미 다녀온 나는, 이제는 남쪽을 돌아보기 위해 먼저 카파샤테 투어를 갔다가 그다음 날은 풍경이 유명한 카치를 다녀왔다. 와인이 유명

한 카파샤테에서는 아예 작정하고 박스 단위로 와인을 사러 온 아르헨티나 가족 단위 여행객들을 많이 보았다. 나는 안데스 산자락에 둘러싸인 소박하고 아름다운 마을을 둘러보고 공짜로 주는 와인 시음도 하며 여유로운 시

반대라서 더 끌리는, 아르헨티나

간을 보냈다. 카치에서는 넋을 놓고 볼 정도로 아름다운 코르티셰라를 보며 마음이 시원해지는 경험을 했다. 이 투어에서 나는 오래전 호주로 이민을 떠났다가 거의 20년 만에 아르헨티나에 처음 돌아오게 된 친구와, 그와 오랜만에 소식이 닿아 함께 여행하게 된 그의 옛 학교 친구 이렇게 셋이서 일행으로 다녔다. 자신의 절친한 한국 친구들 덕분인지 내가 한국인임을 금방 알아챘던 아르헨티노 친구. 그는 2000년대 초반 아르헨티나가 모라토리엄을 선언하고 국가 전체가 극심한 경제 위기로 고통받고 있을 때, 이 나라에는 미래가 없다고 절망한 채 호주로 떠나 정말 독하게 일하며 그곳에 정착했다. 개인 사정으로 아르헨티나에 잠시 돌아와 부에노스아이레스에 사는 친구인 그녀와 같이 여행하고 있다지만, 사실 제삼자인 나의 시각에서 볼 때 현재 그들 사이를 정확하게 표현할 수 있는 단어가 없어서 그렇게 말한 것 같았다. 나는 그들의 서사와 맥락을 깊게 알지는 못하기에 딱히 대단한 조언은 해줄 수 없었지만, 그저 "천 명이 있으면 천 가지의 사랑 방식이 있다. 이젠 결정을 내리고 마음을 표현하며 함께 조율하라."라고 전했다. 앞으로는 그들만이 서로 간 대화와 소통, 그리고 이해를 통해 자신들의 관계를 건강하게 만들어 나갈 것이다.

　투어에서 많은 이야기를 나눈 여행 친구이자, 곧 인생의 연인이 될 그들과 포옹하고 헤어지며 앞날에 축복을 빌어준 다음 날. 나는 드디어 예약해둔 구름 기차를 타러 새벽부터 나갔다. 구름 열차는 지금으로부터 약 70년 전에 처음 지어졌던 기차로 19세기 말부터 있어 왔던 칠레와의 철도 건설

논의를 기반으로 만들어졌으며, 칠레와 아르헨티나에서 생산된 광물과 곡물을 수출하기 위한 노선이었다고 한다. 장장 27년이 걸린 공사 후 건설된 이 구름 열차는 긴 시간 동안 주변 지역의 도시화와 영토 통합 임무를 수행하였고, 70년대부터는 관광지로서 개발되었다. 이후 살타 지역 자본 아래 민영화 기간을 거친 뒤, 2014년부터 다시 국유화되어 지금의 관광 기차로서 재탄생한 것이다. 다시 만드는 과정에서 육로 구간과 철도 구간을 합치게 되었는데, 그래서인지 기차가 역에서 바로 출발하는 게 아니라 생각보다 멀리 버스로 나갔다. 몇 군데 버스로 더 정차한 다음, 마지막 기차역에서야 진짜 기차를 타고 출발하기에 이동 시간이 하루 종일 걸렸다. 기차를 타

는 시간보다 버스를 타는 시간이 훨씬 길기에 철도 여행 그 자체를 기대했으면 다소 실망할 수 있다(몇 군데 레일이 놓여 있긴 하지만, 아직 복구가 제대로 안 된 건지 그 위를 달리다가는 중간에 끊길 것처럼 위험해 보였다). 하지만 결과적으로는 어렵게 예약을 한 뒤 짧은 기찻길을 달리는 것만으로도, 이 구름 기차를 탈 가치가 충분했다.

아르헨티나 북서부를 여행하는 기간 내내 우연히 일정이 겹쳐 계속 맞닥뜨린 사람이 있었다. 처음에는 뒷모습을 보고 여자로 오인했던, 마치 록 가수들처럼 머리 길이가 허리까지 오는 호리호리한 체격의 청년. 투어 장소에서 몇 번 마주쳤을 때는 긴가민가했는데, 세상에. 이번에는 구름 기차를 타러 가는 버스에서도 내 옆자리 좌석에 앉은 것이었다. 서로 "어, 어?" 하며 말문이 살짝 막혔으나 이런 종류의 어색함을 도저히 못 참는 내 성격상 먼저 인사하고 이름을 트며 친구가 되었고, 알고 보니 부에노스아이레스

　　　　　　　　　　　　　　반대라서 더 끌리는, 아르헨티나

광역권에 사는 이 보나에렌세 친구와는 나중에도 만나며 우정을 이어갈 수 있었다.

　그렇게 구름 기차를 타고 나가는 순간, 내 눈 앞에 펼쳐지는 숨 막히는 풍경에 저절로 입가가 벌어졌다. 한국에서는 볼 수 없는 독특한 풍경. 페루 남부와 칠레 북부, 그리고 볼리비아와 아르헨티나 북부 사이에 놓인 푸나, 안데스 알티플라노Altiplano 지역의 순수한 자연 풍광을 마주하며 고도를 천천히 올라가는 구름 기차. 멀리서 뛰어다니는 비쿠냐Vicuña 나 과나코Guanaco 같은 낙타과 동물들을 보면서 나는 이 풍경을 보기 위해 여기까지 왔구나 싶었다. 나는 고산병이 심한 편이라(이 기차는 해발 3,000~4,000m로 올라간다) 멀미와 유사한 증상과 함께 기차에서 내렸을 때 머리를 부여잡고 지그재그로 걷기까지 해 옆자리 친구의 걱정을 샀지만, 다양한 색으로 둘러싸인 자연을 보면서 울렁거리는 속을 겨우 삭이고 잠시나마 그 자연의 일부가 되어보는 듯한 경험을 했다. 아르헨티나 국기를 올리고 국가를 부르는 시간도 있었는데, 이건 소위 누가 봐도 '국뽕이 차오를 정도'로 지극히 아름다운 조국의 풍경을 감상하면서 아르헨티나 사람들이 애국심을 고취하는 방법이지 않을까 한다.

그다음 날은 아버지가 스페인 사람이라 엘 그링고 El Gringo (스페인어로 '외국인', '미국인')라는 별명을 가진 가우초 아저씨와 함께 살타 외곽으로 나가 그가 기르는 말을 타며 가우초 체험을 겸해 주변 풍경을 보러 나갔다. 가우초 Gaucho 는 남미산 카우보이로 아르헨티나, 우루과이, 브라질의 팜파스 대평원을 누비며 목축업 일을 해오던 사람들이다. 지금은 전통적인 가우초처럼 판초 바지에 알파르가타 Alpargata (스페인에서 유래한 아르헨티나의 전통 신발. 특유의 디자인이 유명하다)를 신고 드

넓은 초지를 누비며 방랑하는 모습을 찾아보긴 어렵지만, 그들의 후예들은 여전히 많은 가축을 기르고 말을 타는 삶을 살고 있다. 그링고 아저씨가 구워주는 초리소와 소고기를 먹으며 이야기를 나누었는데, 살타 주 출신의 그는 어렸을 적부터 말을 관리하는 일을 해왔으며, 현재도 살타 지역 내 각종 농장의 위탁으로 다양한 말을 관리하는 전문가라고 한다. 지금은 자기처럼 가우초 일을 하는 아르헨티나 사람들이 적지만 자연 속에서 말을 타고 달릴 때마다 자신에게는 이 일이 천직 같다며 호탕한 웃음을 지었다.

살타 주변의 멋진 풍경, 시내 역사 지구의 식민지풍 건물들, 우연한 만남과 우정, 구름 기차 외에 내 머리 속에 뚜렷하게 남았던 건 호스텔에서의

밤이었다. 살타 구시가지하고는 좀 떨어져 있긴 했지만 너무나 따뜻하고 친절했던 호스텔. 여기는 내 또래 나이의 열정 넘치는, 살테뇨Salteño 라 불리는 진짜배기 살타 출신 주인장들이 운영하는 곳이었다. 할머니가 물려주신 큰 집으로 얼떨결에 젊은 나이에 숙박업을 시작하긴 했지만, 그들은 덕분에 이렇게 다양한 출신의 여행객들을 만나는 게 즐겁다고 했다. 또 스페인어를 하는 한국 사람은 처음 보는 것 같다며 여기에 머무르는 동안 굉장히 살가운 태도로 나를 대했으며, 살타에서 전해 내려오는 옛이야기도 하나씩 들려주었다.

이 호스텔에서 가장 강렬했던 기억은, 늦은 밤에 호스텔에서 주인이 아사도와 초리소를 구우며 모닥불을 지피는 동안 또 다른 호스텔 주인은 직접 기타를 치며 감미롭게 포크로레 노래들을 부르는 시간이었다. 포크로레는 각 지방색이 짙게 드러나는 토착 리듬을 바탕으로 만든 아르헨티나의 민속 음악인데 주로 기타나, 남미 민속 악기로 연주한다. 안데스 원주민 문화, 식민 시기부터 유입된 스페인 문화, 독립 이후 들어온 유럽 이주민 문화 등 다양성이 혼합되어 만들어진 음악 장르라 그런 걸까, 나는 포크로레를 들을 때마다 안데스의 땅 위에서 붉게 빛나는 노을과 같은 강렬한 색의 폰초를 휘날리는 가우초의 이미지가 제일 먼저 떠오른다. 형언할 수 없는 우수 어린 정서를 바탕으로 지배자와 피지배자의 뒤섞인 문화 아래에서 태어난 이 음악은, 어쩌면 아르헨티나를 정의하는 수많은 정체성 중 하나와 꼭 닮았다. 이런 포크로레 공연과 민속춤을 감상하며 식사할 수 있는 곳을 여기 말

로 페냐^{Peña}라고 하는데, 누군가가 나에게 아르헨티나 북서부 여행 중 기회가 된다면 꼭 페냐에 가서 공연을 감상해 보라고 했던 말이 떠올라 긴 머리 친구와 함께 추천받은 페냐로 갔다. 아르헨티나 국기로 장식되어 있던 페냐에서는 광활한 대지를 품에 가득 안은 채 기타와 노래로 감정을 감미롭게 전하는 포크로레 음악이 흘러나왔다. 이후로, 이 음악을 배경으로 박력 있는 북부식 민속춤 공연을 감상하던 저녁 밤의 기억 또한 여전히 짙게 남아 있다. 특히 민속춤 중 하나인 차카레라^{Chacarera}를 추는 광경은 어둠이 내린 대지를 등지며 이 땅에 감사하는 만종의 의식 같았다.

별이 빛나던 어느 날 밤. 그날은 호스텔 주인장의 포크로레 단독 콘서트가 아니라, 주인장의 공연이었던 1부가 끝난 뒤 2부에는 거기 모인 투숙객들이 돌아가면서 노래를 불러야 했다. 나는 다년간의 해외 생활을 통해 살면서 이런 기회에 각 나라에서 모두 알 법한 유명한 노래 한 곡쯤은 불러주면 더 재미있다는 사실을 이미 체득했다. 페루에서는 회식에서 레게톤 풍 노래의 한 소절을 부르며 동료들과 같이 흐느적거리기도 했고, 영국에서는 친구의 생일 파티에서 모인 다 같이 술에 취해 어깨동무하고 유명 밴드의 브릿 팝 곡들을 떼창하거나, 결혼을 앞둔 친구의 브라이덜 샤워에서는 누구나 알 법한 유명 팝송을 축가 겸 선물로 불러주기도 했다. 이렇듯 노래는 언어를 뛰어넘는 사람과 사람의 감정을 이어주는 소중한 의사소통 도구인데, 아르헨티나라고 다르지 않을 거라 판단했다. 그래서 나는 그동안 살짝 익혀두었던 쿰비아^{Cumbia} 노래 하나를 부르기 시작했다. 쿰비아는 중남미 지역에서 흔히 들을 수 있는 대중가요 장르의 노래인데, 우리나라로 치면 트로트와 비슷하다고 해야 할까? 특유의 꿀렁꿀렁한 리듬과 노골적일 정도로 솔직한 가사가 일품이며, 나에겐 마치 술에 거나하게 취한 삼촌과 이모들이 술병을 들고 흥에 취해 몸을 흔들며 부르는 듯한 느낌이다. 그들은 단

　　　　　　　　　　　　　반대라서 더 끌리는, 아르헨티나

언컨대 그동안 한 번도 자기들의 인생에서 "내 마음을 훔쳐 간 사랑의 도둑놈, 네 거짓말은 이제 끝났어!" 같은 통속적인 스페인어 가사의 쿰비아 노래를 간드러지게 부르는 한국인을 만난 적이 없었을 것이다. 그날 주인장의 1부 포크로레 공연 덕에 잔잔하게 흘러가던 분위기는 그들의 예상과는 전혀 반대로 쿰비아를 부른 나로 인해 모두가 깔깔대며 웃느라 초토화되었고, 그렇게 살타에서의 밤은 즐겁게 익어갔다.

하지만 이런 멋진 분위기 덕인지 이 숙소는 늘 인기가 많아 어쩔 수 없이 나는 며칠 뒤 한번 숙소를 옮겨야 했다. 7월 겨울방학 성수기 시기였기에 방이 있는 아무 에어비앤비로 예약해서 옮겼는데, 숙소의 주소를 듣더니 호스텔 주인은 표정이 싹 굳었고, 택시 기사는 거기로 데려다 달라고 하니 혀를 끌끌 찬다. 알고 보니 거긴 살타 주민들은 다 아는 홍등가라고 했다. 젠장, 나의 첫 번째 임시 숙소였던 레콜레타 바퀴벌레 아파트가 그랬듯이, 에어비앤비는 자기들에게 불리한 정보를 절대 먼저 알려주지 않기 때문에 이런 복불복 같은 일이 언제든 일어날 수 있다. 호스텔 주인의 걱정대로 실제로 밤 9시 정도만 되어도 거리 곳곳에 옷감 천이 심히 모자라는 복장을 한 매춘부들이 돌아다니며 지나가는 남자 손님을 유혹했고, 숙소로 돌아가던 여자인 나를 보고는 실컷 비웃었다. 살타의 밤은 아름다웠지만, 나는 숙소 주변 거리에서 마주치게 되는 이들의 비웃음이 더 듣기 싫었기에 이들과 최대한 안 마주치기 위해 이 숙소에 있는 동안은 어쩔 수 없이 일찍 다녔다.

마지막 날은 모든 여행을 마치고 부에노스아이레스로 돌아가기 전에 긴 머리 친구와 함께 살타 전체를 조망할 수 있는 케이블카를 타고 올라갔다. 빨간 지붕의 식민지풍 양식의 집들, 중심지구의 커다란 성당들과 역사적 건물들, 커다랗게 자란 나무들과 안데스 산맥, 그리고 그 위에는 구름으로 평온하게 둘러싸인 형형색색의 살타를 보고 있노라니 그 풍경에 취해 마음이 벅차올랐다. 그리고 아주 오래전부터 왜 살타의 어원이 '아름답다'였는지, 어떻게 'Salta la Linda'라는 말이 살타를 대표하는 말이 되었는지 이해할 수 있었다.

반대라서 더 끌리는, 아르헨티나

투쿠만Tucumán,
외딴 산속 천문대에서 보낸 별 헤는 밤

"아니, 아르헨티나에 이런 곳이 있었다고?"

어느 날 수업 시간에 쓸 자료를 찾다가
아주 우연히 투쿠만(정식 이름은 산 미겔 데 투쿠
만San Miguel de Tucumán) 지방 정부 홈페이지 관광
정보를 통해 암핌파 천문대 Observatorio Ampimpa
의 존재를 알게 되었다. 구글 지도로 더 찾
아보니 이 천문대는 투쿠만 시내에서 차로
는 3시간 정도 떨어진, 안데스 산맥 자락의
작은 마을들을 지나가는 도로 한가운데 외
진 곳에 있었다. 호기심이 발동한 나는, 바

로 암핌파 천문대 홈페이지를 들어가 보았다. 그 덕분에 이곳이 아르헨티
나에서 사람들이 쉽게 방문할 수 있도록 조성된 몇 안 되는 개방형 천문대
이자, 2~3주에 한 번씩 주말에만 사람들을 위해 천체 망원경 관찰이 포함
된 천체 관측 투어와 오두막 형태의 숙소까지 제공하는 걸 알게 되었다. 하
지만 아무리 인터넷을 찾아봐도 한국인의 후기는 없었기에 아직 그곳에 가
본 한국인은 없는 걸로 추정되고, 거기에 다녀왔다는 영어 후기 역시 내 검
색 실력으로는 찾기가 어려웠다. 그걸 본 순간 슬그머니 내 안에서 묘한 호
승심과 모험심이 일기 시작했다. 내가 직접 가서 확인해 보며, 성공적으로
다녀와 후기를 남기는 첫 번째 사람이 되어보고 싶은 마음.

밤에 태어났기 때문일까. 평소에도 밤하늘의 반짝이는 별을 물끄러미 바라보는 걸 좋아하는 나는 칠레 북부 산 페드로 데 아타카마 사막이나 볼리비아 우유니 사막 등 이미 다른 남미 국가의 안데스 지역에서도 별 관찰 투어나 별 여행을 해본 적이 있다. 하지만 이렇게 남미에서 직접 천문대를 방문하면서 천체 관찰을 해본 적은 없었기에, 남반구의 별을 배우며 제대로 우주의 광활함을 즐겨보고 싶었던 나는 반드시 여기를 꼭 가봐야겠다고 다짐했다. 하지만 렌트카 없이 혼자서 가는 방법은 쉽지 않아 보였다. 암핌파 천문대로 가는 버스 회사는 아콘키하^{Aconquija} 딱 한 군데로, 그것도 하루에 몇 대 없는 아마이차 델 바셰^{Amaicha del Valle} 행 버스를 타고 4시간쯤 가다가 천문대 입구 근처에 도착할 무렵 도로 한가운데에서 기사에게 내려달라고 해야 한단다. 게다가 방문객들을 위한 오두막 예약을 매주 주말마다 여는 것도 아니고, 가고 싶은 달 1일에 예약 홈페이지가 열릴 때를 노려서 선착순으로 진행하는 식이었다.

제대로 된 천체 관측을 하기 위해서는 달이 없는 그믐이나 삭 즈음의 날을 골라야 하는데, 때마침 아르헨티나 10월 연휴의 밤하늘이 딱 그러했다. 이를 보고 나는 천체 관측을 위한 좋은 조건이 겹친, 하늘이 준 기회라 여겼다. 천문대 오두막 자체가 몇 채뿐이라 예약이 제한되어 있기에 거길 실제로 갈 수 있을지 장담할 수 없었지만, 도전 의식이 든 나는 의지의 한국인답게 불굴의 의지로 계속 천문대 숙박 담당 리셉션에 주기적으로 메일을 보내며 10월 예약이 열리면 알려달라고 달라고 했다. 그런 나의 노력을 통해 결국 10월 연휴 중 하루를 운 좋게 예약에 성공해서 오두막 하나를 빌리게 되었고, 천문대 일정에 맞춰 급하게 나 홀로 투쿠만 여행을 결정했다.

투쿠만 주는 근처의 살타나 후후이처럼 관광업이 크게 발달한 곳이라기보다는, 설탕 생산이나 제조업 등 이 나라의 기간 산업이 발전한 지역이다. 그래서 외국 관광객들에게 상대적으로 유명한 곳은 아니지만, 그 덕분에 인구 백만 명이 넘는 아르헨티나 북부의 최대 규모 주로 자리 잡았다. 투쿠만은 아르헨티나 독립이 선언된 역사적 도시이자, 라틴아메리카의 목소리이자 민중의 어머니로 불리는 국민 가수 메르세데스 소사의 고향이기도 하다. 군사 정권 시절 핍박받으면서도 꿋꿋이 노래하던 그녀. 나도 예전에 포크로레 노래를 검색하다 유튜브 알고리즘에 의해 그녀의 노래 〈Luna Tucumana〉를 처음 접하게 되었는데, 우수 어린 목소리와 가사 전달력이 마음을 울렸다. 이제는 세상에 없는 그녀의 아름다운 노래를 들으며 오전 일찍 투쿠만으로 향하는 비행기에 몸을 실었다.

　투쿠만 공항에 내리자마자 바로 버스 터미널로 가서 다시 암핌파 천문대로 가는 방법을 확인한 다음 표를 사두었다. 예약 시스템 같은 건 없는 데다, 연휴라서 표를 미리 사놓지 않으면 내일은 아예 표가 없을 것 같다는 예감이 들었기에 어쩔 수 없이 아주 오래 기다려 버스표를 사고 왔다. 이후 숙소에 도착해서 짐을 놓고 시내를 돌아 다녀보니, 들은 대로 북부의 큰 도시라는 느낌이 들었다. 내가 여기에 온 가장 큰 목적은 내일 가서 이틀 동안 지낼 암핌파 천문대이지만, 그래도 이 도시가 품고 있는 이야기에 대해

좀 더 알고 싶었기에 도시에 도착하는 날 오후에 바로 출발하는 반일짜리 시내 역사 투어를 예약 신청을 해두었다. 아까 표 사느라 시간을 너무 많이 허비했기 때문에 밥을 먹기엔 투어 픽업 시간이 어중간해져 버려서 과자를 먹고 허기를 달래가며 투어를 기다렸다. 설명에 따르면 투어 시간은 4시였고 3시 45분에 데리러 온댔는데, 역시 엿가락처럼 늘어나는 시간 개념의 남미답게 4시 반이 훌쩍 지나서야 밴이 나타나 날 데리러 왔다. "이럴 줄 알았으면 그냥 뭐라도 먹고 올 걸."이라는 푸념을 뱉으며 투어가 시작되었다.

배는 고팠지만, 친절한 투쿠만 출신 가이드와 열심히 투쿠만 시내 역사 지구를 돌았다. 제일 먼저 도착한 곳은 역사 공원처럼 조성된 사탕수수 산업 박물관Museo de la Industria Azucarera으로, 투쿠만에서 사탕수수 산업을 창시했던 콜롬브레스Colombres 주교의 거처를 박물관으로 만든 곳이라고 했다. 나는 투쿠만이 아르헨티나 북부에서 처음으로 사탕수수를 재배한 곳이었으며, 또한 레몬 수출로 유명하다는 사실을 가이드의 설명을 통해 처음 알았다. 같이 투어를 돌던 관광객 중에 쿠바 출신 아저씨가 있었는데, 쿠바의 사탕수수 산업은 노예제도와 깊게 연결되어 있어 피로 쓰인 역사를 증명할 뿐이라 마음이 아프지만, 여기 아르헨티나는 이곳을 다스리던 성직자의 주도하에 북부 사람들의 소득을 올리기 위해 계획적으로 사탕수수 산업을 육성했다는 사실을 듣고 마음이 좀 더 편해졌다고 했다. 이외 옛 식민풍 건물인 투쿠만 시청과 성당, 독립 박물관 등의 역사적 명소들을 차례로 돌았는데 가이드의 박식하고 자세한 설명 덕에 이 도시와 아르헨티나의 독립 간 깊은 연

관성을 이해하는 계기가 되는 등
투쿠만에 관해 다양한 이야기를
배운 소중한 시간이었다. 암핌파
천문대로 가기 전까지 시간이 조
금 남게 되어 반신반의하며 신청
한 반일 투어였는데, 신청하길 잘
했다고 생각했다. 배움이 있어 만

족스러운 하루. 그리고 내일 펼쳐질 별세계가 매우 기다려졌다.

아침을 든든하게 먹고 투쿠만에서 다시 버스로 4시간여 이동 끝에 암핌
파 천문대에 잘 도착했다. 아니, 사실 잘 도착했다고 말하기에는 오는 길이
말 그대로 또다시 '죽음'이었다. 푸르른 안데스를 보면서 오는 바깥 경치 자
체는 끝내주는데 길의 경사와 상태 또한 '끝내줘서' 중간에 멀미가 나고 토
기가 올라와서 힘들었다. 예전에 베트남을 배낭 여행할 때 달랏 오가던 길
도 생각이 나고, 페루 모케구아에서 살던 시절 아레키파로 오가는 가드레
일 없이 험한 도로 길도 생각이 났으며 아르헨티나 북부 지방 여행 때 틸카
라에서 이루샤 오가던 천 길 낭떠러지 길도 생각났다. 이젠 이렇게 낯선 여
행지에서도 이미 내가 아는 곳과 익숙한 곳을 겹쳐 보고 있으니, 그리고 보
면 내가 지금까지 참 많이 돌아다니긴 한 모양이다. 여하튼 온갖 걱정을 더
하면서 버스에 올라탔는데, 다행스럽게도 기사님께서는 내가 처음에 부탁
한 대로 천문대 입구 근처 도로에 날 내려주셨고, 나도 도로 중간의 표지판
을 보며 천문대 쪽으로 잘 걸어 올라왔다. 내일 버스를 타고 다시 돌아가는
길이 좀 걱정이었으나 '어찌 잘 되겠지.'라는 낙관적인 태도를 가져보기로
했다.

올라오니 다른 방문객들도 이미 몇
명 와 있었는데, 보아하니 모두 렌트카
나 자가용, 혹은 오토바이를 끌고 온 사
람들이었다. 워낙 소수지만 나처럼 버
스로 오는 사람들이 간혹 존재하고, 이
천문대가 이 지역 일대에서는 워낙 유
명해서 버스로 오가도 큰 문제는 없다
지만 나의 경험으로 비추어 보건대 정말이지 외국인 신분으로 이 짓을 하는
건 모험인 듯하다. 여하튼 나의 모험은 절반 정도 성공했고, 리셉션에서도
여기까지 온 동양 사람은 처음 봤다며 진심으로 환영해 주었다. 이렇게 '첫
번째'가 되겠다는 호승심 어린 나의 목적도 달성했다! 체크인하면서 '안드로
메다'라는 귀여운 이름의 오두막을 배정받고(모든 오두막에 유명한 별자리나 성단, 은
하의 이름이 붙여져 있었다) 본격적으로 천문대 프로그램이 시작되기 전 건물과 주
변을 한 바퀴 둘러보았다. 암핌파 천문대는 크진 않았지만 잘 관리되고 있
었고, 천문대 주변의 안데스 경관은 감탄이 저절로 나올 정도로 빼어난 아
름다움을 자랑하는 곳이었다. 또한 천문대 관장님의 환영 인사 및 설명에
따르면 여기 암핌파 지역은 안데스 건조기
후와 핀 현상이 일어나는 천혜의 자연조건
덕에 일 년에 비가 5일밖에 오지 않는 곳이
라 천체 관측에는 최적인 장소라고 한다.

　우주에서 지구를 내려다보면 창백한 푸른
점으로 보인다고 하는데, 아직 실제로 본
적 없는 그 색을 자동으로 떠올려 볼 정도로
연한 파란 눈이 인상적이었던 천문대 소속

가이드와 오후부터 아침 해 뜨는 시간까지 꽉 채운 일정을 소화했다. 암핌파 천문대에서 제공하는 프로그램은 내 예상보다 훨씬 알찼다. 내가 기억하는 천문대의 1박 2일 프로그램은 대략 다음과 같았다.

- 도착한 날 오후 체크인 후, 태양의 부분 일식을 관찰하는 활동(천문대 가이드 말에 따르면 아르헨티나에서 태양 관측용 망원경이 설치되어 있으면서 일반에 공개된 천문대는 여기뿐이라고 한다)
- 간단한 휴식 시간 후 일몰쯤에 다시 천문대로 올라오는 길로 다 같이 내려가 빅뱅 이론부터 지성체로 진화한 인류의 탄생까지 기록된 안내판과 함께 하나씩 설명 듣기
- 이후 잠시 메리엔다(간식) 시간 및 우주의 기본에 대한 스페인어 강의 줌으로 듣기(듣는 내내 머리에 쥐가 날 것 같았지만, 내가 알고 있는 천문학적 지식을 쥐어짜서 어찌저찌 맥락이라도 이해하고자 노력했다)
- 밤 10시 이후 천체 망원경으로 토성 관찰, 그리고 저녁 먹기(보통 아르헨티나의 저녁 시간이다)
- 자정쯤까지 밤하늘 별자리 및 성운, 은하수 육안으로 관찰
- 새벽 3~4시에 천체 망원경으로 다시 화성, 목성, 해뜨기 전 새벽 금성 관찰
- 마지막에 태양판으로 일출 보고 아침 식사 후 전체 일정 마무리
- 이후 자유롭게 체크아웃

"아니, 아르헨티나에 이렇게 빡센 스케줄이 존재했었나?" 할 정도로 만하루 시간을 꽉 채우며 천문 지식을 쌓는 일정이었다. 하지만 이곳은 방문객들이 별을 보고 단순히 '예쁘다'하고 감탄하며 끝내도록 하는 게 아니라, 우주에 대한 정확한 지식을 알려주며 우리가 우주의 신비를 배워가도록 돕

는 데 초점이 맞춰져 있었다. 이 일에 자부심을 느끼며 일하는 암핌파 천문대 팀 직원들의 모습은 정말이지 프로다워 보였다.

그렇게 망원경으로 태양의 부분 일식을 관측하다가 우연히 내 앞에 서 있던 커플과 말을 섞게 되었는데, 이들은 놀랍게도 스웨덴에서 온 부부였다. 남편은 작년부터 스웨덴 회사에서 아르헨티나 투쿠만 현지 공장으로 파견 나온 엔지니어였고, 아내는 몇 개월마다 한 번씩 의무적으로 스톡홀름으로 가서 업무 일정을 보내는 것 외엔 원격으로 처리할 수 있는 일이라 남편을 따라 함께 나왔다고 했다. 이들은 이번 연휴에 뭘 할지 고민하다가, 현지 동료가 이곳을 추천해서 나처럼 어렵게 숙소를 예약하고 렌트카를 빌려서 이곳으로 와 봤단다. 누구보다도 외국인 노동자의 심정을 잘 알기에 서로의 고충을 토로하면서 대화를 이어 나가게 되었는데, 같이 저녁 식사를 하면서 아내가 먼저 나에게 조심스레 물으며 괜찮다면 내일 돌아가는 길에 그들이 사는 투쿠만 교외까지 나를 태워줄 수 있다고 했다. 거기에서는 우버가 다니니 택시를 타고 시내로 들어가면 될 것 같다고. 우와! 이렇게 고마울 때가. 안 그래도 다시 돌아갈 길이 걱정이었는데, 이렇게 뜻하지도 않게 여행길에서 날개 없는 천사를 만났다. 우연히 만난 이들 덕분에 여행 자체가 풍요로워지고, 이 부부 역시 나처럼 별을 좋아하는 사람들답게 같이 은하수와 천체들을 보며 밤하늘에 대한 많은 이야기를 나누기도 했으며, 나중에는 이들의 렌트카 덕에 그 험한 도로를 편하게 지나 무사히 돌아올 수 있었다.

그렇게 맛있는 식사, 무뚝뚝하고 차가워 보이는 첫인상과 달리 다정하고

반대라서 더 끌리는, 아르헨티나

따뜻한 스웨덴 커플과의 대화, 밤하늘의 육안 혹은 천체 망원경으로 보는 별 관측도 모두 마치고 나의 '안드로메다' 숙소에 몸을 누였는데, 저절로 이를 딱딱 부딪칠 정도로 추워서 잠을 잘 수가 없었다. 이곳도 해발 2,500m가 넘는 고산지대이기 때문에 밤에는 기온이 확 내려가는데, 이대로는 자다가 동사하지는 않을까 걱정될 정도였다. 혹시나 해서 들고 온 항공 담요를 몸에 돌돌 말아 덮었으나, 이걸로는 역부족이었는지 결국 추워서 이내 잠이 달아나 버렸다. 잠을 포기한 나는 그냥 밖으로 나와서 담요를 두르고 온몸을 외투로 감싼 뒤 언젠가 잠이 올 때를 기다리며 아주 늦은 새벽까지 밤하늘을 관찰했다.(근데 어째 오두막 안이 더 추웠던 것 같은 건 나의 착각이겠지?) 희뿌연 은하수와 함께 더 이상 무슨 소원을 더 빌어야 할지 모를 만큼 수없이 쏟아지는 별똥별을 보았고, 별자리 앱을 통해 북반구에서는 관찰할 수 없는 남반구의 별자리들을 하나씩 확인하면서 뿌듯해했다. 우리 집 베란다에서는 이웃 아파트에 가려 잘 안 보이는 플레이아데스성단까지 쭉 감상하면서 말이다. 그렇게 조금씩 추위도 잊고, 잠까지 잊은 채 그토록 보고 싶었던 별들의 잔치를 아주 늦은 새벽까지 만끽했다.

까만 도화지에 다양한 유리 조각을 으깨어 빈틈없이 흩뿌린 듯 빛나는 셀 수 없이 많은 별, 시작과 끝, 그리고 시간의 존재까지 정확히 알 수 없는 무한한 우주. 그중에서도 제일 아름답고 특별한 별인 지구. 아르헨티나 북부 투쿠만주 외곽의 깊은 산속 암핌파 천문대의 늦은 새벽 밤. 금방이라도 나에게 성큼 다가올 듯 머리 위에 밝게 떠 있는 무수한 별을 바라보고 또 하나씩 세어보기도 하면서, 각기 다른 우리가 모두 여기 이 지구별에 태어나 함께 존재하는 자체가 기적이라는 생각이 다시금 들었다. 덧붙여 그 기적같이 주어진 삶을 스스로 사랑하고 다독이며 잘 가꾸어야 함을 잊지 않아야 한다는 사실도.

투쿠만은 나에게 있어 안데스 산맥의 품 안에서 까만 밤하늘을 이불 삼아 내 머리 위에 쏟아지는 별들을 헤아리던, 아름다운 별의 고장으로 기억이 될 듯하다. 그리고 이 먼 길을 마다하지 않고 기어이 여기까지 온 내 자신이 괜히 기특해서, 수고했다는 의미로 스스로에게 어깨를 툭툭 쳐 주었다.

반대라서 더 끌리는, 아르헨티나

멘도사Mendoza,
세계적인 와인의 고장에서 먹고 마시며 즐기다

슬슬 무더운 여름으로 접어드는 12월 중순, 크리스마스 시즌 전부터 연말까지 이어지는 긴 연휴를 맞아 나를 볼 겸 아르헨티나 여행을 같이하기 위해 멀리서 친한 친구가 왔다. 친구와 의논하면서 함께 여행 일정을 본격적으로 짜기 전에 가고 싶은 곳이 어디인지 먼저 물었더니 친구는 예전부터 멘도사를 꼭 가보고 싶었다고 대답했다. 안데스와 인접한 건조한 기후의 고산지대 근방, 평지보다 약간 높은 지대에 위치한 멘도사. 거기에 화산활동으로 포도를 재배하기 좋은 토양의 조건까지 만들어진 덕택에 세계에서도 손꼽히는 와인의 도시로 탄생한 곳. 그리고 얼마 전부터는 아르헨티나 내에서 미식의 도시로도 자리매김하기 시작한 매력적인 멘도사 지방에서 친구와 며칠간 크리스마스 연휴를 보내기로 결정했다.

유럽이나 미국 등 북반구와는 다르게 남반구에 위치한 다른 국가들처럼 남미 여행의 최성수기는 시기상 여름인 12월부터 2월인 데다, 크리스마스 연휴에는 아르헨티나 여행객뿐만 아니라 세계 각지에서 다양한 외국인 손님이 모이기 때문에, 인기가 많은 숙소나 와인을 곁들인 파인다이닝 등은 몇 개월 전에 예약해 두는 것이 현명한 선택이었다. 무엇보다도 당시에는 아르헨티나의 대통령 선거를 앞두고 정치적, 경제적 상황이 매우 불안정해서 하루가 다르게 물가가 올라가는 상황이었다. 그래서 우리는 무엇이든 빠르게 결정 후 예약금부터 걸어두며 선점해야 했다. 이렇게까지 멘도사에 많은 기대를 하고 있던 우리는 산 좋고 물 좋은 이곳에서 멋지게 주지육림을 즐겨보자며 유명 와이너리 내 레스토랑에서 페어링 와인과 함께 제공하는 코스 요리도 두 군데 예약했다. 그리고 남미 문화에서 절대적으로 가족과 함께하는 날인 크리스마스 연휴에는 아마 모든 상점이 문을 닫을 것이므로, 선택의 폭이 넓지 않을 것을 예상해 교외로 나가기 위해 커다란 렌트카를 빌렸다. 이에 교외에서 멋진 밤하늘과 풍경을 만끽하기 위해 시내에서 멀리 떨어진 돔 형식의 숙소도 예약하며 멘도사 지방 곳곳을 다녀보기로 했다.

비행기를 타고 도착한 멘도사는 푸른 하늘 아래 선선한 바람이 불며 곳곳에 포도밭이 펼쳐진 아름다운 도시였고, 작은 포도밭이 있는 대저택을 개조한 숙소에 짐을 풀고 정리한 다음 예약한 와이너리 레스토랑으로 갔다. 아르헨티나 내 유명 와인 브랜드 중 하나인 엘 에네미고El Enemigo 와이너

리에서 운영하는 카사 비힐Casa Vigil이라는 곳인데, 시내와는 멀리 떨어져 있지만 고풍스러우면서도 아늑한 건물 분위기와 함께 곳곳이 포도와 아늑한 불빛으로 장식된 레스토랑을 보며 감탄했다. 친절한 종업원의 안내와 설명을 들으며 음식과 와인을 함께 즐겼는데, 무엇보다도 레스토랑의 음식이 굉장히 맛있었으며 페어링되어 나오는 각양각색의 와인도 전부 퍼즐로 맞춘 것처럼 다

잘 어울렸다. 코스로 내오는 접시마다, 함께 나오는 와인마다 우리는 감탄
사를 아끼지 않았고, 이 분위기에도 함께 취한 것인지 결국 실컷 먹고 엄청
나게 마시고 말았다.

　다음 날 몸을 추스려 간신히 체크아웃한 다음, 아침 일찍부터 미리 예약
해 둔 와이너리 투어를 갔다. 우리가 선택한 곳은 두리구티^{Durigutti}로, 멘도사
출신인 두리구티 형제가 지역에 방치되어 있던 오래된 와이너리를 인수 및
복원하여 가족 사업으로 꾸렸다고 한다. 다른 대형 와이너리 업체만큼 규모
는 크지 않지만 아르헨티나에서는 유명한 와인 브랜드이며, 각 와인마다 자
기 가족 이름을 붙이는 등 그들만의 역사가 녹아 있다. 와이너리 소속 가이
드와 함께 하늘이 맑고 풍경이 좋은 안데스 아래 비옥한 토지에 재배되는
각종 포도밭을 걸으며, 이 와이너리만의 철학, 와인이 만들어지는 과정과
함께 현재 여기서 진행 중인 다른 브랜드들과의 다양한 협업이나 실험적인
와인 모델 이야기도 들었다. 마지막은 지하 창고에서 우리가 제일 기다리던
시간인 와인 체험이 있었다. 상큼
한 맛부터 오크 숙성 와인까지 다
양한 와인을 하나씩 맛보며 눈이
번쩍 뜨이는 경험을 하고, 정신을
차려보니 이내 와인을 사기 위해
돈을 왕창 꺼내고 있었다. 이후에
는 올리브로 유명한 농장에 들러
올리브 비누와 오일까지 놓치지
않고 알차게 쇼핑을 마무리했다.

　휴식을 충분히 취한 뒤 오후에는 렌트카를 찾으러 갔다가 이다음 예약

된 또 다른 유명 와이너리 카데나 사
파타^{Cadena Zapata} 내 레스토랑에 늦은 오
후 점심을 먹으러 갔다. 친구는 렌트카
운전을 하느라 마시지 못하고 나만 와
인을 페어링하며 코스 요리를 먹었는
데, 와인도 와인이지만 음식 플레이팅
이 예술이었으며 고풍스러운 식당 건
물이 훌륭했다. 이후 주변을 산책했는
데, 뜨거운 햇살이 내리쬐고 구름이 떠

있는 하늘 아래 자리한 드넓은 포도밭에는 경비가 삼엄해 일정 구간 이상 출
입을 금지하고 있어서 생각보다 자유로운 산책은 불가능했다. 이후에는 크
리스마스 휴일을 보내기 위해 멘도사 시내에서 2시간여 떨어진 우스파샤
타^{Uspallata} 지역의 돔 형태의 숙소로 출발했는데, 가는 길 내내 펼쳐지는 목가
적인 풍경과 밤하늘이 인상적이었다. 완연한 밤이 되어서야 돔에 도착했고,
우리를 기다리던 직원이 반갑게 웃으며 열쇠와 바구니에 담긴 식사를 내어
주었다.

   남미에서 12월 24일 오후부터 25일은 크리스마스 휴일로, 무조건 가족
과 함께 쉬는 날의 개념이라 모든 가게나 관공서, 와이너리 등이 휴업이다.
내가 친구에게 이 부분에 대해 미리 언급은 했지만, 실제로 친구는 크리스
마스이브 오후부터 하나둘 가게가 닫히기 시작하며 해 질 무렵쯤엔 아무
곳도 열려 있지 않은 텅 빈 거리 풍경을 본 뒤 당황했다. 심지어 주유소도
굳게 닫혀 있어 렌트카를 빌린 우린 어찌해야 하나 고민했으나, 숙소 직원
이 휴일에도 칠레 국경과 가까운 큰 주유소 하나는 열려 있을 테니 그쪽으
로 가면 된다고 했고, 덕분에 기름을 채울 수 있었다. 돔이 위치한 곳은 안

반대라서 더 끌리는, 아르헨티나

데스 산맥으로 둘러싸여 개울이 흐르는 들판이어서 친구랑 기분 좋게 산책을 다녀왔다. 그렇게 고요하게 맞이한 크리스마스 당일. 알맞게 산들바람이 부는, 무엇보다도 하늘이 맑고 깨끗한 날에 뭔가 돔 주변에만 눌러앉아 있기엔 아까운 기분이 들었다. 그래서 숙소에서 제공해 준 점심 바구니를 먹고 난 뒤 직원에게 휴일에도 주변에 차를 몰고 가볼 만한 장소를 추천해 달라 부탁했다. 그러자 직원은 오늘 날씨가 좋으니 체력이 되면 아콩카과 ^{Aconcagua} 산 주변까지 가서 트레킹하는 것도 괜찮을 것 같다고 답변했다. 기본적으로 해발 고도가 거의 7,000m 가까이 되는 고산이라 매우 위험하고, 성공적인 등반을 위해서는 긴 일정과 함께 모든 면에서 전문적인 준비가 필요한 아콩카과 봉우리 등정과는 달리, 아콩카과산 입구부터 중간까지만 가는 아콩카과 트레킹은 – 그곳이 3,000~4,000m 이상의 고산지대인 것만 주의한다면 – 경사가 완만해서 왕복 3~4시간 정도면 충분히 다녀올 수 있다고 했다. 숙소 직원이 내어주는 도시락을 먹은 다음, 친절한 그의 도움을 받아 아콩카과산 트레킹 입산 비용을 미리 내고 칠레 국경 쪽으로 출발했다.

화창하다는 말로는 부족한, 정말이지 끝내주는 날씨의 오후. 직원의 말대로 아콩카과는 주 정부에서 관리하는 공원이라 그런지 크리스마스이긴 해도 관리소에 사람이 있었고, 트레킹 코스를 오가는 다른 사람들도 간간이 보였다. 휴일에 일하는 직장인의 고충을 겪는 관리 직원과 간단한 대화를 나눈 뒤, 오후 6시까지는 돌아와야 한다는 그의 당부를 들으며 우리 일행은 트레킹을 시작했다. 맑은 하늘에 둥실 떠 있는 구름을 두르고 우뚝 솟은 아콩카과산을 보며 기분 좋게 시작하는 트레킹. 더위와 추위를 순식간에 오가는 고산지대 특유의 낮 기후 덕에 입고 있던 겉옷을 수시로 벗었다가 입었다가 하는 수고를 겪으면서도, 마치 천국을 걷는다면 이런 느낌일까 싶을 정도의 멋진 길이었다. 살면서 고산 트레킹을 처음 해본다며 걱정 반 설

반대라서 더 끌리는, 아르헨티나

렘 반이었던 내 친구는, 역시 체력의 여왕답게 금방 적응해서 신나게 뛰어다녔다. 우리는 그곳을 배경으로 한 멋진 사진과 동영상을 내내 찍어가며 많은 추억을 담아 왔다.

다시 돔 숙소로 돌아오는 저녁 길. 안데스의 자연이 선사하는 숭고미에 취해서 그대로 도로를 타고 쭉 갔더니 톨게이트 뒤 터널이 있었고, 아무 생각 없이 터널을 지나니 바로 아르헨티나-칠레 국경 검문소가 눈앞에 보였다. 헉! 지리상으로 멘도사가 칠레와 가까운 줄은 알고 있었지만, 이렇게 바로 칠레 영토가 나올 거라고는 전혀 생각하지 못했다. 계획에 없었던 일이라 매우 당황했지만, 정식으로 칠레 국경 검문소를 넘어가기 전 나름 우리는 칠레 땅에 왔다면서 사진을 한 장 찍었는데, 우리가 수상해 보였는지 멀리서 한 오토바이가 우리를 향해 오는 게 아닌가! 물론 진짜로 칠레로 갈 생각은 없었기에 다시 아르헨티나로 가기 위해 터널 쪽으로 차를 돌려 출발하니, 오토바이는 다시 국경 검문소 쪽으로 돌아갔다(알고 보니 별다른 국경 표식이 없이 터널만 넘으면 바로 칠레라 여행객들 사이에 종종 있는 일이라고 한다). 여튼 나름 스펙타클한 경험을 했다며 아르헨티나 쪽 톨게이트로 다시 넘어오니, 옆에 휴게소 문에 스페인어로 '열림'이라는 뜻의 Abierto 표지판이 달려있었다. 이 높고 외진 고산지대의 크리스마스 연휴에 예상치 못하게 열려 있는 휴게소라니! 신기한 마음에 안으로 들어가니 친절하게 맞아주었고, 이 지역 주민인 듯한 휴게소 주인 가족분들과 이야기를 하다 보니 크리스마스 선물이라며 지역 술도 한껏 따라주셨다. 이렇게 아콩카과 트레킹 여행의 마지막 마무리로 친절한 사람들이 보여주는 따뜻한 마음에 뭉클했던 기억을 안고 숙소로 돌아왔다. 이후에 돔 투숙객들이 모두 모여 와인과 함께 아르헨티나식 크리스마스 요리를 나누는 저녁 식사 이벤트도 있었다. 전 세계 각지에서 모인 사람들과 즐거운 대화를 나누며 지구 반대편에서도 가족적인 분위기의 정을 느낄 수 있었던 이날은 우리에겐 절대 잊을 수 없는 크리스마스였다.

돔 숙소에서 다시 멘도사 쪽으로 돌아오는 날. 숙소를 체크아웃하면서 직원에게 멘도사 시내 쪽으로 돌아가는 길에 자동차로 지나가 볼 만한 곳이 있냐고 물었다. 직원은 여기서 물과 온천으로 유명한 비샤빈센시오 Villavicencio 사이에 자연보호구역으로 지정된 오프로드 자갈길이 있는데, 자연 풍광이 빼어나니 운전에 자신이 있다면 가보라며 추천했다. 그의 묘한 대답을 듣고 고개를 갸웃했지만, 추천하는 데는 이유가 있겠지 싶어 가벼운 마음으로 갔는데 아뿔싸, 안데스에서 볼 수 있는 또 하나의 '죽여주는' 길이었다. 아, 이렇게 안데스에 또 낚이다니. 마치 다른 행성에 불시착한 것

반대라서 더 끌리는, 아르헨티나

같은 느낌의 풍경. 우리는 황야를 달리는 무법자가 된 기분으로 그토록 아찔하고 험한 고산지대의 비포장도로를 잘 헤쳐나왔다. 아르헨티나에서는 도로교통 사고로 사람이 숨지면 경각심을 주기 위해 사고가 발생한 자리에 사망자의 이름이 적힌 별 모양 표지판을 세워두는데, 우리는 절대 여기서 '안데스의 별'이 될 수는 없다며 이 악물고 빠져나왔다. 그토록 험한 길을 운전하느라 고생한 베스트 드라이버 친구에게 미안하고 고맙다고 했더니 친구는 언제 또 이렇게 멋진 길을 운전해 보겠냐며 씨익 웃는다. 덕분에 안데스 산자락과 포도밭이 펼쳐진 우리의 마지막 숙소에 무사히 도착했다. 숙소 주인 부부의 솜씨가 들어간 스테이크와 이곳의 특제 와인을 곁들이며, 우리는 '안데스의 별'이 되지 않은 이날의 성공을 자축했다.

고산지대는 맑고 건조한 기후 덕에 별을 관찰하기에 최적이지만, 우리가 머물던 시기의 멘도사는 아쉽게도 보름달이 환하게 떠 있어 밤하늘이 너무 밝았기에 별을 보기는 어려웠다. 대신 매일 밤 보름달 아래에서, 친구와 늦은 시간까지 멘도사산 와인을 곁들인 두런두런 진솔한 이야기를 나누며 속마음을 터놓고 깊은 우정을 다지는 시간을 가졌다. 우리의 살아온 역사를 기꺼이 함께 공유할 수 있는, 마치 와인처럼 오래된 친구와 누리는 와인 빛깔의 사랑이 가득한 대화. 그리고 그 속에서 다시 덧붙여 새로이 만드는 소중한 시간. 멘도사는 우리에겐 먹고 마시며 즐기러 온 곳일 뿐만 아니라, 과거와 현재를 오가며 쓰는 '우정'과 '추억'이라는 이름의 크리스마스 종합 선물 세트 그 자체였다.

반대라서 더 끌리는, 아르헨티나

Parte 4

세상의 끝에서, 파타고니아

En el fin del mundo, La Patagonia

Argentina

푸에르토 마드린 Puerto Madryn, 펭귄과 고래가 뛰노는 동물의 천국

한국 사람들에게는 아직 생소하고 낯선 파타고니아 중남부 지역 추부트 Chubut 주의 소도시 푸에르토 마드린 Puerto Madryn. 나도 아르헨티나에 오기 전 까지는 이곳에 대해 전혀 들은 바가 없었으나, 고래나 펭귄, 바다사자나 바 다코끼리같이 우리가 보기 힘든 다양한 해양 동물을 실제로 가까운 거리에 서 만날 수 있는 세계적인 여행지 중 하나로서 점차 입소문이 나기 시작하 는 중이라고 한다. 나는 우연히 직장 동료를 통해 푸에르토 마드린이 대서 양과 남극에서 서식하는 남방참고래(남방긴수염고래) Ballena Franca Austral를 관찰하 기 가장 좋은 곳이라는 이야기를 듣게 되었다. 고래를 실제로 내 눈으로 보고 싶어진 나는 후후이 여행을 통해 알게 된 이탈리아 친구와 함께 10월의 긴 주말 연휴를 이용해 그곳으로 여행을 떠났다. 세계적인 폭포에 빙하, 그리고 파타고니아의 자연과 식생까지! 아르헨티나는 정말이지 관광 측면에서도 축복받은 나라임이 분명하다.

원래 이 지역은 아르헨티나 땅에 살던 여러 선주민 중 테우엘체^{Tehuelche} 족의 땅으로, 추부트라는 지명도 그들이 쓰던 옛 언어 중 '투명하다'라는 뜻의 단어 Chupat에서 유래되었다고 한다(이는 추부트강의 맑은 물을 묘사한 것이다). 혹독한 자연 기후의 파타고니아답게 옛날부터 인구밀도가 아주 낮아 단위면적당 1~2명 정도가 살 뿐인 땅이었으나(파타고니아의 면적은 아르헨티나 전체의 50% 정도를 차지하나 전체 인구는 고작 2백만 명 남짓이고, 추부트 지역도 이 넓은 땅에 겨우 60만 명 정도가 산다고 한다), 19세기 중엽 스페인어로 Galés라고 불리는 영국 웨일스 주민들이 대거 이곳으로 이민을 왔다고 한다. 이후 라우손^{Rawson}, 트렐레우^{Trelew} – 웨일스어로 '루이스의 마을'이란 뜻으로 도시 설립자의 이름에서 유래되었다 – 등 이 척박한 파타고니아에 도시를 하나씩 설립하며, 웨일스 지역의 전통과 언어 등이 융합된 추부트주만의 독특한 문화를 형성하였다.

이 지역은 특유의 기후 덕분에 가축 사육에 적합한 질 좋은 풀들이 잘 자라 목축업이 활발하며, 이외의 주요 산업으로는 농업과 알루미늄을 포함한 지하자원 수출이 있다. 지역의 광산 자원을 개발하기 위해 많은 기업이 들어와 있는 것도 특징이다. 그러나 현재는 산업 다각화를 위해 푸에르토 마드린을 위시한 주변부 자연환경을 이용한 관광산업의 비중을 조금씩 늘리고 있다고 했다. 추부트에 사는 주민에게는 야생동물이 그들의 생업을 방해하는 경우에만 가구당 일정 수의 사냥이 허용된다고 한다. 푸에르토 마드린에 공항이 있긴 하지만 공항 비행편이 제한적이고 가격도 비쌌기에,

우리는 보통 이곳을 방문하는 사람들이 쓰는 방법인 트렐레우 공항으로 가서 다시 1시간 정도 걸리는 공항 밴 교통편을 통해 푸에르토 마드린으로 왔다. 오는 길 내내 창밖에 펼쳐진 파타고니아의 추운 건조기후 덕에 사막같이 형성된 풍경을 보면서 '척박하다', '황량하다'란 단어들만 머릿속을 맴돌았다. 진짜 이런 곳이 야생동물의 천국이라고? 혼란스러운 생각 끝에 도시 앞 바다 항구에 커다란 수출 화물선들이 줄지어 떠 있는 푸에르토 마드린에 도착했다.

숙소에 도착해 짐을 풀고 주변을 구경하는데, 날씨를 예측하는 것이 별 의미가 없는 파타고니아 지역답게 비와 바람 그리고 햇살이 순식간에 휙휙 오갔다. 해산물 식당에서 푸짐하게 밥을 먹고 강렬한 태양 아래 빛나는 바다 위 윤슬을 보며 에코센트로Ecocentro 지역 박물관까지 친구와 즐겁게 산책하고 있었는데, 날씨가 갑자기 바뀌어 차가운 비가 쏟아졌다가 그치기를 반복했다. 박물관에서 이 지역에서 만날 수 있는 다양한 해양생물과 지역사 정보를 익힌 뒤, 고래를 보기 위해서는 이곳으로 가라며 숙소 주인이 강력하게 추천해 준 푸에르토 마드린 근교 엘 도라디쇼 해변Playa El Doradillo 으로 택시를 불러 갔다.

흐린 날씨 속 바닷물이 차오르는 만조 시간. 내 눈앞에는 지금껏 본 적이 없던 아주 경이로운 풍경이 펼쳐졌다. 말 그대로 물 반 고래 반. 내가 눈으로 본 것만 해도 줄잡아 수십 마리의 고래들이 짙게 낀 회색 구름 아래 차가운 대서양 바다를 이곳저곳 신나게 누비고 있었다. 방문 당시였던 10월은 남방참고래들이 새끼를 낳고 기르는 시기라 푸에르토 마드린의 고래 성수기다(참고로 4~6월에는 고래를 보기 어려운 비수기라 투어가 제한적이거나 운영되지 않을 수 있다). 엘 도라디쇼 해변에서 나는 엄마 고래와 아기 고래가 함께 헤엄을 치

거나, 때로는 네 마리 이상의 고
래 가족이 함께 내가 서 있던 해
안 가까이 와서 평화롭게 노니는
광경을 친구와 함께 벅차오르는
마음으로 꺅꺅거리며 지켜보았
다. 여기도 고래, 저기도 고래. 어
딜 바라보아도 고래였다. 직접 눈

으로 봐도 믿기지 않아 카메라 버튼을 정신없이 누르던 내 손이 마치 정육
점의 냉동고기처럼 느껴질 정도로 뻘겋게 얼어버린 매서운 날씨였지만, 그
추위를 모두 상쇄할 수 있을 정도로 꽉 찬 감동을 느꼈다. 자연과 동물이
어우러진 숭고미는 나와 친구가 겨우 환희에 찬 괴성과 감탄사만 겨우 내
뱉게 할 정도로 그 순간 말하는 법을 잊어버리게 했고, 저절로 바다를 향해
존경의 의미로 머리를 조아리도록 만들었다.

　푸에르토 마드린에는 여러 가지 투어 상품이 몇 있지만 시간상 가장 메
인이 되는 투어 두 개를 신청했었는데, 그 중 첫 번째 투어는 내가 지구상
에서 가장 사랑스럽다고 생각하는 존재 중 하나인 펭귄을 보기 위한 푼타
톰보 Punta Tombo 투어였다. 푸에르토 마드린에서 2시간 반 정도를 달리면 도착
하는 이곳은 마젤란 펭귄의 최다 서식지다. 예전에 칠레 최남단 투어에서
임금펭귄들을 보았을 때 멀리서 우물쭈물 모여 있는 펭귄들을 보는 게 다
였기에 큰 기대를 하지 않았는데, 여기야말로 완전 펭귄 천국이었다. 손발
을 주체할 수 없을 정도로 너무나 사랑스럽고 또 소중한 존재들을 말도 안
되게 가까이에서 볼 수 있는 기회. 심지어 난 내 앞을 갑자기 빠르게 뒤뚱
뒤뚱 지나가는 한 펭귄의 날개에 맞기도 했다. 어안이 벙벙했지만, 당사자
펭귄에게 따질 수는 없으므로 내버려 두었다. 정말 미치도록 귀여우나, 이

들도 엄연히 야생동물이므로 우리가 함부로 귀여워하거나 쓰다듬을 수 없다. 다만 너무 귀엽기에 입으로만 '으악' 앓는 소리를 낼 뿐. 당시에는 짝짓기 시절이라 예민한 펭귄끼리 서로 싸우고 있었고, 어떤 펭귄 부부는 벌써 알을 낳아 품고 있기도 했으며, 아직 짝을 찾지 못한 펭귄들은 구애의 노래를 계속 불러대고 있었다. 6개월 단위로 브라질 남부와 아르헨티나 파타고니아를 오가며 짝짓

기하고, 새끼를 기르고, 여행하는 마젤란 펭귄의 삶은 고달파 보였지만, 그 피곤함은 극강의 귀여움으로 충분히 덮이는 듯 했다. 아, 이대로 몰래 데려가 키우고 싶다는 충동이 들 정도로 사랑스러웠다.

두 번째 투어는 아침 6시 반부터 기상해서 시작한 긴 당일치기 여행으로, 푸에르토 마드린에서 북쪽으로 2시간 정도 달리면 만날 수 있는 발데스 반도Península Valdés 투어였다. 웨일스계 개척자 조상을 둔 이곳 추부트 출신 로컬 가이드의 설명을 들으며 나의 모자란 배경지식을 채웠다. 발데스 반도는 각종 해양생물의 천국으로 1999년 유네스코 세계자연유산으로 지정된 이후로부터 본격적으로 이 지역에 관광산업을 육성하기 시작했다고 한다. 발데스 반도 곳곳에는 각 포인트에서 남방참고래, 범고래, 바다사자, 바다코끼리, 마젤란 펭귄 등 다양한 동물을 볼 수 있다. 나는 남방참고래를 가까이 보기 위한 보트 투어를 신청했는데, 이 고래를 볼 수 있는 확률이 가장 높은 시즌은 9월부터 12월까지라고 한다. 가이드의 말로는 옛날엔

포경 때문에 고래 수가 급감했다가, 국제적으로 포경이 금지된 이후로 고래들의 개체수가 점점 늘기 시작했다고 한다. 인터넷은 물론 전화 신호조차 잡히지 않는 덜컹거리는 파타고니아의 오프로드를 달리며 고래들이 모인 바다로 나가는 선착장으로 향하는 길. 무료해져서 밖을 보면 낙타과 친구 과나코들이 무리 지어 뛰어다니고 있었고, 가끔은 아르마딜로나 여우처럼 생긴 동물들도 보였다.

겨우 도착한 작은 항구 마을. 잘 정비된 마을의 방파제마저 한 번씩 오는 큰 파도에 모두 덮일 정도로 시작 전부터 파도가 아주 거셌다. 어제는 배를 못 띄울 정도로 바다 상황이 최악이었기에 고래 투어가 전부 취소되었다는데,

오늘 투어는 가능하다지만 뱃멀미에 쥐약인 나에겐 지금도 이미 최악으로 보였다. 과연 내가 저 높은 파도에 몸을 맡기고 1시간 반 이상을 견딜 수 있을까 걱정하면서 탔다. 처음에는 제일 바다가 잘 보이는 뱃머리로 가서 자유롭게 헤엄치는 고래들의 모습을 보며 흥분했으나, 결국 30분이 지나기 전에 만에 모든 걸 포기하고 그나마 파도의 영향이 덜한 배 뒤편으로 재빨리 도망 나왔다. 정말이지 뱃멀미로 죽을 것 같아서 배 뒤에 앉아 쉬고 있는데 슬슬 나와 같은 증상의 동지들이 나오기 시작했고, 어느덧 하나둘 봉지를 받아 입에서 토사물을 쏟아내기 시작했다. (어째 더욱 즐거워 보이는 듯한) 선장을 제외한 모든 투어 승객이 괴로워하거나 차례로 토하고 있는데, 그 모습을 같이 멍하게 지켜보는 것만큼 괴상한 경험이 있을 수 있을까. 나 역시 고래를 보기 위한 일념으로 끝까지 버틴 거지, 아니었으면 진작에 나도

반대라서 더 끌리는, 아르헨티나

널브러져 저들과 함께 구토하고 있었을 것이다. 심한 뱃멀미 때문에 집중해서 사진이나 동영상을 찍는 건 포기했지만, 마치 손 뻗으면 닿을 것만 같이 배 가까이에 있던 고래들의 멋진 모습을 열심히 눈으로나마 담았다. 그리고 바다코끼리와 바다사자를 보러 가는 길에 전날 보았던 귀여운 마젤란 펭귄들도 다시 보았다. 푼타 톰보보다 규모는 작지만 그래도 펭귄들이 꽤 있었다. 이 녀석들 모두 육지에서의 걸음걸이는 엉성하기 짝이 없지만, 바다에서만큼은 자유롭게 유영하는 모습이 일품인 해양 동물들이다. 동물뿐만 아니라 우리 사람들도 모두 저마다 가진 성품과 재능이 다르기에 특별하지 않은가? 각기 다른 개성의 동물들을 보며, 나 역시 사람마다 내재한 장점이나 기질이 다름을 인정하고 수용하는 마음의 폭을 더 길러야겠다고 생각했다.

큰 사전 조사 없이 그저 아르헨티나 현지인 동료들의 입소문과 간단한 인터넷 검색을 통해 가보게 된 푸에르토 마드린. 어쩌면 그들의 소문이 과장되었을 수도 있다 생각해서 기대를 내려놓고 갔는데 너무나 만족한 여행이었다. 파타고니아 특유의 깨끗하고 아름다운 자연과 잘 관리되는 동물 보호구역에 마음이 놓였고, 무엇보다 고래, 펭귄, 바다코끼리, 바다사자, 아르마딜로, 파타고니아 도마뱀, 과나코 등 다양한 동물이 야생성을 잃지 않을 정도로 인간과 일정한 거리를 유지하며 공존하는 모습을 보니 참으로 행복했다. 덧붙여 푸에르토 마드린은, 사람들로 붐비는 곳을 딱히 즐기지 않는 나에게 최적의 여행지였던 것 같다. 그렇게 멀리까지 나가지 않아도 충분히 자연을 즐길 수 있고, 생각보다 가까운 거리에서 귀여운 동물들을

볼 수 있으며, 무엇보다도 도시 자체가 해안 도시라서 바다 옆 도보길 전체가 바다를 내려다볼 수 있는 거대한 발코니 같았다. 특히 여행 마지막 날 바다를 붉게 물들인 노을과 밤하늘에 솟은 보름달 아래 노란색으로 번지는 밤바다는 마치 '고흐가 표현한 한 폭의 짙은 유화 같다.'라는 것 외에는 더 표현할 방법이 떠오르지 않을 정도의 예술적인 장면이었다.

끝으로, 비행기를 타고 부에노스아이레스로 돌아가는 마지막 날. 오버부킹으로 인해 운 좋게 좌석 승급이 되어 친구와 일등석을 타고 돌아올 수 있었다. 일등석 비행기 창가에서 내려다보는 발데스 반도의 전경은, 이곳 아르헨티나 파타고니아 중남부가 내게 주는 마무리 선물 같았다. 사실 이 여행을 오기 불과 며칠 전에 집으로 오는 버스에서 휴대폰을 도둑맞는 바람에 굉장히 기분이 좋지 않았었다. 아르헨티나는 때때로 이렇게 나에게 서럽고 거지 같은 경험을 선사하지만, 그런 엿같음을 보상할 만한 기회도 같이 주는구나 싶었다. 이 시소 같은 상황에 허탈함이 섞인 웃음이 나기도 했으나, 역시 세상사는 새옹지마라는 걸 되새기며 무슨 일이 생겨도 빠른 회복탄력성으로 긍정적인 태도를 잃지 않도록 노력하는 계기가 되었다. 다시한번 그 모든 게 선물 같았던 푸에르토 마드린의 풍경과, 그 풍경을 더욱 빛나게 해주는 우리의 귀엽고 씩씩한 동물 친구들에게 인간으로서 고마움을 전하며.

바릴로체Bariloche,
남미의 스위스에서 새로 덧붙인 기억과 교훈

　아르헨티나 사람들 모두가 이구동성으로 추천하는 최고의 여행지이자 가족 휴양지, 그리고 갓 결혼한 커플들의 신혼여행지로도 이름 높은 바릴로체. 이곳의 정식 명칭은 산 카를로스 데 바릴로체San Carlos de Bariloche로, 다른 지역들과 마찬가지로 성인의 이름과 지역 이름을 함께 붙이는 전형적인 스페인식 지명의 특징을 가지고 있다. 지역 원주민인 마푸체어로 '산 건너편의 사람들'이란 뜻의 Vuriloche에서 유래되었다는 바릴로체는, 파타고니아 북부 지역 리오 네그로Río Negro 주에서 가장 큰 도시이며, 도시 주변을 둘러싼 바다처럼 크고 넓은 나우엘 우이피 호수Lago Nahuel Huapi (마푸체어로 '재규어의 호수'라는 뜻) 를 품은 빼어난 풍광이 일품이다. 산과 호수로 둘러싸인 자연환경 덕에 '남미의 스위스'라는 별칭을 얻으며 그 아름다움으로 정평이 난 바릴로체는 사시사철 언제 방문해도 좋은 곳이다. 호수 위에서 고즈넉이 즐기는 카누, 세월을 낚는 낚시, 강에서 격렬한 급류를 즐기는 래프팅, 주변 산을 가볍게 도는 트레킹부터 산악자전거, 그리고 좀 더 도전적인 암벽등반까지 천혜의 자연환경을 이용해 실시하는 액티비티 여행 투어들 역시 활발하다. 겨울에 눈이 많이 내리는 파타고니아 지역답게 사람들이 스키를 타러 오기도 하는데, 바릴로체 근처 세로 카테드랄^{Cerro Catedral}에 있는 리조트는 남반구에서 가장 큰 스키 리조트라고 한다. 이렇게 바릴로체는 이곳을 찾는 여행객들의 다양한 요구를 충족하는 여행지로서 많은 사람의 사랑을 받고 있다.

하지만 정작 나와 바릴로체와의 첫 기억은 썩 좋지 못했는데, 지금으로부터 8년 전 파타고니아 여행 중에 발생했던 일 때문이었다. 원래는 엘칼라파테에서 출발하는 비행기표에 맞춰 위로 이동할 생각이었는데, 하필 아르헨티나 항공이 예고도 없이 갑작스레 언제 마칠지도 모르는 총파업에 돌입하며(아르헨티나 항공은 지금도 연례행사처럼 여름 성수기마다 파업을 시행하고 있다) 모든 항공편이 쭉 취소되는 바람에 내 여행 일정도 전부 꼬여버린 것이다. 호스텔에서 내게 미리 파업 소식을 전해주어 발 빠르게 움직인 덕에 겨우 이틀 뒤 아침에 떠나는 버스표라도 구해 이동할 수 있었다. 이후 버스를 갈아타 가며 무려 35시간 동안 차창 밖 너머로 펼쳐지는 광활한 파타고니아의 풍경을 지겨울 정도로 반복해서 보다가(이곳의 도로에서는 인터넷이 거의 터지지 않는다), 출발했던 전날 아침에서 그다음 날 자정이 되어갈 무렵에서야 겨우 도착했던 도시가 바릴로체였다. 불편한 새우잠을 청하며 자다 깨다를 반복하다 "도착했습니다.^{Llegamos.}"는 버스 기사의 육성 공지를 듣고 아직 정신을 못 차린 상태에서 헐레벌떡 짐을 덜렁 들고 내린 바릴로체 버스 터미널. 내리자마자 마지막 택시를 붙잡아 재빨리 이동해 거의 모든 상점과 식당, 호텔이 닫혀 썰렁하기 그지없던 센트로 지역에 내렸다. 꼬인 일정 때문에 전날 허겁지겁 예약해 두었던 호텔은 이미 문이 굳게 닫혀 있었다. 불안한 마음에 문을 몇 번 두드렸더니 조심스레 나오는 늙수그레한 주인. 하지만 주인은 "네가 너무 늦게 왔어."라고 말하며 이미 다른 투숙객들에게 모든 방을 줘 버려 남은 방이 없다고 했다. 항공 파업까지 겪고 일정도 꼬인 데다 겨우 도착한 도시에서 이런 일까지 겪는 나로서는 너무 황당하고 화도 났다. 하지만 그렇다고 현실적으로 난생처음 온 도시에서 이렇게 어둠이 완전히 내린 시내를 샅샅이 돌아다니며 방을 구할 수는 없었고, 저렇게 춥고 바람 부는 거리에서 노숙할 수도 없다고 판단해 주인에게 다시 통사정했다. 나의 간곡한 요청에 주인은 다시 장부를 살피더니 일단 침대는 남은 게 하나 있다며, 어떤 방으로 들어가더니 이미 거기서 투숙하고 있는 커플에게 양해를 구했다. 그리고 그 방 안에 있는 작은 간이침대로 나를 안내하며, 오늘은 여기뿐이니 내일은 다른 방으로 옮겨주겠다고 했다(하지만 결론적으로는 주인은 계속 내가 성수기 시즌에 급하게 왔다는 핑계를 댔고, 내 방이 옮겨지는 일은 없었다). 분명 내가 있는 걸 알고 있음에도 불구하고 밤새 이어진 커플의 강도 높은 애정행각을 라이브로 들으며 겨우겨우 피곤한 몸을 억지로 눕혀 잠을 청했던 그날 밤. 하지만 슬프게도, 이것이 내가 겪은 맵고 얼얼한 경험의 끝이 아니었다.

부에노스아이레스와 마찬가지로 바릴로체에서도 시내버스를 타기 위해서 필요한 교통 카드 수베가 필요하다. 하지만 바릴로체에 있던 며칠 동안 아무리 키오스코Kiosco(편의점 같은 작은 슈퍼)를 돌아다녀도 수베 카드를 살 수가 없어서, 버스를 타는 승객들에게 철판을 깔고 "현금으로 드릴 테니 제발 한 번만 카드 좀 찍어주세요."라고 끝까지 동냥하면서 버스 카드를 얻어 타야 했다. 사실 근래 들어서야 생산 물량이 그나마 안정화되었다고 하나, 그 전까지 아르헨티나에서 수베 카드는 한 번씩 품귀 현상이 발생해서 실수로 도난을 당하거나 잃어버리기라도 하면 다시 구할 때까지 꽤 애를 먹었었다 (내가 재작년 부에노스아이레스에서 수베를 잃어버렸을 때, 도무지 파는 데를 찾을 수가 없어 약 10 일 동안 발품을 팔며 카드를 파는 곳을 겨우 하나 발견했을 정도다). 게다가 그때 비행기 파업뿐만 아니라, 전체 운수노조 파업도 같이하는 건가 싶을 정도로 바릴로체 내 버스 배차 간격이 최소 1시간 정도라 버스는 늘 만원이었다. 그래서 버스 기사가 정류장에 모여 있는 수많은 사람을 보더니 더 못 태울 것 같았는지 그냥 가버린 적도 몇 번 있었고, 어찌저찌 운 좋게 버스에 끼어 타더라도 늘 정어리 통조림 속의 숨죽은 정어리 1이 된 기분으로 버스를 타야만 했다. 기본적으로 험하게 덜컹거리는 바릴로체 버스 안에서 숨 쉴 틈도 없이 사람들과 꽉 부대끼는 건, 출퇴근 시간 대중교통보다 더 심각한 경험이었다. 평소에 사람들로 붐비는 걸 싫어하는 나는 결국 나중에는 버스 타기를 포기하고 편도 2~3시간씩 걸어서 다니기도 했다. 이런 상황으로 인해 막판에는 여행 자체가 귀찮아져 버렸다. 나우엘 우아피 호수는 정말 아름다웠지만 파타고니아 지역 호수답게 물이 꽤 차가웠고, 만일 내가 몸을 풍덩 담근다면 그대로 심장마비가 올 것 같았다. 그렇게 첫 단추부터 심하게 어그러져 힘들게 도착했던 바릴로체는, 내게는 여행지가 아니라 고행을 통한 멘탈 훈련소였다. 물론 너무나 아름다운 곳임은 분명하였으나 정작 그 아름다움이 눈에 잘 들어오지 않을 정도로 그 모든 게 힘에 부친 체험 현장이었다. 그렇게 내내 억지로 웃고 있는 듯한 괴상한 기분으로 버티고 있다가, 계획된 일정이 끝나고 도망치듯 다시 칠

레 쪽 파타고니아로 간 것이 8년 전 내 기억 속의 바릴로체였다.

다시 세월이 흘러 운명처럼 아르헨티나에 파견으로 다시 온 나. 가끔 일상 대화로 직장 동료 선생님들이 다들 별생각 없이 바릴로체를 다녀온 이야기를 할 때마다 나는 처음부터 끝까지 불운했던 옛날 기억이 스멀스멀 피어오르며 저절로 내 안의 심리적 방어기제가 작동하게 되었다. 그 시절 악몽이 생각보다 내 안에 세게 남은 탓인지 말만 들어도 속으로 심하게 거부하고 있었던 거다. 물론 내가 겪은 각종 부정적 경험은 누가 들어도 하나같이 "너 참 재수가 없긴 했다."라고 평가할 수 있다. 하지만 그게 바릴로체 자체의 탓은 아닌데, 여전히 옹졸한 구석이 있는 나는 어째 예전 기억을 떨쳐버리지 못하고 대화의 주제로 여행 이야기가 나올 때마다 그때의 시간에 스스로 사로잡히곤 했다.

그렇게 시간이 흐르던 중 한국에서 친구 일행이 명절쯤에 휴가를 몰아서 나를 볼 겸 아르헨티나로 여행을 오겠다고 해서 함께 자유 여행 일정을 짜게 되었다. 나는 친구에게 먼저 가고 싶은 곳이 어딘지 의사를 묻고 다음 답을 기다렸다. 친구는 인터넷으로 찾아보니 '바릴로체'라는 곳이 풍경이 예뻐 보인다고 이곳에서 좋은 호텔에 묵으며 쉬고 싶다고 했다. 순간 입으로 "으악!" 소리가 나왔으나, 이윽고 '이젠 그때보다 세월도 많이 흘렀으니 조금은 괜찮지 않을까?'라는 생각이 들며 나의 해묵은 감정보다는 친구의 선택을 믿어보기로 했다. 그렇게 나의 선택이라기보다는, 한국에서 아르헨티나로 오는 손님인 친구 일행의 여행지 선택을 통해 수년이 지난 뒤 바릴로체에 다시 오게 되었다. 당시에는 길게 지속된 파업으로 인해 올 수 없었던 바릴로체 공항에, 이번에는 비행기로 무사히 도착했다. 우리 일행은 공항 택시를 타고 몇 달 전 예약해 둔, 호숫가를 둘러싼 주변 풍광이 좋기로 유명한 샤오 샤오 ^{Llao Llao} 호텔로 출발했다. 날씨가 좋은 날. 시내로 오는 내내 펼쳐지는 크고 아름다운 나우엘 우아피 호수 위에 반짝이는 윤슬을 보며 우리 일행은 감탄했고 그동안 나를 감싸고 있던 부정적인 감정도 슬며시 옅어지기 시작했다.

사실 바릴로체에서 우리의 계획이란 건 별로 없었다. 그저 지속된 여행 중간에 좋은 숙소에서 푹 쉬어가면서 맛있는 초콜릿을 먹고, 수상 액티비티를 하나 하는 게 이곳에서 세운 몇 안 되는 목적이었다. "아르헨티나에서 웬 초콜릿?"이라고 생각할 수 있겠지만 사실 바릴로체는 아르헨티나 내에서 '초콜릿의 수도'라고 불릴 정도로 초콜릿으로 매우 유명한 곳이다. 유럽에서 당시 신생국이었던 아르헨티나로의 이민이 활발해지던 19세기 말부터 바릴로

반대라서 더 끌리는, 아르헨티나

체에는 독일계 이민자들이 하나둘 모이기 시작했고, 이후 독일어를 구사하는 여러 국가 출신 이민자들도 이곳에 정착하며 점차 도시가 형성되었다(이러한 언어적·문화적 맥락 덕분에, 제2차 세계대전 이후 패망한 나치 전범 인사들은 외교적으로 가까운 관계를 유지하던 페론 정부의 묵인과 암묵적 지원 아래 아르헨티나로 도피해 왔고, 그중 상대적으로 이질감이 덜했던 바릴로체 지역에 많이 정착했다고 한다). 이후 20세기 초부터는 이탈리아계 이민자와 더불어, 알프스 산맥과 호수가 연상되는 바릴로체의 주변 자연환경 덕인지 스위스계 이민자들이 바릴로체를 새로운 삶의 터전으로 잡아 정착하기 시작했다. 이런 연유로 바릴로체는 농경 산업이나 건축 스타일, 음식 등 스위스 문화의 영향을 상당히 받았으며, 근처에는 콜로니아 수이사Colonia Suiza라는 스위스 마을도 있다. 몇십 년 전부터는 이민자들이 지닌 제과 기술로 수제 초콜릿을 만들기 시작해 이전까지 없었던 초콜릿 산업이 서서히 뿌리내리기 시작했고, 이는 곧 지역 특화 산업으로 성장하며 아르헨티나에서 폭발적인 인기를 얻게 되었다. 그 결과 바릴로체와 인근 도시들은 아르헨티나에서 손꼽히는 질 좋고 맛있는 수제 초콜릿 브랜드들의 본거지가 되었고, 지금도 이를 관광 포인트로서 적극적으로 홍보하고 있다. 우리 일행 역시 이곳에서 시작된 유명 초콜릿 프랜차이즈 가게에 들러 초콜릿 향기로 가득한 오후를 보냈다.

여기에 수상 액티비티인 카누나 패들링에 도전해 보고 싶었지만, 그 당시 파타고니아 특유의 강한 바람 때문에 계획했던 활동은 어려워졌다. 그 대신 날씨의 영향을 덜 받는 래프팅을 하게 되었고, 칠레 국경과 가까운 아름다

운 리오 만소^{Río Manzo} 강 주변 풍경을 감상하면서 부에노스아이레스에서 온 가족 여행객들과 함께 신나게 노를 저으며 모험 가득한 반나절을 보냈다.

하지만 바릴로체에서 내 마음에 잊을 수 없는 기억으로 남았던 건 다름 아닌 샤오 샤오 호텔이었다. 지역에서 워낙 유명한 호텔의 이름값답게 숙박료는 만만치 않았지만, 그 모든 비용을 상쇄하고도 남는 경험을 우리 일행에게 선물해 주었다. 천국의 구름 위를 걷는 듯한 아름다운 풍경 속에서 힘차게 호텔 주변 숲길을 트레킹하고, 안에서 각종 맛있는 음식을 먹으며 친구들과 즐겁게 시간을 보냈다. 물론 '역시 돈은 참 좋은 것이구나.'라는 자본주의에 찌든 생각도 들긴 했지만, 혹시 다음에도 기회가 된다면 내가 소중하고 귀하게 여기는 이들과 또다시 와서 이 풍경을 마음껏 눈에 담고 만끽하고 싶었다.

그렇게 친구 일행이 한국으로 돌아가고 1년 뒤, 내가 파견 근무를 마치기 직전 여름 방학에는 한국의 설 명절 휴가 기간을 이용해 엄마와 이모가 아르헨티나로 오겠다고 했다. 엄마와 이모는 딸이자 조카, 이제는 점점 아르헨티나 전문 가이드까지 되어가는 나에게 이번 효도 여행 코스를 전적으로 맡겼다. 일정에 대해 고민하다가, 문득 작년에 참 좋았던 바릴로체의 풍경이 떠올랐고 그 평화로운 낙원을 내 가족들에게도 선사해 주고 싶었다. 12시간의 시차를 오가며 몇 번이고 진행했던 가족 간 기나긴 화상채팅을 통해 효도 여행 계획 브리핑을 마쳤고, 나에게 여행 전권을 이양한 엄마와 이모 역시 무조건적인 지지를 보내며 찬성했다. 그리고 멀리서 오는 가족들을 위한 선물로서 내가 좋아했던 샤오 샤오 호텔도 다시 예약했다. 그렇게 시간이 흐르고 가족들과의 여행도 무사히 중반부를 넘었고, 나는 어른들을 모신다는 강한 책임감을 함께 짊어지며 그녀들과 다시 바릴로체 땅을 밟게

반대라서 더 끌리는, 아르헨티나

되었다. "어떻게 하면 내 가족들이 만족할 수 있을까?"라는 마음 속 고민을 하늘이 읽었는지, 바릴로체는 처음부터 끝까지 맑고 화창한 날씨로 보답해 주었다. 1년 전과 같이 샤오 샤오 호텔로 가는 길. 한국과는 색다른 커다란 호수 풍경에, 작년의 우리 일행이 그랬듯 엄마와 이모 두 사람은 모두 감탄을 마구 자아냈다. 둘 다 내가 말해준 '남미의 스위스'라는 명칭을 좋아했는데, 몇 해 전 스위스에 다녀온 적이 있는 이모는 정말 그런 거 같다며 이 머나먼 남미에서 스위스와 닮은 나라를 발견하다니 신기하다며 깔깔댔다. 이렇게 두 사람 모두 바릴로체 특유 천혜의 자연 속 별세계 풍경을 즐기며 아이처럼 좋아하는 모습을 보니, 마치 엄한 선생님 앞에서 숙제를 검사받는 아이처럼 긴장했던 내 마음도 어느새 탁 풀리며 기분이 매우 좋아졌다.

호텔에서 시내까지는 30분 정도의 배차 간격으로 20번 버스가 오가는데, 버스조차도 마음대로 타지 못했던 8년 전 그때와는 달리 이젠 문제 없이 바릴로체 내에서 버스를 타고 다닐 수 있었다. 우리 일행은 창밖 뷰가 유명한 카페에서 애프터눈티를 마시기도 하고, 캄파나리오 언덕 Cerro Campanario 전망대에 리프트를 타고 올라가 바릴로체를 둘러싼 주변 산과 호수를 전부 눈에 담으며 가슴이 뻥 뚫리는 기분도 느꼈다. 시내를 걸으며 초콜릿 아이스크림을 먹고, 길게 난 호수 변 산책로를 따라 걸으며 많은 사진을 찍었다. 배가 터질 때까지 아침 뷔페를 먹기도 하고, 동화『알프스 소녀 하이디』에 나오는 듯한 호텔 주변 풍경을 보며 기분 좋게 빙글빙글 돌아보기도 했다. 곳곳에서 방문객을 반기는 라벤더꽃들이 풍기는 짙은 향을 실

컷 맡으며 행복해했으며, 라벤더 사이를 윙윙거리며 열심히 돌아다니는 파타고니아 꿀벌들을 보며 미소 짓기도 했다.

그렇게 이곳에서의 여행을 세 번째로 마무리할 즈음에는, 모두가 입을 모아 말하는 것처럼 바릴로체는 나에게 최고의 여행지 중 하나로 자리매김했다. 나 혼자 왔을 때 이곳에서 내가 겪은 건 여행이기보단 고난이었지만, 가족과 친구와 함께 지낸 시간은 내게 이곳에 대해 긍정적인 기억과 훌륭한 추억들로만 다시 채워 써 내려갈 수 있게 해주었다.

같은 곳을 오더라도 누구와 함께하느냐, 또는 어떤 마음가짐으로 무엇을

반대라서 더 끌리는, 아르헨티나

했느냐에 따라 또 다른 기억으로 새롭게 덧씌울 수 있다는 것. 생각해 보면 바릴로체와 얽혔던 오해는 결국 내 마음가짐의 문제였다. 예전에 겪었던 부정적인 일로 인해 속으로 괜한 편견에 사로잡히고 있다는 걸 머리로는 알고 있으면서도, 마음속에 쌓인 오해와 지레짐작으로 인해 그동안 색안경을 끼고 멀리해 온 건 나였다. 우리가 삶에서 수없이 부딪히는 일도 이와 마찬가지이지 않은가. 처음 경험하게 된 부정적인 일들이 너무 힘들었기에, 처음으로 맞닥뜨린 실패가 그토록 뼈아팠기에. 그런 숱한 이유로서 우리는 이미 겪었던 아픔과 비슷한 상황이 올 때마다 눈을 질끈 감으며 정면으로 돌파하는 걸 피해버리고, 미래에 일어날 수 있는 숱한 희망의 가능성조차 외면하게 되는 오류를 저지르기도 한다.

사랑에 실패했다고 해서 사랑 전부가 잘못된 게 아니고, 도전에 실패했다고 해서 도전 자체가 쓸모없었던 게 아니다. 그러므로 우리가 과거에 겪은 실패의 경험이 앞으로 일어날 모든 변화의 가능성을 미리 차단해 버리게 하거나, 먼저 나서서 결론을 못박게 할 수 없다. 인생에서 맞닥뜨리게 되는 부정적인 경험이나 크고 작은 좌절은, 나 자신이 이에 매몰되지만 않는다면 언제

든 변화된 마음가짐을 통해 긍정의 색채로 덧씌울 수 있다는 걸 몇 년에 걸친 바릴로체 여행이 내게 알려주었다. 이것이 예나 지금이나 고요히 흘러가는 바릴로체의 나우엘 우아피 호수를 바라보고, 호텔과 도시 주변을 그윽하게 채우는 시원한 라벤더 향기를 맡으며 얻은 궁극의 교훈이었다.

산 마르틴 데 로스 안데스 San Martín de los Andes, 맑은 빛 보석 같은 호수들을 품은 곳

아르헨티나 부에노스아이레스대학에서 의학을 공부하던 청년 에르네스토 게바라는 친구 알베르토 그라나도와 함께 남미 대륙 곳곳으로 여행을 떠났다. 그리고 그 여행에서 느낀 분노와 절망을 통해 남미 전체의 해방을 꿈꾸는 혁명가 '체 게바라'로 다시 태어났다. 내가 20대 중반 무렵 처음 접하며 내가 남미를 꿈꾸게 된 계기의 영화 〈모터사이클 다이어리〉는 그들의 역사적인 여행이 담겨 있으며, 산과 호수가 아름답게 펼쳐진 파타고니아의 작은 도시 산 마르틴 데 로스 안데스는 이 두 친구가 지나간 여행지 중 하나였다.

반대라서 더 끌리는, 아르헨티나

사실 부활절 연휴에 아르헨티나 항공 파업이 예정되어 있었으나, 여행 이틀 진쯤 극적으로 파업이 철회되어 무사히 비행기를 타고 산 마르틴 데 로스 안데스(현지에서는 SMA로 줄여 부르기도 한다)까지 겨우 오게 되었다. 일상에서의 불확실성이 큰 아르헨티나에서 생각해 둔 나름의 보험으로 혹시나 25시간 걸리는 버스표도 끊어두었는데, 결과적으로 그 버스를 타는 불상사는 일어나지 않아 천만다행이었고 비행기도 아무 문제 없이 평화롭게 도착했다. 작고 아담해서 게이트도 하나밖에 없는 산 마르틴 데 로스 안데스 공항은 생긴 지 얼마 안 된 건지, 아직은 사람들에게 널리 알려지지 않은 곳이라 그런 건지 여기로 오는 비행기 노선 자체가 하루에 몇 대 없었다. 그래서 보통은 더 크고 유명한 바릴로체에 내려서 다시 버스를 타고 여기로 오는 경우가 더 많다고 한다.

3월 말, 남반구에서는 가을로 접어드는 계절이지만 파타고니아 날씨답지 않게 더웠으며, 탁 트인 파란 하늘 아래 짙은 녹색의 산과 조금씩 물들어 가는 단풍잎은 마치 한국의 고향 산천 풍경을 떠올리게 했다. 호스텔 체크인에 문제가 생겨서 오후 늦게서야 전부 해결한 뒤 들고 온 라면으로 점심을 차려 먹은 다음에야 마을을 한 바퀴 돌아볼 여유가 생겼다. 이곳에서 태어나고 자란 호스텔 직원은 나에게 마푸체족 커뮤니티 안에 있는 반두리아스 전망대Mirador Bandurrias 트레킹 코스를 꼭 가보라

며 추천해 주었다. 산에서 해가 내려오는 시간을 고려하면 조금 시간이 빠듯하긴 하지만, 기왕 추천까지 받은 김에 후딱 다녀오고 싶은 욕심이 났다. 한번 결정을 내리면 그대로 빠르게 실행에 옮기는 나는 망설임 없이 그길로 출발했다.

파란 하늘 아래 이곳을 거닐다 보니 벌써 도시 왼쪽에 있는 라카르 호수 Lago Lácar에 도착했다. 역대급으로 더운 날이어서 그런지 호수에서 수영하는 사람들, 도란도란 이야기를 나누는 연인들, 가족 나들이로 나와 물놀이와 모래 장난을 하는 아이들이 많았다. 호수 물빛이 참 아름다웠고, 가까이 가서 보니 호수 상태가 정말 깨끗했으며 멀리서 유유히 헤엄치는 큰 물고기들도 몇 마리씩 보였다. 상체를 벗고 드러누워 있는 아저씨들, 친구들끼리 모여 마테를 마시는 무리들을 관찰하다가 더 늦게 올라가면 하산할 때 어두워서 힘들 것 같아 서둘러 직원이 추천해 준 트레킹 코스로 올라갔다. 오후 늦은 시간이라 다들 하산하는 중이었고, 차를 타고 가는 사람 이외에 걸어서 올라가는 사람은 나밖에 없었다. 전망대 입구로 가니, 여기는 마푸체 커뮤니티 영역 안이라 마푸체 원주민에게 소액의 입장료를 따로 낸 다음에야 반두리아스 전망대로 들어갈 수 있었다. 라카르 호수가 훤하게 보이는 탁 트인 전망에, 호수를 내려다보는 사람의 뼛속까지 시원해지는 그림. 과연 모두에게 추천할 만한 풍경이었다.

원래는 여기까지만 다녀오려고 했는데, 아까 입장료 받던 마푸체 아주머니가 서둘러서 걸으면 여기서 플라샤 보니타^{Playa Bonita}, 라 이슬리타^{La Islita} (스페인어로 각각 '예쁜 해변'과 '작은 섬')이라는 다른 전망대도 왕복 1시간 정도에 다녀올 수 있다고 했다. 그래서 한번 욕심을 내보았는데, 약 10분 만에 자책감과 후회가 몰려왔다. 아, 이 죽일 놈의 호기심. 가파른 오르막이 꽤 많아서 아주머니가 말한 시간보다는 30분은 족히 더 걸렸다. 게다가 호수 전망대로 가는 길은 숲길이라 점점 더 어두워졌고, 늦은 오후라 걷는 사람은 아무도 없이 차들만 간간이 보였기에 겁이 별로 없는 편인 나도 긴장하게 되었다. 어두워서 마지막에 약간 헤맨 끝에 목적지였던 두 번째 전망대에 도착했다. 가보니 가족 단위의 사람들이 삼삼오오 모여 있었고, 그들은 한참 물놀이를 즐기거나, 마테를 마시면서 수다를 떨거나, 혹은 한가롭게 독서 활동 중이었다. 나도 조금 더 일찍 왔더라면 그들처럼 여가를 즐겼을 것 같으나 일단 휴대폰 배터리가 빠듯하게 남았고, 무엇보다도 해가 이미 많이 내려와 있었기에 어둠 속에서 숲을 헤매지 않으려면 빨리 일어서야 했다. 힘들게 온 김에 더 있고 싶었지만, 어두컴컴한 산길을 다시 걸어 내려가야 하는 나로서는 신발을 벗고 잠시 휴식을 취한 다음 바삐 돌아갈 채비를 할 수밖에 없었다. 이미 어둠이 짙게 내려오는 길을 축지법 하듯 걸으며 '이게 다 괜한 호기심 때문'이라며 후회하기도 했지만, 그래도 내 눈앞에 보이는 저 서정적인 풍경을 보니 욕심내서 오길 잘한 것 같다는 뿌듯함이 더 컸다. 낙엽이 들기 시작하는 나무 밑을 지나고, 어두컴컴한 숲길과 미끄러운 바윗길도 지나서 완전히 해가 저물기 직전에 돌아왔다. 어둠이 완전히 내린 뒤 높은 곳에서 내려다보이는 도시 중심부에서는, 아까 낮에는 호수 근처에만 보였던 사람들이 거리를 돌아다니며 또 다른 형태의 활기를 더하는 것을 느낄 수 있었다.

그다음 날에는 인터넷으로 미리 신청했던 7개 호수^{Camino de los Siete Lagos} 투어를 가는 일정이었다. 원래 여행 앱으로 이 투어 이외에 근처에 있는 화산 트레킹도 신청했었는데, 갑자기 여행사가 내 예약을 다 취소하고 잠수를 타버렸다. 연락을 시도했으나 연락도 안 되어 답답한 마음에 앱 관리자에게 직접 문의를 해보았는데, 자기들도 문의하였으나 답변이 없다며 미안하지만 환불만 도와줄 수 있다고 했다. 이런, 이렇게 잊을 만하면 놀랍도록 황당한 일을 겪는 아르헨티나. 찝찝한 기분을 떨쳐내려 노력하며 투어를 시작했다. 40번 국토에서 산 마르틴 로스 안데스와 비샤 라 앙고스투라^{Villa La Angostura} 사이 구간에 있는 7개 호수 투어는 여기 오는 사람들에게 가장 대중적인 투어다. 하지만 위치상 호수들이 바릴로체 오가는 길 중간에 있어 개인 차량으로 오간다면 딱히 투어 없이도 풍경을 느긋하게 감상할 수 있다. 각 호수 이정표에는 이 지역의 호수들이 만들어진 원리가 스페인어와

영어로 설명이 적혀 있었는데, 보통은 파타고니아 산 중턱에 내린 눈이 녹거나 혹은 한 번씩 내리는 비가 모여서 이렇게 커다란 호수들이 만들어지는 모양이었다. 눈 한 송이, 빗방울이 하나하나 모여서 이렇게 커다랗고 아름다운 호수를 이루게 된다니. 결국 이 세상에는 무엇 하나 소중하지 않은 게 없다.

나우엘 우아피 호수^{Lago Nahuel Huapi}는 아르헨티나에서 세 번째로 큰 호수이며(가장 큰 호수는 엘칼라파테 주변의 아르헨티노 호수^{Lago Argentino}), 그 크기가 무려 부에노스아이레스시 전체 크기와 맞먹는다고 한다. 아름다운 풍광을 자랑하는 파타고니아의 유명 관광도시이자 '남미의 스위스'라는 별칭이 있는 바릴로

반대라서 더 끌리는, 아르헨티나

체도 이 호수를 끼고 있는 곳이다(아르헨티나 파타고니아를 상징하는 곳 중 하나라 그런지 마푸체어로 '재규어'라는 뜻의 나우엘 Nahuel 은 아르헨티나에서 남자 이름으로 자주 쓰인다). 투어 내내 푸른색의 하늘과 더 푸른색 호수의 조합을 보면서 달려왔는데, 순간 어디가 하늘인지 호수인지 모를 정도였다. 살면서 이렇게 좋은 곳을 원 없이 누려도 되는 걸까 싶을 만큼 마음이 벅차오른 순간, 작고 아름다운 호반 도시 비샤 라 앙고스투라에 도착했다. 파란 하늘 아래 펼쳐진 또 다른 푸른색의 맑은 호수를 눈에도 마음에도 잔뜩 담고 온 파랑의 하루를 보냈다.

다음날, 여행 앱 담당자도 모르는 황당한 이유로 투어가 다 취소되는 바람에 무엇을 할지 고민하다가 호스텔 직원이 추천해 준 아라샤네스 전망대 쪽Mirador Arrayanes 코스로 트레킹을 해보기로 했다. 구글맵의 힘에 의지해서 쭉쭉 오르막길을 올라갔는데 삐쩍 마른 개들이 돌아다니며 계속 짖고, 가끔 보이는 사람들 행색조차도 영 음산한 동네가 나왔다. 이걸 미리 알았다면, 특히 저녁 이후라면 절대 오지 않았을 구역. 여기를 보니 페루 시절 살던, 집에서 조금만 방향을 틀면 물도 전기도 없는 달동네가 즐비했던 그 동네가 생각났다. 하지만 이 험악한 동네를 빠르게 지나가니 "우와!" 하는 소리가 저절로 나오던 예쁜 풍경이 보였다. 호수를 옆에 끼고 끝 모를 푸르름을 선사하는 산 마르틴 데 로스 안데스를 내려다보는 전망대에 서서 사방팔방을 둘러보니 하나도 아름답지 않은 곳이 없다. 그렇게 풍광을 즐기면서 계속 걷다가 이제 내려오는 코스를 구글에 찾아봤는데, 아무리 찾아도 찻길만 나오는 것이다. 이미 두 시간 넘게 흙먼지를 뒤집어쓰면서 걷는 것도 지쳤던 나는 혹시나 다른 지름길 같은 건 없나 주변을 기웃거렸고, 구글맵에 는 없지만 자세히 살펴보니 발자국들이 무수히 찍힌 작은 산길 입구가 하나 보이기에 '뭐 밑져야 본전이지.' 하는 마음으로 거기를 내려가는 선택을 저지르고 말았다. 아, 망할 호승지심. 산길은 생각보다 바윗길에 험했고, 가팔랐으며, 무엇보다도 길이 잘 보이지 않아서 나는 미궁에 갇힌 줄 알았다. 지도상으로는 정말 짧은 거리 같아 길 찾기는 쉬워 보였는데, 왜 호스텔 직원이 찻길로만 다니라고 했는지 이 길을 헤매면서야 이해했다. 마을에서 본 호수 주변의 푸르른 산이 참 아름답다고 생각했는데, 정작 내가 감탄했던 풍경 안에 갇힌 꼴이라니. 그렇게 한 시간 이상을 산속에서 헤매다가 밑에서 올라오는 아주머니 등산객 두 명을 보았고, 그들을 길잡이 삼아 제대로 된 길과 방향을 찾아 겨우 내려올 수 있었다. 아이고, 젠장. 언젠가 한 친구가 나에게 해주었던 "넌 마치 고난의 별 아래서 태어난 것 같아."라는 말이 또다시 떠오르는 날이었다.

그렇게 지쳐 쓰러지기 일보 직전의 상태로 숙소에 들어서자, 호스텔 우리 방에는 새로운 남자 여행자가 체크인해 있었다. 내 또래 소프트웨어 디자이너 미국인이자 디지털 노마드로서 세계 곳곳을 여행 겸 일하는 친구였는데, 이번엔 팀 프로젝트 때문에 부에노스아이레스에만 두 달 반 정도 있다가 모든 프로젝트가 끝나고 미국으로 돌아가기 전 바릴로체를 거쳐 오늘 이곳으로 왔다 했다. 그도 여기 산 마르틴 데 로스 안데스가 참 아름답지만, 아직 그렇게까지 유명하지 않다는 말을 듣고 궁금해서 한번 와보기를 선택했다고 했다. 같은 방 아르헨티나 여행객 둘은 내가 오기 전까지 미국인과 대화를 시도했으나 둘은 영어가 안 되고, 그는 스페인어가 안 되어 서로 답답했었는지 결국 나를 중간 통역으로 삼은 기묘한 대화가 시작되었다. 여행사의 예기치 못한 연속 투어 취소 때문에 내일도 스케줄이 텅텅 비어 뭘 할지 고민이라고 했더니, 아르헨티나 여행객 중 한 명이 오늘 보트로 다녀온 호숫가 마을들이 정말 좋았다고 했다. 다만 내일은 부활절 당일이라 혹시 표가 없을 수도 있으니, 아침에 한 번 확인차 일찍 가볼 것을 권했다.

¡Felices Pascuas! 스페인어 부활절 인사말 부활절 일요일을 맞아 같은 방 룸메이트의 추천대로 아침 보트 회사 문 여는 시간에 맞춰 호수 주변 작은 항구를 돌아보는 보트 표를 알아보러 나왔다. 휴일 일요일 아침이라 사람이 거의 없고 거리가 한적했다. 배를 운영하는 회사에 물으니 추천받았던 유람선 티켓은 이미 오늘 분이 전부 매진되었고, 내일 거는 표가 남아 있다고 했지만 나는 내일 오후 비행기로 부에노스아이레스에 돌아간다. 대신 30분 정도 짧게 운행하는 가까운 항구인 킬라 키나 Quila Quina로 가는 배는 바로 한 시간 뒤에 출발하는 다음 표가 남아 있다고 해서 서둘러 티켓을 사고, 승선 전 국립공원 입장료도 미리 냈다. 이윽고 내가 탄 보트는 킬라 키나 항구로 출발하였다.

잔잔한 호수 위를 가르는 보트, 그리고 보트가 만드는 물살에 산산이 부서지던 호수. 어떤 나라보다도 하늘색이 잘 어울리는 아르헨티나 국기가 펄럭이던 풍경. 파타고니아 지역이 완연한 가을로 접어들다 보니 이날은 날씨가 꽤 춥고 바람이 세게 불었지만, 이 멋진 광경을 포기할 수 없어서 배 위에서 센 바람을 맞아가면서도 계속 지켜보았다. 배는 금방 킬라 키나에 도착했고, 정처 없이 숲길과 호수가 만나는 곳을 쭉 걸었다. 같이 도착한 사람들은 브런치를 즐길 겸 전부 레스토랑으로 가버린 건지, 아니면 아예 다른 방향으로 가버린 건지 사람들이 한동안 보이지 않았다. 덕분에 아름다운 호수 풍경을 나 혼자 차지하며 오롯이 즐길 수 있었다. 커다란 농장과 나무 열매들이 줄지어 달린 곳도 보고, 여기서 잼으로 많이 만들어 먹는다는 특산물인 블랙베리^{Zarzamora} 가 주렁주렁 열린 거리도 보았다. 배를 타고 다시 항구로 돌아오는 길, 빛나는 태양 아래 호수 위에서 빛나던 윤슬의 기억은 아직도 그 반짝임이 머릿속에 생생할 정도로 강력했다.

호수를 실컷 감상한 뒤 산 마르틴 데 로스 안데스 항구로 다시 돌아와서 저벅저벅 걸었다. 그러다 화려하게 장식된 집을 발견했는데, 이곳은 수제 초콜릿 가게로 몇십 년 전 폴란드 출신의 한 여성이 산 좋고 물 좋은 여기로 이민 와서 세운 첫 번째 초콜릿 가게라고 한다. 지금은 그녀의 손자, 손녀들이 대를 이어 가게를 지키고 있다는 이곳에서 부활절 기념으로 달걀 모양 초콜릿을 샀다. 숙소에 들어오니 모두 방에 있기에 부활절 기념으로 사 온 초콜릿을 하나씩 선물로 내미니, 사실 자기들도 나가서 사 왔다며 나에게 똑같은 모양의 초콜릿을 건네주는 게 아닌가! 난 내가 주는 것만 생각하고 돌려받을 생각은 아예 생각 못 했던 지라 굉장히 감동적이었다. 이렇게 따뜻한 마음을 가진 다정한 사람들과 모두 한 방에 모여서, 서로 근사한 부활절 선물 교환식을 한 셈이 되었다.

남은 오후에 뭘 할지 고민하다가 미국인 친구와 함께 도시에서 가까운 전망대인 미라도르 엘 발콘^{Mirador El Balcón}에 올라가 보기로 했다. 코스가 쉬운 편이라 둘이 함께 두런두런 세상 사는 이야기를 하면서도 힘들지 않게 올라갈 수 있었고, 같이 마을의 전경을 감상하다 보니 어느덧 해가 질 무렵이 되었다. 다시 중심부로 내려와 호수 근처 식당가에 앉아서 지역 맥주를 마시며 각자의 인생 이야기를 쭉 했다. 그러다가 아직은 실행 전 단계지만, 내가 생각하고 있는 인생의 방향과 계획을 하나씩 이야기했다. 그랬더니 고맙게도 그는 꽤 진지하게 들으며, 자신이 지금껏 경험하고 알고 있는 방식으로 내게 아낌없는 조언과 충고를 해주었다. 살면서 종종 사람에게 데거나 질리는 경험을 하더라도, 이렇게 한 번씩 비슷한 결을 지닌 이타적인 사람들을 만나게 되면 다시 마음이 따뜻해진다. 내 궤도 주변으로 이런 사람들이 조금씩 모이며 느슨하면서도 커다란 커뮤니티를 함께 형성하는 건 정말이지 감사할 일이다. 태양처럼 밝은 사람들 덕에 긍정적인 에너지가 모여 세상에 필요한 강한 빛이 되듯, 나 역시 그런 사람이 되도록 노력하자고 다짐하게 된다.

변덕스러운 파타고니아답지 않게 내내 완벽한 날씨를 선사한 이곳을 떠나기 전 마지막 날, 이 여행을 더 완벽하게 만들기 위해 나는 미국인 동행친구와 함께 마지막 일정으로 굳게 마음 정했었던 체 게바라 박물관으로 발걸음을 옮겼다. 여기는 청년 에르네스토 게바라가 친구 알베르토 그라나도와 함께 남미 대륙 종단 여행 중 실제로 머물렀던 헛간을 개조해서 만든 박물관이었다. 나는 영화 〈모터사이클 다이어리〉를 여러 번 보았으나 그곳의 배경 중 하나가 이곳 '산 마르틴 데 로스 안데스'인 걸 떠올리지 못했는데, 우연히 여기까지 와 보게 되어 정말 신기하고 마음이 벅차올랐다. 박물관에 적힌 정보에 따르면, 이 지역 노동조합 관련 분이 여행 중 수중에 돈이 떨어져 난처하던 둘에게 헛간에서 일을 하는 편의를 제공함으로써 이후의 여행 여비를 마련할 수 있도록 해주었단다. 실제 장소를 꾸며서 그런 것일까, 박물관은 생각보다 설명도 자세하고, 우리 일행이 깜짝 놀랄 정도로 알차게 정보 정리가 잘 되어 있었다. 그러다가 나는 2년 전 로사리오 여행에서부터 품고 있던 의문을 박물관 직원에게 물어보았다. "로사리오는 체가 태어난 곳이기도 한데, 내가 막상 가보니 마치 체가 기록말살형을 당하기라도 한 것처럼 그를 기념하는 것이라곤 아무것도 없었다. 왜 그럴까?"라는 나의 질문에 그녀는 "로사리오는 체가 태어난 장소일 뿐, 그의 인생에서 크게 의미 있는 시간을 보낸 적이 없었기에 사실 체와 연관성이 희박하다."라는 친절한 대답을 해주었다(실제로 체 게바라는 유년 시절의 대부분을 코르도바, 그리고 그의 부모가 운영하던 미시오네스주 마테 재배 농장에서 보냈다고 한다). 수도 부에노스아이레스 또한 가족의 일과 자신의 학업 때문에 거기에서 산 것일 뿐, 체 자신은 정작 그 도시에 큰 애착이 없었다고 한다. 대신 그가 살았던 코르도바와 미시오네스 도시에는 이곳과 비슷한 형식으로 그를 기념하는 박물관이 잘 세워져 있다.

누구에게나 인생의 궤도를 바꿀만한 결정적인 터닝 포인트가 존재한다. 어떤 사람에게는 우연히 들은 몇 마디가 엄청난 인사이트를 주어 그 사람의 인생을 뿌리부터 바꾸기도 하고, 어떤 사람은 가볍게 여행으로 놀러 온 곳에서 평생의 사랑을 만나 새로운 곳에서 함께 가정을 꾸리는 모험을 감행하기도 한다. 나의 경우에는 막연하게 해보고 싶던 해외 교육 봉사를 눈 딱 감고 저질러 실행에 옮긴 페루행이 커다란 터닝 포인트 중 하나였다. 그 덕에 마음속에만 품고 있던 더 많은 용기를 행동으로 실천하는 법을 알게 되었고, 영국 런던 유학을 거쳐 지구 반대편 아르헨티나까지 파견으로 오게 되었으며, 이번 부활절 휴일에 매체 밖에 진짜로 존재했던 열정 어린 혁명가의 세계를 다시 만나게 되었다. 재기발랄했던 청년 에르네스토는 여행에서 원주민들의 비참한 생활을 직접 목격한 뒤 완전히 새로운 사람으로 태어나 공산주의 혁명을 꿈꾸며 쿠바에서 자신의 이상을 실천에 옮긴 체 게바라가 되었다. 그가 남긴 공과와 쿠바의 현재 상황을 막론하고 그의 인생에서 우리가 배울 것이 있다면, 그는 자신이 생각하는 바를 그만의 방식으로 적극적으로 실행했다는 사실이다. 내가 앞으로 어떤 이름들로 어떻게 살 것인지 치열하게 고민하고, 자신이 원하는 방향으로 삶의 궤도를 바꾸기 위해 온전히 노력하며 실천하는 자는 밤하늘의 별처럼 귀하다. 나 역시 체 게바라처럼 마음속에 열정을 품고, 말이 아닌 꾸준한 행동으로 나의 인생을 증명할 수 있는 사람이 되기를 소망한다.

환상적인 날씨를 뒤로 한 채 며칠간 동고동락했던 호스텔 룸메이트들과 동행에게 아쉬운 작별 인사를 고하고, 앞으로 그들의 여정에 행운을 빌며 공항으로 가는 밴을 탔다. 마음에 쏙 드는 호숫가 소도시의 아름다움, 자연을 닮아 순박하고 친절한 이곳 사람들. 유럽 이민자들에 의해 시작된 맛있는 초콜릿 가게들, 하늘과 구별되지 않을 정도로 시리게 파란 빛깔의 호수. 곳곳에 예쁜 꽃과 파타고니아 특유의 식생들로 장식된 거리, 말과 행동으로 표현하는 다정함으로써 사람의 온기를 느끼게 해준 숙소의 트레블메이트들. 그리고 아르헨티나의 평범한 의학도였던 청년 에르네스토를 세계적인 혁명가 체 게바라로 만든 기념비적인 여정의 흔적까지. 이 모든 일 덕분에 행복했던 산 마르틴 데 로스 안데스에서의 부활절 연휴였다.

리오 가셰고스 Río Gallegos,
개척자들이 일군 도시에서의 6월 한겨울

16세기 중반 마젤란(스페인어로 마가샤네스 Magallanes)의 세계 일주 항해에 참여한 항해사 중 한 명의 이름을 따서 이 지역에 흐르는 강의 이름을 붙였고, 그 강이 그대로 도시의 이름으로 남은 리오 가셰고스. 이곳에서의 여행 이유는 딱히 거창한 게 없었다. 파견 마지막 해의 6월 휴일, 이 나라에 대해 알 만큼 알았으니 이젠 남들에게 되도록 덜 알려진 곳만 골라 가고 싶다는 묘한 심리. 그리고 한겨울 비수기라 남극권인 파타고니아 지역으로 향하는 항공권 가격이 매우 저렴했다는 점(파타고니아 성수기는 남미의 여름철 시즌인 11~3월이다) 등 이었다. 그러다가 누군가의 "리오 가셰고스? 거긴 그냥 산업 도시야. 굳이 가볼 이유도 없지 않나?"라는 말에 비행기표를 바꿔야 하나 잠깐 고민했으나, 뒤집어서 생각하면 안 가볼 이유도 없지 않은가? 결국 캐리어에 두꺼운 겨울 외투와 겨울옷을 구겨 넣은 채 꿋꿋이 이 도시로 가는 비행기를 탔다.

사실 이 도시와의 접점이 아예 없었던 것은 아니다. 이곳은 예나 지금이나 여전한 아르헨티나 항공 파업 때문에, 엘칼라파테에서 바릴로체까지 35시간이 걸린 이동에서 중간에 버스를 갈아타기 위해 내가 잠시 들린 도시였다. 엘칼라파테에서 낮부터 출발한 버스는 밤까지 쉴 새 없이 달려와 새벽에 리오 가셰고스에 도착했고, 나는 잠이 덜 깬 상태에서 짐을 꺼내며 버스 터미널에 내렸다. 처음 와 본 도시, 그리고 버스 터미널 특유의 혼란한 느낌

반대라서 더 끌리는, 아르헨티나

을 마주하며 정신없던 와중에 나는 잠을 쫓으려 빵 한 조각에 맛없는 커피로 겨우 허기를 달래고, 찬물에 고양이 세수와 함께 이만 겨우 닦았으며, 짐 분실 걱정에 가방을 전부 끌어안다시피 하며 시간을 보내다가 다음 버스에 올라탔던 기억이 있다. 여행이랄 것도 없었던 짧은 머무름에 불과했으나 새벽 특유의 휑한 분위기와 생기 없는 사람들로 가득 찬 터미널 색채가 아직도 기억에 남아 있는데, 과연 이 여행에서 그 무미건조한 기억을 조금이라도 다른 색깔로 물들일 수 있을까. 이런 옛 기억과 현재의 다소 충동적인 여행 결정이 만나서, 나와 이 도시 사이의 인연을 다시금 닿도록 했다.

리오 가셰고스 공항에 착륙하면서 처음으로 보이는 풍경은 디즈니 애니메이션 〈겨울왕국〉이나 영화 〈설국열차〉를 연상케 할 정도로 끝 모를 하얀 설원이었다. 나뭇가지들, 작은 열매마다 눈이 쌓이고 얼음이 얼어 빛나고 있었고, 어둠이 내린 밤에는 소복한 눈에 빛이 반사되어 별가루가 뿌려진 듯이 거리가 반짝거렸다. 주변

의 드넓게 펼쳐진 산과 평원이 전부 새하얀 눈으로 두껍게 덮인 파타고니아의 작은 도시. 숨을 내쉴 때마다 나오는 입김과 콧물, 내 얼굴이 붉어지도록 감싸는 추위. 도시 옆을 흐르는 강과 저 멀리 바다가 한층 더 차가워 보이는, 6월에 만나는 색다른 한겨울이었다.

"여기 사는 사람들조차 혹독한 추위를 피해 떠나있는 계절에 여

길 온다고? 넌 좀 미친 게 아닐까?" 공항에서 만난 택시 기사는 정확히 내게 그렇게 말했다. 파타고니아 선주민 중 하나인 테우엘체어로 '떠오르는 태양'이라는 뜻을 지닌 이름의 호텔에 체크인하면서 이곳에 여행을 왔다고 하니, 리셉션 직원은 겨울에는 매우 드문 일이라며 나를 기념사진으로 남겨야 한다고 농담을 건넸다. 앞서 말했듯 겨울 파타고니아 지역은 완연한 비수기인데다 눈과 추위로 인한 혹독한 날씨 때문에(여기 왔을 때 온도는 대략 영하 15~20도였다) 땅이 얼어 농장과 가축들에게도 피해가 심하고, 지금은 길이 망가져 도로가 중간에 끊겨 있다고 한다. 그래서 외지에 나가 있던 리오 가셰고스 시민들은 도시로 돌아오기 위해서 하는 수 없이 수도 부에노스아이레스행 비행기를 탔다가, 다시 이곳으로 비행기를 타고 돌아오는 큰 불편을 겪는 중이었다. 겨울철 파타고니아는 바람도 세고 눈 때문에 도로가 얼어 있어 교통사고가 잦아 함부로 운전하기도 힘든데(나도 내 눈앞에서 차가 중심을 잃고 빙빙 도는 광경을 보고 깜짝 놀랐는데, 여기선 그게 일상이란다) 시외에는 농장 간 거리도 멀어서 도움을 요청하기가 어렵다. 그래서인지 얼마 전에는 차로 이동하던 가족이 도로 가운데서 얼어 죽은 채로 발견되는 안타까운 일도 있었다고 한다.

그렇다면 현재 이 호텔의 투숙객은 주로 어떤 사람들인지 직원에게 물어보았다. 기본적으로 이 도시는 산타 크루즈^{Santa Cruz} 주의 주도인데다 유명 관광지들을 오고 가는 길목에 자리한 덕에 여름 성수기에는 방문객들이 꽤 있다고 한다. 주로 자동차나 버스로 여행하는 여행객들이 하루 이틀씩 쉬면서 머무는 곳이며, 특히 바이크로 파타고니아의 유명한 도로인 Ruta 40과 Ruta 3 종주를 하러 온 아르헨티노들과 이웃 나라 여행자들이 많다는 대답을 들었다. 그 외 지금 같은 비수기에는 여기서 더 내륙 깊숙한 곳에 있는 광산 회사나 파타고니아 지역 석유 회사와 관련 있는 사람들이 비즈니스 목적으로 한 번씩 오기도 한단다(파타고니아는 자연경관이 우수한 관광지일 뿐만 아니라, 곳곳에 지하자원도 풍부하고 다양하기 때문이다). 하지만 가장 큰 이유는 의외로 의료 목적이라고 한다. 의료 격차가 심하고 의료 서비스가 부족한 산타 크루즈 주 내 지방 소도시나 시골에서 환자가 큰 수술이나 정밀 진료 혹은 장기간 치료가 필요한 경우, 여기에 방을 잡고 오래 머물며 병원 일을 보고 가기 때문이다. 그 외에 부에노스아이레스나 기타 큰 도시에서 온 의사들이 개인적으로 며칠씩 왔다가 아픈 사람들을 진료

하며 현금으로 돈을 벌고 돌아간다는 이야기도 덧붙였다.

호텔 직원들과 꽤 다양한 이야기를 나누고 난 뒤, 밖으로 거리 곳곳마다 흰 파도처럼 쌓여 있는 눈을 한 걸음씩 뽀득뽀득 밟으며 걸었다. 이 느낌은 너무나 오랜만이라 낯설기도 했지만, 그만큼 설렜다. 어느 집에나 크고 작게 줄줄이 매달린 고드름을 보며 감탄하고, 크리스마스트리 장식처럼 느끼게 될 정도로 눈으로 빛나는 가로수들을 보며 잠시나마 동심의 세계로 돌아간 듯한 기분을 느꼈다. 도로도 산도 거리도 강어귀도 온통 하얀색인 도시. 휴일 기간이라 많은 곳이 문을 닫아 전체적으로 한적했지만, 그마저도 겨울 특유의 쓸쓸한 분위기와 낭만을 더했다. 19세기 말부터 하나둘 도착한 개척민들이 세운, 역사가 짧은 계획도시답게 거리마다 구획이 쉽게 잘 정리되어 있었고, 모두 도보로 충분히 다닐 만하였기에 나는 지리를 익힐 겸 부지런히 걸었다.

공항에서 만났던 리오 가예고스 토박이 택시 기사가 이 도시에 대해 알

고 싶으면 반드시 가보라고 추천한 개척자 박물관이 있어서 방문하였다. 역시 이곳 토박이 출신인 박물관 직원은 자신이 알고 있는 지역사에 대한 해박한 지식을 풀어서 설명해 주었다. 이 집은 원래 약 150년 전, 이 도시가 설립될 무렵 양모 사업을 위해 건너온 영국

스코틀랜드 출신 초기 개척민 가족이 유럽에서 가져온 건축 재료와 소품들로 하나하나 채워가며 직접 만든 집이었다고 한다(당시 여기엔 말 그대로 정말 아무 것도 없었기에 이민 올 때 모든 생활 도구와 집기를 바리바리 싸 들고 와야 했었다. 또한 살다가 필요한 물건이 생기면 유럽과 부에노스아이레스를 오가는 배를 통해, 혹은 칠레에서 수입해 오는 등의 방법으로 오랜 시간에 걸쳐 받아야 했다고 한다). 시간이 흘러 이 집은 후발대 개척민인 이탈리아계와 스페인 선주민 혼혈 가족이 이어받았는데, 그 가족과 후손들이 여기서 쭉 살면서 보존을 해오다가 몇십 년 전 지방 정부에 집 전체를 기증하면서 박물관으로 재단장하였다고 한다. 이들은 이 도시가 설립된 후 제대로 체계를 갖출 때까지 지방 정부 주지사이자 시장의 역할을 맡았고, 여기에 이민 온 스페인 출신 의사가 이 집에서 간단한 치료나 수술까지 이루어지던 작은 병원이기도 했다. 인구가 200명도 채 안 되던 파타고니아 남부의 작은 마을이 지금의 어엿한 도시로 자리 잡기까지 초창기 개척자들이었던 그들의 역할은 막중했을 것이다. 150년 정도 남짓 정도로 비교적 짧은 리오 가세고스의 역사가 고스란히 녹아 있는 집을 하나하나 살펴보면서, 그 옛날 선교, 농장 경영 등 더 나은 미래를 찾아 파타고니아까지 온 다양한 사람의 삶을 잠시 상상해 보았다. 숱한 어려움을 극복하고 이곳에 어엿한 도시를 올곧게 뿌리내리게 한 그들의 개척 정신이 참으로 위대해 보였다.

반대라서 더 끌리는, 아르헨티나

스페인어로 에스탄시아Estancia라고 불리는 대농장이나 목장이 산재해 있는 파타고니아. 개척민들의 후예 중 많은 사람은 이 척박하고 광활한 토지에 양이나 소, 말 등을 풀어놓고 거대한 규모의 농장을 경영하며 산다. 보통 생활 조건과 기후가 나라, 지역별 사람의 기질이나 성격 특성을 결정한다고들 하는데, 그래서인지 파타고니아 지역의 주민들은 딱히 서로 만나거나 교류할 일이 적어 마음이 닫혀 있고 세상만사에 심각하며 고집이 센 편이라고 한다. 하지만 한번 마음을 열고 친구가 되고 나면, 그 누구보다도 친절하고 다정한 사람들이란다. 그 말을 듣고 보니 돌처럼 무뚝뚝하기 짝이 없어 보이는 파타고니아 사람들의 표정에 한 번씩 번지는 웃음이 참으로 순백의 눈처럼 맑게 보였다. 처음에 그들에게 말 걸기 전에는 다들 무서울 정도로 표정이 어둡고 딱딱해 보이지만, 일단 말을 걸고 그들과 인사를 나누면 정제되지 않고 그대로 돌아오는 투박한 친절이 엿보인다.

6월의 겨울 하루는 짧았다. 아침 7시 반인데도 높이 떠 있는 달빛이 환하고, 오전 10시가 되어야 해가 뜨며 주변이 점차 옅어지기 시작한다. 오후 서너 시부터 서서히 해가 내려와 어둠이 지기 시작하고, 5시 반에는 이미 짙은 남빛의 어둠이 거리 곳곳으로 스며들기 시작한다. 추운 날씨에 휴일까지 겹치니 거리나 장소에서 사람들을 많이 볼 수는 없었지만, 개를 데리고 산책하거나 가족이나 친구, 연인끼리 눈 쌓인 강 산책로를 걸으며 대화하는 풍경을 매일 보았다. 노을 지는 풍경이 멋졌던 날에는 이를 실물로 남기기 위해 커다란 DSLR 카메라를 든 사람들을 여럿 보기도 했다. 그렇게 삼삼오오 모인 사람들은 마테를 들고 마시며 오늘의 날씨 이야기를 필두로 서로 안부를 나누기 시작했다. 늘 하는 일처럼 익숙한 듯 집에서 커다란 삽과 도구를 꺼내 들고 와 자기 집 앞에 쌓인 눈을 치우는 사람들도 종종 보았다. 남극과 더 가까운 파타고니아 남부. 극지방과 가까워진 곳에서 만나는 매 순간의 일상 풍경이 사랑스러웠다. 나 역시 그런 순간들을 놓치지 않고 보기 위해 계속 걷다 보니, 호텔로 돌아와 눈에 푹 젖어버린 신발을 말려야 하는 귀찮은 과정마저도 즐기게 되었다.

눈 덮인 강변 산책로에는 곳곳에 다양한 안내판이 있었는데, 주로 새에 대한 안내 자료였다. 호기심에 끝까지 걷다 보니 끝에는 조그만 집처럼 생긴 교육 센터가 있다. 알고 보니 내가 쭉 걸었던 곳은 강변 산책로이자, 강의 하구와 바다가 만나며 갯벌을 형성하며 다양한 생태계를 이루는 자연보호구역이었다. 다만 현재는 이 넓은 생태보호구역이 눈으로 덮여서 보이지 않는 것뿐이었다. 센터에 문이 열려 있는 것을 확인하고 호기심에 들어가 보니, 센터의 규모는 작지만 이 지역에서 볼 수 있는 다양한 새와 철새의 이동 경로, 이 도시의 간단한 역사, 생태계에서 하구의 역할 및 환경 보호의 중요성 등이 알차게 설명되어 있었다. 나는 친절한 연구원의 안내를 들으면서 생긴 궁금한 점들을 질문했고, 덕분에 꽤 유익한 시간을 보냈다. 직원들은 급기야 자신들이 새를 관찰하고 연구할 때 쓰는 쌍안경과 커다란 망원경까지 꺼내와 나에게 하나씩 보여주었고, 나는 그들 덕에 이 시기에 이 지역으로 찾아오는 철새인 플라밍고의 한 종류를 멀리서나마 관찰할 수 있었다. 그들이 말하길 내일은 저녁에 지역 관광청과 연계한 보름달 관측 이벤트가 있을 예정이니, 시간이 되면 꼭 놀러 오라고 했다.

다음 날, 해가 늦게 지고 달이 일찍 뜨는 이 지역의 특성상 태양과 달이 하늘에 동시에 떠 있었다. 저 멀리 강 위로 지는 태양과 하얀 벌판 너머로 떠오르는 달을 번갈아 바라보며 그들이 초대한 장소로 갔더니 나 이외에 이벤트에 참여한 사람들이 꽤 많았다. 리오 가예고스 시청에서 나온 관광과 직원들은 보름달 관측뿐만 아니라 어제 내가 들었던 생태 보호구역에 대한 설명을 보충해서 다시 설명해 주었으며, 이후에 파타고니아 지역 와인 시음 행사를 열었다. 나는 어제 만났던 연구원의 도움으로 망원경을 통해 보름달을 관찰한 뒤 와인을 홀짝거리고 있었는데, 생각지도 못하게 나에게 인터뷰 요청이 들어왔다. 누가 봐도 외국인인 내가 지역 관광 홍보에 도움이 될 만하다고 판단한 것 같았다. 간단한 자기소개와 이 도시에 대한 인상을 스페인어로 이야기해 주었는데, 몇 시간 뒤 밤에 인스타그램 릴스로 편집되어 바로 올라왔다. 땅끝 대륙 파타고니아에서 지역 관광청과 인터뷰라니, 개인적으로 참으로 신기하고 뿌듯한 경험이었다.

하루의 짧은 시작과 끝마다 하늘, 바다, 노을의 경계 모두가 허물어지며 숭고한 분위기마저 자아내는 낮과 밤이 찾아왔다. 형언할 수 없는 자연의 색깔들이 주는 분위기가 마음에 들어 일부러 늦게 해가 뜨고 일찍 해가 지는 시간을 골라 눈을 밟으며 긴 산책을 하곤 했다. 걸을 때마다 백설탕에 발을 담그는 것처럼 보드라운 눈길. 그리고 시시각각 변해가는 순간 속에서 볼 수 있는 모든 색깔이 마치 소용돌이처럼 뭉쳐있던 하늘. 내가 세상에 태어나 본 것 중 가장 순수하고 깨끗하며, 육안으로 커다란 결정체가 보일

정도의 눈. 그리고 그 눈으로만 넓게 뒤덮인 순백의 파타고니아. 그 땅 옆을 유유히 흐르는 강과 바다. 그 위에서 잔잔히 반짝이는 윤슬. 그리고 이런 아름다운 광경 속에 숨어 있는 매섭고 혹독한 날씨를 묵묵히 견딘 초기 개척자들. 그 조상들의 강인함과 투박함을 고스란히 물려받고 따스한 속마음도 간직한 개척민들의 후손들을 함께 생각하며 리오 가셰고스에서 보낸 짧은 6월의 한겨울을 마무리했다.

엘칼라파테 El Calafate,
빙하의 도시에서 열매의 전설이 이루어지다

8년 전 첫 파타고니아 여행에서 만났던 트레킹 투어 가이드는 나에게 파타고니아 자생식물인 칼라파테 나무 열매를 보여주면서 "이 열매를 먹은 사람은 다시 파타고니아로 돌아온다는 전설이 있다."라며 한번 시험 삼아 먹어 보라고 했다. 정체 모를 이야기에 나는 고개를 갸웃거리긴 했지만, 동시에 마음 한 가운데가 몽글하게 피어오르는 듯한 기분이 들며 그의 예쁜 말을 믿고 싶어져서 결국 그가 건네는 칼라파테 열매를 몇 알 먹었다. 블루베리를 닮았지만 좀 더 씨가 많고 쌉쌀한 맛이 나는 열매인 칼라파테. 별 의미 없어 보이는 미신이지만, 이 주술 같은 행위나마 언젠가는 꼭 이토록 아름다운 파타고니아로 다시 돌아오는 데 도움이 되길 간절히 바랐기 때문이었다. 사실은 이때 일을 까마득히 잊고 지내고 있었는데, 정말 그 열매의 덕분인 건지 내 운명의 나침반은 몇 년 뒤 다시 남쪽 아르헨티나로 향했고, 마치 전설처럼 파타고니아로 가족, 친구들과 또다시 돌아오게 되니 그때 있었던 일이 다시금 생생하게 기억났다.

이곳 파타고니아 지역 곳곳에 자생하는 이 나무의 열매 이름을 딴 도시 엘칼라파테를 방문하는 사람들의 주요 목적은 페리토 모레노 빙하^{Glaciar Perito Moreno} 다. 아르헨티나의 저명한 탐험가이자 학자인 프란시스코 모레노^{Francisco Moreno}를 기념하기 위해 그의 별명을 붙인 페리토 모레노 빙하는, 엘칼라파테에서 다시 한 시간 반 정도 더 들어가야 하는 로스 글라시아레스 국립공원^{Parque Nacional Los Glaciares} 안에 있다. 이곳을 찾는 모든 사람의 필수 코스인 빙하 전망대에 도착해서 빙하만 천천히 보고 그냥 올 수도 있고, 빙하 전망대 아래에 있는 항구에서 출발하는 유람선을 타고 빙하 근처까지 가서 넋 놓고 아름다운 빙하를 관찰하며 감상에 젖을 수도 있다.

빙하와 관련된 몇 가지 활동 중 이곳을 찾은 여행객들이 가장 기대하는

반대라서 더 끌리는, 아르헨티나

액티비티 중 하나는 아이젠을 신고 빙하 위를 직접 올라가는 빙하 트레킹이다. 하지만 이 빙하 트레킹 투어는 Hielo & Aventura라는 이름의 여행사가 독점하고 있기에, 해마다 끝을 모르고 치솟는 투어 비용에 원성이 자자한 편이다(다만 여기를 제외한 나머지 여행사에서 제공하는 투어 프로그램은 직접 빙하에 올라가지 못하므로, 꼭 빙하 트레킹 체험을 하고 싶다면 반드시 저 여행사의 홈페이지로 예약하거나 직접 여행사 방문 후 투어를 예약해야 한다). 신이 빚은 작품 같은 초월적인 아름다움을 자랑하는 세계적인 관광지 파타고니아는 특유의 혹독한 기후 조건으로 인해 원래 여름철 성수기 위주의 한 철 장사라 전체적으로 물가가 높은 편인데, 필수 투어 비용이나 생활 물가 등을 고려하면 엘칼라파테의 물가가 체감상 좀 더 비싸게 느껴졌다.

빙하 트레킹은 빙하까지 가는 산길 트레킹과 빙하 위를 포함해서 총 3시간 반 정도 걷는 미니 트레킹^{Mini trekking}과 산길 이외에 빙하 위에서만 네 시간 이상 걷는 빅 아이스^{Big Ice} 이렇게 두 종류로 나뉜다(빙하 트레킹 자체가 다소 체력적으로 부담되는 활동이라 그런지 두 코스 모두 만 60세까지 나이 제한이 있다). 그리고 빅 아이스가 빙하에서 보내는 시간이 더 길고 숙련된 가이드들이 필요한 만큼 가격은 미니 트레킹의 두 배다. 엘칼라파테까지 온 여행자들은 이 둘을 놓고 고민하면서 하나를 선택하는데, 빅 아이스에는 안전 등 고려 사항이 더 많아 예약 인원이 정해져 있으므로 만일 성수기에 빅 아이스를 하고 싶다면 인터넷으로 발 빠르게 예약해 두는 게 좋다(내 경험상 미니 트레킹은 1~3명 정도 인원까지는 엘칼라파테에 있는 독점 여행사에 직접 가서 투어를 예약해도 문제없었다). 그런데 어째 내가 만났던 모든 빅 아이스 투어 경험자들은 딱 한 명을 제외하고 하나같이 "빙하의 신비로움은 잠시뿐, 안 그래도 차가운 빙하 위에 있는데 설상가상으로 날씨까지 안 좋아 비바람을 맞아가며 콧물을 흘렸다. 그래도 투어에 쓴 돈을 생각하며 힘들게 버티고 걸어야 했다."라는 슬픈 후기를 들려주었다. 예외의 그 한 명만이 천운이 따라주었는지 "예쁜 파란 하늘 아래서 보석처럼 빛나는 빙하 위를 약 4~5시간 동안 즐겁게 걸었다."라고 꿈꾸듯이 말했다. 모든 여행에서 날씨는 중요하지만 특히 파타고니아에서는 날씨가 사나우면 여행 자체가 매우 불편할 정도로 고행길로 바뀌는데, 차가운 빙하 위에서 눈이 섞인 비를 맞으며 걷기도 불편한 아이젠을 신고 악착같이 걸어야 하는 건 상상만 해도 얼마나 힘들지가 눈앞에 훤하게 보이는 듯했다. 날씨가 휙휙 바뀌는 파타고니아답게 전망대에서 빙하를 바라볼 때와 직접 빙하 위를 걸을 때 기상 상황이 달라지고 하늘이 우울하게 바뀌는 경우가 많으므로 스스로 운을 시험해야 한다.

트레킹 당일 아침, 발견이 매우 드문 일이라는 야생 퓨마를 버스 차창 밖을 통해 직접 보는 커다란 행운을 누리며 도착한 빙하 전망대. 다양한 난이도와 길이의 트레킹 코스로 꾸며진 빙하 전망대 곳곳을 걸으면서 멀리서 바라보는 페리토 모레노 빙하는 규모가 매우 크고 아름답지만, 그만큼 현실감이 없어서인지 내게는 예전이나 지금이나 소다맛 아이스크림 묶음처럼 보였다. 그러다가도 빙하 근처에 마치 작은 조각같이 보이는 유람선이 지나가면서 빙하의 크기를 가늠하거나, 빙하 일부분이 하나씩 굉음을 내며 무너지는 모습을 보면 이 페리토 모레노 빙하가 얼마나 거대한지 다시금 깨닫고 경탄하곤 했다. 첫 파타고니아 여행에서, 그리고 아르헨티나 여행을 하러 온 친구들과, 이렇게 나는 미니 트레킹만 두 번 했는데 엘칼라파테에서 출발하는 교통편을 타고 빙하 전망대 포인트에 도착해(투어 예약 시 교통편을 함께 신청하지 않으면 여기까지 알아서 와야 한다) 미리 자기가 가져온 점심을 먹고 얼마간 시간을 보냈다. 이후 만남의 장소에서 다시 모여 여행사가 준비한 유람선을 타고 빙하 가까운 곳에서 내렸다. 빙하를 등반하는 포인트에 도착하면 각자 신고 있는 트레킹화에 아이젠을 끼우며 본격적으로 트레킹을 시작한다.

나는 아이젠으로 얼음 위를 걷는 법에 익숙지 못해 펭귄보다 더 어색하게 걷기도 하고, 한 번씩 내 앞에 나타나는 깊은 크레바스에 애써 놀란 마음을 진정시키기도 했다. 샘물처럼 빙하 물이 고인 곳에서 깨끗한 빙하 물도 마셔보고, 호기심에 얇게 빙하가 녹아

고여 있는데 내 손도 담겨보았는데 3초도 못 참고 "으악!" 괴성이 절로 나올 만큼 차가웠다(정말 차가울 때는 뜨거움이 느껴질 정도라는 걸 스스로 인체실험을 통해 알게 되었다). 빙하 위 트레킹은 안전을 위해 모두 함께 한 줄로 걷는데, 가이드가 한 번씩 사진 찍는 포인트를 알려주면 거기에도 또 줄을 서서 같이 찍는다. 나는 함께 간 친구들과 빙하 위를 누비는 갱스터처럼 포즈를 취하기도 하고, 예쁜 빙하 모양 위에서 손으로 함께 하트를 만들며 사진을 찍는 등 여러 가지 방법으로 이 하늘색 얼음 왕국을 즐겼다. 미니 트레킹은 빛나는 빙하의 아름다움을 다방면으로 실컷 보고 난 뒤 이제는 슬슬 힘들다 싶을 때 종료한다. 마지막에는 빙하가 담긴 위스키로 건배하며 같이 트레킹을 마친 사람들과 함께 빙하 위에서 보냈던 순간들을 회상하며 모든 일정을 마무리하게 된다. 나는 예전에 이미 빙하 트레킹을 해보았기 때문에 약간 시시할 줄 알았는데, 마음 맞는 일행과 같이 트레킹을 하며 각종 추억을 다시 쌓아가니 이보다 더 재미있을 수 없었다.

안타까운 사실은 기후 위기로 인해 이 페리토 모레노 빙하의 높이나 규모가 빠른 속도로 줄어들고 있다는 것이다. 우리는 빙하에 당도하기 전 길옆의 산 중턱에 중간중간 남아 있는 짙은 표식을 보고 의아했는데, 알고 보니 저 표식은 예전에 저 높이만큼 쌓여 있었던 빙하의 흔적으로, 현재는 안타깝게도 빙하가 많이 녹아 표식만 남은 것이었다. 가이드 말로는 대략

반대라서 더 끌리는, 아르헨티나

7~8년 전 빙하의 높이라고 했는데, 육안으로 보아도 확연히 다르게 낮아진 높이를 실감하니 당황스러우면서도 가슴이 아팠다. 가이드는 덤덤한 목소리로 지금과 같은 속도로 빙하가 더 녹는다면 지금보다 더 안으로 들어가서 빙하 트레킹을 할 지점을 찾아야 하고, 좀 더 미래에는 빙하 투어 자체가 지속 가능할지 의문이라고 했다. 빙하가 있었던 저 짙은 흔적은, 아직도 태평한 소리로 '기후 위기는 거짓'이라고 선동하는 인간들의 입을 한 번에 다물게 할 증거가 아닐까. 다음에 몇 년 뒤 지금처럼 다시 기회가 닿아서 여기에 오게 된다 한들 내가 이 아름다운 빙하를 그대로 볼 수 있을까? 끝내 빙하는 흔적도 없이 사라져 버리고 나중에 민둥산만 남는 건 아닐까? 투어를 모두 끝내고 엘칼라파테 시내로 돌아오는 길에 마음에 돌을 하나 얹은 기분이었다.

생각할 거리를 남겨준 빙하 투어를 마치고 엘칼라파테 시내의 아르헨티노 호수Lago Argentino를 낀 산책로를 걸으며 함께 온 친구들과 호젓한 시간을 즐겼다. 저녁으로는 파타고니아에서 유명한 양고기 스테이크를 먹으며 고기 맛을 음미했고, 숙소로 돌아오는 도중 길가에 있는 독특한 꽃과 나무의 모습을 천천히 감상하며 걸었다. 그리고 춥지 않은 파타고니아의 여름밤, 친구에게 현재 계절에서 볼 수 있는 남반구의 대표 별자리들을 가르쳐주며 두런두런 이야기를 나누었다. 일 년 뒤, 가족들과 다시 엘칼라파테를 찾았을 때는 여행사에서 따로 교통편을 보내주어 로스 글라시아레스 국립공원 주변의 전망대와 빙하호까지 편하게 둘러볼 수 있었다. 그리고 몇십 년 전 이곳에 자리를 잡으신 한인 어르신 부부네 숙소에서 따뜻한 환대와 함께 엘칼라파테가 지금처럼 관광도시로 크게 발전하기 이전의 이야기(파타고니아의 전형적인 개척촌 중 하나답게 옛날엔 더 고립되고 더 작았으며, 군용 비행기로 오가야 했다고 한다)까지 들으며 의미 있는 시간을 보냈다.

다시금 떠올려 보면 얼떨떨하고 신기한 8년 전 그때와 현재가 서로 교차되는 기억으로부터 배운 바는, '내가 먼저 놔버리거나 포기하지만 않는다면 어떤 형태로든 반드시 꿈은 이루어진다.'였다. 마치 자기 계발 유튜브나 관련 책 저자가 할 법한 말을 내가 하게 될 줄은 전혀 몰랐지만, 실제로 '내가 이곳에 다시 올 수 있을지도 모른다'라며 생각하고 마음에 묻어두었던 씨앗은 몇 년 뒤에 다시 아르헨티나에서 좋은 기회를 만나 예쁘게 싹을 틔웠다. 그렇게 '끌어당김의 법칙'이라는, 뜬구름 잡는 이야기가 내게도 실제로 일어나니 무섭고 신기하기도 했다. 이번 경험으로 자신이 원하는 것에 대해 스스로 솔직하게 묻고 답하면서 마음에 깊게 새기고, 일이 이루어지는 속도에 집착하기보다는 올곧은 방향으로 가며 내가 소망하는 바를 하나씩 현실로 만들어 내겠다고 굳게 다짐했다.

엘찰텐 El Chaltén,
아름답고 숭고한 자연 속에서 함께 만든 추억

아르헨티나 파타고니아 산타 크루즈^{Santa Cruz} 주의 서쪽 안데스 산맥 남쪽에 자리한 곳. 라스 부엘타스강^{Río de las Vueltas}을 휘감고 눈으로 덮인 피츠로이^{Fitz Roy} 봉을 뒤로 두른, 마치 한 폭의 산수화같이 아름다운 마을 엘찰텐^{El Chaltén}. 파타고니아 지역 선주민 테우엘체족의 언어로 "연기가 나는 산^{Montaña humeante}"이란 뜻의 엘찰텐은, 내게는 약 8년 전 아르헨티나 항공 파업 사태로 여행 일정이 전부 꼬이는 바람에 어쩔 수 없이 6시간도 채 머물지 못하고 바로 떠나야 했던 가슴 아픈 사연이 있는 곳이었다. 무리인 줄 알면서도 겨우 하루 욕심을 내서 그 시간이라도 즐기겠다고 오긴 했는데, 막상 이렇게 들린 엘찰텐은 너무나 천국 같은 곳이라 짧게 머물다 떠나기가 더욱 뼈아팠다. 그래서인지 당시 버스를 타고 다음 목적지로 급하게 떠나기 전, '언젠가 다음에 파타고니아에 다시 오게 된다면 여기에는 무조건 길게 있겠다'라고 속으로 다짐했는데, 정말로 나의 바람이 이루어졌다! 그렇게

스스로와의 약속을 지키는 마음으로 여름 방학 동안 2주 가까이 넉넉하게 일정을 잡아 즐기게 되었다. 그리고 아르헨티나로 따로 여행을 온 친구와도 일주일 정도 함께 일정을 맞추어 더 기분 좋게 여행을 계획하고 시작할 수 있었다. 내가 먼저 이곳저곳을 살펴본 뒤 나중에 다시 친구랑 가는 방법으로 말이다. 날씨 운이 따라주길 바라며 엘칼라파테행 비행기를 타고, 공항에서 다시 엘찰텐으로 향하는 버스를 탔다. 그리고 하늘이 내린 비경이 한눈에 보이는 왼편 창가에 앉아 하염없이 자연의 아름다움을 감상했다.

엘찰텐은 원래 사람이 거의 살지 않았으나, 이웃 국가 칠레와의 국경을 두고 긴장감이 고조되던 1985년에 아르헨티나 정부가 전략적으로 트레킹 명소로 지정한 뒤 서서히 발전시킨 곳이다. 원래는 국경 수비대 정도의 최소 인원만 거주하고 있었으나 그 이후로 민간인 가족이나 정부 공무원, 연구자, 관광업계 등 다양한 배경의 사람들이 조금씩 이주하며 지금의 마을을 만들었다는 역사가 있다. 지금의 엘찰텐은 인구 2천 명 정도로, 특히 파타고니아 관광 성수기인 11월부터 3월까지는 산을 사랑하는 많은 여행자들과 더불어 임시로 관광업에 종사하는 계절 인력으로 북적이며 다양한 트레킹 코스의 전초 기지로서 활기를 더한다. 하지만 파타고니아 산속에 있다는 지리적인 이유와 부족한 인프라로 인해 인터넷이나 통신이 잘되지 않아 가끔은 카드 결제조차 막히므로 현금을 가지고 있는 것이 좋으며(미국 달러와 아르헨티나 페소 모두 통용된다), 원하든 원하지 않든 반강제로 디지털 디톡스를 시행하며 여유롭게 경치를 즐길 수 있다.

반대라서 더 끌리는, 아르헨티나

전 세계적으로 유명한 트레킹 성지로는 칠레의 토레스 델 파이네^{Torres del} ^{Paine}와 엘찰텐을 꼽는데, 실제로 나라만 다를 뿐 둘 다 파타고니아 남부의 안데스 산맥 지류에 있기에 설산과 빙하호 등 유사한 풍경을 볼 수 있다. 토레스 델 파이네 트레킹은 며칠 동안 한 방향으로 걷는 코스이기에 한번 시작하면 무조건 완수해야 하고, 중간에 묵을 숙소나 캠핑장도 빨리 예약 해야 한다. 몇 년 전 도전했던 토레스 델 파이네 트레킹에서 파타고니아 특 산 복불복 날씨의 위력을 실감했었는데, 캠핑장에 "여기는 파타고니아입니 다. 날씨에 관해 묻지 마세요."라는 말이 쓰여 있을 정도로 심하면 10분마 다 휙휙 바뀌는 날씨를 체감할 수 있다. 그 트레킹 당시 나는 날씨 운이 좋 다 못해 무려 3대가 덕을 쌓아야지만 볼 수 있다는 천국 같은 날씨를 3일 간 만끽했다. 그러나 마지막 날에는 마치 주사위를 잘못 던져 불운의 숫자 라도 나온 듯 사람이 날아갈 정도의 거센 비바람과 맞서 조약돌 크기의 우 박을 수 시간 동안 계속 얻어맞으면서 온몸이 얼얼한 상태로 끝까지 트레 킹을 마무리해야 했다. 그 대조적인 기억이 여전히 생생한 나는 파타고니 아에서는 모든 게 날씨 운에 좌우되는 것임을 뼈저리게 깨달았고, 엘찰텐 에서도 마찬가지로 분명 며칠 정도는 궂은 날씨 때문에 트레킹이 불가능한 날이 생길 것을 예상하여 이번 일정을 일부러 길게 잡은 것이기도 했다(그 리고 후에 이 가정은 적중했다). 엘찰텐은 토레스 델 파이네 트레킹과는 달리 마을

을 베이스캠프처럼 두고 하루마 다 코스를 다르게 걷고 올 수 있 어 편하다. 마을 전체가 국립공원 안에 있어 어디서든 깨끗한 물을 사용 가능하고, 트레킹 코스 근처 캠핑장에서 묵어가기도 편해 트 레킹 일정의 자유도가 높다.

맨 먼저 엘찰텐 전체를 조망하기 위해 마을 밖에 있는 로스 콘도레스 전망대^{Mirador de los Cóndores, 스페인어로 콘도르 전망대}와 라스 아길라스 전망대^{Mirador de las Águilas, 스페인어로 독수리 전망대}를 다녀왔다. 남녀노소 누구나 부담 없이 다녀올 수 있는 언덕길 산책 코스였다. 로스 콘도레스의 경우 전체적으로 피츠로이 봉과 마을을 한눈에 볼 수 있으며, 라스 아길라스는 아르헨티나에서 큰 호수 중 하나인 비에드마 호수^{Lago Viedma}를 조망할 수 있다. 돌풍 같은 바람이 불어 혹시 넘어질까 아찔한 기분이 들었지만, 기본적으로 날씨가 좋아서 기분 좋게 걸을 수 있었다. 전망대에서 서로 사진 찍어주다 말을 섞게 된 브라질 부부와 대화를 나누다가 그대로 저녁 자리도 같이하게 되었는데, 이들은 오토바이로 무려 브라질에서부터 이곳 파타고니아까지 종주 중이라고 했다. 이렇게 여행을 좋아하는 사람들과 길 위에서 만나 수다를 떨며 서로 정보를 나누는 것이야말로 여행의 큰 묘미다. 파타고니아의 높은 위도로 인해 엘찰텐은 여름에는 밤 아홉 시를 넘겨도 여전히 환한 데다 치안도 안전하다. 하지만 여행지의 특성상 트레킹 전초 기지의 역할이 더 크기에 밤을 즐기는 여행객들보다는, 전날 미리 준비하고 새벽에 일찍 일어나 각자 트레킹을 준비하거나 트레킹을 마무리한 뒤 편하게 쉬려는 여행객이 더 많아 밤거리는 생각보다 조용하고 한적했다. 호스텔에는 각 나라에서 온 재미있는 사람들이 많았는데, 그들과 인사를 나누고 수다를 떤 뒤에 침대로 들어갔다.

다음 날은 짙은 회색 구름이 잔뜩 끼어 흐린, 아무리 생각해도 비가 오지 않을 리 없는 날씨였다. 나는 일정도 긴 만큼 날씨에 맞춰서 여유롭게 움직이고 싶어 느지막이 아침을 먹고 있었는데, 어젯밤 수다를 떨었던 스위스 여행객들이 나타나 같이 가자고 나를 꼬드기는 바람에 결국 거기에 넘어간 나는 함께 라구나 토레^{Laguna Torre} 전망대로 가는 트레킹을 시작하게 되었다. 특별히 전문 훈련을 받은 산악인처럼 세로 토레^{Cerro Torre}까지 등반해서

올라가는 게 아니라면, 전망대까지는 왕복 7시간 정도 걸린다고 한다. 중간중간 경사진 부분이나 길이 헷갈리는 부분이 있긴 하지만 전반적으로 하루를 투자해 트레킹하기에 괜찮은 난이도였다. 특히 숲길을 지나는 코스는 마치 영화 〈반지의 제왕〉에 나오는 세트장 같다는 생각이 들 정도로 아름다웠으나, 여기를 지나자마자 비가 슬슬 내리기 시작했다. 결국 '흐린 날씨', '차가운 비', '거센 바람'이라는 파타고니아 특산 3종 세트의 악조건 속에서 트레킹을 강행해야 했는데, 평소에도 빙하에서 떨어져 나온 유빙이 둥둥 떠 있을 정도로 한층 더 추운 라구나 토레 정상에서는 이를 딱딱 부딪치고 손을 덜덜 떨 정도로 추웠다. 우리 이전의 수많은 트레커들이 추위를 견디기 위해 제작한 것으로 추정되는, 나뭇가지와 돌로 만들어 놓은 작은 은신처 중 하나에 몸을 숨기고 함께 올라간 사람들과 어제 싸 온 샌드위치 도시락을 열었지만, 너무 추워서 입맛조차 잃었다. 그래도 힘들게 온 정상이니만큼 즐거운 시간을 보내고 싶어 호수 근처에 있던 유빙의 잔해로 잠시 물수제비 던지기 놀이를 하고 있었는데, 그 순간 갑자기 버티지도 못할 만큼 비가 거세게 쏟아지기 시작해 빨리 엘찰텐 마을로 돌아가기로 했다. 가는 길에 북미에서 온 여행자들을 만나 같이 내려왔는데, 마을에 가까워지니 그렇게 잔뜩 찌푸리고 비가 거세게 내리던 시간이 신기루처럼 사라지고 마치 오늘의 궂은 날씨를 보상하듯 모두가 감탄할 정도로 아주 커다란 무지개가 저 너머에 걸려 있었다. 이들과 저녁을 먹고 숙소에 돌아오자, 네덜란드에서 온 새로운 여행객이 방에 도착해 있었다. 40일간 배를 타고 남극에 다녀왔다는 새 룸메이트를 통해 남극에 대한 신비한 이야기와 사진, 동영상들을 접하며 마음 저편에 또 다른 꿈의 씨앗을 키웠다.

어제 비를 많이 맞아서 지치긴 했지만 아직은 살만했고, 또 우습게도 이날 날씨가 나쁘지 않았다. 파타고니아는 손 하나 까딱할 수 없는 초주검의 몸 상태가 되지 않는 이상, 내 컨디션보다는 당일 날씨를 보고 움직이게 된다. 그래서 나는 멀리 버스를 타고 나가서 엊그제 숙소에서 만난 여행객에서 추천받은 우에물 빙하Glacier Huemul (우에물Huemul은 우리나라 말로는 '남방안데스사슴'이라는 이름으로 알려진 이곳 파타고니아 지역에서만 서식하는 사슴과 동물이다)와 데시에르토 호수Lago del Desierto를 볼 계획을 세워 움직였다. 날씨 덕에 처음 출발부터 아름다운 풍경 속으로 서서히 빨려 들어가며 천국으로 소풍 가는 듯한 기분을 느꼈다. 그렇게 한 시간 반 넘게 비포장도로를 달리니 목적지에 도착했는데, 분명 처음에는 맑았던 날씨가 다시 잔뜩 찌푸려지고 흐려졌다. 에고, 여튼 다시 엘찰텐 마을로 돌아가는 버스는 오후 늦게 온다고 했고, 그때까지 자유롭게 일정을 보내면 된다고 했다. 우에물 빙하 트레킹은 개인이 운영하는 농장 사유지를 지나야 했기에 입장료를 따로 내야 했다. 여튼 흐려진 날씨를 벗삼아 우에물 빙하로 향하는 트레킹을 시작했다. 나에게 이곳을 추천해 줬던 여행객 말이 트레킹 자체는 짧고 괜찮지만 정상에 오르기 전 막판 15분 정도가 매우 빡세다는 식으로 말해서 무슨 말인가 싶었는데, 실제로 가보니 몹시 당황스러울 정도로 가파른 길이었다. 이런 이유에서인지 트레킹 코스에 밧줄이 있었는데, 만일 그 밧줄이 없다면 혼신의 힘을 다해 기어 올라간다 한들, 다시 내려가는 건 엄두도 못 낼 정도의 경사를 자랑했다. 줄을 단단히 잡고 급경사를 오르는 나와 다른 여행객을 보니, 오래전에 다큐멘터리에서 봤던 가파른 파미르 고원을 힘겹게 기어가듯 올라가던 아이벡스 염소의 모습이 떠올랐다. 정상에 올라가니 잔뜩 흐린 하늘에 진눈깨비가 내릴 정도로 추웠으나, 아주 잠시나마 구름 사이로 아주 약한 햇빛이 호수에 비쳤을 때 너무나 아름다운 에메랄드빛 우에물 빙하 호수를 볼 수 있었다. 눈을 맞고 덜덜 떨면서 내가 아침에 싸 온 차가운 샌드위치를 점심으로 겨우 먹고 다시 내려와 이번엔 데시에르토 호수의 전망을 볼 수 있다는 트레킹 코스로 갔다.

내 앞에는 가족끼리 온 것 같은 트레커 몇 명이 있긴 했으나, 걷는 길에 방향 표시가 제대로 안 되어 있었다. 더 이상 이렇게 감으로만 걷다가는 자칫 길을 잃고 위험해질 수 있다는 판단하에 무리하지 않고 중간에 내려왔다. 대신 호수가 보이는 야트막한 다른 전망대를 찾았고, 그곳에 앉아서 오후 남은 시간 동안 유유자적 시간을 보냈다. 짧게나마 구름이 좀 사라지고 날씨가 갠 적이 있었는데, 그 순간의 호수 풍경은 나도 모르게 입을 틀어막고 연신 "우와, 대박!"을 외칠 정도로 맑고 웅장했다. 세상에 존재하는 모든 초록색을 잉크로 추출해 다시 이곳에 다 풀어놓은 듯한 총천연색 초록빛 호수. 마음마저 저절로 정화되는 느낌에 호수를 한참 바라보면서 만년필로 글도 쓰고 그림도 그리며 시간을 보냈다. 데시에르토 호수를 오가는 유람선도 있으나 아까 트레킹 코스에서 시간을 허비하는 바람에 배 시간과 버스 시간이 안 맞아 결국 타지 못했다. '이럴 줄 알았으면 호수 전망대 트레킹을 하지 말고 유람선을 탈 걸.' 하는 후회가 크게 들었다. 며칠 뒤에 친구가 오면, 그때는 꼭 저 배를 타고 호수를 마음껏 즐기겠다는 생각으로 돌아왔다.

비도 그치고 날씨가 하루 종일 좋을 것이라고 예상된 날. 아침에 일어나니 어제 트레킹 코스가 상대적으로 짧았기 때문인지, 아니면 내 생각보다도 내가 더욱 금강불괴에 무쇠 다리인 건지 딱히 몸이 그렇게 힘들지 않았다. 그래서 아침을 먹고 날씨가 좋을 때 후딱 움직이기로 했다. 남극을 여행하고 돌아온 네덜란드인 동행과 함께 여기서 가장 길고, 난이도가 높은 트레킹 중 하나인 로마 델 플리에게 툼바도Loma Del Pliegue Tumbado(스페인어로 '기울어진 습곡 지형이 있는 구릉' 정도의 뜻)로 갔다. 이곳은 상대적으로 유명하진 않지만, 엘찰텐 주변이 품고 있는 모든 풍경을 360도로 돌며 볼 수 있다고 한다. 숙소 룸메이트인 네덜란드 친구와 같이 출발하긴 했지만, 남극 탐험을 할 정도로 각종 아웃도어 스포츠에 만능인 우리의 롱다리 더치맨은 다소 천천히 걷는 나에게 조바심이 났는지 긴 다리로 성큼성큼 가버리고, 결국 나는 혼자서 시시각각 달라지는 풍경을 느긋하게 감상하며 올라갔다.

트레킹 코스 중 마지막 숲길에서 길게 휴식을 취하던 도중 우연히 마주친 독일 출신 여행객과 인사말을 주고받다 그대로 길동무가 되었다. 툼바도 트레킹 코스는 전망대가 두 개 있는데, 돌무더기 언덕 옆에서 주로 라구나 토레와 멀리서 피츠로이 쪽을 보는 전망대, 그리고 그 옆의 거대한 돌산 정상에 피츠로이와 비에드마 호수까지 말 그대로 360도 파노라마 뷰로 감상이 가능한 전망대 이렇게 두 곳이다.
나는 멀리서도 보이는 저 험한 돌산을
보니 솔직히 기세가 꺾여 저기를 올라
갈 자신이 없어졌다. 어제 갔던 우에물
호수 전망대 마지막 코스만큼 가파르지
만, 저 돌산이 훨씬 더 높은 데다 이번
엔 버팀목이 되어줄 밧줄도 없어서 정

신을 바짝 차려야 했다. 게다가 이때 돌풍이 불어 더 위험했기에 무리하고
싶지 않다면 굳이 저 돌산을 올라가지 않았어도 상관없다. 그러나 독일 친
구가 건넨 "여기까지 왔는데 그냥 가기에는 아깝긴 하다."는 말에 결국 죽
을힘을 다해 스틱으로 버티며 올라갔다. 어제처럼 다시 척박한 낭떠러지를
기어오르면서 입으로 통곡하며 한 시간 반쯤 걸려 올라갔는데, 과연 정상
에 올라가니 그 보람이 있었다. 뿌듯한 마음으로 성공을 누리며 독일 친구
와 하이파이브를 한 뒤 – 사정없이 몰아치는 칼바람에 더 이상 견딜 수 없어질 때까지 – 경
외감을 자아내는 엘찰텐의 360도 파노라마 뷰를 감상하면서 한참 시간을
보내다가 내려갔다.

이날 트레킹 코스는 엘찰텐 로스 트레스 호수Laguna de Los Tres, 통칭 피츠로이
트레킹 다음으로 가장 긴 코스였다. 그래서 오늘의 동행이었던 독일의 베테
랑 여행자이자 잔뼈 굵은 사업가와 참 많은 대화를 나누게 되었다. 청년 시
절 그는 독불장군처럼 홀로 일에만 매진하며 죽어라 사업을 키웠다고 한다.
이제 자신의 사업도 안정적으로 자리를 잡고 스스로 돌아볼 여유가 생기니,
막상 자기 주변에 아무도 없는 것 같아 인생이 허무했다고 한다. 이런 공허
함을 채우기 위한 보상 심리로서 다른 사람에게 일을 위임하고 장기 여행을
시작했는데, 처음에는 세상에 존재하는 다양한 풍경에 정신이 홀려 오롯이

이 지구별을 여행하는 자체가 너무 좋았단다. 하지만 시간이 지나고 나니, 아무리 좋은 풍경도 혼자 보는 건 의미가 없는 것 같다며 쓸쓸하게 웃는다. 나 역시 혼자서 정말 아름다운 곳을 볼 때면, 누구에게도 공유할 수 없는 여러 색깔의 감정이 한 번씩 차오르곤 했기에 그의 마음에 공감했고, "인생을 이만큼 살아보니, 결국 우리에게는 살면서 누리는 특별한 순간을 함께 나누고 싶은 사람이 필요하다."라는 그의 말이 깊숙하게 와닿았다. 바쁘게 복잡한 현대 사회, 특히 요즘처럼 각박하고 진실한 마음이 귀한 시대 속에서 우리는 각자 혼자서만 우뚝 잘 살아야 할 것처럼 느낀다. 그리고 그렇게 살기 위해서, 때로는 이기적인 태도와 구별할 수 없을 정도의 개인주의적 태도를 내보이기를 강요받는다. 그럼에도 불구하고 우리는 결국 인간이기에 모난 마음을 따스하게 녹일 수 있는 다정함이 필요하고, 함께 추억을 공유하며 대화할 수 있는 누군가가 필요하다. 그것이 가족이든 친구든 연인이든 지인이든, 혹은 오늘 하루 우연히 만난 트레블메이트든 그 누구든지 말이다. 앞으로 이날 본 파노라마 풍경이 떠오를 때면, 그와의 이야기들이 저절로 기억날 것 같다.

　이 길다란 트레킹 코스까지 걷고 나니, 분명 힐링하러 온 여행이 어째서인지 '킬링 여행'이 되고 있다는 생각에 친구가 오기 전까지는 아무리 날씨가 좋아도 너무 빡센 일정은 만들지 않도록 자제하며, 스스로에게 휴식을 부여하는 시간을 만들기 위해 노력했다. 그렇게 숙소에서 우연히 서로

오래 알고 지냈다는 한국 산악 동호회 분들과 만나 함께 한국 음식을 해 먹으며 쌓인 회포를 풀기도 하고, 노약자도 도전할 수 있는 쉬운 트레킹 코스 중 하나인 초리쇼 델 살토 Chorrillo del Salto 라는 이름의 폭포 길을 걸어가 물멍을 때리기도 했으며, 비에드마 호수 선착장까지 자전거를 빌려서 다녀오기도 했다(이것도 분명 슬렁슬렁 탈 생각이었으나, 돌아오는 길 갑자기 맞바람이 강하게 불어와 지옥의 라이딩이 되고 말았다). 설상가상으로 그 무렵 운 나쁘게도, 우리 숙소 방에 '잠을 자다가 혹여 유명을 달리 하는 게 아닐까?' 걱정될 정도로 심하게 코를 고는 여행객이 한 명 들어와 더치맨과 나는 밤마다 귀마개를 단단히 껴야지만 겨우 잠에 들 수 있었다.

그러던 중 숙소에 네덜란드에 사는 커플이 새로 들어왔다. 이들은 이듬해 결혼을 앞두고 긴 휴가를 내어 예비 신부의 본가인 우루과이로 와서 인사드리러 왔다가 남은 기간에 엘찰텐을 여행 중이라고 했다. 커플과 즐겁게 대화하고 있었는데, 이들이 이번 금요일 밤에 날씨가 최상이라며 피츠로이 봉(찰스 다윈과 함께 파타고니아를 항해했던 비글호 선장 로버트 피츠로이의 이름을 딴 것으로, 이 봉우리의 원래 이름이 '엘찰텐'이었다) 코스로 야간 산행을 함께 가자고 한다. 피츠로이 봉과 그 아래의 로스 트레스 호수 방향으로 밤새 트레킹하여 일출을 보는, 여행자들 사이에서 소위 '불타는 고구마'라 불리는 풍경은 엘찰텐의 가장 손꼽히는 하이라이트라 나는 며칠 뒤 친구가 도착하면 같이 가려고 처음에는 거절했다. 그런데 숙소 주인을 포함한 모두가 "이렇게 맑고 구름 한 점 없으며 바람도 없는 밤은 파타고니아에서 좀처럼 보기 힘든 완벽한 날씨인데 안 가면 무조건 손해다!"라며 나를 끈질기게 설득했다. 결국 그들의 설득에 넘어가 얼떨결에 아르헨티나 여행객과도 다 같이 팀을 꾸려서 출발하게 되었다.

칠흑같이 어두운 밤, 네덜란드 예비 신랑이 가져온 헤드랜턴 하나와 그날 밤 숙소에서 급하게 빌린 구부러진 스틱에 의지해 일행 모두가 소시지처럼 줄줄이 걸었다. 하지만 이날은 정말 숙소 주인이 말한 대로 구름도 바람도 없고 춥지도 않아 오래도록 기분 좋게 걸을 만한, 숙소에 있던 모두가 나를 설득할 만한 가치가 있었던 멋진 날씨였다. 다만 나는 은하수가 보이는 아름다운 밤하늘 아래에서 별을 보고 이야기도 해가며 사진을 많이 찍고 싶었는데, 트레킹할 때 마치 돌진하는 소처럼 앞만 보고 걷는 특징이 있는 우리의 서양 트레커들은 얼른 가야 한다며 동양에서 온 한 여행객의 낭만을 뒤로 한 채 앞으로 저벅저벅 걸었다. 야간 산행이라 앞이 잘 안 보여 중간에 길이 헷갈리기도 했으나 큰 문제 없이 길을 금방 찾았고, 평탄한 코스를 거친 뒤 마지막 피츠로이 봉 아래 로스 트레스 호수까지 올라가는 악명 높은 마지막 코스에 도달했다. 여기서부터 급격해지는 경사와 함께 또 지긋지긋한 돌산이다. 멀리서 볼 때 피츠로이 봉 경사로를 따라 사람들이 착용한 헤드랜턴으로 추정되는 불빛이 보이길래, 나도 저렇게 높은 곳을 올라가야 한다는 진실을 깨닫고 아연실색했었는데, 기어이 여기까지 도착

했구나. 다녀온 많은 사람이 정말 힘들고 가파른 길이라며 고개를 내젓는, 악명이 자자한 마지막 돌산 코스. 오르막에 무지 약한 내 걸음으로는 한 시간 반 이상 걸어야 하는 가파른 길인데 여기서 나는 같이 왔던 일행을 다 잃어버렸다. 나는 같이 올라가던 주변 트레커들의 아낌없는 응원을 받으며 기어이 해가 뜨기 전 정상에 도착했고, 구름 한 점 없이 맑은 하늘에서 그 유명한

반대라서 더 끌리는, 아르헨티나

불타는 고구마 형상의 피츠로이 봉을 보았으며, 일부러 입고 온 파타고니아 로고의 티셔츠를 입고 인증샷도 찍었다. (파타고니아^{Patagonia}라고 하면 유명 아웃도어 의류 브랜드만 떠올리는 사람이 많지만, 창립자가 파타고니아 지역을 여행하다 영감을 받아 만든 브랜드로서 심지어 로고도 이곳 피츠로이를 본떠 만들었다는 사실은 의외로 잘 알려지지 않았다)

이 코스는 내가 지금껏 해본 각종 트레킹에서 가장 힘들었던 코스 중 하나였다. 입고 온 모든 겉옷이 땀으로 홀딱 다 젖어서 정상에서 급히 말려야 할 정도였으니까. 하지만 그 고생을 충분히 보상하는 풍경을 선사했다. 세상의 끝에 가까워짐을 실감하듯, 오랜 시간 넋을 잃고 바라볼 정도로 기가 막히게 아름다운 눈 덮인 피츠로이 봉우리와 이를 마치 쌍둥이 거울처럼 비춰주는 로스 트레스 호수. 우여곡절 끝에 아까 잃어버린 일행 중 커플만 겨우 찾아서 같이 내려갔는데, 다시 돌산을 내려갈 땐 가파른 경사 때문에 더 아찔했다. 낮이 되어서야 숙소에 도착했고, 긴장과 피로가 풀렸는지 무려 다음 날 아침까지 15시간 가까이 꿀잠을 잤다.

그렇게 지내던 중 드디어 오매불망 기다리던 친구가 도착하는 날이 되었다. 버스 터미널에 마중을 나가서 친구를 반기니 활짝 웃는다. 엘찰텐에서 다시 트레블메이트라는 이름으로 재회한 우리는, 그동안 밀렸던 이야기를 나누며 함께 하는 시간을 의미 있게 보내기로 했다. 나는 친구보다 나름 여기에 며칠 더 있었던 선배로서, 작지만 요모조모 즐길 게 많은 이 마을을 돌면서 찾아낸 보물 같은 장소들을 가르쳐주기도 하고, 같이 장을 보고 요리도 했다. 친구가 오기 전엔 혼자 하던 걸 이젠 둘이서 역할을 분배해 손발을 맞춰 척척 해내니, 마치 천하무적의 듀오를 이루어 각종 퀘스트를 완수해 내는 기분이었다. 시간이 지나면 어떤 여행이든지 마음 맞는 일행과 서로 공유하는 기억 속에서 더 빛나기 마련이고, 똑같은 장소를 다시 가더라도 누구와 함께 보느냐에 따라서도 부정적인 경험은 희석되고 긍정적인 색채로 새로 덧붙여진다는 것을 스스로도 실감하지 않았는가. 그래서 내가 해본 트레킹 중 좋았던 코스들을 소개하며 친구와도 다시 걷기로 했다.

서로 살아온 시절과 맥락이 비슷한, 가치관과 결이 맞는 또래 친구라는 존재의 의미. 며칠간 같이 다니고, 또 이곳의 트레킹 코스들이 전부 길다 보니 자연스럽게 서로 다양한 스펙트럼의 대화를 많이 하게 되었다. 실없이 웃긴 주제부터 서로가 좋아하는 취미나 흥미, 그리고 인생에 대한 성찰과 관점에 대한 이야기까지 나누었던 그 시간이 참 즐겁고 소중했다. 하지만 속상했던 사실은 친구가 오고 며칠 뒤에 변덕스러운 파타고니아답게 날씨가 급격히 안 좋아지기 시작했다는 점이다. 특히 친구랑 꼭 같이 하고 싶었던 데시에르토 호수에서 유람선을 타는 활동은, 황당하게도 배 두 척 중 하나는 강풍에 부서져 버렸고, 나머지 다른 배도 쓸 수 없는 상태가 되어 강제로 포기해야 했다. 다정하고 엄하며 부드러우면서 깨끗한, 초록색 데시에르토 호수 위를 유유히 가로지르던 그 유람선을 꼭 타고 싶었지만, 날씨는 끝내 나의 소망을 허락하지 않았다.

날씨 사정은 더 악화되어 우린 아무것도 못 하고 이틀가량을 숙소에 묶여 있었는데, 이런 우리의 모습을 보며 나는 더욱 무력감을 느꼈다. 창문을 세게 두들기는 비와 거칠게 울부짖는 바람이 부는 파타고니아 날씨를 바라보면, 제아무리 인간이 위대하다고 해도 우리는 결코 자연을 이길 수가 없다는 사실을 절절하게 느끼게 된다. 우리의 행동이 조금 제약되었을 뿐인데, 우리는 이처럼 쉽게 신경질을 내고 짜증을 부린다. 우리는 미약하게나마 자연에 반항하려는 신호를 보내지만, 자연은 그마저도 허락하지 않는다. 생각보다 우리가 가진 많은 것들이 자연에 의해 좌지우지되는데도 우

반대라서 더 끌리는, 아르헨티나

둔한 우리는 그것을 깨닫지 못한다. 우쭐대며 만능인 것처럼 굴어도 결국 우리는 자연 앞에서는 아주 작은 존재일 뿐. 우리가 자연에게 일삼는 패악질도 그대로 우리에게 되돌아와 현재 기후 위기라는 앙갚음을 당하고 있지 않은가. 파타고니아의 자연, 그리고 바람에 누워 자라는 나무들. 아주 짙고 두꺼운 구름으로 덮여 있는 피츠로이 봉. 커다란 나무들이 전부 뿌리째로 날아갈 것 같은 강한 바람과 선명한 빗줄기를 보며 나는 도리어 '겸손'이라는 단어를 떠올렸다. 절대적 존재가 언제나 우리 앞에 있음을 기억해야 하며, 그 존재의 위대함을 인지하고 순응하는 태도. 으스대지 않고 나약함을 인정하며 자신을 낮추며 살아가는 태도. 오히려 그런 겸손한 태도를 가질 때 우리는 우리가 가진 빛을 숨김없이 발하게 된다.

내가 떠나야 할 날은 점점 다가오고, 늦게 온 나의 친구에게도 내가 경험했던 파타고니아산 천국의 풍경을 선사해 주고 싶었는데 어째 불길한 날씨 덕에 그러지 못할까 전전긍긍했다. 하지만 다행히도 내 마음이 하늘에 닿았는지 최악의 날씨를 보낸 뒤에는 날씨가 조금씩 맑아졌고, 떠나기 전날 날씨가 기가 막히게 좋아지며 대망의 피츠로이 트레킹 기회가 한 번 더 찾아왔다. 솔직히 마지막 돌산 코스가 힘들었던 데다 다음 날 바로 돌아가야 하므로 왕복 10시간 넘게 걸리는 피츠로이 트레킹을 계획하는 게 순간 망설여지기도 했지만, 엄밀히 말하자면 그때는 내가 모두의 설득에 떠밀려 엉겁결에 다녀온 거나 마찬가지 아닌가. 그럼에도 짧은 고민 끝에 내린 결론은 '이번엔 제대로, 내가 겪은 엘찰텐 하이라이트를 친구와 다시 만들고 싶다.'였다. 그렇게 충동적으로 엉성하게 다녀왔던 그때와는 다르게, 이번엔 친구와 함께 제대로 트레킹을 준비했다. 그리고 자정을 넘긴 새벽, 단단히 채비를 마친 채 또 한 번 피츠로이로 향한 발걸음을 내디뎠다.

　헤드랜턴과 스틱, 그리고 서로에 의지하며 걷는 깜깜한 밤. 나의 멋진 친구이자 다정한 트레블메이트와 함께 은하수가 흐르는 별빛 아래를 천천히 걸어갔던 야간산행길은 정말이지 오래도록 내 머릿속에 선명히 남을 잔상이다. 같은 또래 친구와 공유하는 감성과 추억. 중간에 카프리 호수^{Laguna Capri}에 멈춰 앉아 이야기하면서, 호수에 비친 피츠로이 봉과 은하수, 별들을 보며 함께 감탄하던 순간. 남반구에서 더 잘 보이는 별자리들을 그에게 알려주며 걷기도 하고, 피곤함을 잊으려 기세 좋게 춤도 추고 노래도 부르며 고된 산행길을 이어 나갔던 우리. 안내를 맡은 내가 중간에 착각해 길을 돌아가야 했지만, 친구는 전혀 화내지 않고 되레 격려해 주었다. 그런 친구의 태도에 나는 진심으로 고마움을 느꼈다. 내가 할 수 있는 모든 언어를 총동원한 욕이 저절로 나올 만큼 힘든 돌산길도, 응원해 주는 그가 있었기에 이번엔 훨씬 더 수월하게 피츠로이 등산을 마쳤다. 함께 맞이한 일출을

반대라서 더 끌리는, 아르헨티나

바라보며 하늘을 붉게 물들인 '불타는 고구마'의 시간, 그리고 아침의 로스트레스 호수가 하늘과 산을 말갛게 비추는 '거울의 시간'까지. 이 여행에서 가장 반짝이는 기억이었던 그 모든 순간은, 내 마음에 소중히 담아 두었다.

그렇게 천천히 내려와 정리를 마친 뒤 체크아웃하고, 아쉬운 마음을 뒤로한 채 친구와 작별 인사를 나누었다. 다시 버스에 올라 오른쪽 창가에 앉은 나는, 점점 멀어지는 엘찰텐을 향해 작게 손을 흔들며 잠에 들었다. 엘찰텐에서 있었던 시간은 마치 모두 꿈처럼 느껴질 정도로 좋았던 나날의 연속이었다. 며칠 먼저 와 온갖 곳을 누빈 덕에 나는 이곳을 이미 다 안다고 생각했는데, 아이러니하게도 이 친구가 와준 덕분에 비어 있던 마지막 퍼즐 조각을 완성한 뒤에야 비로소 엘찰텐을 온전히 누리는 기쁨을 알게 되었다.

가끔은 산 좋고 물 좋은 조용한 곳을 찾아가 글을 쓰고 그림도 그리며 산책하기를 꿈꿔왔는데, 파타고니아 속의 작은 마을 엘찰텐은 그런 나의 바람을 가득 채워준 곳이었다. 웅장하고 수려한 경치를 자랑하는 자연 속에 파묻혀서 그동안 하고 싶었던 일을 하며 마음을 차곡차곡 다지고, 자신을 되돌아보면서 앞날을 꿈꾸기 좋은 마을. 하지만 무엇보다도, 엘찰텐은 아름다운 자연 아래 전 세계에서 모인 즐겁고 다정한 사람들과 함께, 그리고 상냥한 친구와 함께 쏟아지는 별 아래를 걷고 이야기하며 따뜻하고 커다란 마음 조각을 하나씩 나눠 안고 보냈던 애틋한 추억의 장소로 자리매김할 것 같다. 여행의 끝은 결국 사람으로 향하는 길이니까 말이다.

반대라서 더 끌리는, 아르헨티나

우수아이아 Ushuaia,
남극과 가까운 도시에 두고 온 내 마음의 조각

우리나라에도 유명한 왕자웨이(왕가위) 감독의 영화 〈해피 투게더 Happy Together〉는 아르헨티나를 배경으로 만남과 헤어짐을 반복하는 두 동성 연인의 이야기다. 영화 속 주인공의 친구는 실연의 상처로 괴로워하던 주인공에게 녹음기를 주며 여기에 하고 싶은 말을 녹음하면 자신이 '세상의 끝 등대'에 가서 묻어두고 오겠다고 했다. 이후 친구는 사랑을 잃은 주인공의 절절한 울음소리만이 가득했던 녹음기를 등대에 놓고 온다. 이 영화 속에 나오는 그 빨간색 등대를 만나기 위해서는 남아메리카 대륙의 최남단이자 세상의 끝이라 불리는 곳, 파타고니아 남부 티에라 델 푸에고에 위치한 우수아이아로 가야 한다.

티에라 델 푸에고Tierra del Fuego 는 스페인어로 '불의 땅'을 뜻하며, 남아메리카 대륙 남쪽 끝에 있는 군도 지역을 통칭한다. 우리에겐 마젤란이라는 이름으로 더 잘 알려진 포르투갈 태생의 스페인 탐험가 페르난도 데 마가샤네스Fernando de Magallanes 가 세계일주 항로를 발견하기 위해 이곳을 지나다가, 당시 원주민들이 추위를 이기기 위해 불을 피우는 모습에서 아이디어를 얻어 이름을 붙였다고 전해진다. 그중 가장 큰 섬인 티에라 델 푸에고섬의 서쪽은 칠레, 동쪽은 아르헨티나의 영토인데 이 땅이 아르헨티나 본토와는 떨어진 행정구역인 티에라 델 푸에고 주이며 여기서 가장 큰 도시가 우수아이아다. 여기에 살았던 여러 선주민 중 하나인 야간족Yámana 혹은 Yagan 언어로 '깊은 만'이라는 뜻에서 유래된 우수아이아Ushuaia 는 파타고니아 안데스 산맥의 끝자락과 비글 해협 사이에 있는 가장 남쪽에 위치한 인구 약 5만 명의 도시이다. 남극권에 가까운 위도 덕에 한여름에도 꽤 추우며, 눈 내리는 모습도 볼 수 있는 혹독한 날씨로도 유명하다. 각종 해협 투어와 크루즈들의 출발 지점으로서 각종 여행사와 관광객이 즐비한 부두에는 '우수아이아, 세상의 끝Ushuaia, Fin del mundo'라는 말이 쓰인 표지판이 우뚝 서 있다. '세상의 끝'이라는 단어의 어감에는, 마치 내가 딛고 있는 세계와는 전혀 다른 차원의 별세계처럼 느껴지는 묘한 거리감이 배어 나온다. 이 도시에는 단순한 외로움뿐만 아니라 그에 파생되는 특별함과 애틋함 등 여러 가지 복합적인 감정이 담겨 있다. 이 모든 뒤섞임이 뭉쳐져 내게 주는 울림에 반해 파견 첫 해 여름 방학에 한번, 그리고 그다음 해에는 친구와 함께 다시 우수아이아를 방문했다.

우수아이아는 실제로 부에노스아이레스에서 비행기로만 편도 3시간 반 이상 비행기로 꼬박 날아가야 도착할 수 있을 만큼 멀고, 또 섬이라서 육로로도 쉽게 올 수 없는 곳이다. 뒤집어서 생각하면 그만큼 남극과 가까운 도

반대라서 더 끌리는, 아르헨티나

시다 보니 여름철에는 남극으로 향하는 다양한 크루즈가 출발하며 크루즈 탑승객들로도 붐비는 곳이다. 여행 초반 우연히 이곳의 명물인 남극해 킹크랩Centolla 요리 맛집 앞에서 만나 연이틀 함께 어울려 시간을 보낸 사람들도 알고 보니 서로 같은 남극행 크루즈에 탑승할 예정인 손님들이었다. 보통 이런 남극 여행자의 경우 크루즈 출·도착지인 우수아이아에 며칠씩 머물다가 이내 다른 남미 목적지로 간다고 했다. 그들은 크루즈 출발 후 남극에 도착한 이후까지 나에게 각종 펭귄, 대왕고래, 범고래 등 다양한 남극 동물 사진과 영상을 SNS에 올려서 보여주었다. 덕분에 나는 지구에서 가장 가기 힘들고 멀리 떨어진 대륙인 남극으로 향하는 크루즈 안에서도 인터넷이 된다는 걸 알게 되었다.

우수아이아 시내 안에는 자연보호구역으로 조성된 습지가 있는데, 남극과 더 가까운 파타고니아 남부의 다양한 식생을 살펴볼 수 있다. 깊고 푸른 바다를 낀 아름다운 우수아이아 만과 함께 설산을 병풍처럼 두른 도시 전경을 함께 바라보면서 유유자적 산책하며 걸을 수 있는 이곳은 동네 주민들의 산책로처럼 쓰이고 있다. 내내 불어오는 남녘의 거센 바람을 맞으며 추위를 이겨내는 의식을 행하는 것처럼 사람들이 삼삼오오 모여 뜨거운 마테를 마시는 길다란 언덕도 있다. 또한 근교 트레킹 코스인 마르티알 빙하산Cerro Martial은 시내에서 가기에 접근성이 좋아, 하루는 날을 잡고 친구와 함께 천천히 이곳의 꼭대기를 향해 올랐다. 한여름에도 갑자기 눈이 흩날리며 칼바람이 부는 특유의 날씨로 인해 목적했던 곳까지는 가지 못하고 덜덜 떨면서 중간에 내려와야 했지만, 도시와 맞닿은 푸른 앞바다, 눈이 많이 내리는 지역 특유의 뾰족한 지붕들이 곳곳에 놓여 있는 마을을 바라보면서 이곳이야말로 내가 가장 좋아하는 풍경, 그리고 언제든 꿈꾸게 되는 파타고니아의 우수아이아임을 절실하게 느꼈다.

리오 데 라플라타 부왕령 Virreinato del Río de la Plata 이라는 이름의 스페인 식민지에서 벗어나 아르헨티나 공화국으로 정식 출범한 지 얼마 되지 않은 시기. 옆 나라와 국경조차 아직 불분명했던 이때는 대대손손 터전을 지켜온 원주민들이 파타고니아 남부의 주인이었다. 그 시절 영국 등지에서 선교사들이 이 지역 주변에 하나둘 파견되었는데, 그 구성원 중에는 콜레라로 인해 부모 잃은 고아로서 발견 당시 T가 수놓아진 옷을 입고 다리 위에서 발견되어 토마스 브리지스 Thomas Bridges 라는 이름으로 한 목사 가족에게 거두어들인 아기가 있었다. 선교사 가족은 먼 곳까지 신의 복음을 전하기 위해 파타고니아 지역 선교 목적을 가지고 남대서양 포클랜드 제도에 도착했다. 그리고 어린 토마스는 그곳의 야간족들과 각별한 친구가 되어 그들의 말을 유창하게 익혔다(그가 습득했던 야간어를 사전 형식으로 정리해 둔 덕에 지금까지도 인류학과 언어학 분야 등에서 귀중한 학술 자료로 쓰이고 있다고 한다). 당시 시도했던 선교는 실패로 끝나고 가족은 모두 영국으로 귀국했으나, 어릴 적 낯선 땅에서 만든 기억이 그의 생에서 강렬하게 남았던 토마스는 이후 목회자로 성장하여 결혼 후 그의 가족과 함께 다시 파타고니아로 돌아와 오늘날의 우수아이아 지역에 굳건히 정착했다. 그는 어릴 적 습득한 지역 원주민들의 언어와 문화를 통해 그들과 우정을 다지며 평화롭게 잘 지냈고, 지역에서 성공적인 선교활동을 펼쳤다고 한다. 그렇게 파타고니아 남부 우수아이아 지역 최초의 유럽계 정착민이자 영국계 아르헨티나인이 된 토마스 브리지스와 그의 가족들. 아르헨티나 정부는 이 험난한 땅에서 몇십 년을 헌신한 이들 가족에게 감사의 표시로 우수아이아 동쪽의 땅을 하사하였으며, 이곳에는 아내인 브리지스 부인의 고향 이름을 딴 하버튼 농장Estancia Harberton이 지어졌다. 현재는 5대, 6대째 후손들이 대를 이어 여전히 살아가고 있다는 하버튼 농장은 국가 역사 기념관으로 지정되었다. 그들은 이곳을 유명 관광지로 개발하였으며, 수익의 상당 부분을 자연 보호 및 연구 활동에 힘쓰고 있다고 한다. 언뜻 보기엔 평화롭기만 한 하버튼 농장 주변의 풍경과 어촌 마을. 하지만 그 땅 아래에는 수많은 세월 동안 굽이굽이 지나온 삶과 우정, 사랑의 이야기가 깊게 뿌리내리고 꽃을 피우며 지금도 여전히 생생하게 살아 숨 쉬고 있었다.

기나긴 세월 동안 토마스의 가족과 후손들이 이 땅에 대한 사명을 지니고 힘써 사랑한 대가는 또 다른 형태로 크게 돌아왔다. 아르헨티나 정부로부터 받은 작은 섬인 마르티쇼 섬Isla Martillo(스페인어로 '망치 섬')에 언젠가부터 느닷없이 마젤란펭귄과 젠투펭귄, 임금펭귄 등 몇몇 종류의 남극권 펭귄들이 찾아오기 시작한 것이다. 해마다 펭귄들이 이 섬을 찾아와 본격적으로 그들의 서식지로 삼게 되자 브릿지스 일가는 마르티쇼 섬을 그대로 보존하면서 하나의 관광자원으로 만들었다. 이들은 섬 주변 자연과 생태계에 관한 연구와 보존 활동을 약속했던 여행사인 Pira Tour라는 업체와 독점 계약을 맺고 직접 섬을 관광할 권리를 주었다. 그러므로 우수아이아에서 실제로 펭귄을 가까이서 보고 싶다면 오직 그 여행사 투어를 통해서만 마르티쇼 섬에 내릴 수 있다. 상륙 투어에 참여하면 섬에서 한 시간에서 한 시간 반 정도 가이드의 설명을 따라 걸으며 귀여운 펭귄들을 실컷 볼 수 있다. 워낙 인기가 많은 투어라서 몇 달 전부터도 예약이 꽉꽉 차 있을 정도지만, 처음 우수아이아에 혼자 갔었을 때 누가 갑자기 개인 사정상 당일 취소한 자리가 하나 생겨 운 좋게 투어에 참여할 수 있었다. 푸에르토 마드린에 갔을 때 이보다 훨씬 더 가까운 거리에서 이미 펭귄들을 실컷 본 터라 큰 감흥이 없을 줄 알았는데, 거기서는 볼 수 없었던 임금펭귄과 젠투펭귄들을 새로 만나니 펭귄을 사랑하는 나로서는 정말 말로 표현이 힘들 정도로 벅차게 행복한 한 시간을 마르티쇼 섬에서 누리고 왔다.

우수아이아 시내에서 벗어나 조금만 동서 방향으로 가면 갖가지 트레킹 코스가 즐비한데, 렌트카나 택시를 통해 개인적으로 접근할 수도 있고 시외버스처럼 시간표대로 운영되는 밴으로 갈 수도 있다. 3번 국도를 타고 서쪽으로 가면 칠레 국경과 맞닿은 티에라 델 푸에고 국립공원^{Parque Nacional} Tierra del Fuego 이 나오고 동쪽으로 가도 또 다른 트레킹 코스가 나오는데, 보통 어디를 가도 입구에 있는 주차장 쪽에서 내려 표시된 길을 찾으며 시작한다. 나는 먼저 시내에서 동쪽으로 조금만 가면 나오는 에스메랄다 호수^{Laguna Esmeralda} 로 올라가는 소규모 투어에 참여해서 걸었다. 코스 자체는 어렵지 않고 자연공원 안에 숨겨진 비경이 아름다웠으나, 워낙 변덕스러운 날씨 탓에 굵게 내리는 비를 맞으며 진흙으로 변해버린 길을 질퍽질퍽 걷는 자체가 사람을 지치게 했다. 스페인어로 에메랄드라는 뜻인 에스메랄다 호수는 맑을 때의 물빛이 말 그대로 보석처럼 예쁘다고 하지만, 보통은 눈이나 비가 안 오면 다행일 정도로 날씨가 별로라 해서 크게 기대하지 않았

반대라서 더 끌리는, 아르헨티나

다. 하지만 정상에 도착했을 때 사진을 찍을 수 없을 정도의 짧은 찰나나마 햇빛이 호수에 비쳤던 순간을 눈에 담을 수 있었고, 그 순간은 과연 보석의 이름에 걸맞은 풍경이었다.

도시의 서쪽에 있는 티에라 델 푸에고 국립공원에는 '세상의 끝 기차Tren del Fin del Mundo'라는 다소 낭만적인 이름의 관광열차가 다니는데, 사실 이 기차의 유래와 운영은 전혀 낭만과는 거리가 멀게도 교도소 건설 및 죄수 수송, 그리고 강제 노동에 기인한다. 역사적으로 볼 때 혹독한 자연환경 탓에 자국 영토 내 인구밀도가 낮은 지역을 개발하려 할 때, 보통 정부에서는 두 가지 방식을 택한다. 그 땅에 살 수 있도록 하는 세금 인하나 토지 분배 등의 유인책을 써서 인구 유입을 도모하거나, 혹은 시베리아의 경우처럼 죄수나 유배자 등을 통해 강제로 노동력을 동원하는 것이다. 파타고니아의 끝 우수아이아는 후자였는데, 이곳의 죄수들은 심지어 자신이 있을 감옥마저 스스로 지어야 했다(우수아이아 역시 다른 파타고니아 개척 도시와 마찬가지로 19세기 말에서 20세기 초가 되어서야 각종 시청이나 지방 정부 같은 관공서를 하나씩 세우며 도시의 형태를 갖출 수 있었다. 심지어 빵집이나 교회, 병원 같은 가장 기본적인 건물도 꽤 나중에 생겼다고 한다). 이 열차는 아침부터 우수아이아 교도소에서부터 시작하여 근처 산으로 향하며 건축에 필요한 목재나 석재 등 주요 자재들을 수집한 뒤 하루가 끝날 무렵 다시 돌아왔단다. 이후 1947년 우수아이아 교도소는 폐쇄되었지만, 이 열차는 여전히 목재 생산물을 도시로 수송하는 임무를 수행하다가 1949년 우수아이아에서 발생한 지진으로 인해 철로가 붕괴되는 바람에 수십 년

간 방치되어 있었다. 그러던 중 1990년대 중반, 긴 시간 폐허로 남아 있던 기차와 철도를 부분 재건하여 여행객들을 위한 관광열차로 재탄생시킨 것이다. 기차를 좋아하는 나는 티에라 델 푸에고 국립공원을 천천히 구석구석 지나며 아름다운 자연을 만나는 세상의 끝기차를 두 번 탔다. 날씨가 좋았을 때는 마치 천국으로 소풍을 가는 듯한 기분을 느꼈지만, 날씨가 우중충하고 흐리며 비 오던 날에는 나 또한 세상의 끝에 버려져 강제 노동을 하는 죄수가 된 듯한 느낌을 받았다. 차갑게 내리는 비에 녹아 어디론가 사라질 것 같은 기분으로 타는 세상의 끝 기차는 밑바닥에 가라앉는 듯한 우울함을 선사하지만, 날씨가 다시 활짝 개면 우울함 따위는 금방 건져서 아름다운 자연 속에 내다 버릴 수 있었다.

파타고니아 곳곳을 여행하면서 파타고니아 출신 사람의 기질에 대해 뚜렷하게 느낀 점은, 아무것도 없는 척박한 땅에서 인내심을 가지고 마을과 도시를 건설해 낸 사람 특유의 성실함과 추운 날씨를 닮은 그들의 무뚝뚝함이다. 인간이 아무리 주제를 모르고 덤빈다 한들 자연의 힘을 이길 수는 없음을 아는 이곳의 사람들은 겸손하고, 또 어떤 일이든 크게 좌절하지 않고 묵묵한 태도로 굳건히 받아들인다. 그렇기에 파타고니아 남부의 우수아이아의 사람들 역시 강인하고 멋지다고 생각했는데, 이들의 상당수가 사실은 다른 곳에서 왔다는 배경의 현대사도 흥미로웠다. 이를 알게 된 계기는 사실 여행사의 실수 때문이었다. 국립공원 투어 신청을 했지만, 예전에 후후이에서 겪었던 것처럼 또 여행사의 허술한 일 처리로 인해 낙오되는 일이 생겼다(한 시간 넘게 꼬박 기다린 뒤 내가 전화로 항의한 후에야 그들이 나를 까먹고 이미 투어를 출발해 버렸다는 사실을 알았다). 여행사에서는 사과와 책임의 의미로 나에게 일대일 가이드를 붙여주었는데, 단체 투어 대신 경험 많은 가이드인 그녀와 하루 종일 다니면서 갖가지 우수아이아에 대한 다양한 이야기를 들을 수 있었기에 사실상 전화위복이 된 셈이다.

가이드는 사실 우수아이아 출신이 아니라 북부 차코Chaco 주의 시골 출신이라고 했는데, 어린 시절 부모님을 따라 멀리 우수아이아까지 이사를 왔단다. 1970년대부터 아르헨티나 정부는 우수아이아를 자유무역지대Zona Franca로 지정하고, 세금 감면과 일자리 창출 등 각종 이주 지원 정책을 통해 인구 유입과 지역 발전을 적극 장려해 왔다. 이 지역은 이후 정부 차원의 전략적 개발 대상이 되었고, 다양한 기업과 공장이 들어서며 경제 활동도 활발해졌다. 이 기회를 통해 가이드의 가족처럼 아르헨티나 내에서 특히 소득 수준이 낮은 편인 차코, 살타, 후후이 등 북부 지방 사람들이 더 나은 삶을 위해

이사를 결심하고 가족이나 친척 단위로 많이 이주해 왔다. 거센 바람과 추위가 기다리는 척박한 땅에서 정착하기 쉽지 않음을 알기에 정부에서 내세운 고육지책이었을 것이다. 이보다 훨씬 전, 도시 설립 초창기에도 세제 혜택과 토지를 약속하며 갓 아르헨티나로 이민 온 이탈리아 이민자들을 배로 데려오기도 했다는데, 이 이야기는 내가 박물관에서 만났던 직원에게 들었다(자신은 이곳 출신인 푸에기노Fueguino이지만, 양쪽 조부모님들이 모두 이탈리아 사람이라고 했

다). 또한 근래에는 남미에서 상대적으로 소득 수준이 낮고 형편이 어려운 나라 출신의 국민들이 일자리를 찾고 정착할 겸 이곳 우수아이아로 이민을 오고 있어 도시 구성원이 더욱 다양해지고 있다고 한다. 순전히 여행사의 실수로 시작된 여행. 그러나 이런 우연 덕에 나와 함께 꼬박 하루를 보낸 가이드 덕분에 국립공원 투어와 트레킹은 물론이요, 현재까지 우수아이아라는 도시를 구성하는 과정에 참여하게 된 개개인의 역사를 간접적으로 체험할 수 있었다. 또 다음 날에는 가이드와 함께 꽃을 키우며 사는 한국인 사장님네도 방문하였는데, 이곳은 택시 기사들에게 한국인 농장이라는 뜻의 '비베로 코레아노Vivero Coreano'라고 목적지를 말하면 모두 알아듣고 데려다

줄 정도로 유명한 화훼 농가다. 가이드와의 우연한 만남 덕에 긴 세월을 버텨오시며 이곳의 터줏대감이 된 사장님을 만나게 되었다. 춥고 거친 파타고니아에서도 남들이 감탄할 만한 다채롭고 찬란한 꽃들을 피워내고 계시는 한국인 사장님의 이민사와 개인의 미시사를 듣는 시간도 뜻깊었다.

　하지만 이렇게 우수아이아에 개척민들이 오기 훨씬 전부터, 사실 이곳에는 야간족과 셀크남족Selk'nam 혹은 Ona, 테우엘체족Tehuelche 혹은 Patagones 등 다양한 선주민들이 혹독한 극지의 기후 조건과 척박한 토지를 견디고, 몇천 년 동안 사냥과 채집을 통해 생계를 이으며 살아왔다. 앞서 언급한 영국 선교사들이 왔던 시기까지도 다양한 부족을 만날 수 있었으나, 슬프게도 지금은 그들을 만날 수가 없다. 아르헨티나는 과거 노골적으로 원주민에 대한 탄압과 폭력을 자행한 나라였고, 이는 파타고니아 끝 극지방에서도 마찬가지였

다. 아르헨티나는 원주민들의 땅을 차지하고 그들을 몰아내기 위해 원주민 정착촌이라는 빌미로 이동을 제한하거나 심지어 그들을 '사냥'하도록 학살을 허락하기까지 했다. 그리고 이 땅에 도착한 유럽 개척민들과 접촉한 이후, 그들이 가지고 있던 질병에 전혀 면역력이 없었던 선주민들은 결국 병에 걸려 하나둘 죽어갔다. 국토 개척과 영토 확장이라는 명목하에 슬픈 역사가 지속되는 동안 이곳의 진정한 주인이자 탐험가들이었던 수많은 선주민은 죽거나, 유럽계 이민자 사회에 동화되어 사라졌다. 그 결과 티에라 델 푸에고섬을 영토로 하는 칠레와 아르헨티나를 통틀어 현재 야간족 정도만 그 후예들이 겨우 명맥을 잇는 정도로 생존해 있다고 하며, 그들의 언어를 모국어로 사용했던 사람들은 이미 사망했기에 그들의 언어 역시 절멸 수순을 걷고 있다.

이제 그들의 이름과 언어는 숙박업소의 이름이나 레스토랑, 거리의 이름에서나마 흔적을 찾을 수 있지만, 이를 거꾸로 생각해 본다면 그들이 살았던 발자취는 여전히 이 땅에 크고 강하게 남아 있다는 의미다. 이곳 사람들의 뿌리 찾기 프로그램이나 교육자료 제작, 그들을 조상으로 둔 사람들 간의 커뮤니티 형성 등 이들의 이야기와 문화를 전승하고 이으려는 사람들 역시 소수나마 존재한다. 그러니 비록 그들의 존재는 사라졌다 한들, 희망 자체가 절멸하지는 않았다고 믿고 싶다. 이 도시의 여러 박물관에서는 문화 인류학자와 선교사들이 조사하고 남긴 자료를 바탕으로 이곳에 살았던 셀크남, 야간, 테우엘체 등에 대한 다양한 정보를 제공하고 있으니, 이들의 역사와 문화에 관심이 있으면 방문해 보는 것도 좋을 것이다. 나는 이 도시를 떠나기 전 여러 박물관을 방문한 뒤, 사라져 버린 사람들을 잊지 않기 위해 기념품을 사러 갔다. 가장 내 마음에 들었던 것은, 이미 오래전 최후의 순혈 생존자가 사망한 셀크남의 문화를 담은 작은 일러스트집이었다. 야간

이나 테우엘체 등 다른 원주민과
는 달리, 셀크남은 절멸한 지 이
미 몇십 년이 지나 그 시절 인류
학자들을 통해 전해진 아주 오래
된 기록과 구전설화, 몇몇 유물만
이 겨우 존재하기 때문이다. 비록
별거 아니지만, 나의 작은 행동이
나마 이 땅에 뿌리 내렸던 첫 번
째 개척자이자 탐험가들이었던

이들을 오랫동안 기억하는 데 보탬이 되길 바랐다.

　구름이 낮게 떠 있어 구름의 그림자를 볼 수 있으며, 거센 바람 때문에
휘어진 나무가 누워 자라는 곳. 순수하고도 장엄한 자연의 아름다운 풍경
을 보며 한없이 겸손함을 느낄 수 있는 곳. 내가 사랑하는 파타고니아. 설
산과 빙하, 호수 등의 전형적인 파타고니아 풍경을 떠올리는 내 상념의 끝
자락에는 언제나 정확한 깊이를 가늠할 수 없을 정도로 깊고 푸른 비글 해
협의 바다가 있다. 그리고 그 중간에는 남녘에서 불어오는 차가운 맞바람
을 그대로 받아들이며 굳건히 서 있는, 소위 '세상의 끝 등대'라고 불리는
남미 최남단의 레 에클레어 등대 Faro Les Eclaireurs가 있다. 1920년대 지어진, 다
소 낡고 외로워 보이는 등대. 긴 세월의 풍파와 그늘을 모두 안고, 바다 한
가운데 굳건히 서 있는 모습이 뇌리에 깊게 남았다. 우수아이아 두 번째 방
문에서 세상의 끝 등대 투어를 끝내고 이 도시를 떠나기 전 마지막 밤. 함
께 왔던 친구와 도란도란 이야기를 나누며, 나는 우수아이아에 혼자 왔던
순간과 내 소중한 친구와 함께 있는 순간을 겹쳐 바라보았다. 그리고 파타
고니아 노을과 밤바다를 차례로 바라보면서 이 척박하고 아름다운 땅에서

　　　　　　　　반대라서 더 끌리는, 아르헨티나

그들의 삶을 일구어낸 용감한 초기
개척자들, 원래 이 땅의 주인이었
지만 이젠 사라져 간 선주민들, 내
가 바다 건너 한국에 남겨두고 온
사람들에 대해 생각했다.

　영화 〈해피 투게더〉의 주인공은 세상의 끝에 사랑의 아픔과 회한으로 가
득한 울음소리를 묻어두었지만, 나는 내가 지구 반대편 아르헨티나에서 3
년간 살면서 행복했던 모든 추억을 정제하여 그곳에 묻어두고 왔다. 다채
롭고 순수한 자연환경이 돋보이는 이토록 아름다운 아르헨티나에서, 생각
해 보면 참 많은 여정을 완료했다. 한국에서 온 여성으로서 수도 부에노스
아이레스에서 살며 마주했던 각종 일상의 희노애락들. 이과수 폭포와 밀
림이 있는 북쪽 미시오네스. 하늘과 더 가까운 높이에 자리한 도시와 마을
들에서 안데스의 장엄함을 경험할 수 있는 북서쪽 고산지대. 중간의 드넓
은 팜파스 평야를 지나, 얼음과 바람의 땅 파타고니아까지. 이토록 축복받
은 땅 아르헨티나에 살면서 갖게 된 기억 중에는 – 인간으로 태어나 사는 동안 필
연적으로 존재하는 – 쓸쓸함과 외로움, 슬픔 등의 부정적인 감정들이 그림자처
럼 남아 있지만, 그런 마음의 그늘조차도 담담히 받아들이며 여기에 사는
동안 매일의 행복을 찾아 숨 쉬듯 누리고자 했다. 그 결과 탄생한 건, 내가
3년 동안 마음속 고이 간직해 온 '추억'과 '모험'이라는 이름의 빛나는 순간
들이었다. 나는 이를 부지런히 모아 남극과 더 가까운 머나먼 아르헨티나
의 땅끝 우수아이아 비글 해협 바다 위 세상의 끝 등대에 묻어두었다. 그
러니 내가 감당할 수 있는 그리움의 한계를 넘어 그때 그 시간 속에서 만든
반짝임이 흐릿해지기 전에, 내가 남긴 조각을 찾으러 언제든 이곳으로 다
시 돌아올 것이다.

이 다짐을 가슴 깊이 품고, 우수아이아를 대표하는 문구를 다시 되새겨
본다.

우수아이아, 세상의 끝이자 모든 것의 시작.

Ushuaia, fin del mundo, principio de todo.

반대라서 더 끌리는, 아르헨티나

귀국. 그건 아주 멋진 모험이었어

Regreso. Fue una aventura maravillosa

2025년 2월, 한여름 특유의 강하고 뜨거운 햇살이 내리쬐던 부에노스아이레스.

떠나기 며칠 전 집주인은 나에게 아래와 같은 내용이 담긴 문자를 보냈다.

"이 나라를 떠날 준비되었니?"

이런, 어떤 의미로도 지루할 틈이 없던 아르헨티나에서의 시간이 벌써 쏜살같이 지나간 모양이다. 어느덧 이렇게 3년의 세월이 흘렀다는 사실을 알리는 문자를 받고 나니 나는 커다란 망치로 머리를 맞은 듯한 기분이었다. 그리고 저 문자의 내용을 반복해서 읽으며 내가 보낸 3년은 어땠는지, 정말 나는 집주인의 말처럼 진짜로 여기를 떠날 준비가 되었는지 곰곰이 생각해 보기 시작했다. 그러다 문득, 『샘과 데이브가 땅을 팠어요』라는 어린이 그림 동화책의 내용을 떠올렸다.

책의 주인공인 샘과 데이브는 어느 날 '어마어마하게 멋진 것'을 찾아서 강아지와 함께 삽으로 땅을 파고 모험을 시작한다. 하지만 책을 보면 알겠지만 정말 아슬아슬하게도, 샘과 데이브는 보물이 묻힌 위치들을 다 비켜나간다. 책 속의 또 다른 등장인물인 강아지는 마치 독자인 우리의 심정을 대변하는 것처럼 안타까움에 이리 킁킁 저리 킁킁대며 보물의 위치를 알려주지만, 그들은 결국 보물을 찾지 못한다. 우리가 보기에는 샘과 데이브의 모험은 별 소득이 없이 삽질로만 끝난 것 같지만, 그들은 모든 일이 끝난 후 정말 "어마어마하게 멋졌어."라고 정의를 내리며 행복해한다.

몇 년 전 영국에서 내게 남은 울림, "네가 아르헨티나에 와서 할 일이 있을 것이다."란 말은 과연 무엇이었을까. 나는 그 할 일에 대해서 속으로 이렇게 생각했었다. 멋진 파견 교사 되기, 내 옛 인연의 실마리 찾기, 스페인어 실력 향상, 탱고 마스터, 친한 현지 친구 많이 사귀기, 아르헨티나 곳곳 탐험하기 등등 내가 이루고 싶었던 그 모든 걸 말이다. 하지만 나는 냉정하게 말해서 어느 하나도 내가 바라왔던 만큼 제대로 이루지는 못했다. 유학 시절 그와의 재회는 말끔하게 없던 일이 되었고, 내 스페인어는 여전히 오르락내리락 답보 상태다. 기본적으로 여기에 파견 교사로서 일하러 온 것이므로 업무하고 일상을 사느라 바빠서 생각보다 탱고 같은 취미를 꾸준히 배우지 못했으며, 친한 현지 친구를 만드는 일 역시 나와 대화가 잘 통할 법한 이들은 이미 이 나라를 떠났거나, 아니면 서서히 떠날 준비를 하는 경우가 대부분이었다. 잘 알려지지 않은 매력적인 아르헨티나 여행지를 더 많이 발견하고 소개하고 싶었는데 딱히 그렇지도 못했고, 무엇보다도 머나먼 남미 땅에서도 한국의 뿌리를 간직하며 차근차근 성장하고 있는 대견한 우리 학교 아이들에게 나는 좋은 교사인지, 또한 파견으로서 일을 잘 수행하고 있는지 스스로 회의감에 가득 차는 일이 종종 있었다.

그렇게 약속된 파견 기간의 끝이 다가올수록, 나는 내가 남들에게 크게 내세울 만한 것을 이루지 못하고 있다는 생각에 매우 속이 상했다. 내 인생을 책으로 비유한다면 좀 더 완숙한 청년기 속 3년의 페이지가 될 아르헨티나 시절. 나중에 돌이켜 볼 때 나는 아르헨티나에서 과연 무엇을 이루었다고 자부심을 가지고 말할 수 있을까? 아무리 생각해도 시간이 한 템포 이상 느리게 가는 것만 같은, 가끔은 모든 변화를 온몸으로 거부하는 듯한 기분이 드는 이곳 아르헨티나에서, 사실은 그보다 더 게으른 내가 – 자신에게 필요하고 원했던 모든 걸 이미 잘 알고 있으면서도 – 갖은 핑계를 대며 그저 손 놓고만 있었던 건 아닌지. 그렇지만 아이러니하게도, 나는 절대로 이 먼 곳까지 와서 그냥 있다가 가는 사람으로 남고 싶지 않았다. 어떻게든 값진 것을 얻어 가고 싶었고, 더 욕심을 내어 나뿐만 아니라 모두에게 뭔가 매력적이고 멋지게 기억되는 삶을 만들어 자신 있게 내보이고 싶었다. 그렇게 내가 만들어 낸 조바심에 시달리고, 거기서 파생된 자기혐오에 갇혀 스스로를 더욱 괴롭히곤 했다.

하지만 다시 앞서 소개한 동화책 이야기로 돌아가자면, 사실 주인공인 샘과 데이브는 단 한 번도 '보물을 발견하러 간다'고 말한 적이 없다. 그들은 그들이 말한 대로 '어마어마하게 멋진 것'을 찾으러 모험을 떠났을 뿐이다. 얼핏 보면 매우 허무해 보이기만 하는 이 책이 주는 교훈은 다름 아닌 '어마어마하게 멋진 것'을 찾으러 가는 그 과정 자체의 귀중함이다. 결과보다는 과정에서 발견할 수 있는 즐거움과 뿌듯함, 그리고 그 속에서 내가 이루어 내는 크고 작은 성장에 집중하고 또 만족하라는 이야기. 결론적으로 그들의 보물은 모험의 과정이었던 '삽질' 그 자체였기 때문이다.

이 동화책이 주는 교훈을 나의 아르헨티나 생활에 비추어 본다면, 나의 일상생활 전체가 '내가 아르헨티나에서 할 일'이었다. 스스로 흡족해할 만한 결과를 일궈내진 못했으나, 그 모든 시도나 일상 속 모험 또한 나의 할 일이었다. 출발 전부터 내가 잔뜩 기대했던 빛나는 보물들을 하나도 얻지는 못했지만, 대신 이를 위한 다양한 방법을 시도했던 건 사실이다. 포르테뇨식 스페인어로 현지 동료들을 박장대소하게 만들기, 다른 사람들도 잘 모르고 정보도 없는 곳을 얼떨결에 찾아 용감하게 여행하기, 아르헨티나에서만 배울 수 있는 미술 창작 수업 찾아서 듣기, 11월 늦봄의 부에노스아이레스 곳곳을 걸으며 보라색 하카란다로 물든 거리의 아름다움을 느끼기… (물론 그와 비례해서 억울하고 재수 없는 일도 끊임없이 일어났음도 부정할 수 없지만) 아르헨티나에서의 모든 시간이 지나간 지금의 시점에서 돌이켜 볼 때, 덕분에 나라는 사람을 한 뼘 더 성장시킬 수 있었다.

파견이 마무리될 무렵의 주말, 부에노스아이레스 26번 시내버스를 타고 센트로의 약속 장소로 향하던 날이었다. 버스에 함께 탄 승객들이 즐겁게 룬파르도로 떠드는 소리를 배경음악으로 들으며 따사로운 초여름 햇살이 내리는 차창 밖 거리를 바라보던 순간. 갑자기 약 3년간 내가 이곳에서 만든 하이라이트 같은 순간들이 번개처럼 머릿속을 스쳐 지나갔다. 생각해 보면 얼마나 소중하고 값진 시간이며 보석 같은 기회였는가. 내가 태어나고 자란 나라와 정 반대편으로 와 전혀 다른 날씨와 기후 속에서 색다른 시각으로 사색하는 영광을 누린다는 것. 때로는 행복해서 마음이 벅차오르거나, 때로는 슬프고 고되게만 느껴지는 하루하루를 오롯이 혼자의 힘으로 헤쳐 나간다는 것. 그렇게 아르헨티나 부에노스아이레스 파견을 통해 내 인생 속 귀하고 예쁜 시간을 기꺼이 바치기로 마음먹은 순간부터, 이곳에서 지낸 매일은 보이지 않는 축복의 비를 듬뿍 맞는 시간이었다.

결국 내 인생의 계획된 우연이 만들어 낸 아르헨티나 부에노스아이레스에서 보낸 3년이란 기회는 나에겐 운명의 돛이 이끄는 꿈의 항해였고, 이곳에서 만들어 낸 모든 걸음이 내가 여기에서 할 일, 자랑스러우면서도 값진 '삽질'의 시간이었다. 이곳에서 허락된 시간을 다채롭고 풍요롭게 일궈내고자 애쓴 흔적들은 조금씩 삶의 증거로 남았고, 그 과정에서 나는 마치 어딘가에 존재하는 멀티버스 속 또 다른 나를 하나씩 발견할 수 있었다. 물론 다른 이들에게 자신 있게 내보일 만큼 거창하지는 않았지만, 적어도 나에게는 모두 의미 있는 일이었다.

귀국길 비행기에서 눈을 감고 생각했다. 마치 자석처럼 이끌리며 시작된 지구 반대편의 하늘 아래, 아르헨티나와 마주한 나의 3년은 정말 '어마어마하게 멋진' 모험이었다고.

귀국. 그건 아주 멋진 모험이었어

El tiempo es un río que me arrebata, pero yo soy el río.
시간은 나를 휩쓸고 가는 강이지만, 나는 그 강이다.

– 호르헤 루이스 보르헤스 *Jorge Luis Borges*